이회창
회고록

이회창 회고록 1권

1판 1쇄 발행 2017. 8. 21.
1판 3쇄 발행 2017. 9. 11.

지은이 이회창

발행인 김강유
편집 강미선 | 디자인 윤석진
발행처 김영사
등록 1979년 5월 17일(제406-2003-036호)
주소 경기도 파주시 문발로 197(문발동) 우편번호 10881
전화 마케팅부 031)955-3100, 편집부 031)955-3250 | 팩스 031)955-3111

값은 뒤표지에 있습니다.
ISBN 978-89-349-7881-7 04800
      978-89-349-7878-7(세트)

독자 의견 전화 031)955-3200
홈페이지 www.gimmyoung.com   블로그 blog.naver.com/gybook
페이스북 facebook.com/gybooks   이메일 bestbook@gimmyoung.com

좋은 독자가 좋은 책을 만듭니다.
김영사는 독자 여러분의 의견에 항상 귀 기울이고 있습니다.

이 도서의 국립중앙도서관 출판시도서목록(CIP)은 서지정보유통지원시스템 홈페이지
(http://seoji.nl.go.kr)와 국가자료공동목록시스템(http://www.nl.go.kr/kolisnet)에서
이용하실 수 있습니다.(CIP제어번호 : CIP2017018695)

1 / 나의 삶 나의 신념

인간의 존엄과
자유를 추구한
이회창의 삶과 철학

이회창
회고록

김영사

나에게 삶을 주신 아버지, 어머니께 바친다.

회고록을 시작하며

나는 자서전이든 회고록이든 일절 쓰지 않으려고 했다.

여러 분야에서 일하는 동안 나름대로 원칙과 신념을 지키려고 노력했고 때로는 성취감을 맛보기도 했다. 하지만 지나고 보니 그것들은 모두 과거의 이력일 뿐이라고 생각되었다. 더욱이 정치에 들어온 뒤 전쟁터와 같은 정치의 마당에서 많은 어려움을 헤쳐 왔지만, 여러 차례 대통령 선거에서 실패한 뒤에 패장인 나로서는 오직 침묵만이 미덕이라고 생각되었던 것이다.

그러다가 우연히 다산 정약용에 관한 책을 읽게 되어 이것이 나의 생각을 바꾸는 계기가 되었다.

조선조의 개혁군주인 정조가 사망한 뒤에 집권 세력인 노론벽파의 핍박 속에서 정약용과 그 형제들은 사형을 당하거나 유배를 당하는 등 풍비박산이 된다. 정약용 자신도 18년 간 귀양살이를 해야 했는데

이회창
회고록

돌아온 뒤 자신의 생애를 정리한 자서전 격인 《자찬묘지명(自撰墓誌銘)》을 썼다.*

흔히 역사는 승자의 기록이라고 말한다. 당시 집권 세력에게 핍박받던 정약용의 생애와 그가 이룩한 광범위하고 다양한 분야의 업적은 자서전 격인 《자찬묘지명》이 없었더라면 후세의 역사에서 찾을 길이 없이 실종되고 말았을지도 모른다.

나의 경우를 감히 정약용의 경우와 비교할 수는 없다.

하지만 나는 사법부와 행정부 그리고 입법부를 두루 거치고 정당의 대표와 대통령 후보까지 지냈다. 이것은 흔치 않은 일로 내가 이 나라와 국민으로부터 받은 특별한 혜택이라고 하지 않을 수 없다. 나는 공직을 거치는 동안 인간의 존엄성을 존중하고 법치와 신뢰 사회를 구축해야 한다는 가치관과 목표가 있었고 여기에 온 정열을 쏟았지만 결과는 흡족하지 못했고 또 실패도 했다.

그렇지만 이 나라와 국민에게 특별한 혜택을 받은 나로서는 성공이든 실패든 살아온 과정을 보고할 의무가 있다고 생각되었다.

특히 정치에서도 민주주의의 정도를 간다는 신념이 있었고 이 신념을 지키기 위해 나와 동지들은 야당의 가시밭길을 마다하지 않고 견뎌냈다. 그러나 내가 대선에 패배하여 패자가 되면서 승자의 역사

•   《정약용과 그의 형제들 2》(이덕일 저, 김영사, 2004), 269~270쪽

만이 남고 패자인 야당의 역사는 역사의 기록에서 실종되고 기억조차 되지 않는다.

뒷날의 공평한 역사 평가를 위해서도 이러한 야당의 역사를 제대로 남겨야 한다는 의무감도 이 회고록을 쓰게 만든 하나의 계기가 되었다.

이렇게 회고록을 쓰기로 하면서 나는 이 일이 단순히 과거의 사실을 되짚어 보는 것이 아니라 나의 삶의 의미와 가치, 그리고 내가 추구했던 신념을 되돌아보고 정리하는 일이라는 것을 깨달았다. 내가 젊은 시절 어설픈 대로 고민하고 추구했던 삶의 가치와 신념이 젊은 세대들에게 참고가 될 수 있다면 그것도 회고록을 쓰는 의미를 더하는 것이 될 것이다.

이 회고록을 쓰면서 몇 가지 원칙을 지키고자 했다.

첫째는 변명이나 자기미화를 하지 않고자 했다. 하지만 사건의 경위를 설명하거나 다른 주장에 대한 반론을 펴다 보면 어쩔 수 없이 변명이나 해명을 하게 되고 자기주장의 정당화 논리를 내세울 수밖에 없는 경우가 있었음을 솔직히 인정한다.

둘째는 될수록 객관적이고 정확한 기록을 하고자 했다.

자신의 삶을 돌아보는 기록이라는 것 자체가 주관을 벗어날 수 없고, 객관적이라고 생각하는 것도 다른 사람이 볼 때는 주관적이라고 보는 경우가 허다할 것이다. 객관성을 지키기 위해 당시의 언론보도를 많이 참작하고 또 인용도 했지만 이것조차도 주관적일 수 있을 것이다. 객관적이고자 노력했다는 것만은 알아주었으면 좋겠다.

셋째로 이 회고록은 과거의 사실보다도 나의 생각을 남기는 쪽에 치중했다.

그래서 책의 앞머리에 삶에 대한 생각을 정리해 보았고 각 분야에서도 나의 생각을 기록하다보니 장황하고 지루해지지 않았는지 걱정이다.

이 회고록 내용 중에 사실과 다르거나 잘못된 부분이 있다면 전적으로 나의 책임이라는 것을 미리 밝혀 두어야겠다.

또한 정치에 들어오기 전에 그때까지의 간단한 회고록을 《아름다운 원칙》이란 제목으로 펴낸 일이 있는데, 이 책의 내용 중 그 책과 일부 겹치는 부분이 있다는 것에 대해 미리 양해를 구한다.

회고록을 쓰면서 나는 삶의 고비에서 아내의 도움이 큰 힘이 되었던 것을 느꼈다. 하지만 정작 아내의 삶은 남편의 인생에 묶여버린 삶이었다. 내가 법관, 감사원장, 국무총리의 공직에 있을 때에는 숨죽여 조심조심 살아야 했고, 정치에 들어온 뒤에는 이회창의 아내라는 것만으로 온갖 험구와 모략의 표적이 되었다. 회고록에 쓴 나의 삶이 아내와 함께 일구어낸 것인데도 나의 그림자에 가려져야 했던 아내에게 나의 미안한 마음을 전하고 싶다.

우리 집의 서재에 있는 책장 안에는 아버지와 어머니 두 분의 사진 액자가 놓여있다. 편안한 복장에 편안한 표정으로 찍으신 것으로 생전의 모습이 가장 잘 드러난 사진인데 아침에 일어나 서재에 들어서면 먼저 그분들과 눈을 마주치게 된다. 또 책상 앞에 앉아 일하다가 잠시 의자를 돌리면 바로 그분들의 눈과 마주친다. 그러면서 나는 때로 아버지와 어머니가 나와 함께 계신다는 생각이 들 때가 있다.

이 회고록을 쓸 때부터 완성되면 나를 이 세상에 태어나게 해주신 두 분께 바치기로 맘먹었는데 마침내 그 기회가 온 것 같아 마음이 한결 가벼워짐을 느낀다.

혼자 책상머리에 앉아 연필로 원고지에 끄적거리면서 시작한 일이지만 많은 분들의 도움을 받았다. 이정락 전 서울형사지방법원장, 안동일 변호사, 이흥주 전 총리비서실장은 회고록 쓰기를 망설이는 나를 채근하고 또 쓴 것들을 챙겨보는 등 수고를 아끼지 않았다. 국회에서 보좌관으로 나를 도와주었던 황재준 경남대 극동문제연구소 연구원은 보도자료 등 기록물과 참고자료 정리 및 원고 검토 등 많은 수고를 해주었다. 또 최형철 전 특보, 이근형 대리도 원고 정리에 애를 많이 써주었다. 모두에게 감사를 드린다. 이밖에도 관심을 가지고 도와주신 서정화 회장, 신경식 전 헌정회 회장, 이원창 전 의원에 대해서도 감사드린다.

특히 이 회고록을 맡아 출판을 해주신 김영사의 김강유 대표, 고세규 상무와 강미선 팀장 등 여러분에게도 감사의 정을 표한다. 볼품없는 회고록이지만 이 모든 분들의 정성이 모아져 햇볕을 보게 된 것이다. 나에게는 너무나 대견스럽다. 다시 감사를 드린다.

제2권 정치인의 길

차례

4　국민대통합과 상생의 정치를 제시하다

삶에 대하여

1

1
어떻게 살아야 하는가

얼마 전 어느 시인의 아버지에 관한 기사를 읽은 적이 있다. 그 아버지는 평생을 지게꾼으로 살았다. 어깨와 손에 굳은살이 박이도록 일하면서 자식들을 키우고 교육했다. 그 아버지가 임종의 자리에서 둘러싼 가족들에게 남긴 마지막 말은 오직 "한세상 잘 살고 간다. 잘들 있어라"였다고 한다.

그 인생은 육체적으로 힘들고 정신적으로도 자존심 상하는 일이 많은 고달픈 삶이었을 것이다. 그런데도 죽음에 임박하여 아무런 허식 없이 "한세상 잘 살고 간다"라고 만족스럽게 말할 수 있는 달관은 어디에서 온 것일까? 나도 그렇게 말할 수 있을까? 아직은 자신 있게 말할 수 없다.

우수한 서울대 재학생이 "삶을 결정하는 것은 전두엽의 색깔이 아니라 수저의 색깔"이라는 글을 남기고 자살했다는 보도를 보았다. 떠난 그가 겪었을 처절한 번민과 방황을 살아있는 내가 어찌 다 짐작할

이회창
회고록

수 있겠는가. 안타깝고 아까운 생각에 할 말을 잊는다. 그는 삶을 가볍게 여겼던 것일까? 아니다. 오히려 삶의 무게가 버거웠으리라.

도대체 삶이란 무엇인가?

나도 성장기와 젊은 시절, 그리고 사회 경력을 거치면서 어려운 상황에 부딪쳤을 때 '왜 내가 이렇게 살아야 하나, 도대체 나의 삶의 의미는 무엇인가?' 하고 고민했던 게 선명하다. 꽉 막힌 현실에서 도피하고 싶은 절망적인 마음이 들 때 '왜 사는가? 이렇게 사는 의미가 무엇인가?' 하는 의문이 절로 드는 일은 누구나 겪어본 적이 있을 것이다. 마음에서 우러나오는 이러한 '삶이 무엇인가?' 하는 물음은 철학적인 의문이 아니라 삶의 절규다. 이런 물음에 긍정적인 해답을 찾은 사람은 시인의 지게꾼 아버지처럼 삶의 보람을 찾고 밝은 길을 가게 되겠지만, 부정적인 해답을 찾은 사람은 서울대생의 경우와 같이 어두운 길에서 삶을 포기하는 막다른 골목을 선택할 수도 있다.

나는 회고록 첫머리에서 '삶이란 무엇인가?' 하는 화두로 젊어서부터 사색하고 고민했던 생각을 단편적으로나마 정리해보고 싶었다. 이제부터 하는 이야기는 결코 철학적이거나 종교적인 이야기가 아니라 삶의 경험이나 수상(隨想)쯤으로 이해해 주었으면 좋겠고, 두서없고 장황하게 느껴진다면 건너뛰어도 괜찮다.

나의 삶은 무엇인가

소박하게 나는 어떠한 존재인가, 나의 삶은 무엇인가에 대해 생각해본다. 광대무변(広大無辺)의 우주 속에서 지구는 여러 은하계 중 하나의 은하계에 속한 태양계의 여러 행성 중 하나에 지나지 않는다. 이러한 지구에서 태어난 나는 마치 이 거대한 우주의 존재 속에 우연하게 출현한 티끌 같은 존재에 지나지 않은 것처럼 느껴진다. 하지만 나는 이 우주 속에 '이회창'이라는 유일무이한 존재이고(나와 똑같은 모조품이나 유사품은 없다는 뜻에서), 나의 의식과 사유를 통해 이 우주의 신비와 위대함 그리고 인류 사회가 이뤄온 경이로운 사회적 진화와 발전 과정을 인식하고 그 경험을 공유하는 존재다.

이런 나의 존재는 이 세상에 태어난 때부터 이 세상을 떠날 때까지의 기간 동안만 물거품처럼 존재하고 출생 전이나 사망 후에는 완전한 무(無), 부존재(不存在)가 되고 마는 것인가?

아니면 나는 이 세상에 나오기 전부터 우주의 근원적 존재자의 존재 속에 속해 있다가 생명을 얻어 지구상의 존재로 발현(發顯)했고 생명을 다해 이 세상을 떠날 때는 다시 근원적인 존재자에게로 환원하는 것인가?

나는 철학자도 아니고 체계적인 철학적 소양을 갖고 있지도 않다. 종교인이라고 말할 수도 없다. 명색이 가톨릭 신자이지만 신앙심 깊은 신자들과 같은 교회생활을 하거나 영적 체험을 경험해보지 않은 부실한 신자다.

이러한 내가 오랜 세월 살아오면서 여러 일을 겪고 고민하고 사색해온 가운데 느낀 것은 우리 삶에서 인류 사회를 이끌어온 불가지(不可知)의 신비한 힘, 신적 존재를 부인할 수 없다는 것이었다.

인간은 자유의지에 따라 선(善)과 악(惡) 중 어느 것이라도 선택할 수 있다. 이러한 인간 개개인의 선택이나 본성이 어떻든 인류 사회는 선과 정의의 방향으로 스스로 탐구하고 교육하고 개선하면서 오늘날의 문명사회로 사회적 진화를 이루어왔다. 그 과정에서 대규모의 전쟁이나 인종 청소 같은 대량살상 등 인류 사회 발전의 역사에 역류하는 현상들이 일어났지만 인류 사회는 이러한 일부 인간들의 반인류적 일탈행위에도 선과 정의를 향한 도도한 역사의 흐름을 멈추지 않았으며 지금도 이어지고 있다.

인간이 원시 시대의 어느 한 시점에서 신이 창조한 영혼의 힘이든 또는 자연적 진화과정에서 생긴 인지혁명의 힘이든 동물 사회와 결별한 후 영속적인 사회적 진화의 역사 흐름을 만들어온 것을 돌이켜 보면 신비스럽고 경탄스럽다고 느끼지 않을 수 없다.

이렇게 영속적인 인류 사회의 역사 흐름을 뒷받침하고 선과 정의의 방향으로 흐르게끔 한 배경에는 우연이 아니라 인간이 헤아리기 어려운 신성 내지 신적 힘의 작용이 있다고 볼 수밖에 없다는 생각이 든다.

이러한 인류 사회의 구성원인 인간이 일시적인 물거품 같은 존재로 출생 전이나 사망 후에는 완전한 무 또는 부존재가 된다고 보는 것은 너무나 불합리하고 부자연스럽지 않은가?

인간 존재의 문제에 대해 우리가 정답을 찾는다는 것은 불가능한 일일지도 모른다. 하지만 나는 내가 갖는 상식의 수준에서 인간은 본래 근원적이고 우주적 존재인 신성 내지 신적 존재에 속하는 존재이고 이 근원적인 우주적 존재는 인간으로 발현된 동안 인간 안에 내재하고 있다가 인간의 사망 후에는 다시 근원적 존재 내지 우주적 존재로 환원하는 것이 아닌가 하는 생각을 하게 되었다.*

이렇게 인간의 존재에 대해 생각해 본다면 나의 존재는 신성 내지 신적 존재가 생명과 영혼을 주고 내 안에 내재하는 한없이 소중하고 존귀한 존재라는 자각을 갖지 않을 수 없다.

그러나 한편 인간은 이러한 신성 외에 자유의지를 가지고 있고 이 자유의지에 의해 스스로 선 또는 악을 선택하고 자신의 삶의 길을 선택한다. 인간은 신성의 발현이지만 신은 인간의 자유의지에 직접 간섭하거나 개입하지 않는다. 인간에게 자유의지를 부여한 뜻과 맞지 않기 때문이다. 결국 인간은 자유의지로 자신의 존재방식 즉 삶의 방식, 삶의 길을 선택하고 그 결과에 대한 책임도 지게 된 것이다.

이런저런 생각을 하다가 나는 문득 깨달았다. 내가 나의 존재의 의미, 그 소중함과 존귀함을 아는 것은 중요한 일이지만 삶에서 실망과 좌절에 부딪쳤을 때 해답을 찾는 길은 존재의 의미나 존재감보다도 내가 나의 자유의지로 어떤 삶을 선택할 것인가 하는 존재방식을 찾는 데 있는 것이다.

• 스피노자(B. Spinoza)는 이 세상의 실체는 신, 즉 자연(Deus sive natura)이라고 보고 신은 무한하고 영원하며 필연적인 존재로 우주 안의 만물의 원인이면서 그 안에 내재하는 존재라고 보았다. 그는 신을 인간을 포함한 만물 안에 편재(遍在)하는 필연적 존재로 보았기 때문에 인간의 자유의지를 부정했다.(《神·人間及び人間の幸福に関する短論文》, スピノザ 著, 畠中尙志 譯, 岩波文庫, 같은 제목의 국내 번역서(강연계 옮김, 서광사 펴냄)도 있다.) 아인슈타인은 "신의 존재를 믿느냐?"는 질문을 받고 "스피노자가 믿는 신을 믿는다"고 답했다고 한다.(《세상은 왜 존재하는가?》(짐 홀트 저, 우진하 옮김, 21세기북스, 72쪽) 나는 스피노자의 존재론을 다 이해하거나 그의 견해에 전부 공감하는 것은 아니지만 그의 글이 나로 하여금 신의 존재에 관해 깊이 생각하는 계기가 된 것은 사실이다.

그렇다. 나는 '왜 사는가?' 하는 존재의 의미가 중요하긴 하지만 '어떻게 살아야 하는가?', '어떻게 사는 것이 보람 있는 삶인가?' 하는 삶의 방식, 존재의 방식이 더 절실한 문제라는 생각에 이른 것이다. 또 어떻게 사는가에 따라 삶의 의미, 존재의 가치도 정해진다는 것을 알았다.

나는 누구인가, 나의 자아는 무엇인가

나는 학생 시절을 거쳐 법관이 되고 그 후 두 번의 대법관과 감사원장, 국무총리를 거쳤고 또 정치에 입문해 정당의 총재와 여당 및 야당의 대통령 후보로 대통령 선거에 출마했으나 모두 고배를 마셨다.

풍족하진 않아도 검약하게 자존심을 지켜온 공무원의 가족이었지만 현직 검사인 아버지가 모략을 받아 구속되는 역경을 겪었고, 6·25전쟁 중에는 생사를 넘나드는 운명의 고비도 있었으며, 한때 점심을 굶으면서 가족의 생계도 꾸려가야 했다. 부잣집 장손인 외숙이 공산주의자들의 광기 어린 군중대회에서 총살당하고 외가가 잿더미가 되는 기막힌 운명의 역전도 겪었다.

이제 내 나이 여든 둘. 풍상(風箱)을 겪을 만큼 겪은 나이에 "어떻게 살아야 하는가?", "어떻게 사는 것이 보람 있는 삶인가?"에 대해 나름대로 고민하고 사색한 것을 정리해 조금이라도 젊은 세대에 도움이 될 수 있다면 좋겠다는 심정으로 이 글을 쓴다.

이 글은 철학적인 탐색이나 종교적인 성찰을 하는 것은 아님을 분명히 해둔다. 어떻게 성공한 삶을 살 수 있는가를 말하려는 것은 더욱 아니다. 성공도 해보았고 실패도 해보았다. 대통령 선거에서 여러 번 실패하고 결국 정치를 접어야 했다. 이런 내가 어떻게 성공한 삶을 말할 수 있겠는가.

분명한 것은 인간의 삶에는 성공이나 실패와는 상관없는 보람 있는 삶의 길이 있다는 것이다. 성공과 실패는 이력(履歷)일 뿐이다. 대통령 선거에 실패하고 실망 속에 주저앉았을 때도 나의 삶은 끝나지 않았다. 내 앞에는 여전히 최선을 다해 앞으로 살아가야 할 귀중한 삶의 길이 남아있었다. 나는 나의 삶의 가치는 과거에 있지 않고 현재의 삶을 어떻게 사는가에 달려있다는 것을 절실하게 느꼈다. 현재의 삶에 대한 진지한 노력은 미래의 삶을 결정하게 된다는 것을 꼭 말해두고 싶다.

성공과 실패는 과거의 경험 또는 이력일 뿐 현재의 삶의 의미나 보람이 될 수 없다는 것을 아는 일은 매우 중요하다. 요즘 박근혜 전 대통령을 보면 실감할 것이다. 대통령이 되는 데는 성공했지만 이른바 '최순실 국정농단 의혹' 등과 연계되어 탄핵되고 검찰수사로 구속되는 처지까지 되었다. 이러한 처지에서 대통령 당선이라는 과거의 성공이 현재 박 전 대통령에게 무슨 삶의 보람이 되겠는가? 대통령 당선은 과거의 경험 또는 이력일 뿐이고 현재 그의 삶의 의미는 지금 어떻게 사느냐 즉 어떻게 살아남느냐에 달려있는 것이다.

이 글은 '어떻게 살아야 하는가'에 대한 내 나름의 견해일 뿐이지 결코 보편타당한 정답으로 제시하는 것은 아니며 또 고민을 해결해주는 힐링용 글도 아니다. 삶은 각자가 살아가는 것이다. 어떻게 살아야 하는가는 각자가 고민하고 해답을 모색할 문제이지 누구에게나 타당한 정답이 마련되어 있지는 않다. 그저 여러분 자신이 그 길을 찾는 데 참고가 되도록 나의 경험에서 얻은 생각을 소개하는 것뿐이다.

자! 나의 삶을 말하기 전에 나는 누구인가, 나의 자아는 무엇인가를 생각해보자.

홀로 명상 속에서 나의 깊은 곳을 들여다보면 거기에는 어릴 적 성장기부터 세상의 경험을 쌓으면서 삶의 과정을 거쳐온 내가 보인다. 이 나이가 되었지만 나 자신은 별로 변함이 없는 것 같다. 좌절하고 열등감에 시달리던 나, 홀로 고독감 속에 우울했던 나, 때로 잘못을 저지르고 후회와 회한에 잠겼던 나, 그러면서 다른 사람보다 무리보다 앞서가려고 안간힘을 쓰던 나, 때로 자아를 상실한 것처럼 나 자신이 텅 빈 공백으로 느껴져 쓸모없는 존재가 아닌가 좌절했던 내가 보인다.

이렇게 속을 들여다보면서 나는 젊었을 때부터 '인간의 존엄성', '존엄성 있는 삶'이란 문제에 집착해 왔다는 사실을 발견하게 된다.

나는 아버지가 공산당의 '프락치' 검사로 모략받아 투옥되면서 인간의 존엄성이 무참하게 짓밟히고 더럽혀지는 것을 경험했다. 그 후 6·25전쟁과 4·19 혁명, 5·16군사정변을 거치면서 마치 길거리에서 짓밟히고 흩날리는 낙엽처럼 너무나 어이없게 사람들의 존엄성이 무시되고 짓밟히는 일들도 목격했다.

법관이 된 뒤 나는 인간의 존엄성을 지키는 일이 법관의 정의라고 믿었고 그 일에 충실하고자 했다. 감사원장이나 국무총리를 할 때도 또 정치에 들어와 정치인이 된 뒤에도 추구하는 궁극적 목표나 가치는 인간의 존엄성이었다. 내가 의도한 만큼 뜻을 이루지는 못했지만 나는 우리 각자가 보람 있는 삶을 사는 길은 우리 스스로가 존엄성을 가진 삶을 살기 위해 최선을 다하는 것이라는 믿음을 갖게 되었다.

누구나 소중한 사람으로 존중받는 고귀한 삶을 살았으면 하는 소망을 가지고 있다. 그러면서도 "내가 감히 어찌 그런 삶을 바랄 수 있나"하고 쉽게 물러서거나 포기해 버린다. 그러나 존중받는 고귀한 삶은 구름 위에 있는 것이 아니라 바로 우리 주변에 있고 손을 뻗으면 잡을 수 있는 곳에 있다. 다만 우리가 잡지 않을 뿐이다.

이제 인간의 존엄성이 중요한 이유, 인간 존엄성의 근거, 존엄성 있는 인간으로 사는 길로 나누어 내 생각을 말해보고자 한다.

이회창
회고록

2

인간은 왜 존엄한 존재인가

국가와의 관계에서 본 인간의 존엄성

우리 헌법에서도 '국민의 권리'의 첫머리에 "모든 국민은 인간으로서의 존엄과 가치를 가지며 행복을 추구할 권리를 가진다"(헌법 10조 전단)고 인간의 존엄성을 강조하고 있다. 헌법이 선언할 만큼 인간의 존엄성이 중요한 이유는 도대체 무엇인가?

고대 왕조 시대부터 피지배자인 개인이나 국민은 왕조나 국가에 종속하는 지배 대상일 뿐이었다. 모든 가치의 기준은 국가이고 개인의 존엄성과 가치는 고려 대상 밖이었다.

그러다가 유럽에서 르네상스와 종교개혁을 거치면서 국가지배의 정당성에 관해 신권설(神權說)을 부인하고 그 정당성의 근거는 국가 안에 거주하는 모든 국민과의 합의에 있다는 사회계약설이 활발하게 제기되었다. 영국의 존 로크(John Locke)나 프랑스의 장 쟈크 루소

(Jean Jacques Rousseau) 같은 이들은 통치자인 군주나 왕이 이러한 사회계약의 한계를 벗어날 때는 반란, 즉 혁명을 일으킬 권리가 있다고 주장하기에 이르렀다.

1789년 프랑스에서 루이 16세의 통치에 항거하는 개혁파들에 의해 프랑스 혁명이 일어났고 그 후 혁명 세력과 구 세력 사이 및 혁명 세력 자체 내에서의 세력 싸움으로 단두대의 피비린내 나는 갈등과 숙청 그리고 유럽지배를 위한 전쟁이 벌어지고 국민주권과는 동떨어진 나폴레옹 황제 시대가 도래했다.

러시아에서도 제1차 세계대전이 장기화되면서 국민의 불만이 폭발해 1917년 3월에 혁명이 일어나 러시아제정(帝政)을 무너뜨렸고 11월의 제2혁명에 의해 볼셰비키 정권이 탄생했는데 이 공산주의 독재체제가 얼마나 많은 러시아 국민을 처형하고 또 기아로 내몰았는지도 우리는 알고 있다.

프랑스 혁명이나 러시아 혁명에서 우리가 알 수 있는 것은 국민주권설과 사회계약설은 이들 혁명의 불씨, 즉 정당화 근거를 제공했지만 이 혁명으로 출현한 국가와 지배권력은 국민의 존엄성과 자유를 철저하게 억압하고 유린했다는 역설(paradox)이다. 르네상스와 계몽주의 시대를 거치면서 인간의 존엄성과 자유의 존중이라는 인류 역사의 발전 방향이 궤도에 오른 듯하다가 역류를 만난 셈이었다.

위와 같은 혁명 외에도 전쟁의 시대는 인간 존엄성의 수난 시대라고 할 수 있었다. 제1차 세계대전과 뒤이은 제2차 세계대전에서 국가지상주의를 표방하는 국가들이 인간의 존엄성과 가치를 짓밟고 반인류적 전쟁범죄를 저지름으로써 세계 역사의 흐름을 크게 역류시켰다.

제1차 세계대전은 무모한 전투로 군인 900만 명, 민간인 700만 명이 희생되는 처참한 전쟁이었다. 독일의 항복으로 끝이 났지만 러시아제국은 이미 붕괴되었고 독일, 오스트리아, 오스만의 3제국도 뒤이어 붕괴되고 말았다. 제1차 세계대전의 항복 조약인 베르사유 조약의 불공정성과 그 폐기를 내세워 정권을 잡은 독일의 아돌프 히틀러 (Adolf Hitler)가 1938년 폴란드를 침공하면서 제2차 세계대전이 일어났다. 이 대전에서도 쌍방 모두 수백만 군인과 민간인이 희생되었는데 특히 나치 독일은 아리안족의 우월성을 내세워 유태계 인종 말살 정책을 강행하는 반인류적 범죄를 저질렀고, 일본 또한 국가지상주의와 군국주의의 기치를 들고 침략과 살육을 자행하는 반인류적 전쟁 범죄를 저질렀다. 특히 일본은 한국인을 징병, 징용하고 어린 소녀나 부녀자를 일본군 위안부로 강제동원 하는 등 악랄한 만행도 서슴지 않았다.

제2차 세계대전은 종전이 되었지만 전쟁의 신은 한반도에서 발을 빼지 않았다. 6·25 한국전쟁을 앞장서 감행해 인명살상과 남한 인사의 강제북송 등 만행을 저지른 김일성은 제2차 세계대전의 경우와 같은 전쟁 범죄자의 책임을 면할 수 없다는 게 나의 생각이다.

전쟁이라는 극한상황에서는 국민은 국가의 존립이나 국가 이익을 지키기 위한 도구로 사용되고 마치 소모품처럼 존귀한 생명이 쏟아지는 포탄 아래에서 또는 처절한 백병전에서 무더기로 희생되었으며, 거기에 인간의 존엄성 같은 것은 전혀 고려할 여지도 없었다.

그렇지만 제2차 세계대전 후에 개설된 전범재판소에서 전쟁 중의 반인류적 행위에 대해 전쟁범죄 책임을 묻는 선례를 세운 것은 큰 의미가 있다. 이것은 아무리 전쟁 중이라고 해도 인간의 존엄성을 함부로 파괴하고 유린한 행위는 그대로 묵과해서는 안 된다는 인류 사회의 반성이며, 일시 역류된 역사의 흐름을 제자리로 되돌리려는 노력이라고 나는 평가한다.

그러면 전쟁 시기가 아닌 평화의 시기, 즉 정상적인 평시에 있어서 국가와 국민의 관계, 국가 이익과 국민의 존엄성 및 기본권과의 관계는 어떤가?

오늘날 국가의 존재 이유는 국민의 생존과 존엄성 그리고 이에 터 잡은 자유와 권리를 지키고 국민의 생활 향상과 행복을 이룩하는 데 있다. 국민이 국가라는 통치조직과 그 통치권을 존립시키기 위해 존재하는 것은 아니다. 국민이 없는 국가란 존재할 수 없고 존재의 가치도 없다. 그러므로 국가의 존재 이유가 된 개인의 생존과 존엄성 그리고 이에 터 잡은 자유와 평등의 기본권은 국가의 통치권은 물론, 그밖에 어떠한 이유로도 그 본질을 침해할 수 없고 이는 헌법에도 명시되어 있다.(헌법 제37조 2항 후단)

이러한 국민의 존엄성과 가치 그리고 기본적 권리의 본질적 내용은 전국가적(前國家的)인 자연권으로 천부적(天賦的)인 것이고 국가가 개인에게 은혜로 부여하거나 법률에 의해 창설된 것이 아니라고 보아야 한다.

우리나라 헌법 제10조가 "모든 국민은 인간으로서의 존엄과 가치를 가지며 행복을 추구할 권리를 가진다. 국가는 개인이 가지는 불가침의 기본적 인권을 확립하고 이를 보장할 의무를 진다"고 규정하고 있는 것은 국민의 천부적 권리를 확인하고 천명하는 뜻이라고 이해해야 한다.

그렇다면 국민은 국가 없이도 존재할 수 있는가? 국가가 붕괴되거나 국가 통치조직이 인간의 존엄과 가치, 자유와 권리를 부정하는 무법·불의한 통치조직으로 전락했을 때 국민은 생존할 수 있는가?

아마도 자연적인 생명은 유지할 수 있을지 모르나 인간의 가치를 상실한 처참한 삶이 될 것이며 나라를 잃은 유민(流民)으로 전락해 다른 나라로부터 천대받고 다른 나라의 구휼을 받아서 생존하는 비참한 상황에 빠질 것이다. 최근 시리아 등 중동이나 북부아프리카 지역에서 IS 반란 세력 등의 발호로 국가조직과 질서가 궤멸되면서 그 지역을 탈출한 대량 난민들이 생사를 걸고 지중해를 건너 유럽지역에 유입해 들어가고 유럽 각국은 이들의 유입을 막거나 제한하는 참담한 상황이 바로 국가가 붕괴되었을 때의 참상을 보여준다.

결국 국가로서는 국민의 생존과 존엄성 그리고 기본적 권리를 수호하는 것이 그 존재 이유가 되는 것과 마찬가지로 국민에게는 국가의 존립이 필수 불가결한 생존의 조건이 된다.

그러면 국가가 전체주의적 독재국가로 전락해 국민의 존엄성과 기본적 권리를 짓밟을 때도 국민은 국가의 존립을 위해 참고 견뎌야 하는가? 이런 국가는 국가이되 국가의 존재 이유를 상실한 비(非)국가라고 볼 수밖에 없다. 이 경우에 국민은 정당한 국가의 존립을 지키기 위해 국가를 정상국가로 바꿔야 한다. 그것이 합법적인 방법으로 불가능하다면 시민불복종이나 저항권 등 현존 실정법에 저촉되는 방법을 써서라도 국민의 존엄성과 기본적 권리를 수호하는 국가로 만들어 그 존립을 지켜야 한다. 이것은 국민이 취해야 할 불가피한 마지막 선택이 될 것이다.

국가는 누구에게든 가족이나 사랑하는 이웃과 더불어 생존을 이어 갈 터전이고 또 미래의 삶을 위한 발판이다. 이런 국가가 적극적으로 국민의 존엄과 가치 그리고 기본적 권리를 존중하고 행복 추구의 생활을 뒷받침하는 것은 바로 국민을 사랑하는 것이고 이런 사랑을 받은 국민도 나라를 사랑하지 않을 수 없게 될 것이다. 미국은 전쟁에서 전사한 자국 병사의 유해를 아무리 오랜 시일이 지났더라도 끝까지 찾고 발굴해내는 노력을 한다.

국가가 국민의 존엄과 가치 그리고 기본적 권리를 존중하고 보장하는 일은 국가의 존립 이유이면서 동시에 국민으로 하여금 국가에 대한 애국심을 키우고 나아가 국가의 존립을 지키게끔 만드는 일이기도 하다.

결론적으로 국가는 전쟁의 시기이든 평화의 시기이든 국민이 갖는 인간의 존엄성을 최대한 존중해야 하며 그것이 국가의 존립 이유에도 부합한다. 이 일은 정치가 담당할 몫이 크다.

개인적 차원에서의 인간의 존엄성

개인적 차원에서 인간의 존엄성은 나에게 어떤 중요한 의미가 있는가? 이 지구상에 사는 수십억 인구와 광대한 우주 속에서 나는 유일무이한 존재이며 어느 누구의 복사판이나 모조품이 아니다. 게다가 나는 이 지구상에서 단 한 번의 희귀한 생명의 기회를 얻어 존재하는 행운아이기도 하다.

그렇지만 이 정도로는 나의 존엄성과 가치가 가슴에 크게 와닿지 않는다. 따지고 보면 이 지구상의 수십 억 인구 모두 나처럼 유일무이한 존재이고, 희귀한 생명의 기회를 갖는 존재가 아닌가. 특별한 행운이나 우연이 찾아오지 않는 한 평범한 삶을 살 수밖에 없는 존재라고 체념할지도 모른다.

그러나 인간의 존엄성과 가치를 깨닫게 된다면, 그리고 그런 존엄성을 지키며 존귀한 삶을 살고자 노력한다면 그런 사람은 스스로의 삶을 존귀한 것으로 만들고 주변의 평가도 바뀌게 만든다. 인류 사회의 발전 과정에서 인간의 존엄성과 가치는 개인의 삶을 바꾸면서 동시에 인류 역사의 흐름을 야만 사회에서 문명사회로 진화시켜 왔던 것이다.

3

인간 존엄성에 관한 나의 생각

인간은 왜 존엄한 존재인가? 우선 종교, 특히 그리스도교에서는 인간은 신이 신의 모습에 따라 창조한 피조물로서 영원한 영혼을 갖는 존재이기 때문에 존엄성을 가진 존재라고 본다. 고 김수환 추기경은 '인간의 존엄성'에 관한 강연에서 인간의 존엄성과 평등은 형이상학적이면서 동시에 종교적 의미의 신앙, 즉 믿음의 문제라고 말하고 다음과 같이 정의하고 있다. "①하느님이 인간을 당신의 모습으로 창조하시고 절대적이요, 조건 없는 사랑으로 사랑하시기 때문에, ②또 인간으로 하여금 하느님 당신과 같이 영원히 살도록 뜻하시고 이를 위해 모든 것을 다하시기 때문에, ③그리하여 인간 안에는 영원하신 하느님이 내재하고 계시기 때문에 인간은 존엄하다."●

일반적으로 종교, 특히 그리스도교는 창조론을 주장하고 진화론을

● 서울법원아카데미 제1회 교양강좌(2003. 6. 2)

배척하는 것으로 알려져 있다. 그러나 가톨릭교회는 일찍부터 진화론의 일부 수용 가능성을 열어두고 있었는데 이것은 매우 흥미로운 일이다. 즉, 1950년 교황 비오 12세는 회칙 '인류(Humani Generis)'에서 진화론에 대해 처음으로 이에 반대하는 학설과 마찬가지로 진지한 가설로서 깊이 있는 연구 조사를 할 가치가 있다고 언급했다.

또한 북경 원인(猿人)을 발견한 유명한 프랑스의 고생물학자이자 신학자인 피에르 테야르 드 샤르댕(Pierre Teilhard de Chardin)신부와 같은 가톨릭계의 학자들에 의해 진화론의 입장에서 신학을 해석한 연구 결과가 발표되면서 그리스도 신앙과 진화론은 부합할 수 있다는 긍정론이 가톨릭신학 세계에 퍼졌다. 이에 따라 제2차 바티칸공의회는 그 '사목헌장(Gaudium et Spes)'에서 "모든 학문 분야의 탐구는 그것이 참으로 과학적 방법을 따르고 윤리규범에 따라 이루어진다면 절대로 신앙과 대립될 수 없다. 왜냐하면 세속사물이나 신앙의 내용은 다함께 하느님 안에 그 근거를 두고 있기 때문이다"라는 입장을 표명했다.

이에 이어 교황 요한 바오로 2세는 1996년 교황청 과학원 총회에 보낸 서한에서 유명한 존재론적 도약론(ontological leap)을 언급했다. 요지는 인간의 기원이 인간 아닌 생명체로부터 진화한 것이라고 해도 인간이 가진 영혼은 하느님이 창조한 것이고 인간은 진화 과정의 어느 단계에서 영혼을 가진 생명체로 되었다는 것이다.••

●● 교황 요한 바오로 2세의 서한은 1996년 10월 22일 '생명의 기원과 진화'를 주제로 열린 교황청 과학원 총회에 보낸 것으로 원문은《Jean Paul II, Message C'est avec un grand plaisir aux Membres de l'Academie Pontificale de Sciences reunis en Assemblee pleniere, 24 octobre 1996: AAS 89(1997)》186~190쪽을, 국문 번역문은《가톨릭교회의 가르침》(한국천주교중앙협의회, 제3호, 1997) 187~191쪽 참조. 그밖에《떼야르 드 샤르댕에서의 인간의 문제》(김성동 저, 호서대, 2009)를 참조.

철학에서 인간을 이성적 존재로 본 임마누엘 칸트(Immanuel Kant)의 견해를 요약하면 다음과 같다. 인간은 자연적 존재이지만 동시에 자신을 넘어설 수 있는 예지적 힘, 즉 자유의지를 가진 존재이다. 이 힘을 통해 자신을 넘어서서 당위의 세계를 추구할 수 있게 되는데 그것은 바로 도덕법칙이며 인간은 자유의지에 의해 신성한 도덕법칙에 부합하는 존재가 될 수 있는 것이다. 악으로 나아갈 수도 있는 성향을 가진 인간이 이런 성향을 억제하고 스스로 도덕법칙을 지향하는 것은 그렇게 함으로써만 인격적 존재자가 될 수 있기 때문이다. 이기적인 자기 사랑이나 자기만족을 억제하고 존경의 대상이 되게 하는 도덕법칙은 그 자체가 신성한 것이며, 이 도덕법칙의 주체가 된 인간도 신성하다고 보아야 한다.

칸트에 따르면 인간의 존엄성 근거는 이성적 존재인 인간이 자유의지로 자연적 성향의 지배를 벗어나 당위의 세계인 도덕법칙을 추구하는 주체가 될 수 있다는 데 있다. 도덕법칙이 지향하는 최고선(最高善)의 실현은 도덕적으로 완전하고 전능한 신의 의지와 일치함으로서만 가능한 것이라면서 신의 존재와 결합시키고 있다.•

이밖에 프랜시스 후쿠야마(Francis Fukuyama)는 인간의 진화 과정이 어느 시점에서 매우 중요한 질적 도약이 발생한 것이 틀림없다면서 다음과 같은 가설을 내놓았다.

즉, 인간은 이 도약으로 그 이전의 인간이나 동물들이 가지고 있던

• 《실천이성비판》(임마누엘 칸트 저, 백종현 옮김, 아카넷, 2009), 〈実践理性批判 2〉, カント著, 中山元 譯, 光文社文庫

인지 능력이나 의지, 감정 등을 합친 것 이상의 능력이 창조적으로 발현되었는데, 이것은 부분의 합(合)만으로는 설명할 수 없는 복합적 총체, 즉 복잡계(complex systems)의 특성이라는 것이다. 예컨대, 인간과 가장 가깝다는 침팬지의 게놈(genome)은 98퍼센트가 인간 게놈과 일치하고 그 차이가 미미하지만 총체적으로 인간과 비교할 수 없는 차이가 있는데, 이는 복잡계의 창발성 때문이다. 부분에서 전체로의 이런 도약이야말로 궁극적으로 인간의 존엄성의 근거가 되는 것이며 이런 전체가 무엇이고 어떻게 도약하게 되었는지는 과학으로 규명할 수 없는 신비한 영역에 속한다고 말한다.**

그의 이런 도약론은 가톨릭교회가 말하는 영혼에 의한 도약론과는 다른 것이지만 불가지의 존재론적인 도약을 가설로 하고 있다는 점에서는 가톨릭교회의 존재론적 도약론과 흡사한 점이 없지 않다.

이상에서 우리는 인간 존엄성의 근거에 관한 종교계와 철학 분야의 몇 가지 견해들을 살펴보았다. 하지만 나는 인간 존엄성의 근거를 영혼으로 보든, 자유의지를 가진 인격체로 보든, 또는 복합적 총체의 특성으로 보든 그 자체만으로 바로 인간 존엄성의 근거라고 단정하는 데는 선뜻 수긍이 가지 않는 점이 있다.

생각해보라! 그동안 인간은 존엄성이라는 이름과는 걸맞지 않는 잔혹한 행동을 얼마나 자행해 왔던가. 고대부터 인류 사회에서는 이익과 권력 추구를 위한 약탈과 살육이 자행되었고 근대에 와서도 나

** 〈제2부 제9장 인간의 존엄성〉,《Human Future: 부자의 유전자 가난한 자의 유전자》(프랜시스 후쿠야마 저, 송정화 역, 한국경제신문사, 2003) 참조

치스(Nazis)의 유태인 말살을 위한 집단처형이나 일본군의 난징대학살 등 반(反)인간적 만행을 우리는 목격해왔다.

최근에도 중동의 이슬람극단파인 'IS(Islamic State)'의 잔혹한 테러행위와 종파 간 세력 싸움으로 국가체제가 위협받고 대량 난민이 생존을 위해 다른 나라로 유랑하는 참상을 보고 있다. 이러한 반인간적 행위를 하거나 평화질서를 파괴하는 인간들도 영혼이나 자유의지, 또는 복합총체적 특성을 가진 존재라는 것만으로 존엄성을 가진 인간이라고 말하는 것은 좀 이상하지 않은가?

인간 존엄성의 문제는 좀 더 근원적이고 역사적인 평가를 할 필요가 있다. 원시의 인류 사회는 동물 사회와 별반 차이가 없고 약탈과 살육, 약육강식이 일상화된 사회였을 것이다. 그러나 인류 사회는 이런 상태에 머물지 않고 인간의 존재와 삶의 가치, 그리고 영혼 등 정신세계에 관해 고민하기 시작했다. 예컨대, 지금으로부터 2500년 내지 3000년 전의 고대 시대인 중국의 춘추전국 시대나 그리스의 도시국가 간 쟁패 시대의 역사 기록을 보면 여전히 강자가 약자를 지배하고 탐욕과 권력이 판치는 시대였지만 철학자와 사상가들이 나와 인간의 자유와 도덕을 말하고 개인의 삶의 의미와 공동체적 가치에 관해 담론을 전개하고 탐구하며 교육했다.

전쟁과 약탈이 자행되던 약육강식의 시대에도 선과 정의의 필요성을 역설하고 공동체 구성원인 개인들을 교육하면서 공동체의 지배자들에게는 선과 정의로운 통치를 요구하는 목소리를 꾸준히 내왔다. 그리고 그것은 근세에 이르러 르네상스와 계몽주의 시대를 거치면서 인간의 존엄성을 근거로 한 개인의 인권과 자유라는 가치를 목표로 자유 민주주의를 추구하는 역사의 흐름이 되었다.

물론 역사의 큰 흐름에는 때로 역류가 일어나듯이 제1, 2차 세계대전이나 종족 간 또는 종파 간 투쟁으로 대규모의 살상상태가 벌어지기도 했지만 인류 사회는 이를 방치하지 않고 대처하고 치유하면서 선한 역사의 흐름을 이어왔다.

예컨대, 제2차 세계대전 후의 전범재판은 인간 존엄성을 파괴하고 훼손시킨 잔혹행위에 대해 응징을 가함으로써 정의를 세우고자 했고, 이는 일시적인 역사의 역류를 본류로 되돌리려는 노력이라고 볼 수 있다.(이런 의미에서 최근 일본의 일부 정치인이 제2차 세계대전 후의 전범재판을 피해자에 의한 보복이라는 논리로 형평성의 문제를 제기하고 있는 것은 반역사적인 발상이라고 하지 않을 수 없다.)

이와 같이 인류 역사 발전의 흐름을 선과 정의의 방향으로 향하게 만든 요인 또는 동인(動因)은 무엇인가? 인간 개인은 영혼을 가진 인간 또는 자유의지를 가진 인간으로서 선과 악 중 어느 것이라도 선택할 수 있는 존재다. 악을 선택한 인간에게는 인간의 존엄성을 인정할 수 없다는 생각이 드는 게 사실이다. 그렇다고 선을 선택한 사람만이 존엄성이 있다고 한다면, 인간의 존엄성이 본인의 선택에 좌우되는 것이므로 이것도 타당하지 못하다.

인류 역사가 선과 정의를 지향해온 요인 내지 동인은 인류에 존재하는 불가지의 신비스러운 힘, 즉 신성과 신적 존재의 작용이라고 말할 수밖에 없다는 생각이 든다. 이렇게 선과 정의를 지향하는 위대한 인류 사회를 구성하는 인간은 개개인이 일탈행위에도 불구하고 존엄성을 가진 존재라고 보지 않을 수 없다.

나의 결론을 요약하면, 인간은 영혼을 가진 존재라든가, 자유의지를 가진 인격체라든가 또는 복합적 총체의 특성을 가진 존재라는 것만으로 존엄성을 가진 존재라고 단정하여 말하기는 어렵지만, 선과 정의를 지향한 역사발전을 이끌어온 인류 사회의 일원이라는 점에서 개개인의 일탈행위에도 불구하고 존엄성이 있는 존재라고 보는 것이 타당하다.

인간의 본성과 존엄성을 분명하게 인식한 다음 우리 개인의 삶도 인류 사회의 선하고 정의로움을 향한 역사의 흐름에 맞게 스스로를 닦고 개발해 삶의 의미와 보람을 찾아야 한다.

정치도 개인의 존엄성의 가치와 그 역사적 의미를 깨닫고 선과 정의를 지향해야 하며 그럼으로써 역사의 흐름에 동참하게 될 것이다.

특히 정치의 역할은 중요하다. 혁명의 시대, 전쟁의 시대에는 인간의 존엄성은 무참하게 짓밟히고 무시되었다. 이러한 역사의 역류가 일어나지 않는 정상적인 시대를 만들어 가는 것은 1차적으로 정치와 정치인들의 책임이라고 할 수 있다.

4
존엄성을 지키며 살아가는 길

/

존귀한 삶의 의미

현실의 삶은 고달프고 뜻대로 안 되는 일이 너무나 많다. 취업을 하려고 해도 채용해주는 곳이 없고, 또 직장을 가진 사람도 언제 직장을 잃을지 불안하기만 하다. 퇴직금으로 어렵게 시작한 자영업이 실패하면서 온 세상이 끝난 것처럼 좌절감에 빠지기도 한다.

"이런 세상, 왜 살아야 하는가" 하는 탄식과 푸념이 나올 판에 인간은 존엄한 존재라고 말한들 소귀에 경 읽기처럼 귀에 들어올 리 없다. 이 정도가 아니라도 자신들이 다른 사람들보다 뒤떨어지고 가치 없는 존재가 아닌가 하는 열등감에 사로잡힌 사람들에게는 인간의 존엄성은 자신들과 관련이 없는 얘기로 들릴 것이다.

도대체 존귀한 삶이란 무엇인가? 우리는 세속적으로 성공한 사람들, 예컨대, 재벌이나 부자들 또는 권력을 가진 대통령이나 장관 또는 정치인을 존귀한 존재라고 생각하는가? 그것은 아닐 것이다. 우리들이 마음속에 그리는 존귀한 삶, 존엄한 존재라는 것은 분명하게 표현하기는 어려우나 세속적인 성공이나 평판과는 다른 그 어떤 소중하고 고귀한 가치라고 느끼고 있다.

그것이 무엇인지 이제부터 살펴보겠지만 일단 존귀한 삶이란 세속적으로 성공한 삶이 아니라 내가 스스로 정신적으로 소중하고 고귀한 삶이라고 느끼는 그런 삶인 것만은 틀림없는 것 같다.

존귀한 삶을 살기 위해 구체적으로 어떻게 해야 하는가?

첫째, 자신이 존귀한 존재라는 자각과 신념을 가져야 한다. 둘째, 자기가 할 수 있는 일과 타인이 할 수 있는 일을 구분해 자기가 할 수 있는 일에 최선을 다해야 한다. 셋째, 자기가 할 수 있는 일 중 중요한 것은 자기완성, 즉 자신을 가장 선하고 정의로운 존재로 만드는 일이며, 여기에 최선을 다해야 한다.

자신이 존귀한 존재라는 자각과 신념

우선 자신을 존귀하게 생각하고 자신을 존중하는 사고를 길러야 한다. 나 자신이 하찮고 쓸모없는 존재이며, 일자리 하나 찾지 못하는 무능한 존재라는 자의식에 붙잡혀 있으면 새장에 갇힌 새처럼 영원히 자기비하와 열등감에서 벗어나지 못할 것이다. 날기 위해서는 먼저 새장에서 나와야 한다. 자신을 귀하게 여기고 존중하기 시작하면 다른 사람들도 당신을 귀하게 여기고 존중하기 시작한다. 똑같이 당신이 다른 사람들을 존중할 때 그들도 당신을 존중할 것이다. 젊은 시절 가톨릭성당의 미사에 갔을 때 미사를 집전하던 신부가 어느 프랑스 시인의 시구라며 인용하는 것을 들었는데 아직도 기억에 남아있다.

"지금 막 스쳐지나간 사람, 모퉁이 너머로 사라지는 사람, 돌아보니 바로 그 사람이 그리스도로구나."

이 한마디로 인간은 모두 신처럼 귀한 존재라는 느낌이 가슴에 와 닿았다. 이런 종교적 비유가 아니라도 인간은 모두 존귀한 존재, 신적 존재인 것이다.

자신의 주관, 즉 생각을 바꾸는 일은 당신만이 할 수 있는 일이다. 먼저 자신이 소중하고 고귀한 존재가 되기로 결심한다. 그런 다음 당신은 삶의 주인으로서 자기가 할 수 있는 일에 최선을 다하되 항상 선하고 정의로운 삶을 지향한다. 소중하고 고귀한 존재라는 자각과 자존심을 항상 마음에 다지고 그에 걸맞은 품격을 유지하는 것을 습관화한다. 그러면 바로 존귀한 삶의 주인이 되는 발판이 마련된 것이다.

존귀한 삶은 결코 현실 도피를 위한 은둔자의 삶이 아니라 당신의 운명을 열어가는 적극적인 삶의 방식이다.

그런데 내가 나의 속을 들여다보면 나를 속상하게 하고 비참하게 만들었던 것들, 나로 하여금 열등감을 갖게 만들었던 갖가지 쓰레기들이 그대로 쌓여있는 것을 보게 된다. 이런 것들을 그대로 두고 어떻게 나를 존귀하게 생각하고 존중할 수 있겠는가? 나도 성장기와 법관 시절 열등감 때문에 고생한 경험이 있다. 전학을 가면 그곳에는 이미 기득권 세력이 있어 이방인에게 자리를 내주려고 하지 않았다. 그 벽을 뚫기 위해 안간힘을 써야 했다. 그러는 사이 빨리 동화하지 못하는 나 자신에 대해 열등감을 느끼기도 했다. 법관이 된 뒤에도 명쾌하게 이론을 펴는 동료 법관을 볼 때면 내가 법관으로서 능력이 떨어지는 게 아닌가 느껴지기도 했다. 또 복잡한 사건 기록과 씨름하다 보면 내가 사건의 진실을 제대로 파악하지 못하고 심판자로서의 자질도 부족한 것이 아닌가 하는 열등감이 나를 괴롭혔다.

그래서 먼저 이런 부정적인 생각들을 씻어내야 했다. 내가 행했던 한 가지 방법은 하루 일을 끝내고 취침 전 묵상 시간에, 그날 일을 돌아보며 '나는 신이 이 세상에 내놓은 소중하고 귀중한 존재다. 누구도 나의 존귀한 삶을 해칠 수 없다'는 신념을 다지면서 상상 속에서 이 신념의 폭포를 마음속의 옹달샘에 부어 부정적 생각의 쓰레기를 말끔히 씻어낸 것이다. 대법관, 감사원장, 국무총리를 거쳐 정치에 들어온 뒤에도 이런 묵상은 계속 되었지만 다음 날이 되면 또 쓰레기들이 쌓이곤 했고, 다시 씻어내야 했다.

오스트리아 출신 심리학자 알프레드 아들러(Alfred Adler)는 과거 심리학계의 주류였던 지그문트 프로이트(Sigund Freud)나 칼 융(Carl Gustav Jung)이 사람의 행동이나 트라우마는 과거의 경험이 그 원인이 된다는 원인론을 주장한 데 대해, 이러한 과거 경험의 원인론을 부정하고 사람은 과거의 경험으로부터 어떻게 행동할지 목적을 정하고 이에 따라 행동할 뿐이라는 목적론을 편 것으로 알려져 있다. 사람은 열등감을 극복하기 위해 꾸준히 자신을 발전시켜 나간다고 주장한다.[•] 마음속에 있는 쓰레기들은 일일이 끄집어낼 필요 없이 당신이 바

• 《미움받을 용기》(기시미 이치로, 고가 후미타케 공저, 전경아 역, 인플루엔셜, 2014), 26쪽 이하 참조

라는 존재가 되기로 결정하고 그대로 행동하면 된다는 것이다.

그런데 이런 생각은 뒤에 말하는 후기 스토아 철학자인 마르쿠스 아우렐리우스(Marcus Aurelius Antonius)나 에픽테토스(Epictetus)의 사상과 매우 흡사한 데가 있다. 나는 끊임없이 쌓이는 마음의 쓰레기를 매일 묵상으로 청소했다. 그러는 사이 존귀한 존재라는 자각을 갖게 되고 현실의 어려움에 대처하는 여유를 느끼기 시작했다.

타인과의 관계에서 주의할 일

내가 존귀한 존재임을 인식한다는 것은 동시에 타인도 존귀한 존재임을 인식하는 것이다. 개인은 공동체 안에서 타인과 의존적(依存的)인 상관관계를 가지고 살아간다. 그래서 인간은 의존적 존재라고 불린다. 이런 관계에서는 타인을 존중하고 배려하는 것은 매우 중요한 덕목이다. 타인과의 관계는 개인과의 관계와 집단과의 관계로 나눌 수 있는데, 이런 관계에서 특히 주의할 점에 대해 몇 가지 언급하고자 한다.

가) 개인인 타인과의 관계

타인의 평가나 평판에 지나치게 민감한 사람은 자칫 자신의 존재 가치와 정체성에 대해 자신을 잃고 오직 타인의 평가나 평판에 의지해 이에 영합하는 삶을 살려고 애쓴다. 이런 삶은 타인의 평가나 평판대로 사는 허수아비의 인생이며 자유인임을 포기하고 타인의 지배하에 들어간 노예와 같은 인생이 된다. 타인의 평가나 평판은 그들의 판단일 뿐이라는 것을 알아야 한다.

물론 타인의 평가나 평판에 초연하는 일은 쉽지 않다. 나도 이 나이가 되었지만 다른 사람으로부터 좋지 않은 말을 들었을 때는 기분이 상한다. 그럴 때면 나는 곧 애써 이를 털어버린다.

나) 집단과의 관계

사람들은 누구나 어릴 때부터 집단과의 관계에서 살아간다. 나도 초등학교 때부터 여러 차례 전학을 다니면서 새로 만나는 집단인 학교의 동급생들의 분위기에 어떻게 적응할지가 항상 중압감으로 다가왔다.

여기에는 두 가지 방식이 있는 것 같다. 하나는 무리 속에 섞여 무리의 일원이 되는 것이고, 다른 하나는 무리에 앞서 가는 것이다. 전자가 무리 속에 교우관계를 넓혀 자신의 위치를 확보하는 방식이라면, 후자는 자신이 가진 장점을 부각시켜 무시하지 못하게 만들어 자신의 위치를 확보하는 방식이다. 나는 주로 후자의 방식에 따랐다.

집단 속에 묻혀 집단의 평균적인 구성원으로 집단에 추종하면서 살아갈지, 아니면 집단의 추종자가 아니라 집단을 주도하거나 집단이 무시 못하는 존재로 살아갈지는 본인의 선택에 달려있고 어느 쪽이 더 바람직하다고 단언하기는 어렵다.

다만 개인이 집단과 조화를 이루며 살아가는 것은 필요하지만 자신의 존재와 가치에 대한 분명한 의식 없이 집단에 부화뇌동할 때는 매우 우려스러운 일이 생긴다는 점을 주의해야 한다. 집단이 정의롭지 못한 행동을 할 때 그 구성원들이 이를 거역하지 못하고 추종하는 비겁한 행동을 취한다면 그 공동체에는 정의가 실종되는 심각한 상황이 올 것이다.

집단적 따돌림이나 왕따의 경우를 생각해보자. 당신은 가해자와 피해자 중 어느 편에 설 것인가? 집단 속에 매몰된 사람들은 집단의식에 감염되어 별 죄의식 없이 가해 행위에 가담하거나, 죄의식을 느끼는 경우에도 이를 제지할 용기를 내지 못하고 가담한다. 이런 집단적 따돌림이나 왕따는 피해자를 집단과 단절시켜 괴롭힘으로써 쾌감을 느끼는 행동으로, 심한 경우 피해자는 지옥을 겪는 심정을 느끼게 된다. 오죽하면 자살하는 사람도 나오겠는가?

타인을 괴롭혀 쾌감을 느끼는 행위는 일종의 집단적 사디즘, 즉 가학성 변태 행위다. 학교와 직장에서 집단적으로 피해자를 괴롭히고 고통을 주는 것은 헌법이 규정한 인간 존엄성과 가치를 짓밟고 정의를 훼손하는 행위로 결코 가볍게 볼 일이 아니다. 이런 일이 일상의 일처럼 방치된다면 가해자는 물론 방관자들도 개인의 존엄성과 정의를 훼손하는 것쯤은 대수롭지 않게 생각하는 습성을 가지게 될 것이다. 이런 국민이 다수가 된다면 어떤 나라가 되겠는가?

부모는 자녀에게 이런 따돌림이나 왕따에 가담하거나 방관하는 것은 반(反)인간적이고 비겁한 행동이라는 것을 일깨워 주고 이를 제지하는 용기를 가지도록 적극적으로 가르쳐야 한다.

집단 따돌림의 피해자가 된 경우에는 자신의 존엄성을 지키기 위해 정면으로 맞서야지, 침묵하거나 다른 학교로 옮기는 등 피해 다니는 소극적 대응으로는 이로부터 벗어날 수 없다. 맞서보지도 않고 항복한다면 당신의 자녀는 그의 삶에서 받은 상처를 영영 치유할 길이 없다. 부모는 아이에게 집단 따돌림이나 왕따를 당했을 때 자신의 의지와 용기만이 그 지옥에서 벗어날 수 있는 길이라는 것을 가르쳐줘야 한다.

피해자를 압박하는 가해자 그룹의 힘은 겉으로는 저항할 수 없을 만큼 막강하게 보이고 공포심을 자아낼 것이다. 공포심과 용기는 종이 한 장 차이다. 쉽게 굴복하지 않는 용기를 가져야 한다. 이 용기를 버리는 순간 포식자들의 먹이가 되고 만다. 또 집단 따돌림이나 왕따는 본인의 노력만으로 극복하기 어려운 경우가 많은 만큼 부모와 교사, 캠퍼스 경찰 등이 유기적인 연락망을 갖추어 조기에 대응할 수 있도록 해야 한다. 약육강식의 현장에서 약자인 피해자 본인이 알아서 해결하라고 방치하는 것은 피해자를 자살이라는 막다른 골목으로 몰아갈 수 있는 범죄 행위를 조장하는 것임을 잊지 말아야 한다.

자기가 할 수 있는 일과 타인이 할 수 있는 일

자신이 존귀한 존재라는 인식을 분명히 한 다음에 할 일은 자기가 할 수 있는 일과 타인이 할 수 있는 일을 구분하는 일이다.

자기가 할 수 있는 일이란 무엇인가? 세상일에는 자기가 할 수 있는 일이 있고 타인이 할 수 있는 일이 있다. 나는 내가 할 수 있는 일에는 주인이고 통제할 수 있지만, 타인이 할 수 있는 일의 주인은 타인이며 그의 통제하에 있으므로 내가 이래라저래라 말할 수 없고 말해봐야 소용이 없다. 지극히 당연한 말인 것 같지만 많은 사람들이 이를 구분하지 못하고 자기가 할 수 있는 일도 타인의 통제하에 있는 것처럼 회피하거나 타인이 할 수 있는 일을 자기가 할 수 있는 것처럼 통제해 보려고 헛수고를 하면서 고달픈 삶을 살아간다.

사람은 자기가 할 수 있는 일에 최선을 다해야 한다. 그 일이 타인의 평가나 협력과 관련되어 있는 경우에 그 부분은 그들이 할 수 있는 일이고 자기의 통제 밖에 있다. 자기가 할 수 있는 일에 최선을 다하지 못했다면 자책해야 마땅하지만 최선을 다했는데도 타인의 평가나 협력을 얻지 못해 실패했다면 자기의 통제 밖에 있는 일의 결과에 대해 좌절하거나 원망하는 것은 부질없는 짓이다. 그 결과에 미련을 갖거나 집착한다면 그는 타인의 의지에 매달리는 예속된 삶, 좌절과 열등감에 사로잡힌 삶을 살게 될 것이다.

요즘 젊은이들은 취업을 위해 온갖 노력을 한다. 취업에 유리한 스펙이나 자격증도 따고 심지어 미용까지 신경 쓴다. 이런 일은 자기가 할 수 있는 일이다. 그런데 막상 그를 평가하고 취업 여부를 결정하는 일은 타인인 회사의 손에 달려있다. 다행히 취업이 되면 좋지만 안 된다면 젊은이들은 이를 어떻게 받아들여야 하는가? 완벽하다 할 만큼 자기가 할 수 있는 일에 최선을 다했다면 자기 삶에서 해야 할 일을 다한 것이며, 이것이 바로 올바른 삶의 자세이다. 어느 누구에게도 떳떳하기에 회사의 평가는 단지 그들의 의견일 뿐이고, 이로 인해 자신의 진정한 능력과 자질이 정해지는 것이 아님을 알아야 한다. 이러한 의연한 자세로 과거의 일을 잊어버리자. 그리고 다시 도전하는 것이다. 젊은이들이 취업 준비에 최선을 다하면서 쌓인 실력과 내공의 힘은 반드시 새로운 기회를 가져다줄 것이다.

　나도 젊은 시절 어떤 일을 목표로 내 나름대로 최선을 다했는데도 뜻을 이루지 못했을 때는 낙담과 실망, 그리고 불안에서 쉽게 헤어나지 못하고 우울한 나날을 보내야 했다. 그렇게 며칠을 지내고 나면 '그래, 내가 어찌할 수 없는 일 아닌가? 다시 시작해야지' 하는 생각이 들어 다시 추스르곤 했다.

　타고난 천재란 분명히 있고 이런 사람들은 우리네 같은 보통 사람이 도저히 따라갈 수 없는 특이한 존재들이다. 우리는 우리가 따라갈 수 없는 특이한 존재 때문에 고민하거나 열등감을 가질 필요가 없다. 그들은 그들의 재능으로 인류 사회의 발전에 기여할 것이다. 우리는 우리대로, 그들과 다른 방식으로 최선을 다해 노력하면 된다.

　문제는 젊은이들이 실패를 두려워한다는 데 있다. 그래서 실패의 결과를 피하려고 도전을 포기하거나 심지어 생을 포기하기까지 한다. 왜 실패를 두려워하고 피하려고 하는가? 실패해도 나의 인생은 끝나지 않으며, 또 설사 끝내 실패를 만회하지 못한다고 해도 그것도 소중한 나의 삶이다. 세속적인 성공이나 실패는 나의 삶의 역정일 뿐이며 실패는 과거의 이력으로 남을 뿐이다. 현재의 나의 삶이 과거의 실패 이력에 영향을 받고 안 받고는 순전히 나의 마음가짐에 달려있다.

　예수가 "사람은 빵만으로 사는 것은 아니다"라고 말한 것은 삶의 가치나 보람이 세속적인 성공이나 실패에 의해 좌우되는 것이 아니라는 것을 일깨워준다. 진정한 나의 삶의 가치나 보람은 내가 나의 삶을 소중하고 귀한 삶으로 느끼는 데 있고 세속적인 성공이나 실패는 이에 대한 덤의 삶이라고 생각하면 된다.

앞에서 말한 시인의 지게꾼 아버지 이야기로 다시 돌아가 보자. 그는 젊어서부터 세속적인 성공과는 거리가 먼 지게꾼으로 힘든 삶을 살면서 모욕적인 일도 겪었을 것이다. 하지만 그는 자기의 일에 최선을 다하고 산 자신의 삶에 만족했기에 죽음을 앞둔 마지막 순간에 "한세상 잘 살고 간다"는 말을 남겼던 것이라고 생각한다. 사람들이 종교를 믿거나 철학을 하는 것은 바로 이런 삶의 자세를 배우기 위함이 아닌가?

자기가 할 수 있는 일의 의미

자기가 할 수 있는 일을 구체적으로 정의한다면 자기 자신의 의지를 결정하고, 의욕과 신념을 가지고 이를 실행하는 일이라고 말할 수 있다. 즉, 자기 자신의 의지와 이성적 활동에 관한 일이며 그 밖의 일은 모두 자기가 할 수 있는 일이 아니다. 신은 인간에게 영혼을 주었고 스스로 자유롭게 의사결정을 할 수 있는 자유의지를 주었다. 진화론에 의하더라도 호모 사피엔스인 인간은 진화과정의 어느 한 시점, 즉 약 7만 년 전부터 3만 년 전쯤의 어느 시점에 두뇌에 발생한 인지혁명으로 다른 동물과 결별하고 인간 본성인 자유의지를 갖게 되었다고 한다.[●]

인간은 그의 자유의지로 자신의 의견을 정하고 의욕과 신념을 가

●　《사피엔스》(유발 하라리 저, 조현욱 역, 김영사, 2015), 42~43쪽 참조

지고 이성적인 활동을 할 수 있으며, 이것은 그 자신이 할 수 있는 일이다. 하지만 그 밖의 일들, 즉 전적으로 자신의 의지와 결정의 지배하에 있지 않는 모든 것들은 자기 마음대로 할 수 있는 일이 아니다. 예컨대, 타인의 평가나 평판, 세속적인 성공, 또 가족, 교육관계 등 타인과의 의존적 관계에서 생기는 거의 모든 일이 여기에 해당한다.

"내가 열심히 노력하면 좋은 평가나 평판을 얻고 성공할 수 있는데 그것이 왜 자기가 할 수 있는 일에 해당하지 않는가?"라고 반문하는 사람이 있을지 모르겠다. 그러나 여기에서 내가 할 수 있는 일은 좋은 평가나 평판, 성공을 얻기 위해 노력하는 일이고, 그에 대한 평가나 평판, 성공 자체는 타인이 할 수 있는 일이거나 이와 결합된 결과물이므로 이것은 오로지 내가 할 수 있는 일의 범주에서 벗어나 있다. 이렇게 자기가 할 수 있는 일과 타인이 할 수 있는 일을 준별하는 이유는 거듭 말하지만 자기가 좌우할 수 없는 타인의 통제하에 있는 일의 결과에 대해 집착하고, 좌절하고 또 열등감에 빠지는 것은 부질없는 일이고, 자칫 자신의 진정한 삶의 의미와 가치를 잃어버릴 수 있기 때문이다.

지금까지의 삶에서 나에게 삶의 지혜와 영감을 준 여러 책 가운데, 후기 스토아 철학의 대표적 인물인 마르쿠스 아우렐리우스의 《명상록》과 에픽테토스의 《담화록》을 빼놓을 수 없다. 나는 젊은 시절 우연하게 로마의 철인(哲人) 황제로 일컬어졌던 마르쿠스 아우렐리우스의 《명상록》*을 읽었고 걷잡을 수 없이 이 책에 빠져 들었다. 당시 로

● 　《瞑想錄》(마르쿠스 아우렐리우스 저, 장백일 역, 홍신문화사, 1979)

마는 광대한 제국으로서 주변의 게르만족을 비롯한 여러 종족들의 도발이 끊이지 않아 황제는 전쟁터를 전전하고 있었다. 마르쿠스 아우렐리우스의 명상록은 이렇게 전쟁을 하는 동안에도 철저하게 자기 자신을 되돌아보고 성찰하는 자기완성을 향한 기록이다.

만사에 조심하고 단순 소박하며 선량하고 순수하며 존엄하면서 허식이 없는 자, 정의를 벗으로 삼고 신을 존경하며 마음에 미소를 잃지 말고 친애감에 충만한 자가 되라. 항상 철학이 너에게 원하는 것과 같은 인물이 되도록 열심히 노력해라.

_《명상록》, 제6권 30장

모든 것은 너의 마음가짐에 달려 있다. 지금 네가 선량하고 소박 순일하게 되는 것을 방해하는 자가 누가 있단 말인가. 만일 그러한 흠잡을 데 없는 인물이 될 수 없다면 더 이상 살 필요가 없다는 결의를 가져야 한다.

_《명상록》, 제10권 32장

누가 나를 경멸할 것인가. 그것은 그의 일이며 내가 관여할 바가 아니다. 내가 명심할 것은 다른 사람이 내가 경멸할 만한 언동을 하는 것을 보려고 해도 실망할 뿐이라는 상태를 만드는 일이다. 나를 싫어하는 사람이 있다고 해도 그것은 그 사람의 일이다. 도리어 나는 모든 이에게 호의와 친절한 마음을 품으며, 나를 싫어하는 당자에게도 그 과오를 지적하되 비난하거나 참고 있다는 태도가 아니라 성심 성의껏 남자다운 선의에 넘쳐서 설득해야 한다.

_《명상록》, 제11권 13장

최고의 인격이란 하루하루를 자신의 임종의 날처럼 생활하고 함부로 마음이 격해지지 않으며 위선에 빠지지 않는 것이다. _《명상록》, 제7권 69장

이런 글들이 한적한 곳에서 평안하게 명상하며 나온 글이 아니라 피 비린내 나는 전쟁의 군막 속에서 쓰였다는 것과 추상적인 사변 철학이 아니라 철저한 자신의 생활 철학과 지혜를 담고 있다는 것이 나를 사로잡았다.

이 책이 계기가 되어 나는 에픽테토스의 《담화록》*도 읽게 되었다. 우선 그의 비천한 성장 배경과 운명이 참으로 기구했다. 그는 노예 출신으로 뒤에 자유인이 되었지만 황제였던 마르쿠스 아우렐리우스와는 정반대의 처지에 있었던 사람이다. 그는 노예로 혹사당해 절름발이가 될 만큼 혹독한 인생을 살았다. 이런 비참한 삶에서도 초연하게 고난을 극복하면서 육체는 노예지만 정신적으로는 주인보다 우월한 해탈과 자유의 정신을 가진 인간으로 존경받았으니 참으로 놀라운 일이다.

그는 사람은 자기가 할 수 있는 일과 타인이 할 수 있는 일을 철저히 구분해야 한다고 강조했다.

여러 가지 존재하는 것 중 어떤 것은 우리의 권내(權內)에 있지만 어떤 것

---

* 당시 국내에서는 적절한 번역서를 찾지 못해 일본어 번역서인 《人生談義 上下》(エピクテ 一卜ス 著, 鹿野 治助 譯, 岩波文庫)를 구해서 보았고 그 후, 서울대 김재홍 교수의 〈에픽테토스의 담화록〉(《철학사상》 별책 제7권 제10호)를 보게 되어 참고했다.

은 우리의 권내에 있지 않다. 의견이나 의욕, 욕망과 기피 등 한마디로 우리 자신의 활동 자체는 우리의 권내에 있으나 육체와 재산, 평판이나 관직 등 한마디로 우리의 활동 자체가 아닌 것들은 우리가 좌우할 수 있는 권내에 있지 않다.   _《담화록》

우리는 우리의 권내에 있는 활동은 자유자재로 할 수 있으나 권내에 있지 않은 것은 자유로 할 수 없으며 우리는 예속되거나 방해 받게 된다. 자기가 통제할 수 없는 것을 할 수 있다고 생각한다면 방해받고 예속되는 상황에 처해 스스로 비참해지고 타인도 비난하는 처지가 될 것이다. 그러나 자기가 할 수 있는 권내의 일을 한다면 누구도 우리를 방해하고 비난하거나 강제하지 않을 것이다.   _《담화록》

우리의 권내에 있는 것이란 우리 스스로를 고찰하고 결정하는 능력, 즉 의욕과 거부의 능력, 욕구와 기피의 능력 등 이성적 능력을 바르게 사용하는 일이며 그 밖의 일은 우리의 권내에 있지 않다.   _《담화록》

스토아 철학에 대한 철학적 논쟁과는 상관없이 나는 위 두 사람의 글에서 '삶의 방식'에 관한 지혜를 얻었고, 이것은 나에게 큰 도움이 되었다.

실제로 자기가 할 수 있는 일을 명확히 구분하고 타인이 할 수 있는 일로부터 영향을 받지 않는다는 것은 쉬운 일이 아니었다. 나는 실수와 시행착오를 거듭했다.

하지만 법관으로서의 일에는 내가 할 수 있는 일과 타인이 할 수 있는 일의 구분은 비교적 분명했다. '5·16군사정변'이나 '12·12사태' 등 정치적 격변기를 거치는 동안 정치권력이나 여론 등의 외부압력에 시달리기도 했지만 내가 할 수 있는 일이 무엇이고 어떻게 해야 하는가는 분명했다.

때로 고민을 할 때가 있었지만 그것은 법관에 가해지는 압력이나 부당한 영향력을 어떻게 배제할 것인가 하는 것 때문이었지 양심과 정의의 신념 자체에 대한 고민은 아니었다. 감사원장과 국무총리 시절도 비슷했다고 생각된다. 나는 내가 할 수 있는 일에는 타협하지 않으려고 노력했다.

그런데 정치에 들어와서는 상황이 복잡해졌다. 때로는 내가 할 수 있는 일과 타인이 할 수 있는 일이 뒤엉켜 불분명하게 느껴질 때도 있었고, 타협도 불가피한 경우가 생겼다. 하지만 좀 더 냉철하게 관찰해보면 내가 할 수 있는 일의 구분은 명료해지고 결국은 나의 신념과 용기의 문제라는 것을 깨닫게 되곤 했던 것이다.

긍정적 사고와의 관계

자기가 할 수 있는 일과 관련하여 긍정적인 사고에 관해 몇 가지 내 생각을 말해두고 싶다.

긍정적인 사고로 삶을 보는 자세는 어두운 삶을 밝은 삶으로 바꾸기도 한다. 또 실패의 연속에서도 긍정적인 사고를 잃지 않는 사람은 실패를 극복하고 성공할 수 있다는 희망으로 결국 재기에 성공하는 경우가 많다. 반면에 '잘 안 될 거야', '나는 해봐야 소용없어' 하는 부정적인 생각에 젖은 사람은 어두운 삶을 선택하고 실패한 경우 희망을 포기하고 그대로 엎드려 버린다. 그러므로 우리는 희망이 안 보이고 매우 부정적으로 보이는 상황에서도 부정적인 사고에 사로잡히지 않고 억지로라도 '나는 할 수 있다'는 긍정적인 심상(心像)을 마음에 그리고 긍정적인 사고를 갖도록 노력해야 한다. 이것은 쉬운 일이 아니지만 하나의 삶의 지혜이다.

그런데 긍정적인 사고에 대한 기대가 지나친 나머지 내가 할 수 있는 일이 아닌 타인이 할 수 있는 일까지도 '내가 할 수 있다고 믿으면 이루어질 수 있다'고 말하는 이들이 있다.

나는 젊은 시절 미국의 노먼 빈센트 필(Norman Vincent Peale) 목사가 쓴 《긍정적 사고방식(The Power of Positive Thinking)》과 단 카스터(Dan Custer) 목사가 쓴 《정신력의 기적(The Miracle of Mind Power)》을 읽었다. 그리고 그들이 말하는 긍정적 사고의 마력에 매료되었다. 어떤 일이든 분명한 목적을 정하고, 그 목적이 이루어지는 것을 마음에 그리며(visualize), 그와 같이 이뤄졌다고 굳게 믿고 기도하면 그 일은 반드시 이루어진다는 내용이었던 것으로 기억된다. 세상에! 믿기만 해도 모든 일이 이루어진다니, 그런 기적이 어디에 있는가?

당시 나는 법관으로 있으면서 성북동의 대지 30평짜리 낡은 집에 살았다. 북향한 언덕에 지어진 구옥인데다가 원래 초가지붕이었던 것을 양기와로 바꾼 집으로 지붕의 무게 때문에 기둥들이 삐딱하게 기울어져 있었다. 또 좁고 긴 골목의 끝에 있어 재래식 변소의 분뇨수거차가 들어오지 못해 수거원이 퍼내야 하는데 잘 오지 않았다. 거기에다가 수도관도 얕게 묻혀 있어 겨울만 되면 동파되어 언 땅을 파고 수도관을 녹이는 난리를 쳐야 했다.

이 집을 팔고 이사 가기로 하고 당시에는 변두리였던 동대문구 휘경동에 있는 건평 18평짜리 국민주택을 계약했다. 그런데 성북동 집이 팔려야 이사 갈 집에 잔금을 지급할 터인데 팔리지 않았다. 성북동 집을 본다면 선뜻 사겠다고 나설 사람이 없을 것 같았다.

마침 나는 필 목사의 책을 읽은 뒤여서 그의 말대로 한번 긍정적 사고의 마력을 써보기로 했다. 먼저 내가 성북동 집을 왜 사게 되었던가 그 동기를 돌이켜 생각해 보았다. 그것은 마당이었다. 10평 안팎의 손바닥만 한 마당이었지만 네모반듯한 게 마음에 들었다. 집은 형편없지만 나처럼 마당에 이끌릴 사람이 분명히 있을 것이라고 믿기로 했다. 또 한 사람의 바보가 나타날 수 있다는 믿음을 갖고 기다린 것이다.

그러던 어느 날 퇴근하니까 아내가 웃으면서 사려는 사람이 나타나 오늘밤 계약서를 쓰기로 했다는 것이다. 아내는 30대의 젊은 남자가 집을 보러와 마당 한쪽에 있는 장독대로 올라가 집을 휙 둘러보더니(내가 그 집을 살 때도 그랬다) 흡족한 표정으로 사겠다고 했다는 것이다. 이렇게 하여 집은 팔렸지만 나는 집을 산 사람이 고생할 일이 걱정되기도 했다.

여기에는 뒷이야기가 있다. 내가 2001년 한나라당 총재 시절에 방미 길에 로스앤젤레스에 들러 칼(KAL)호텔에 묵었는데 '에덴화원'이란 꽃집에서 화분과 명함을 보냈다. 그 명함은 그 화원을 경영하는 이규완이란 분의 명함인데 바로 내게 성북동 집을 산 분이었다. '복가

(福家)'를 팔아주신 덕분에 미국에 이민 온 후 모든 일이 순조롭게 잘 되어 아들, 딸도 변호사, 의사로 성공적인 삶을 살고 있다는 뜻밖의 감사까지 받았던 것이다.

성북동 집이 팔린 것이 과연 긍정적인 사고의 마력 때문이었을까? 당시에는 나도 '이것 봐라' 하는 야릇한 기분이 들었지만 오로지 나의 믿음만으로 그런 일이 생겼다는 확신은 들지 않았다. 그 집을 파는 일은 내가 할 수 있는 일이지만 그 집을 사는 일는 타인이 할 수 있는 일이므로 내가 나의 신념만으로 타인으로 하여금 내 집을 사게 만들 수는 없으며 살 사람이 나타난 것은 우연이라고 보아야 하지 않을까? 집을 팔겠다는 나의 간절한 소망과 집을 사겠다는 그의 간절한 소망이 서로 접점을 찾은 것에는 어떤 신비한 작용이 있었는지 모르지만 이런 일이 나의 뜻대로 항상 일어날 수 있다는 확신은 들지 않았던 것이다.

다만 자신이나 타인의 건강과 관련된 치유의 기도 또는 신념은 치유의 효과를 가져오는 일이 흔히 있는 것 같다. 의학계에서는 치유에의 강력한 자기암시가 치유의 효과를 가져온다는 견해도 있긴 하지만 어쨌든 암과 같은 난치병의 치유는 기적처럼 생각하는 것이 사실이다.

나는 법관 시절 프랑스 루르드(Lourdes)에 있는 가톨릭 성지인 성모 마리아 발현 동굴을 방문한 일이 있다. 동굴 앞에 놓인 기도대에서 기도하는 중 뜨거운 감정이 솟구쳐 눈물을 흘리면서 기도한 기억이 난다. 그곳에서 나오는 샘물로 몸을 씻게 되어 있는 욕장(浴場) 밖에는 치유된 후 그곳에 두고 간 목발이나 휠체어들이 수북이 쌓여 있었는데 그것들은 치유 기적의 증거품이었다.

나는 독실한 기독교인들이 말하는 '성령의 체험' 같은 경험이 없고 또 신앙심도 깊은 편이 아니어서 함부로 신앙이나 치유에 대해 말할 자격이 없다. 다만 신앙은 신비의 영역과 맞닿아 있어 신앙심이 깊은 사람들의 긍정적인 기도가 기적 같은 신비한 결과를 가져오는 일은 있을 수 있다고 생각한다.

다만 기적은 신의 영역에 속하는 희귀한 일이며 함부로 이를 확장해 해석하는 것은 경계해야 한다는 게 보통 사람인 나의 생각이다. 암에 걸린 사람이 기도의 힘으로 암이 치유되었다고 책까지 펴냈다가 다시 병이 재발되어 세상을 떠난 안타까운 사례를 여러 번 보았다. 그 책을 보고 용기를 냈을 환자들이 갖게 될 허탈감과 상실감은 이루 말할 수 없을 것이다.

긍정적 사고를 갖되, 그 긍정적 사고의 결과에 대해서도 우리는 겸허해야 한다.

인간과 신의 관계

'자기가 할 수 있는 일'이 무엇인지를 알기 위해서는 인간의 자유의지와 신과의 관계를 생각해보지 않을 수 없다. 그러나 신이나 신앙과 관련된 문제는 언급하기가 매우 조심스럽다. 나 자신이 이러한 문제를 언급할 자격이 있는지 주저되기도 한다. 그렇지만 내 삶의 이야기를 털어놓기로 한 이상, 이에 대해서도 솔직한 생각을 말하는 것이 좋겠다고 여겨져 신앙이나 종교적 수준이 아닌, 내가 가진 상식의 수준에서 내 생각을 정리해보았다. 무지한 이야기로 읽히더라도 이해해주기를 바란다.

나도 한때는 본격적으로 깊은 신앙에 이르진 못했지만 교회에 열심히 다닌 때가 있었다. 법관으로 있을 때는 거의 매일 퇴근하면서 성당에 들러 저녁미사에서 기도와 묵상에 잠기곤 했다.

그런데 기도와 묵상 중에 느끼는 감정은 기쁨이나 충만감보다도 슬픔과 비애의 느낌이었고 때로 미사 중에 눈물을 흘리기도 했다. 그래서 당시 나는 신앙의 바탕은 비통함(pathos)이 아닌가 하는 생각도 들었다. 그리스도교를 상징하는 예수의 희생과 십자가부터가 비통함을 드러내고 있고 또 예수가 체포되기 직전 겟세마네 동산에서 드린 처절한 기도, "아버지 이 잔을 제게서 거두어 주소서. 그러나 제 뜻대로 하지마시고 아버지의 뜻대로 하소서"라는 기도도 비통함 그 자체가 아니었던가.

그러면서 나는 인간은 신에게 맡겨져 있고 신은 인간의 운명을 좌우하는 절대자라고 소박하게 믿었다. 아니 믿으려고 애썼다고 말하는 것이 더 정직할 것이다. 당시 내가 좋아했던 성경 구절은 신의 인간에 대한 사랑을 표현한 '이사야서 43장'의 구절이었다.

두려워 말라. 내가 너를 건져주지 않았느냐.
내가 너를 지명해 불렀으니, 너는 내 사람이다.
네가 물결을 헤치고 건너갈 때 내가 너를 보살피리니 그 강물이 너를 휩쓸어 가지 못하리라.

네가 불 속을 걸어가더라도 그 불길에 너는 그을리지도 타버리지도 아니하리라.

나 야훼가 너의 하나님이다.

이스라엘의 거룩한 자, 내가 너를 구원하는 자다.

너는 눈에 넣어도 아프지 않을 나의 귀염둥이 나의 사랑이다.

그러니 어찌 해안지방을 주고라도 너를 찾지 않으며 부족들을 내주고라도 너의 목숨을 건져내지 않으랴!

두려워 말라. 내가 너를 보살펴준다.

신이 나를 사랑하고 지켜주고 보살펴준다는 생각은 기도의 결과에 상관없이 삶에서 적지 않게 나의 마음을 안정시키고 또 용기를 불어넣어주었다.

그러나 나는 신앙이 깊지 않았던 탓인지 모르나 이렇게 신에게 전적으로 의지하는 것이 과연 올바른 신앙인지, 신과 인간의 관계를 제대로 파악하고 있는 것인지 잘 모르겠다는 생각이 들기 시작했다.

예컨대, 전쟁이 났을 때 쌍방에 있는 신앙심 깊은 병사들이 기도를 드린다면 신은 어느 편의 기도를 들어줄 것인가? 또 신을 믿고 사랑하는 수많은 교회 신도들이 탄 자동차나 버스가 사고로 충돌하거나 낭떠러지에 추락해 사망한 경우도 신의 뜻인가? 반드시 신자가 아니라도 수많은 무고한 사람들이 사고나 자연재해로 떼죽음을 당하는 것도 신의 뜻인가? 또 순수하고 맑은 영혼을 가진 어린이가 병이나 사고로 일찍 사망해 사랑하는 가족들을 비탄에 빠지게 하는 것도 신의 뜻인가?

첫째 질문은 참으로 곤혹스러운 것이다. 전쟁에 나가는 병사나 그 가족은 반드시 승리하여 무사히 귀환하기를 기원한다. 이쪽이나 저쪽이나 모두 굳은 믿음으로 기도할 때 신은 어느 쪽 손을 들어 줄 것인가? 예컨대 폴 존슨의 《기독교 역사(A History of Christianity)》를 보면 인류 사회에 처음으로 어마어마한 대규모의 살육과 파괴를 체험하게 한 제1차 세계대전의 경우에 관하여 아래와 같은 대목이 있고 이 글 내용이 사실이라면 신의 역할에 대해 고개를 갸웃거리게 만든다. 전쟁에서 신의 역할은 전혀 없는 것처럼 보인다.

기독교는 전쟁을 종식시키거나 화해를 도출해낼 수 있는 힘뿐 아니라 의지도 없었다. 왜냐하면 대부분의 성직자들이 기독교신앙보다는 민족을 우선시했기 때문이다. 그들은 기독교신앙을 애국심과 결합시켰다. 다시 말해 상대방의 신앙이 무엇이었는지는 상관하지 않은 채 그저 구세주의 이름으로 적군을 죽이라는 훈계만 일삼았다. 심지어는 스스로 무기를 들고 전쟁에 참여하는 성직자들도 있었다. (당시 7만 9천 명의 가톨릭 신부와 수녀들이 전쟁에 참여했는데 이중에 프랑스에서만 4만 5천 명의 성직자들이 있었다.)*

둘째 이하의 질문에서 보듯이 신앙심이 깊고 하느님을 사랑하는 사람들이 사고를 당하거나 병으로 일찍 사망하는 경우 또는 많은 사람이 떼죽음을 당한 경우에 인간의 죽음을 하느님이 주관하는 것이라면 이들을 사망하게 한 신의 뜻은 무엇인지 도무지 헤아리기 어렵

---

* 《2천 년 동안의 정신 3》(폴 존슨 저, 김주한 역, 살림출판사, 2005), 8부 328쪽

다. '하느님이 사랑하기 때문에 일찍 데려가셨다'고 말하는 이가 있다. 그러나 하느님이 사랑한다면 오히려 세상에 남겨 선한 일을 하도록 해야 하지 않을까? '하느님의 깊은 배려는 인간이 헤아릴 수 없는 것이다'라는 말도 들린다. 그렇다면 이 문제는 인간이 풀 수 없는 불가지의 신비의 영역이므로 의문을 제기해 보아야 소용이 없다는 말인가?

사실 이런 의문들은 종교적인 통찰이나 깊은 신앙심만이 답을 찾을 수 있고 나 같은 보통 사람들의 상식으로는 그 답을 찾기 어려운 것인지도 모른다. 그러나 나는 종교적 또는 신앙의 차원이 아닌 인간의 본성인 '자유의지'의 차원에서 이 문제를 생각해 보았다. 신은 인간에게 영혼과 자유의지를 주었다. 신은 인간이 신을 사랑하기를 바라지만 마치 태양을 향하게끔 되어 있는 해바라기처럼 항상 신을 사랑하도록 만들지 않고 자유의지로 신을 사랑기를 원하는 것이다. 강요나 이해타산에 의한 사랑이 아니라 진정한 자발적인 사랑을 원하기 때문이다. 이와 같이 신은 인간에게 자유의지를 준 이상 인간의 자유의지의 행사에 대해 직접 관여하지 않는다고 보는 것이 논리적이다. 신을 사랑하는 것과 마찬가지로 죄를 짓는 것도 인간의 자유의지에 의한 선택이며 신은 이를 미리 막지 않는다. 신이 만일 사람이 죄를 짓지 않도록 미리 막는다면 인간으로부터 도덕적 선택을 뺏는 것이고 이는 자유의지를 준 본래의 뜻과 어긋나는 것으로 신의 자기모순이 아닌가?

첫째 의문인 전쟁의 경우를 보자. 전쟁은 인간들이 자유의지로 촉발한 것이다. 그로 인한 살육과 파괴 모두 인간의 자유의지가 빚어낸 결과이며 신의 뜻이 아니다. 그러므로 인간에게 자유의지를 준 신을 향해 어느 편에 편들 것인가라고 묻는 것은 어리석은 질문이 될 것이다.

둘째 이하의 의문에서도 그 사고 발생에 인간의 자유의지가 개입된 경우에는 역시 신에게 책임을 물을 사안이 아니다. 인간의 자유의지 와 상관없는 자연재해나 기후변화로 인한 사고일 때는 어떤가? 우선 지금 심각하게 인류에게 위협이 되고 있는 '엘리뇨(El Nino)'와 같은 이상기온이나 이상기후의 문제는 인간의 행위에 원인이 있는 것으로 그 자유의지와 관련이 있다. 금세기 들어서부터 세계 경제는 점점 더 탄소의존으로 가고 있으며, 현재 석탄은 세계 전기량의 41퍼센트와 세계 에너지의 29퍼센트를 공급하고 있는데 이는 지난 40년 간 어느 때보다도 높은 것이다. 탄소에서 배출되는 다이옥사이드의 양도 산업 혁명이 시작된 이래 40퍼센트 높아졌다.* 이렇게 되면 이상기온이나 이상기후는 인간의 소행으로 인한 것이라고 볼 수밖에 없는 것이다.

설령 인간의 소행과 관련이 없는 자연재해나 사고의 경우에도 나는 이것이 신의 뜻이라고는 생각하지 않는다. 창조론에 의하더라도 신은 창조 당시 천체와 지구의 존재와 운행의 원칙과 궤도를 정했을 터다. 그 후 신이 이에 개입해 특히 인간에게 해를 입히는 방향으로 자연의 운행에 개입한다면 이는 선한 신의 신성에 반하는 것이 아닌가.

진화론자에 따르면 인간은 인류 진화의 과정에서 두뇌의 인지혁명 으로 인간에게 발현한 자유의지를 활용하여 자신의 뜻대로 삶을 살

---

* 〈The Economist〉(Nov. 28~Dec. 4, 2015)

아갈 수 있는 행운을 얻었다고 말한다. 자유의지가 신이 부여한 것이든 또는 진화과정에서 생겨난 것이든 인간에게 자유의지는 행운인 동시에 불운의 씨앗이 되었다. 각자 자유의지를 가진 인간들 사이에 경쟁과 충돌이 일어나고 마침내는 식량, 자원의 고갈과 전쟁으로까지 치닫는다. 경쟁에서 낙오된 패자나 대규모 불황에 내맡겨진 서민에게는 빈곤과 기아가 닥친다. 인간은 자유의지에 대해 심각한 회의를 갖게 된다. 이런 정황은 러시아의 문호 도스토예프스키(Fyodor Mikhailovich Dostoevskii)의 소설《카라마조프 가의 형제들》에서 작중 인물인 둘째아들 이반의 입을 통해 예수와 이단심문관(異端審問官) 사이의 대화라는 우화적 형식을 빌려 잘 묘사되고 있다.* 이단심문관은 당시 이 세상에 재림한 예수와 만나 "왜 다시 왔는가?"라고 물으면서 이렇게 말한다.

당신이 광야에서 악마와 만났을 때 악마는 '이 벌판의 돌덩이를 빵으로 바꿔봐라. 그러면 인간들은 감사한 마음으로 순한 양의 무리처럼 당신 뒤를 뒤쫓을 것이다'라고 제안했다. 그런데 당신은 인간으로부터 자유를 뺏기를 원하지 않아 이 제안을 거부했다. 복종을 빵으로 산다면 무슨 자유가 있는가라고 생각했기 때문이다.

당신은 '사람은 빵만으로 사는 것이 아니다'라고 반박했다. 하지만 당신은 알고 있는가? 다름 아닌 그 지상의 빵 때문에 지상의 영이 당신에게 반란을 일으키고 당신과 싸워 승리를 거두고 있고 인간들은 이 짐승 같은 지상

•   제2부 제5편 〈大審問官〉,《カラマ―ゾフの兄弟 上巻》(ドストエフスキ 著, 原卓也 譯, 新潮文庫)

이회창
회고록

의 영을 뒤쫓아 가고 있다.

"인간이 빵만으로 사는 것이 아니다"라는 예수의 말은 인간의 자유의지에 대한 신의 기대를 담고 있고, 자유의지의 결과에 대한 책임 또한 인간이 져야 함을 말하고 있다. 결국 인간은 인간의 자유의지로 생긴 불행에 대해서는 신을 바라보기보다도 인간 스스로 해결해야 한다. 다행히 좋은 결과를 얻었다면 1차적으로 인간 자신의 노력한 결과이고 그 다음에는 그 일에 관련된 타인의 자유의지가 서로 들어맞았기 때문이다.

다시 말하지만 인간은 먼저 '자기가 할 수 있는 일'에 최선을 다해야 한다. 긍정적인 사고로 밝게 미래를 보되 자기의 노력도 하지 않고 '신의 힘으로 이룰 수 있다'든가 '긍정적인 사고로 타인의 자유의지도 움직일 수 있다'든가 하는 생각은 일단 접어두는 게 좋다.

그러면 신이 하는 일은 무엇인가? 나는 인간 안에 내재하는 신은 인간이 자유의지로 선택한 삶을 지켜보고 선과 정의를 향하도록 신념과 용기를 주는 것이라고 생각한다. 그러므로 나는 신에게 좋은 결과를 달라고 기도하기보다도 먼저 내가 바른 선택을 하고 바른길로 가는 신념과 용기를 달라고 기도해야 하지 않을까?

나의 아버지는 현직 검사로 있으면서 모략으로 구속되어 수사 과정에서 혹독한 고문을 받았는데 신께 간곡한 기도를 드려 고문을 이겨내고 자신을 지키셨다. 나는 아버지께 여쭈어 보지는 않았지만 계속 고문을 받으신 걸로 미루어보면 아버지의 기도는 "이 자가 나를 고문하지 않게 해주소서"가 아니라 "제게 이 고문을 버틸 수 있는 용기를 주소서"였을 것이라고 생각한다.

자기가 할 수 있는 일에서 가장 중요한 일

그러면 자기가 할 수 있는 일에서 가장 중요한 일은 무엇인가? 그
것은 이 세상(공동체)에서 소중하고 귀한 존재가 되는 것이다. 스스로
존귀한 존재라고 자각하고 또 다른 사람들도 그렇게 인식하는 존재
가 되는 것이다. 이것은 물론 세속적인 성공을 의미하는 것은 아니다.
세속적으로 성공한 사람, 예컨대, 대통령이나 장관 등 고관대작이나
거물 정치인 또는 부자 같은 사람들에 대해 사람들은 마음속으로부
터 그들을 소중하고 귀한 존재로 인식하고 존중하고 있을까? 아마도
아닐 것이다.

어떻게 '소중하고 귀한 존재'가 될 수 있는가? 그것은 자신을 이 세
상에서 가장 선하고 순수한 인간, 가장 정의롭고 용기 있는 인간, 따
듯한 마음으로 어려운 이웃을 배려하고 희생할 수 아는 인간으로 만
드는 것, 즉 자기완성을 추구하는 것이 바로 그 길이다. 이것을 조금
더 줄여 말하면 '선하고 정의로운 사람이 되는 것'이라고 말할 수 있
다. 이러한 자기완성의 목표에 완전히 도달하는 것은 아마도 어려울
지 모른다. 하지만 이 목표를 향해 도달하려고 노력하는 것만큼 당신
은 고귀하고 선한 존재로서 삶의 가치를 발견하게 될 것이다. 이러한
자신의 변화는 주변에서도 감지하게 되고 자신에 대한 평가도 변하
게 된다. 이렇게 말하는 나도 나이 여든을 이미 훌쩍 넘겼지만 부끄럽

게도 자기완성의 목표는 까마득하다. 하지만 삶을 의미 있게 하기 위해서는 이 길을 가야 한다는 생각에는 변함이 없다.

공동체의 구성원인 개인의 이러한 자기완성을 향한 노력은 공동체적 가치를 높여주는 것과도 맞닿아 있고 또 뒤에 말하는 바와 같이 인류 역사의 흐름과도 연관된다. 선하고 정의로운 개인이 많아질수록 그 공동체는 선하고 정의로운 사회가 되고 선과 정의에 둔감하고 비겁한 개인이 많은 공동체는 나태하고 비겁한 중우(衆愚) 사회가 될 것이다.

에픽테토스는 "인생의 진정한 행복은 삶의 한걸음, 한걸음마다 모든 사람의 마음속에 새겨져 있는 정의와 선의 법칙에 따라 사는 일이다. 오직 그렇게 함으로써 비로소 인간은 진정한 자유와 모든 사람의 마음이 원하고 있는 진정한 행복을 얻을 수 있다"고 말했다.

그러면 이러한 선과 정의에 관한 인류의 지향성은 개개인의 교육과 학습이 축적해온 성과인가, 아니면 역사의 큰 흐름을 선과 정의의 방향으로 이끄는 초자연적 힘에 의한 것인가?

앞에서 이미 말했지만 인류 사회는 약육강식이 일상화되었던 고대 때부터 이미 선과 정의를 주장하는 목소리가 철학자나 사상가, 종교인 등에 의해 꾸준히 제기되어 왔고 이를 토론하고 교육하면서 인류 사회를 오늘의 문명사회로까지 발전시키는 사회적 진화를 이루어왔다.

종교에 따르면 인류 사회의 발전은 창조적인 신의 뜻에 의한 것이며 따라서 역사의 흐름이 선과 정의를 향하는 것은 신성과 부합되는 것이다. 헤겔(Georg Wilhelm Friedrich Hegel)은 역사 흐름의 주체로 보편적 이성 내지 세계정신을 내세운다. 그는 개인이 욕망, 충동, 정열

등에 의해 활동을 하면서 본인이 의식하지 못하는 사이에 더 높은 세계정신이 그 목적을 달성하는 도구가 되고 수단이 된다고 보고, 역사의 주체는 이러한 세계정신 즉 보편적 정신이라고 말하고 있다. 그러면서 진실한 선, 보편적인 신적인 이성은 자기자신을 실현시키는 힘을 가지고 있으며 이와 같은 선, 이성의 가장 구체적인 표상이 신이라고 주장한다.•

　나의 소박한 의견을 정리한다면 이렇다. 자유의지를 가진 인간은 선과 악 중 어느 것을 선택할지를 스스로 정할 수 있다. 이러한 자유의지에 의해 인간은 선과 정의로운 방향을 선택하고 스스로 탐색하고 교육하고 실천하면서 인류 사회를 오늘의 문명사회로 사회적 진화를 이루어온 것이 분명하다.

　하지만 인간이 자유의지를 가진 이성적 존재로 도약한 뒤에 왜 선과 악 중 선과 정의의 방향을 선택해 역사의 흐름이 되게 했는지는 이성이나 논리로는 딱히 설명할 수 없다. 선한 신성(神性)이 인간으로 하여금 그런 선택을 하도록 했다면 인간에게 자유의지를 부여한 신의 뜻과 맞지 않는 것이 아닌가? 어찌 되었든 인간은 가톨릭이 말하는 존재론적 도약이든 진화론이 말하는 두뇌의 인지혁명이든 동물과 결별한 이래 걸어온 과정에서 꾸준히 선과 정의의 방향을 지향해온

•　이런 헤겔의 주장에 대해 실존주의 사상의 창시자인 덴마크의 키에르케고르(Søren Aabye Kierkegaard)는 헤겔이 주장한 이성적 법칙이 역사를 지배한다는 사실을 부정하고 역사가 어떤 법칙에 의해 지배당하고 있느냐가 문제가 아니라 우리들은 어떻게 살아야 하느냐하는 결단의 문제라고 지적했다. '머리글 및 헤겔의 시대와 사상', 《역사철학강의》(G. W. F. 헤겔 저, 권기철 역, 동서문화사, 2008) 참조

것만은 틀림없다.

　신은 개개의 인간 안에 신성 또는 신적 힘의 형태로 존재하고 있으면서 인간에게 이성과 자유의지를 주어 인간 스스로 선과 악, 정의와 불의 중에서 선택하게 했는데도 많은 인간은 스스로 악과 불의보다는 선과 정의를 지향하고 그것이 큰 인류 역사의 흐름을 이루어온 것을 보노라면 신비스럽다고 할 수밖에 없다. 여기서 나는 이 우주의 근원적 존재인 신성 내지 신적 힘의 작용을 느끼지 않을 수 없다.

　우리 각자 안에 존재하는 신은 우리에게 이성과 자유의지에 의한 선택권을 주었지만 동시에 그 신성 내지 신적 힘은 우리에게 선과 정의를 지향하도록 하고 있어 논리적으로는 설명할 수 없는 오묘함을 깨닫게 한다. 이것은 신의 섭리라고 밖에 볼 수 없다.

　신은 인간에게 선과 정의를 지향하는 신성을 주었지만 구체적인 경우에 인간이 자유의지로 선택하는 행위에는 개입하지 않는다. 그것은 직접적으로는 인간의 일이고 신의 일이 아니다. 하지만 나는 신앙심 깊은 사람의 기도가 때로 기적 같은 신비한 결과를 가져오는 일도 있음을 부인하지 않는다. 그것은 인간이 헤아리기 어려운 불가지의 신의 영역에 속하는 일이다.

　우리는 '왜 선이고 정의인가'보다 '어떻게 선과 정의의 삶을 살 것인가'를 고민해야 한다. 이것이 우리의 공동체의 가치와 인류 역사의 흐름에 기여하는 길이다.

　요즘 인공지능과 같은 첨단과학 기술개발이 가속화되면서 AI기술이 결합된 자율주행차, 지능형 로봇 등이 등장하고 AI기술이 인간의 역할과 직업을 상당 부분 대체하며 인간을 지배하는 시대가 올 것이라고 겁을 주는 예측도 나오고 있다.

　이러한 혁명적인 기술 개발이 인간의 본성까지 지배하고 변화시키는 시대가 올 것인가? 인류 사회 발전의 역사의 흐름까지 바꾸는 시대가 올 것인가 불안한 의문을 제기하는 이들도 있다.

　그러나 나는 결론적으로 아무리 고도의 인공지능 개발이 이뤄지고 사회 구도가 변화하더라도 인간의 본성인 자유의지를 훼손하거나 대체할 수는 없으며 선과 정의를 향한 인류 사회의 역사의 흐름을 바꾸는 일도 생기지 않는다고 생각한다. 이것은 과학이 넘어올 수 없는 신의 영역인 것이다.

정의로운 사람이 되는 길

　선하고 정의로움을 지향하는 자기완성에서 정의롭다는 것은 무슨 뜻인가?

　"무엇이 정의인가"를 놓고 도시국가 간 적나라한 탐욕과 약육강식의 쟁탈이 난무하던 고대 그리스 시대에 철학자들이 벌인 다채로운 논쟁을 보노라면 참으로 경탄스러울 뿐이다. 정의의 의미에 관하여 고대 그리스의 아리스토텔레스 이후 중세의 아우구스티누스와 토마스 아퀴나스, 근세의 칸트 등을 거쳐 현대의 존 롤스와 마이클 샌델 등에 이르기까지 여러 논자들을 통해 다양하고 정치한 철학적 논쟁이 펼쳐져 왔는데 나는 이런 정의에 관한 철학적이고 전문적인 이론이나 설명을 모두 제쳐두고 우리의 상식선에서 정의가 무엇인지 생각해 보고자 한다. 누구나 '정의'가 무엇이냐는 질문을 받으면 선뜻 대답이 안 나오고 망설이게 된다. '바르다'는 것이 무엇인지 감(感)으로는 알지만, 말로 개념화하기가 쉽지 않은 것이다.

설명의 편의를 위해 일단 나는 정의란 공정과 배려라고 규정하고자 한다. 공정이란 공동체 구성원인 개개인의 존엄과 가치를 차별하지 않고 공평하게 존중하고 대우하는 것이다. 또한 공동체의 구성원에게 형식적이나 명목상이 아닌 실질적으로 평등한 경쟁과 성취의 기회를 보장해주는 것도 공평의 요건이다.

공평에서 주의할 것은 항상 산술적으로 균등하게 배분한다는 뜻이 아니라는 점이다. 우리나라에서는 그 전부터 평등주의가 평균주의로 잘못 인식된 경향이 있다. 무엇이든 '똑같이' 배분받거나 대우받을 권리가 있다고 생각하는 사람이 많다.

사회적 분쟁이 빈번하게 일어나고 또 쉽게 해결되지 않는 데는 이런 잘못된 평등주의 인식이 밑바닥에 깔려 있다. 예컨대, 임무와 역할의 차이 또 난이도(難易度) 등에 따라 보수에 차이를 두는 것은 평등하지 못한 것 같지만 오히려 공정한 것이다. 때로는 조건과 사정에 따라 차등화된 배분이나 대우가 정의라는 인식이 몸에 배고 일상화되도록 어릴 때부터 교육하고 익혀야 한다.

'평등한 경쟁과 성취의 기회'를 보장한다는 것은 단순히 기회를 평등하게 준다는 것만으로는 부족하고 그 기회가 실질적으로 평등한 것이 되게끔 보장해 주어야 한다는 뜻이다. 예컨대, 본인에게 책임을 돌리기 어려운 성장배경이나 교육환경, 기타 사회적 여건 등으로 동일한 출발선에서 경쟁을 하게하는 것이 공평에 반하는 경우에는 이를 감안해 특별한 고려나 배분을 하는 등 실질적인 공평한 기회를 주는 것이 공정성에 부합한다.

그런데 공정의 정의를 지켜도 공동체 안에서는 사회적 강자나 약자 사이에 빈부격차 등 차이가 생기고 심화되기 마련이다. 이런 사회적 격차와 불평등을 방치하면 공동체 구성원 간의 동질성과 연대성이 파괴되고 나아가 공동체가 허물어지는 위기가 올 수 있다. 그래서 이러한 공동체 존립을 위협하는 사회적 격차와 불평등 해소는 공동체 구성원들의 공동선이 되고, 이러한 공동선을 실현하기 위한 사회적 약자에 대한 '배려'는 공동체 존속을 위한 정의가 된다. 공정의 정의를 보완하는 2차적 정의다.

20세기에 들어와 복지국가(welfare state)를 추구하는 나라들이 속출했는데 이것은 위에서 말하는 2차적 정의의 실현을 목적으로 한 것이다. 우리나라 헌법도 "국가는 사회보장·사회복지의 증진에 노력할 의무를 진다(제34조 2항)"고 규정하여 복지국가를 추구하고 있음을 분명히 하고 있다.• 국가의 기초생활 수급자 지원이나 무상급식, 무상의료지원 등 구체적인 복지정책은 단순히 개인에 대한 국가의 시혜(施惠)적인 구휼(救恤)조치가 아니라 공동체 유지를 위한 '배려'의 정의를 실현하는 것이다.

그런데 이러한 가난하고 어려운 약자에 대한 배려는 원래 법적인 정의의 영역보다는 도덕적이고 윤리적인 영역에 속했던 것이고 종교

•　《헌법학원론》(권영성 저, 법문사, 2010),《헌법학원론》(정종섭 저, 박영사, 2013) 참조

에서도 이런 배려를 정의의 위에 있는 '사랑'으로 본다.**

그러나 '배려'는 본래 도덕이나 사랑의 영역이었지만 복지가 중요한 국가정책이 되고 공동체의 필수 불가결한 덕목이 된 이상 법과 정의의 영역에 이미 들어 왔다고 보아야 한다.

우리가 체감하는 정의

위에서 정의의 개념을 '공정'과 '배려'라고 간단하게 요약했지만 실생활에서 정의를 가려내기는 쉽지 않다. 우선 각자의 이해와 처지에 따라 정의라고 생각하는 것이 서로 다를 수 있기 때문이다. 예컨대 부자와 가난한 자, 기업과 근로자, 대기업과 중소기업, 중앙과 지방이 생각하는 정의는 상반되는 때가 많다. 특히 정치권에서는 여당과 야당은 사사건건 자신들이 내세우는 정의를 주장하면서 대립한다. 이런 경우에 정의란 매우 주관적인 것이어서 객관적인 정의를 찾기란 쉽지 않다.

그럼에도 불구하고 우리 각자는 아무리 이해와 처지가 달라도 마음속으로 무엇이 옳은 것인지, 어떤 것이 정의로운 것인지 공감하는 것들이 있다.

예컨대, 부자와 가난한 사람이 마주 앉았다고 생각해보자. 부자가 스스로 열심히 일하면서 부를 이루었고 거짓과 탐욕으로 부를 이룬

●● 《예수: 성경 행간에 숨어 있는 그를 만나다》(김형석 저, 이와우, 2015), 95~97쪽 참조

것이 아니라면 가난한 사람은 이런 부를 존중하는 것이 옳은 일이며 부자라는 이유만으로 배척하는 것은 옳지 않다. 한편 가난한 사람이 열심히 일해도 가난을 벗어나기 어려운 빈부격차 속에서 허덕이는 경우에, 부자가 나와 상관없는 일이라고 이를 방관하면 사회의 연대성이 깨져 공동체의 존립 자체가 위태롭게 되고, 부의 기반도 무너질 수 있다.

허심탄회하게 각자의 이기적인 입장을 떠나 얘기해 본다면 부자의 부를 가난한 사람은 존중해주고 부자는 가난한 사람의 어려운 처지를 배려해 빈부격차를 해소해 나가는 것이 서로 공존할 수 있는 '옳은 일' 즉, 공동체적 가치인 '정의'라는 데 공감을 이룰 수 있을 것이다. 이런 공감이 이뤄질 수 있는 것은 부자나 가난한 사람이나 무엇이 옳은 길인지, 즉 정의가 무엇인지 이미 체감하고 있기 때문이다. (여기에서 '체감'이란 말은 논리적 설명이 필요없이 스스로 감지한다는 뜻으로 쓴다.)

또 타인의 신체나 자유 또는 재산에 해악을 끼치는 행위나 공동체의 질서를 파괴하는 행위가 옳지 못하다는 것도 우리가 이미 체감하고 있는 정의다. 나는 인간은 무엇이 옳고 그른 것인가를 이미 체감하고 있다고 생각한다. 우리의 이러한 정의의 체감은 개인으로는 각자의 교육이나 학습을 통해 체득하겠지만, 이러한 교육과 학습은 보편적인 것으로 인류 사회가 동물 사회와 결별한 후 오늘의 문명사회로까지 발전해 오면서, 선하고 정의로운 방향으로 사회적 진화를 이뤄온 동인이 되었던 것이다. 그러므로 대체로 우리가 체감하는 정의는 크게 다르지 않다고 보면 된다.

결론은 이렇다. 무엇이 옳은 것인가, 어떤 것이 정의의 길인가를 판단해야 할 때는 자신에게 묻는 것이 빠르다. 이해타산이나 아집(我執) 또는 감정이나 편견 등 주관적인 장애요소를 모두 털어버리면 당신이 체감하고 있는 정의의 상(像)이 떠오를 것이다. 그것이 정의다.

정의를 실행하는 일

정의를 실행하는 데는 첫째로 용기가 필요하고 다음에는 이를 실현할 수 있는 힘, 즉 실력이 있어야 한다. 대세가 정의 편에 서거나 강한 자가 정의를 주장할 때는 문제가 없다. 대세가 정의를 외면하고 또 강자가 불의한 일을 할 때 정의를 주장한다는 것은 상당한 용기를 필요로 한다. 더욱이 자신의 의지를 관찰할 수 있는 힘이 없다면 정의로 말할 용기를 내기도 어려울 것이다.

용기는 천성적인 것이 아니고 본인의 의지력 문제다. 정의를 향한 확고한 신념과 정열이 그 뒷받침이 될 것이다. 태어날 때부터 겁이 없고 용감한 사람은 드물다. 대개의 사람은 대체로 강자에 맞서는 일에 겁을 내고 주저한다. 용기 있는 사람과 없는 사람의 차이는, 그럼에도 불구하고 대세나 강자에 굴복하는 것은 옳지 않다는 신념으로 자신을 일으켜 세우느냐 않느냐 하는 의지력 차이일 뿐이다.

정의를 위해 대세나 강자에 맞서는 사람의 모습은 늠름하고 숭고하기까지 하다. 그러한 신념을 가진 젊은이는 아무리 나이가 젊어도 그 기개가 넘쳐 주변 사람에게 전달된다. 이러한 용기 있는 사람이 많은 사회는 활력과 창조의 힘이 넘치는 공동체가 된다. 반면 이런 용기 있는 사람들이 배척받거나 소외되고, 대세에 부화뇌동하거나 강자에게 아부하는 사람이 출세하는 사회는 부패하고 아부와 이해타산이 판치는 퇴행적 공동체가 될 것이다.

그렇다고 아무 때나 객기 부리듯 정의를 들먹여서는 안 된다. 먼저 올바르지 않은 일에 대해 겸손하고 진지한 태도로 지적하고 시정을 요구하는 노력을 기울여야 한다. 노력의 효과가 없더라도 요구를 관철시킬 수 있는 여건과 상황이 아니라면 때를 기다려야 한다. 때가 왔을 때 전력을 다해 관철시켜야 한다.

나는 부산 피난 시절인 고등학교 3학년 때 깡패들에게 희롱당하는 젊은 남녀를 구해주려다가 코뼈가 부러진 일이 있다. 그 일을 통해 교훈을 얻은 게 있다. 우선 나는 정의감으로 깡패들의 행패를 만류하려고 했지만 정신적으로 충분한 준비가 안 되어 있었다. 깡패들의 행패를 보고 그냥 지나치는 것은 비겁한 일이라는 생각만으로 일단 만류하는 용기를 부렸지만 그들이 반격해 올 때 격투를 벌여서라도 정의를 실현하겠다는 굳은 마음까지는 갖추지 못했다. 정의감을 표출하는 데만 급급했지, 정의를 실현할 충분한 준비가 되어 있지 않았던 것이다.

내가 만일 '목숨 걸고' 격투를 벌여서라도 상대방을 제압하겠다는 용기를 가졌더라면 비록 상대방이 길거리의 싸움아비인 깡패들이지만 어설프게 그들에게 불의의 타격을 받고 코뼈가 부러지는 볼썽사나운 일은 안 당했을 것이다. 정의의 신념은 필요하지만 이를 관철시키는 용기와 준비가 있을 때만 실현할 수 있다.

대법관 시절 어느 지인이 찾아와 부모로서 고민스러운 질문을 했다. "요즘 세상은 정직하고 올바른 것만으로는 살기 어려운데 아이들에게 손해보고 실패해도 정직하고 올바르게 살아야 한다고 가르쳐야 하느냐, 아니면 요령도 부리고 영리하게 살아야 한다고 가르쳐야 하느냐, 부모로서 후자처럼 가르칠 수는 없지 않느냐"는 물음이었다. 나는 이렇게 대답했다.

"부모로서는 자식들에게 정직하고 올바르게 살아야 한다고 가르쳐야 한다. 그러면 아이들의 마음에 이것이 삶의 원칙으로 새겨질 것이다. 아이들은 성장하고 생활하는 과정에서 현실적으로 정직과 정의를 지키기 어려운 상황에도 부딪칠 것이다. 이럴 때는 아이들이 스스로 판단해 행동할 것이다. 설령 그들이 부득이하게 현실과 타협하더라도 부모가 가르친 삶의 원칙은 가슴에 남아있어 다시 그 원점으로 돌아가려고 하며 크게 잘못되는 일은 없을 것이다."

요즘의 어려움은 처음 겪는 게 아니라 과거에도 있어 왔고 이보다 더한 경우도 있었다. 극한상황이라 할 수 있는 전쟁도 겪지 않았던가? 우리는 이런 어려움을 극복하고 살아남았으며 앞으로도 살아갈 것이다. 이런 가운데 우리 삶은 그 삶의 주인인 우리 각자에게 달려 있다. 삶을 열어가는 과정과 거기에서 겪어야 할 고난의 정도는 개인마다 차이가 있겠지만 한 가지 확실한 것은 정신적으로 자기완성을 지향하는 개인은 자기 삶을 열어갈 자신과 힘을 얻게 된다는 것이다. 현재의 자기 삶을 소중하게 생각하고 존귀한 삶으로 바꿔가려고 노력하면 여러분 자신도 주변의 인식도 변화되어 여러분의 기회를 여는 운명이 찾아올 것이다.

나는 우리나라 젊은이들에게서 희망을 본다. '7포 세대'라는 말도 있지만 그들의 마음에 정의를 향한 열정은 잃지 않았다고 믿는다. 나는 정치권에 있던 2010년 말 서부전선인 강화군에 있는 해병대 2사단 고사포중대를 위로 방문한 때의 일을 기억한다. 이 부대는 북한군의 전방초소와 불과 1.7킬로미터 거리에 있는 최전방 부대였다. 내무반에서 병사들과 얘기를 나누던 중 상병 한 사람이 책 한 권을 들고 와 사인을 해달라고 했다. 책을 보니 마이클 샌델의 《정의론(Justice)》 원서였는데 얼마나 열심히 읽었던지 책표지가 낡아 있었다. 최전방 병사가 《정의론》을 읽고 있다니! 순간 에리히 마리아 레마르크(Erich Maria Remarque)의 소설 《서부전선 이상없다》에 나올 법한 장면 같다는 생각이 머리에 스쳤다. 이렇게 정의를 생각하는 젊은이들이 있는 한 우리나라의 미래는 밝다.

살아온

길

2

1
정신일도의 가르침

본가

'살아온 길'은 간단한 나의 집안 내력과 유년기부터 대법관이 되기 전인 법관 시절까지의 이야기이다. 이 시절의 얘기를 다 쓸 수는 없으므로(6·25전쟁에 관한 얘기만 해도 다 쓰려면 책 한 권으로도 모자랄 것이다) 주로 나의 성격 형성에 영향을 미쳤거나 나의 경력과 관련이 있는 이야기를 중점적으로 간단하게 엮어 보았다.

우리 집안의 본래 본가(本家) 소재지는 충남 예산군 예산읍 예산리(사직동) 55번지다. 본관은 전주 이씨이고 시조 이한(李翰)으로부터 18세(世)때 뒷날의 이태조 왕가계열과 갈라진 주부공파(主簿公派)에 속한다. '전주 이씨'라고 하면 곧 어느 대군파냐고 물어올 만큼 왕가계열이 많고 주부공파는 소수파에 속한다.

우리 집안의 17대조인 이소생(李紹生)은 서거정(徐居正)의 매제이기도 한데 젊을 때 사헌부집의(司憲府執義)를 지내시다 세조가 조카 단종을 밀어내고 왕위에 오른 계유정란(癸酉靖難) 때 벼슬을 버리고 예산으로 낙향하셨다. 그래서 우리 집안은 절개를 지켜 벼슬을 버린 선조의 후손인 것을 자랑스럽게 생각한다.

나의 할아버지 이용균(李容均)은 한학자인 선비이면서 스스로 농사를 짓는 농사꾼이셨다. 부지런하고 검약할 뿐 아니라 고집과 신념이 강한 분으로 소문이 나 있었다. 당대에 그 부지런함과 검약으로 건실하고 탄탄한 중농 규모로 본가의 기반을 쌓는 한편, 당시 새로 설립하는 예산소학교(지금의 예산초등학교)에 토지를 기부하는 등 향리 발전에도 많은 기여를 하셨다.

할아버지의 검약은 유별났다. 본가는 시골에 몇 안 되는 기와집인데도 방바닥에 장판을 바르지 않고 왕골로 짠 돗자리를 깔았다. 방학 때 내려가면 거칠고 까칠한 방바닥이 영 익숙지 않았던 기억이 난다. 할아버지는 일흔을 넘긴 연세에도 새벽부터 삽이나 망태기 같은 것을 들고 논과 밭으로 다니셨다. 편안히 앉아 쉬시는 모습을 본 기억이 없을 정도다.

할아버지가 얼마나 지독하셨던지, 아버지가 예산소학교를 졸업하고 서울의 당시 제1고보(뒷날의 경기중학교)에 입학한 후 서울로 오갈 때면 할아버지는 천안에서 서울까지의 기차표 값만 주시고 예산에서 천안까지는 백리 길인데도 걸어 다니게 하셨다. 그런데 예산과 천안 사이에 있는 신창리(新昌里) 고개에는 가끔 행인의 돈을 노리는 강도가 나타난다는 소문이 있어 할아버지가 직접 아버지와 동행을 하셨다. 뒷날 아버지는 때로 날이 저물어 할아버지를 따라 신창리 고개를 넘어갈 때면 인색한 할아버지가 무척 원망스러웠다고 회상하시곤 했다. 그러나 내가 보기에는 이러한 할아버지의 검약과 고집은 아버지에게 그대로 전승된 것 같다.

내가 기억하는 할아버지는 촌로답지 않게 예리한 과학적 분석력이 뛰어난 분이셨다. 6·25전쟁으로 우리 가족이 예산군 삽교면에 있는 넷째 숙부 댁에 피난 가 있는 동안 할아버지는 우리 형제와 같이 좋은 노동 인력을 그대로 놓아두지 않고 농사일을 거들게 하셨다. 농사일 중 가장 힘든 일이 인분을 퍼서 거름통에 담아 나르는 일이었다. 거름통을 매단 막대기를 형님(李會正)과 내가 앞뒤에서 어깨에 메고 걸어가면 거름통이 출렁거려 인분이 옷에 튀며 냄새가 진동했다. 가만히 우리를 지켜보시던 할아버지가 한 말씀 하셨다.

"그렇게 앞뒤에서 메고 갈 때는 서로 발을 맞추면 안 된다. 두 사람의 걷는 요동이 한방향이 되어 통이 흔들린다. 서로 반대로 발을 맞추어야 통이 흔들리지 않는다."

말씀대로 해보니 과연 거름통은 요지부동이었다. 앞뒤에서 서로 발을 맞추면 걸음마다 오른쪽, 왼쪽으로 힘이 쏠려 거름통이 흔들리지만, 서로 엇박자로 발을 반대로 맞추면 오른쪽, 왼쪽으로 힘이 분산되어 거름통이 요동치지 않는다는 과학적인 분석을 해주신 것이다.

뒷날 정치에 들어와 정당을 이끌면서 가끔 할아버지의 '똥통철학'을 떠올릴 때가 있었다. 정당 안에는 항상 강경파와 온건파가 시끄럽다. 그런데 강경파와 온건파가 한 방향으로 일치해 결속하게 되면 외관상으로는 당이 일사불란하게 보이지만 당은 요동친다. 이와 반대로 강경파와 온건파가 서로 대립하고 경쟁하게 되면 외관상으로는 당이

분란에 휩싸인 것처럼 보이지만 당 자체는 건전한 행로를 잡아 오히려 여론이 좋아지기도 한다. 정당에서는 강경파와 온건파의 대립과 경쟁이 오히려 필요한 이유다. 그러나 정치는 반드시 한 가지 길로만 가지 않는다. 때로는 여론이 나빠지는 것을 알면서도 당이 살아남기 위해 강경일변도로 갈 수밖에 없는 경우도 생겨 고뇌를 거듭해야 했던 일도 있었다.

예산 본가에는 할아버지가 쓰신 '정신일도 하사불성(精神一到 何事不成)'이란 글귀가 걸려 있었다. 정신을 집중하면 안 되는 일이 없다는 뜻으로 말하자면 본가의 가훈인 셈이었다. 이 글만큼 할아버지의 집념을 잘 표현한 글이 없었다.

아버지도 가끔 이 가훈을 인용하면서 강한 집념으로 노력하면 안 되는 일이 없다고 우리 형제를 훈육하시곤 했는데 그러면 우리 형제는 상당한 스트레스를 받으면서도 때로는 적당히 흘려듣곤 했다. 아무리 '정신일도' 해도 안 되는 일이 얼마나 많은가 싶었던 것이다.

할아버지의 둘째 아드님인 백부 이태규(李泰圭) 박사는 이러한 할아버지의 집념과 과학적 분석력을 가장 잘 이어 받았다. 백부는 예산소학교(제1회)를 수석 졸업한 후 서울의 당시 경성고보(지금의 경기중학교)에 진학하고 졸업 후 일본 히로시마 고등사범학교를 거쳐 교토(京都)제국대에 입학한 뒤 1931년 스물 아홉살에 한국인 최초로 화학분야 이학 박사가 되었다. 또 한국인 최초로 제국대학교 정교수가 되었다. 그 후 미국으로 건너가 유타(UTAH)대에서 1955년에 비(非)뉴턴 흐름에 관한 '리-아이링 이론(Ree-Eyring Theory)'을 아이링 박사와 함께 연구 발표해 유력한 노벨화학상 물망에 올랐으나 결국 수상하지 못했다. (뒤에 아이링 박사는 노벨상을 받았다.) 1973년 귀국해 카이스트 종신 석좌교수로 있으면서 평생을 연구와 후학 양성에 힘 쏟다가 1992년 90세에 별세하셨고 과학자로서는 처음으로 국립묘지(국립서울현충원)에 안장되셨다.*

우리는 본가에서 집념과 검약을 배웠다.

외가

외가(外家)는 전남 담양군 창평면 창평리에 있었다. 외할아버지 김재의(金在曦)도 성실하고 부지런하기로 이름난 분이었다. 당대에 담양에서 천석꾼이니 만석꾼이니 하는 말을 들을 만큼 부를 이루었지만, 내가 태어나기 전에 별세하셔서 얼굴을 뵌 일은 없다. 아버지가 외지에 근무하시는 동안 한때 우리 가족은 창평 외가에 와서 살았고 나와 형님은 창평국민학교에 들어갔다. 그래서 취학 전후의 어린 시절을 떠올리면 외가와 관련된 추억이 많다.

외할아버지가 안 계신 외가의 왕초는 외할머니셨다. 인자하고 후덕하시면서도 얼굴은 사자상으로 큰 집안을 다스리는 카리스마가 넘쳤다. 걸식하는 거지들은 물론, 지나가다가 들리는 행객도 그냥 돌려보내지 않고 음식을 챙겨 대접하는 광경을 기억한다.

또 바깥 대문 옆에 한약방과 한의원을 두고 가족들 외에도 동네사

---

* 《나는 과학자이다》(대한화학회 편저, 양문, 2008) 참조

88

이회창
회고록

람들이나 행객을 돌보게 하셨다. 외할머니가 마당을 지나가시면 개나 고양이, 닭 등 집에서 놓아기르던 가축들이 모두 나와 외할머니 뒤를 졸졸 따르던 광경이 지금도 눈에 선하다.

나는 외할머니의 돈을 훔친 일이 있다. 국민학교에 들어가기 전이었는데 동네 가게에서 두 개의 손잡이를 벌리면 마치 공작새가 날개를 펴듯 예쁘게 채색된 부채가 활짝 펴지는 종이부채를 보고 너무나 갖고 싶었다. 값은 1전(錢)이었다. (돈을 훔쳤기 때문에 기억하는 것이다.)

나는 외할머니가 계시는 안채 안방 옷장에 동전을 넣어두는 빨간 사과 모양의 저금통이 있다는 것을 알고 있었다. 어느 날 외할머니가 안 계신 틈을 타서 저금통에서 동전을 한 개를 꺼내려고 저금통을 거꾸로 흔들다가 그만 떨어뜨려버렸다. 저금통 깨지는 소리가 날벼락 같았고 나는 하늘이 무너지는 것만큼 기겁했다. 다행이 저금통은 두 조각으로 갈라진 상태여서 1전을 꺼낸 다음 두 조각을 살짝 붙이자 깨지기 전처럼 붙었다. 나는 조심스럽게 장롱 문을 닫은 다음 그 길로 곧장 가게로 달려가 종이부채를 사서 활짝 펴보았다. 그렇게 예쁘고 기분 좋을 수가 없었다.

몇 번씩 폈다 접었다 하면서 외가에 가까이 오자 그 종이부채는 더 이상 예쁘지도 않고 재미도 없어지면서 외할머니 돈을 훔친 일이 무겁게 마음을 짓누르고 그렇게 후회스러울 수가 없었다. 나는 외가 대문 앞에 이르기 전에 나의 범죄물인 종이부채를 찢어 개천에 버렸다.

차마 외할머니께 범행을 고백할 용기가 없어 조마조마한 마음으로 안방에서 저녁 밥상에 앉아있는데, 외할머니가 옷장을 열다가 소매자락이 스치면서 저금통이 두 조각으로 쫙 갈라져 동전이 쏟아졌다.

2
살아온 길

깜짝 놀란 외할머니는 "이 저금통이 금이 간 것을 몰랐구나" 하시면서 옷장 문을 닫으셨다. 나의 범행은 완전범죄로 끝났지만 어린 마음에도 죄짓고는 못 산다는 것을 뼈저리게 느꼈다. 돌아가신 외할머니가 내가 동전 훔친 것을 아셨다면 아마도 "아니, 네가 어떻게 판사가 됐냐?"라고 하셨을 것 같다.

외가에는 외숙이 세 분(金洪鏞, 金汶鏞, 金星鏞)이 계셨는데 첫째 외숙이 2대 국회의원을 지내고 그 뒤에 둘째, 셋째 외숙이 차례로 국회의원을 지내 삼형제 모두 국회의원을 배출한 집안으로 알려져 있지만 6·25전쟁으로 큰 외숙이 사망하고 외가가 불타는 등 비운을 겪었다.

큰 외숙은 효자였다. 연로한 어머님을 홀로 둘 수 없다고 부산 피난을 거절하고 창평에 남아있다가 공산당에 붙잡혀 8·15경축 인민대회장에서 총살당했다. 큰 외숙은 전쟁 나기 직전에 공비로 몰려 처형장에 끌려가던 동네 사람 한 명을 보증해 살려놓은 일이 있었는데 인민대회장에서는 큰 외숙 덕에 살아난 바로 그 사람이 큰 외숙을 고발하는 데 앞장섰다고 한다. 큰 외숙은 소작인이나 주변 사람들에게 인심이 후한 분이어서 별 일 없으려니 하고 있다가 변을 당하신 것 같다.

공산당 패거리는 외가에도 불을 질러 잿더미로 만들어 버렸다. 당시 둘째 외숙은 부산에서 국방부 장관 전속부관으로 있었고 셋째 외숙은 주대만대사관의 참사관으로 있었지만 이렇게 큰 외숙이 변을 당하고 외가가 불타 없어지면서 외할머니도 창평을 떠나셨다. 그 후 외할머니는 노환으로 고생하시다가 서울 명륜동에 있는 우리 집에 와서 돌아가셨다. 그 큰 부잣집을 거느리시던 외할머니는 큰아들이 총살당하고 집과 재산이 불타버리는 기막힌 불운을 겪고, 젊을 때부

이회창
회고록

터 박봉의 공무원 아내로 고생해온 막내딸 집에 와서 세상을 떠나셨는데도 생전에 원망이나 한탄의 말씀은 한마디도 안 하시고 조용하고 깨끗하게 눈을 감으셨다. 나는 외할머니가 돌아가신 날 아버지가 시신을 수습하면서 눈물을 흘리시는 것을 보았는데, 처음 본 아버지의 눈물이었다.

난리 중에 나머지 가족은 남았지만 창평 외가는 그 큰집과 재산이 잿더미가 되고 가족은 풍비박산이 되어버렸다. 큰 외숙의 소생 중 남은 넷째아들인 김승영(金承英)과는 지금도 만나면 큰 외숙과 외가의 추억에 젖는다.

나는 외가의 운명을 보면서 부의 덧없음과 선의가 반드시 선의로 돌아오지 않는 세상의 민심을 배웠다.

아버지와 어머니

아버지(李弘圭)는 예산소학교(6회)를 졸업한 후 당시의 서울제1고보(지금의 경기중학교)에 입학하셨고 대학교는 지금의 서울법대의 전신인 경성법전을 나오셨다. 앞서 기차 요금 일화에서 알 수 있듯이 할아버지의 검약 정신으로 아버지는 서울 유학 비용도 최소 경비 외에는 받지 못해 무척 고생하셨다고 한다. 6·25전쟁 전에 집에서 아버지가 쓴 대학 시절의 일기장을 형님과 함께 본 일이 있는데 배고픈 타령, 중국집 호떡 타령이 많아 둘이서 웃은 일이 있다.

이런 인고의 훈련 덕인지 아버지도 검약과 감내(堪耐)가 몸에 밴 분이셨다. 처가가 부자였지만 도움받기를 좋아하지 않았고 어머니도 남편의 보조에 맞추어 아주 어려운 경우가 아니면 친정에 손을 벌리지 않았다. 오죽했으면 어머니의 자매들이 모여 앉을 일이 생길 때마다 "사순(四純, 어머니 이름)이가 불쌍해" 하면서 동정했다고 한다. 광주에 살 때 아버지가 출근하고 안 계신 동안에 창평에서 큰 외숙이 자전거에 쌀 한 말을 싣고 와서 어머니를 위로하면서 놓고 가시던 것을 본 적도 있다.

아버지는 자기 관리가 철저해 매일 아령과 냉수마찰을 하고 양기와집 마루에 대나무를 가로질러 놓고 턱걸이를 비롯한 체조를 빼놓지 않으셨다. 아버지의 체조 사랑은 유별나 80대 초반까지도 철봉의 대차(大車)회전 운동을 매일 20회씩 하셔서 화제가 되기도 했다. 체구는 작지만 바위같이 단단해 보이고 눈빛이 강렬해 눈을 똑바로 뜨고 직시하면 대부분의 사람은 거북해하며 눈길을 피했다.

아버지는 청렴하면서도 오직 옳은 길을 가셨다. 이를 위해 누구에게도 굽히거나 타협하지 않는다는 신앙심에 가까운 신조를 가지고 있어 때로는 너무 외고집이고 집념이 지나치다는 오해도 받으셨다. 요즘 그러한 아버지를 생각하면 시골 농촌에서 태어나 서울에 유학하고 공무원으로 직장생활을 시작한 아버지가 어떤 계기로 그런 굳은 신념과 삶의 철학을 갖게 되었는지 궁금해질 때가 있다.

아버지는 이런 청렴하고 강직한 성품 때문에 '척결검사(剔抉檢事)'라는 평을 들었지만 개인적으로는 고달픈 삶을 사셨다. 광주지검에 근무하던 1947년경 그 지역의 갑부들로부터 뇌물을 받고 탈세를 방조한 세무서장 등을 구속기소했는데, 이 탈세 사건에 당시 큰 정치 세력이던 한국민주당(한민당)의 전남지부장 등 지도급 인사들이 관련되어 거센 압력을 받았고 검찰 상부도 골치 아픈 아버지를 청주지검으로 좌천시켰다.

그런데 청주에 가서도 아버지는 가만히 계시지 않았다. 당시 충북 도지사는 이북 출신으로 이승만 대통령과 가까운 사이로 알려진 인물이었는데 미국구호물자 횡령 혐의로 수사 대상이 되었다. 검찰 상부에서는 불기소 방침을 정했으나 아버지는 지검장이 출장을 간 사이에 법원으로부터 구속영장을 발부받아 당일로 도지사를 구속기소했고 그 후 법원의 유죄 판결도 나왔다. 지검검사가 검찰상부의 지시를 어기고 배경이 든든한 도지사를 구속기소한다는 것은 여간한 용기가 없으면 할 수 없는 일이다. 검찰 수뇌부는 이 '골치 아픈' 검사를 차라리 서울에 데려다 놓는 것이 감시하기 좋겠다고 생각했던지, 아버지를 서울지검으로 전근발령 내렸고 이에 따라 우리 가족은 서울로 올라오게 되었다. 그런데 이 일이 뒷날 아버지가 구속되는 악운으로 이어지리라는 것을 어찌 알았겠는가?

아버지는 자식 교육에도 남다른 데가 있으셨다. 어릴 때 아버지는 매우 엄격해 접근하기 어려웠다. 아버지가 집에 계실 때 우리 형제는 안방의 따듯한 아랫목에 앉지도 못했다. 자상하거나 정다운 말 한마디 들어본 기억이 별로 없을 정도이다. 아버지는 자식들에게 이래라, 저래라 하고 미리 방향을 제시하거나 학업에 관해 잔소리를 하시는 일이 거의 없었다. 다만 때때로 무슨 일이든 마음만 굳게 먹으면 이룰 수 있다는 것(바로 문제의 '정신일도 하사불성'이다)과 다른 사람을 뒤따르지 말고 항상 앞서가야 한다는 것을 강조하셨다.

이것은 아버지가 자식들에 갖는 기대이기도 해 우리 형제들에게는 엄청난 압박감을 주었다. 아무리 '정신일도' 해도 안 되는 일은 안 되는 것이다. 예컨대 크고 힘센 상대와 맞싸움이 붙었을 때는 정신일도만으로는 이길 수 없는 것 아닌가? 공부도 마찬가지였다. 정신일도의 취지는 이해하지만 말처럼 정신일도만으로 성적이 오르는 것은 아니었다. 또 아버지는 남자는 무리를 앞서가거나 무리를 이끌어야지, 무리를 따라다녀서는 안 된다고 강조하셨다.

그렇지만 아버지는 우리 형제가 이런 가르침에 부응하지 못할 때도 크게 야단치시거나 하지 않고 모른 체하셨다. 이것은 더 큰 압력이었다. 이런 아버지의 훈육에는 찬반양론이 있을 수 있겠지만 우리 형제가 앞으로 달리도록 만든 원동력이 된 것만은 틀림없다.

아버지의 훈육 방식은 우리 형제가 성인이 된 뒤에도 크게 변하지 않았다. 형님(李會正)은 서울대 의과대학을 나와 의학박사가 된 뒤 미국 뉴욕의 마운트 사이나이 의과 대학의 정교수가 되어 전공분야인 병리학에서 상당한 업적을 쌓았고 귀국 후 삼성의료원의 병리과를 창설하였지만 미국으로 갈 때 아버지가 "노벨상을 받기 전에는 돌아올 생각 마라"고 하신 말씀 때문에 엄청 스트레스를 받았다고 실토한 일이 있다. 아버지의 기대는 현실을 무시한 경우가 있어 우리는 괴로웠다.

이러한 아버지가 나에게 더할 수 없이 포근하게 느껴진 때가 있었다. 청주중학교 1학년 때 학기말시험에서 수학에 실패해 과락에 가까운 점수를 받고 말았다. 부모님을 뵐 낯이 없다는 생각으로 학교에서 집으로 돌아오자마자 교복을 입은 채 아무런 준비도 없이 집을 나가

조치원으로 향했다. 당시는 조치원역에 나와야 경부선을 탈 수 있었는데, 별다른 계획도 없이 기차를 타고 서울에 가서 아무도 모르는 곳에서 고학이라도 하겠다는 마음뿐이었다. 어린 나이에 벼랑 끝에 선 심정이 이런 어이없는 일을 저지르게 한 것이다.

아직 추웠다. 30리 길을 걸어 조치원역에 도착하니 날은 완전히 저물었고, 대합실에 쭈그리고 앉아있자니 너무나 추워 견디기 어려웠다. 대합실 옆 조역실(역무원실)에 들어가 조개탄 난로 옆에 섰다가 역무원에게 쫓겨나기도 했다. 지나가던 헌병 하사의 도움으로 다시 역무원실로 들어가 불을 쬐고 있는데 역무원이 걸려온 전화를 받더니 내가 여기 있다고 대답했다. 내가 밤이 되어도 안 돌아오자 우리 집은 발칵 뒤집혔고 아버지가 경찰에 수색을 의뢰하셨던 것이다. 택시를 타고 조치원까지 쫓아오신 아버지는 역무원실로 들어서자마자 나에게 달려와 아무 말도 없이 나를 덥석 들어 안으셨다.

아버지는 그 작은 체구에 택시를 타고 집에 도착할 때까지 나를 꼭 안고 계셨다. 그리고 딱 한마디 하셨다.

"어때? 나와 보니까 세상이 얼마나 냉정한지 알겠지?"

정말 그랬다. 역무원의 냉대도 그렇거니와 나를 역무원실로 데리고 간 헌병 하사를 빼고는 어느 누구도 나를 아는 체 하거나 관심을 갖지 않았다. 단단히 야단맞을 각오를 하고 있던 나는 조였던 마음이 풀리면서 아버지의 따뜻한 정에 흠뻑 젖었다. 그토록 엄하시던 아버지의 정을 처음 느꼈다.

나는 서울대 법과대학에 입학한 뒤 처음에는 미국 유학을 꿈꾸었으나 집안 형편으로 포기하고 고등고시(지금의 사법시험)로 방향을 틀었다. 다행히 재학 중에 합격이 되었지만 아슬아슬한 기분이었다. 단기간에 집중적으로 공부했기 때문에 시험을 치른 뒤에도 도무지 자신이 없었던 것이다.

시험을 치른 날 집에 돌아오니 아버지가 현관까지 나오셔서 "어떻게 치렀느냐"고 물으셨다. 나는 솔직하게 별로 자신이 없다고 대답했더니 아버지는 벼락같이 화를 내셨다. "평소 공부를 어떻게 했기에 그 따위 소리를 하느냐?"고 크게 호통 치셨다. 나는 조금 의외였다. 아버지는 내가 미국 유학을 준비할 때나 고시공부를 할 때나 별로 관심을 보이지 않으셨고 또 지금까지 시험을 잘못 치렀다고 야단치신 일이 일절 없었기 때문이다. 그뿐 아니다. 내가 서울법대를 지망할 때도 가타부타 말씀이 없으셨다. 그런 아버지가 전에 없이 야단을 치시는 것을 보고 그동안 내색은 일절 안 하셨지만 내가 법관의 길로 들어서는 것을 얼마나 간절히 바라고 계셨는지를 뼈저리게 느꼈다. 막상 고시에 합격하고 나니까 "잘했다"고 한마디 하시고 끝이었다.

뒤에 자세히 쓰겠지만, 아버지는 현직 검사로 있으면서 모략을 받아 구속되고 6·25전쟁 중에는 일시 숨어 지내야 하는 등 고생을 하셨다. 무고함이 밝혀져 복직된 후에도 다시 '척결검사'의 본령을 유감없이 발휘하셨다. 한 예로, 아버지가 서울지검 부장검사로 재직했던 시절에 자유당 정권하에서 일어났던 유명한 '장면부통령 저격사건'의 주범으로 사형 확정된 이덕신 등의 배후에 당시의 내무부 장관, 치안국장, 그 밖의 경찰 간부와 서울시장 등이 관련되어 범행 조종을 한 사실을 밝혀냈고 이를 모두 구속 기소해 유죄 판결을 받도록 했다.

아버지는 내가 법관이 된 뒤 묵묵히 지켜보셨을 뿐이지, 이래라 저래라 하고 말씀하시는 일이 일절 없었다. 5·16군사정변으로 군부가 정권을 장악하고 사법부도 그 감시하에 들어간 시절, 법관들은 때때로 군부와 부딪쳤고 나도 반혁명 사건이나 구속영장 청구사건 등에서 군부의 요구에 불응해 말썽이 난 때도 있었다. 당시 아버지는 대검찰청 검사로 계셨는데 사건에 관해 내게 말씀을 하시는 일이 전혀 없었다. 검찰에서는 아버지에게 조력을 바라는 눈치를 보였지만 이를 묵살하고 내 일에 전혀 개입하지 않으셨다. 부자 간에도 아버지는 검사로서 법관인 나의 입장을 존중해 주셨던 것이다.

내가 정치에 들어온 후 정치판의 진흙탕 싸움에서 때로는 그 진흙이 나의 가족에게까지 튀기도 했는데 아버지에게도 예외는 아니었다.

2002년 대선에서 선거 막바지가 되자 당시 여당인 민주당 쪽에서는 3대 의혹이니 5대 의혹이니 하며 모략중상을 하더니 나중에는 아버지가 일제강점기에 검찰청에 근무하면서 친일을 했다는 어처구니없는 허위 비방까지 서슴지 않았다. 아들이 못나서 아버지를 욕보시게 했으니 얼마나 불효한 일인가.

어머니는 외할머니를 닮아 자상하고 인정이 많으셨다. 그리고 자식들을 위해 모든 것을 희생하는 어머니셨다. 이모들은 어머니를 볼 때마다 "자식들 그만 챙기고 네 건강부터 챙겨라"고 잔소리를 했는데 나는 그런 말이 참으로 듣기 싫었다.

누구나 다 그렇겠지만 나도 어머니를 생각할 때면 왠지 가슴이 울먹해진다. 남편과 자식에게 온 정성을 다했지만 홀로 계실 때는 쓸쓸하게 보이실 때가 있었던 우리 어머니!

그런데 이런 어머니에게도 칼 같은 데가 있으셨다. 부잣집의 넷째

따님이었지만 아버지에게 시집온 뒤에는 철저하게 출가외인으로 처신해 친정의 도움에 기대지 않으셨다. 일제강점기에는 식량 사정이 나빠서 쌀밥 먹기가 힘들었다. 보리나 조 같은 것을 많이 섞어 먹었는데 순천에 살 때는 조(매조) 배급이 많이 나와 매끼 조밥을 먹어서 질려버린 일이 있다.

내가 국민학교 3학년 때로 기억된다. 여름방학에 창평 외가에 갔다가 외할머니가 주신 쌀 두 되를 갖고 외가를 떠났다. 그런데 순천에 오는 도중 오후 늦게 버스가 고장이 났다. 당시는 제2차 세계대전 중으로 유류난이 극심해 목탄을 태워 나오는 가스로 움직이는 목탄 버스가 다녔는데 고장이 잘 나고 또 힘이 약해 높은 고개를 넘을 때는 승객이 모두 하차해야 했다. 몇 차례 가다서다 하더니 마침내 주저앉아 버린 것이다. 이름도 기억 안 나는 어느 시골 동네에서 하룻밤을 지내야 하는데 초등학교 3학년짜리가 어디에서 잠자리를 구한단 말인가? 난감해하는 나를 버스에 동승했던 한 청년(교사로 기억된다)이 보기 딱했던지 그 동네의 국민학교 교사로 있는 친구 숙소에 나까지 데리고 가서 세 사람이 일박했다. 식사는 시골 식당에서 해결했는데 식사와 잠자리를 제공해준 데 대한 고마움으로 내가 가지고 있던 쌀 두 되 중 한 되를 내놓았다.

순천에 돌아와 어머니께 버스 고장으로 일박하고 와야 했던 자초지종을 말씀드리자 놀란 가슴을 쓸어내리며 듣던 어머니가 쌀 한 되를 내놓은 대목에 이르자 벌컥 화를 내셨다. 세상물정을 잘 모르는 어린아이가 쌀 한 되를 밥값이라고 내놓는다고 그대로 받은 어른들의 행동이 괘씸하다는 것이었다. 이 한 말씀으로 나는 고난을 헤치고 귀

이회창
회고록

환한 어린 용사에서 세상물정 모르는 아이로 전락해 버렸다. 당시는 그렇게 식량이 귀했다.

지금도 밤에 어머니가 우리가 자는 방에 들어와 모기를 잡으시던 모습이 떠오른다. 매일 밤 등잔불을 들고 들어오셔서 벽에 붙은 모기들을 한 마리씩 태워 없애고 계셨다. 아이들이 깰까봐 소리 안 나는 방법으로 모기를 퇴치하셨는데 나는 잠든 체했다.

광주 서석국민학교 2학년 때쯤으로 기억한다. 당시는 일본인 교사가 많았다. 일본인 교사들은 대체로 정직하고 부지런한 편이지만 학생들에 대한 체벌을 심하게 했다. 굵은 대나무로 머리를 맞으면 맞은 곳이 금방 혹처럼 부어올랐다. 나는 집에서 어머니께 선생님들이 너무 심하게 매질한다고 불평한 일이 있었는데 어머니는 아무런 대꾸를 안 하셨다.

그런데 다음날, 어머니가 예고도 없이 학교에 나오셔서 우리 교실 뒤편에 서 계셨다. 일본인 교사는 처음에는 습관적으로 대나무 매로 학생의 머리를 때렸는데 어머니는 아무 말씀을 안 하시고 그저 눈살을 찌푸린 표정으로 지켜보셨다. 그러자 교사는 더 이상 매를 들지 않았고 어머니는 한동안 매일 같이 교실에 나오셔서 수업 참관을 하셨다.

어머니는 아버지에게 시집오셔서 고생을 많이 하셨다. 황해도로, 전라도로 전국을 전근 다니는 박봉의 남편을 따라다니느라 고생하시고 또 아버지가 모략받아 구속되었을 때는 옥바라지하느라 고생하셨다. 청주에 살 때는 병아리들을 사서 성계가 되면 시장에 내다팔아 얼마 안 되는 돈이지만 생활에 보태셨다. 나도 시장에 내다파는 일을 거들었던 기억이 있다.

서울에 살 때 메추리를 키워 팔면 돈을 벌 수 있다는 풍문이 돌았었다. 방송에도 나왔던 것 같다. 너도나도 메추리 바람에 들떴다. 어머니도 솔깃해서서 메추리 사업을 해보기로 하고 우선 시험 삼아 열 마리 정도의 메추리 병아리를 사오셨는데 결론적으로 메추리 사업은 완전히 실패로 끝나고 말았다. 메추리 바람은 일종의 사기였던 것이다. 어머니는 기르던 메추리를 처분하려고 하셨으나 메추리 몇 마리를 사줄 사람도 없거니와 집에서 잡아먹는 것은 어머니가 극력 반대하셨다. 기르던 것을 그렇게 잡아먹을 수는 없다는 것이었다.

어느 날 학교에서 돌아와 보니 메추리를 키우던 상자가 텅 비어 있었다. 어머니는 어찌할 방도가 없어 메추리들을 들고 성균관대 뒷산 (그때는 학교 구교사 바로 뒤가 산이었다)에 가서서 메추리를 한 마리씩 꺼내어 "너희가 재주껏 먹고 살아봐라" 하시면서 놓아주었다고 하셨다. 메추리를 쓰다듬으며 놓아 보내시던 우리 어머니! 이것이 우리 어머니의 모습이었다.

아버지가 모략을 받아 국가보안법 위반으로 구속되셨을 때는 주변의 시선이 냉정해지고 변호사 등 도움을 줄 사람들을 찾아다니는 처지가 되었다. 그렇지만 나는 어머니를 모시고 다니면서 어머니가 아버지 못지않게 꿋꿋하게 자존심과 품위를 지키시는 모습을 보았다. 당시 아버지 사건의 변호사들은 모두 무료 변호를 자청한 변호사들로 십수 명에 이르러 변호인단을 구성할 정도였다. 변호사 비용을 낼 만큼 여유가 없기도 했지만 평소 아버지의 성품을 알고 모략으로 엮여진 사건이라고 믿는 변호사들이 스스로 무료 변호를 자청하고 나

섰던 것이다. 어머니는 돈을 못 내는 대신 이들 변호사들을 아침, 저
녁으로 찾아다니면서 고마움을 표시했는데 우리 형제를 교대로 데리
고 다니셨다.

그때의 변호사들 중에는 내가 법관이 된 뒤에도 변호사로 활동하
고 있는 분이 있었는데 아버지 때문에 어머니와 같이 찾아온 소년이
뒷날 법관이 되어 자신들의 수임사건을 재판하게 되리라고는 상상도
하지 못했을 것이다. 어머니는 구원의 밧줄인 변호사들을 만날 때도
비굴하지 않고 의연함을 잃지 않으셨고 자식들 앞에서도 좌절하거나
절망한 모습을 절대로 보이지 않으셨다.

그러나 어머니의 마음은 답답하고 울적하셨던 것 같다. 어느 날은
효자동의 점집들이 모여있는 곳에 나를 데리고 가서 점을 본 일도
있었다. 그리고 집에서도 식구들의 눈에 안 띄는 곳에서 침울하고 쓸
쓸한 표정으로 앉아 계신 모습을 간혹 보았다. 겉으로는 칼처럼 분명
하고 강단 있게 행동하시며 일절 내색은 안하셨지만 무척 견디기 힘
드셨던 것이다.

6·25전쟁 중 1·4후퇴 때 부산에 피난 가 있던 중 우리 가족은 모두
가톨릭에 입교했다. 서울 수복 후에도 아버지와 어머니는 명륜동에
가까운 혜화동성당 새벽미사에 매일 참여하셨고 그것이 두 분의 중
요한 삶의 일부가 되었다.

2002년 대통령 선거가 막바지에 이른 10월 31일 아버지는 97세로
세상을 떠나셨다. 우리는 혼자 남으신 어머니가 걱정이었다. 하지만
어머니는 아버지가 떠나신 명륜동 집에 남으셔서 전혀 흐트러진 자
세를 보이지 않고 사셨다. 때때로 아버지가 계시던 안방에서 마당을

내다보고 계신 모습을 보면 어릴 때 보았던 어머니의 쓸쓸한 모습이 떠올라 가슴이 아팠다.

어머니는 돌아가시기 얼마 전 나에게 살짝 "네 집에 가면 안 되겠니?"하고 물어보셨다. 그동안 혼자 계시는 것을 걱정하면 그런 걱정할 필요 없다고 하시던 어머니가 고독한 속마음을 내비치신 것이다. 하지만 당시 내가 살던 옥인동 집은 비좁아 빈방이 없고 정치바람으로 사람들의 왕래도 많았던 때라 선뜻 확답을 못 드렸다. "곧 생각해 볼게요"라고만 말씀드렸는데 얼마 안 있어 어머니는 돌아가셨다. 2005년 10월 24일이었다. 지금도 그 일을 생각하면 가슴을 쥐어뜯고 싶을 만큼 후회되고 죄스러운 마음을 누를 길이 없다. 어떻게든 모셔왔어야 했다. 나는 불효자이다.

아버지와 어머니의 사이에서 태어난 자녀는 차남인 나를 포함해 4남 1녀. 순서대로 회정(會正), 회영(會英), 회창, 회성(會晟), 회경(會京)인데 나와 형님(會正)과는 3년 차이고 바로 아래 동생인 회성과는 10년 차가 있어 성장기와 중고등학교 시절의 기억은 주로 형님과 연관된 것이 많다. 이 시절의 회고에서 '우리 형제'라고 말할 때는 대부분 나와 형님을 가리킨다.

나는 형님의 영향을 많이 받았다. 형님은 소년 때부터 독서를 많이 해 책을 빌려주는 대본(貸本)서점의 단골이었다. 읽고 나면 바로 돌려줘야 하기 때문에 나는 형님이 읽는 동안 어깨너머로 같이 읽었다. 내가 조금 늦게 읽으면 책장이 넘어가 버리기 때문에 속독을 하게 되고 나중에는 내가 먼저 읽고 형님더러 빨리 읽으라고 독촉할 정도가 되었다. 당시는 대부분의 책이 일본어 서적 또는 번역서로, 세계문학전

집류의 책까지 독서의 폭이 넓었는데 이는 형님의 독서량과 안목 덕분이었다.

형님은 클래식 음악도 좋아했다. 6·25전쟁이 나기 전 명륜동 집에는 태엽을 감아 돌아가는 축음기가 한 대 있었는데 형님은 레코드판을 빌려주는 가게의 단골이기도 해 축음기를 끼고 앉아 음악감상에 젖곤 했다. 한방을 쓰는 나는 안 들으려고 해도 안 들을 수 없어 어느덧 나도 고전음악에 빠졌고 지금도 매일 클래식을 듣는다.

내가 중학교에서 웅변을 할 때는 형님은 코치이자 감독이었다. 세 살 차이지만 형님은 나의 멘토였다.

누님(會英)과 동생들(會晟, 會京)은 6·25전쟁과 피난생활로 어려움을 많이 겪어 기억에 남는 일이 많다. 누님은 형님과 연년생으로 한 살 차였다. 어머니는 지방으로 전전하며 두 아이를 기르는 일이 매우 힘들어 누님을 외가에 일시 맡겨둔 일이 있었는데 그 때문인지 누님은 말수가 적고 조용한 성격이 되었다. 어머니는 그런 누님을 볼 때면 안쓰러워하고 미안해 하셨다.

부산으로 피난 갈 때 어머니를 따라간 누님은 가는 도중 트럭에서 기차로 갈아타고 이 기차에서 저 기차로 옮겨 타는 혼잡 속에서 제법 큰 짐을 거의 혼자서 옮기고 싣고 해 어머니를 놀라게 했다. 어머니는 조용하고 가냘픈 누님이 그렇게 재빠르게 일을 처리할 줄은 몰랐다고 탄복하시던 게 기억난다.

회성과 회경은 6·25전쟁이 일어났을 때 다섯 살, 한 살이었다. 전쟁은 누구에게나 가혹한 시기지만 특히 성장기를 지나던 동생들이 필요한 영양을 제대로 섭취하지 못하는 것을 볼 때면 마음이 아팠다.

형제 중에 회성이가 가장 키가 작은 것도 그 탓이 아닌가 한다.

부산 피난 시절 우리 가족이 살던 부산 체신청장 관사에는 우리 외에도 피난 온 체신부 관계자의 가족 여러 세대가 있었는데, 이들은 미군 군수물자로 나오는 의류나 초콜릿 등의 식품을 풍족하게 쓰고 먹고 했다.

당시 아버지는 피해 다니시고 형님도 그 행방을 아직 모르던 때였다. 부산 체신청 직원으로 취직한 월급으로 어머니를 비롯한 다섯 식구가 근근이 생계를 유지할 때여서 동생들에게 간식을 사줄 만한 여유가 없었다. 언젠가는 회성이가 다른 아이들이 초콜릿 먹는 것을 물끄러미 쳐다보고 있는 것을 보고 내가 물었다.

"먹고 싶으냐?"

그러자 회성이는 세차게 고개를 저으면서 "아니야, 먹기 싫어!" 하고 내뱉었다. 나는 코끝이 찡했다. 그렇게 회성이는 자존심이 강했다.

회성이는 자립심도 강해 거의 혼자 힘으로 미국 뉴저지의 러트거스 대학에서 경제학 박사 학위를 취득하고 전공인 에너지경제 분야에서 상당한 업적을 이룬 후, 현재 '기후 변화에 관한 정부간 협의체(IPCC)'의 의장으로 활약하고 있다. 회성이는 정치를 하는 나를 돕다가 어려운 일을 겪었는데도 굴하지 않고 국제 사회에 헌신하고 있어 그저 고마울 뿐이다.

회경은 전쟁 동안 어머니의 등 뒤에 업혀 있거나 품에 안겨있는 모습으로 내 기억에 남아있다. 우리 형제 중 가장 구김살이 없고 순수한 성격으로 자랐다. 가장 효자이고 또 신앙심도 깊었다. 그는 미국의 뉴욕주립대(스토니부룩)에서 경제학 박사 학위를 취득하고 카이스트의 교수가 된 뒤에 그야말로 자기의 전공 분야인 계량경제 외의 일에는 일절 곁눈질도 안 하는 순수한 학자가 되었다. 나는 그가 외골수로 학문의 길을 가는 학자가 된 것이 참으로 자랑스럽다. 회경이는 내가 정치를 하는 동안 "다른 도움은 드릴 수 없고 형님을 위해 매일 기도를 드립니다"라고 말했는데 이것이 큰 힘을 주었다. 나는 회경이가 큰아버지처럼 오직 학문의 외길을 가는 학자의 삶을 살아온 것을 우리 집안의 자랑으로 생각하고 있다.

전쟁 통에 우리 가족은 흩어져 살길을 찾아야 하는 어려움을 겪었지만 이렇게 형제들이 각자 삶의 보람을 찾게 된 것이 그저 감사할 따름이다.

2

어린 시절의 기억

전학으로 시작한 초등학교 시절

　나의 국민학교(지금의 초등학교) 시절은 전학으로 시작해 전학으로 끝났다고 해도 과언이 아니다. 전남 창평국민학교에 입학하고 얼마 안 있어 어머니와 우리 형제는 광주지검에 근무하시던 아버지와 합류하기 위해 광주로 이사했고 나는 광주 서석국민학교 1학년에, 형님은 3학년에 전학했다. 당시 광주 서석국민학교는 전라남도 내 제1의 명문 국민학교로 교사(校舍)도 크고 학생 수도 많아 창평의 시골 학교에서 온 전학생인 나는 바로 장터에 나온 촌닭의 신세였다.

　그러나 나는 이 새로운 환경에서도 무리에 묻혀서 남들의 뒤나 따라가서는 안 된다, 앞서가야 한다는 아버지 말씀이 떠올라 전의를 가다듬고 있었다. 전학 간 지 며칠 안 되어 드디어 기회가 왔다. 작문 시간에 선생님이 누구든지 최근에 읽은 책이 있으면 나와서 독후감을 발표해 보라고 하셨는데 아이들은 서로 눈치만 볼 뿐 선뜻 나서려 하지 않았다.

나는 이때다 싶어 손을 번쩍 들고 교단 앞으로 나갔다. 며칠 전 나는 《나 홀로(ひとりぽっち)》라는 제목의 책을 읽은 일이 있었다. 그 책은 "나는 혼자 있는 것이 좋다"로 시작되었고, 햇살이 비치는 곳에 홀로 앉아 햇살과 그림자의 변화를 보면서 사색하는 내용이었다. 나도 무리에 섞여 있기보다 혼자 있기를 좋아하는 편이어서 글 내용이 가슴에 와닿았던 것이다.

난생 처음으로 수십 명의 사람들 앞에서 교단에 올라 말하는 것에 잔뜩 긴장했지만 그럭저럭 끝냈다. 당시 선생님의 "이것 봐라?" 하는 표정을 잊을 수 없다. 시골에서 올라온 촌닭이 국민학교 1학년 수준에 어울리지 않는 사색적인 글을 읽은 것이 놀라운 눈치였다.

이 독후감 발표는 당장 효과를 발휘했다. 나는 더 이상 어리버리한 촌닭이 아니었다. 친구들이 가까이 다가왔으며, 선생님도 관심을 갖기 시작했다. 말하자면 내 입지를 구축한 것이다.

그 후 내가 국민학교 3학년 때 아버지가 순천지청으로 전근을 가게 되어 순천 남국민학교로 전학을 갔다. 그곳은 광주와는 분위기가 또 달랐다. 광주에서는 교실 내에서 쉬는 시간에도 일본어를 써야 했다. 교실에 "國語常用(국어상용)"이라고 써 붙여 놓고 일본어가 아닌 한국말로 말한 것이 발각되면 체벌을 받았다. 그래서 한국말을 쓴 것을 고자질하는 아이도 있었다. 그런데 순천에 가보니까 쉬는 시간에는 모두 한국말을 쓰고 선생님도 개의치 않는 것 같았다. 조선사람인 선생님은 좀 마르고 키가 큰 편이었는데 개성이 뚜렷한 분이어서 지금도 기억에 남는다.

일본의 식민지 지배가 더욱 극성스러워지는 한편, 전황은 일본에 불리하게 돌아가는 때여서 일본인 교장과 교사들의 신경이 날카로워져 가는 것이 어린 마음에도 느껴졌다. 매일같이 일본군은 '대본영(大本營) 발표'라며 전과를 부풀려 발표했지만 동아시아의 점령 도서에서 일본군이 '옥쇄(玉碎, 전멸)'했다는 보도도 곁들여 있어 심상치 않는 전황을 짐작하게 했다.

이러는 가운데 하루는 선생님이 교실에 여러 장의 종이를 들고 와 칠판에 펴서 붙였는데 종이 한 장마다 한 글자씩 '天皇陛下萬歲(천황폐하만세)'라는 글이 씌어 있었다.

선생님은 "이 글은 전선에서 한 일본군 병사가 죽어가면서 자기의 피로 쓴 혈서라고 한다. 그리 알고 보거라"라고 말했다. 그리고 조금 있다가 "다 봤지?" 하고서는 후딱 걷어서 치워버렸고 그 후 아무런 설명도 덧붙이지 않았다. 학교에서 시키니까 할 수 없이 한다는 식이었다.

4학년 때 순천에서 해방을 맞았다. 천지가 뒤바뀌는 그 감격은 뭐라고 말로 표현하기 어렵다. 처음에는 해방이 실감되지 않았다. 그러나 곧 순천은 열광의 도가니가 되었다. 모든 구질서가 멎고 새 질서가 시작되는 것이다. 시장에 그동안 통제되었던 쌀이 쏟아져 나와 활발하게 거래되기 시작했다.

학교에 나가니까 선생님이 교실에 들어오자마자 "이제부터 새 시대가 온다. 우선 우리의 정신인 우리글, 한글을 배워야 한다" 하고는 칠판에 '가갸, 거겨, 고교, 구규, 그기' 식으로 기본 어법을 적고 학생들에게 모두 받아 적게 하셨다. 모두 해방의 감격과 충격에 휩싸여 있을 때 마치 그동안 준비하고 있었다는 듯한 행동을 보고, 이 분은 남들보다도 앞서가는 분이구나 하고 느꼈다.

아버지는 해방 후 순천에서 검사로 특임되셨고 그 후 광주지검으로 전근 발령을 받으셔서 우리 집은 다시 광주로 이사해야 했다. 나는 광주 서석국민학교로 다시 전학을 갔다.

서석국민학교 5학년 2학기 때 전라남도가 시행하는 중학교 입학자격 검정시험에 합격해 시험을 칠 수 있게 되었다. 이른바 월반을 한 셈이다. 검정시험 공고가 난 것을 알고 불현듯 밑져야 본전이다 하는 기분으로 응시했는데 덜커덕 붙었다. 소가 뒷걸음치다가 쥐 잡는다는 격이라고 할까. 내 기억에는 합격자 중에는 서석국민학교 동급생 중 뒷날 광주시장, 전남도지사를 지낸 구용상 군과 시인이 된 박성용 군이 있었던 것 같다. 이렇게 되니 내친김에 광주서중(西中)에 입시원서를 냈다.

필기시험 뒤에 교장 면접시험이 있었다. 그날 처음 본 교장선생님은 평안도 사투리를 쓰는 억세게 보이는 분이었다. 내가 교장 책상의 맞은편에 앉자 대뜸 "이번에 너의 학교 졸업생 수가 모두 몇이지?" 하고 물으셨다.

나는 순간 말문이 막혔다. 나는 5학년에서 왔기 때문에 6학년 졸업생 수를 정확히 알 수 없었던 것이다. 내가 머뭇거리자 교장은 "몇이냐 말야?" 하고 다그치기에 나는 사실대로 잘 모르겠다고 대답했다. 그리고 이유를 말하려고 하는데 교장은 느닷없이 큰소리로 "그런 것도 몰라?" 하더니 "나가!"라고 소리쳤다. 나는 그때 화가 난 교장 선생님의 눈이 삼각형으로 바뀌는 것을 지금도 기억한다.

나는 일어나서 교장실을 나서는데 그제야 화가 나 문을 '쾅' 소리 나게 닫고 복도 끝에서 신발을 신는데 분이 북받쳐 굵은 눈물방울이 뚝뚝 신발 위에 떨어졌다. 떨어져도 그만이라고 생각했지만 말도 제 대로 못하고 이런 식으로 떨어지는 것은 너무 억울했다.

맥이 쭉 빠져 집에 돌아오니까 아버지가 일찍 퇴근하셔서 마루에 앉아계셨다. 아침에는 모른 체했지만 그래도 궁금하셨나 보다. 웃으 시며 "그래, 잘 치렀니?"하고 물어보시는데 다시 분한 마음이 솟구 치고 눈물이 나와 "그 교장이란 사람, 아주 나쁜 사람이에요" 하고 울 었다. 자초지종을 물으셔서 그대로 말씀드리자 껄껄 웃으시더니 "그 건 교장 선생님이 너를 시험해본 거란다. 크게 걱정할 것 없다"라고 말씀하셨다.

아버지 말씀이 옳았는지 어쩐지는 모르지만 어쨌든 합격이 되었 다. 그런 곡절을 겪어서인지 광주서중 입시 합격은 뒷날 고등고시 합 격 때보다 더 기뻤던 것 같다. 이날도 아버지가 마루에 앉아 기다리시 다가 합격 소식을 들으시고는 파안대소하셨다. 어머니의 기쁨도 말할 것 없었다.

그런데 아버지가 앞에서 말한 대로 청주지검으로 발령이 나셔서 나는 또 전학을 가게 되었다. 나는 광주서중에 합격한 뒤 입학식도 가 기 전에 청주중학교로 전학 갔다. 결국 나의 국민학교 시절은 마지막 도 중학교의 전학으로 장식한 셈이다.

이회창
회고록

전학으로 시작한 중학교 시절

나는 전학한 청주중학교에서 입학식을 치렀으니까 사실 새로 입학한 것과 다를 것이 없었다. 하지만 낯선 고장에 와서 친구 한 명 없는 외톨이였다. 청주는 광주와는 사람들의 기질과 분위기가 완전히 달랐다. 당시는 어느 도시에서나 본정통(本町通)이라는 도시의 중심가로(街路)가 있고 상가 등이 집결되어 있었는데 이곳을 지나다 보면 청주와 광주의 차이가 금방 느껴졌다.

광주에서는 분위기가 웅성거리고 자전거로 "비키세요!" 하고 소리치면서 달리는 젊은이들을 흔히 볼 수 있었다. 그런데 청주의 본정통에 가보니 분위기가 착 가라앉아 있고 자전거로 달리는 젊은이들도 보기 힘들었다. 물건을 사려고 가게에 들어가 값을 흥정했더니 주인은 "그렇게는 안 팔아요!" 하고는 들어가 버렸다. 광주 같으면 어떻게든 팔려고 매달릴 텐데 전혀 달랐다.

학교에서 친구들과 잘 어울렸지만 여기에서도 앞서가야 했다. 광주는 야구의 고장이었는데 청주는 축구가 인기가 있고 중학교에도 고학년생들의 야구부는 있지만 소년 야구부는 없었다. 나는 소년 야구부를 만들 생각을 하고 우선 몇 사람과 모여 방과 후에 야구 연습을 하기 시작했고, 때로 고학년 야구부의 선수들이 와서 도와주곤 했다.

어느 날 나는 충청북도 주최로 도내대항 웅변대회를 개최한다는 광고를 보았고 출전하기로 마음먹었다. 원고를 써서 제출한 뒤 전형을 거친 다음 출전자로 뽑혔다. 글쓰기 실력이 좋은 형님(李會正)이 써준 원고로 집에서 연습하는데 코치도 형님이었다. 목소리만큼은 그때도 컸고 자신이 있었다.

　당일, 대회가 열리는 큰 강당에는 청주는 물론 도내에서 구경 온 사람들로 꽉 찼는데, 다른 출연자들과 함께 연사석에 앉아 그 많은 군중을 보고 있으려니 말 그대로 오금이 저리고 머리가 하얘졌다. 이런 경험은 처음이었다. '큰일 났다'고 마음이 조급해지는데 형님이 다가왔다. 내 표정을 읽었던지 귀에 대고 "아랫배에 힘을 줘라. 여기에 모인 사람들은 너희를 보기 위해 온 사람들이다. 네가 얼마든지 휘어잡을 수 있다"라고 속삭였다.

　형님 말씀대로 아랫배에 힘을 줬더니 몸이 훈훈해지면서 긴장과 압박감이 안개처럼 사라지는 것을 느꼈다. "그래, 이 사람들은 나를 기다리고 있는 거야" 하고 생각하니까 마음이 편해졌다. 내 순서가 되어 단상에 올라가 보니 청중의 모습이 모두 눈에 들어왔다. 아버지와 검사, 판사, 그리고 변호사 몇 분의 얼굴도 보였다. 이렇게 볼 수 있을 만큼 마음의 여유를 찾은 것이다. 웅변은 그럭저럭 마쳤지만 자신은 없었다. 중고등부 3등. 다행이다 싶었다.

　중고등부 1, 2등은 도 대표로, 3등은 개인 대표로 이철승 씨의 학련(學聯) 주최로 서울 YMCA에서 개최하는 전국학생 웅변대회에 출전 자격을 갖게 되었다. 나는 뜻하지 않게 서울 구경을 가게 되었다. YMCA 웅변대회에서는 전국에서 모인 맹장들 사이에서 가장 어린 중학교 1학년짜리로 분전했지만 낙방하고 말았다. 실망은커녕 서울 구경 한 것만도 어딘데 싶었다.

　공부도 열심히 했다. 그런데 수학은 싫었다. 기하(幾何)는 그런대로 괜찮은데 대수(代數)는 영 나하고 연때가 맞지 않았다. 1학년 초에 담임 선생님이 내가 수학 문제 푸는 것을 찬찬히 지켜보더니 "회창이는 역시 이과보다 문과야" 하고 혼잣말하듯 중얼거리는 것을 들었는데 이 말이 머리에 박혀 자기암시처럼 나에게 주술을 걸었는지도 모를 일이다. 수학이 싫어졌고 수학을 못하는 내가 머리가 나쁜 게 아닌가 하는 열등감도 들었다.

학기말 시험에 대수시험을 잡치고 가출까지 한 일은 이미 앞에서 말했다. 그런데 나를 '수포자'에서 구해준 것은 부산 피난 시절, 경기고등학교 천막교사에 출강 나온 젊은 서울대 수학강사였다. 이 분은 나처럼 수학을 싫어하는 학생들의 심리를 잘 파악하고 있었다. "지금 고3에서 수학 문제의 공식을 이해하려고 애쓸 필요가 없다, 몇 가지 필요한 공식을 외워버리고 외운 공식을 활용해 문제를 풀라"고 충고했다. 나에게는 복음과 같았다. 외워서 하는 것은 문제가 없었다. 그 후 서울대 입시의 수학 과목에서 그런 식으로 문제를 다 풀었는데 채점 결과는 알아보지 않았으나 낙제점을 받지는 않은 것 같다.

청주중학교 시절은 사춘기여서 가슴에 서린 기억이 많다. 그해 겨울의 크리스마스 전날에는 눈이 많이 와서 천지가 하얗게 덮였고, 그 하얀 세상을 유난히 밝은 달이 비추고 있었다. 나는 집 마루에 앉아 교회의 찬양대가 동네를 돌면서 부르는 은은한 크리스마스 캐럴을 듣고 있었다. 그런데 왜 그렇게 슬프고 외로운 생각이 들었던 걸까. 눈물을 쉴 새 없이 흘렸다. 사춘기였을까? 그 기억은 어른이 된 후에도 사라지지 않고 남아있다.

바보짓도 많이 했다. 청주중학교는 학교 건물의 중앙현관에 커다란 북을 놓고 수업 개시와 종료 시간을 이 북을 쳐서 알렸다. 그런데 학생들의 교실 의자에는 의자 다리를 고정시키는 철편 띠가 박혀있는데, 이 띠를 손가락으로 퉁기면 북소리가 났다. 수업이 끝날 무렵이면 학생들은 장난으로 철편을 퉁겨 가끔 선생님들이 속아 수업을 일찍 끝내곤 했다.

이 날은 화학 시간이었는데 수업이 끝날 무렵 누가 철편을 퉁겼는지 가짜 북소리가 들렸다. 화학 선생님이 "어, 벌써 시간이 됐나?" 하면서 책을 덮는 순간 진짜 북소리가 들렸다. 선생님은 가짜 북소리에 속은 것을 알자 불같이 화를 내고 "어느 놈이야? 당장 나와! 나오기 전에는 아무도 못 나간다"라고 고함쳤다. 아무도 나서지 않았다. 나도 가끔은 범행을 한 일이 있지만 그날은 안 했다. 선생님은 계속 고함을 치고 쉬는 시간은 줄어가는데 아무도 꿈쩍 안 했다.

일을 빨리 마무리 짓기 위해 내가 희생해야겠다고 생각했다. 정직하게 나서는데 설마하니 크게 야단치랴 싶었던 것이다. 그래서 손을 들고 '제가 했습니다'라고 말했다. 화가 머리끝까지 나서 얼굴이 벌게진 화학 선생님이 출석부를 들고 다가오더니 그것으로 내 머리를 내리쳤다. 출석부에 왜 그렇게 기다랗고 두꺼운 표지를 붙였는지 그제야 용도를 알았다. 화학 선생님은 "이 나쁜 놈!" 하면서 계속 두들겨 패는데 나는 "사실은 아닙니다" 할 수도 없고 고스란히 맞았다. 맞으면서 속으로 '미국의 워싱턴 초대대통령은 아버지의 화분을 깨고도 아버지에게 정직하게 자백한 탓에 칭찬까지 들었다는데 이 화학선생은 수준미달이구나!' 하고 생각하면서 스스로를 달랬다. 희생한다고 생각하고 나갔지만 나도 전에 같은 범행을 한 일이 있었으니까 억울해할 처지는 못 되었다.

얼마 후 아버지가 서울지검으로 전근 가셔서 우리 가족은 다시 서울로 이사 가게 되었고 우리 형제는 전학을 가야 했다. 청주중학교 시절도 전학으로 시작해 전학으로 끝나게 된 것이다.

경기중학교에 들어가다

1948년에 나와 우리 형님은 서울 경기중학교로 전학을 갔다. 나는 2학년에 형님은 4학년에 편입했다. 당시 전근하는 공무원의 자녀 경우 편입은 별 문제가 없었으나 경기중학교는 공립인데도 교장이 기부금을 요구했다. 검사가 무슨 돈이 있는가? 아버지는 직접 우리 형제들을 데리고 학교에 가셨다. 교장실 옆 사무실에 우리를 대기하게 하고 교장실에 들어가 "나는 공무원이고 이 학교 졸업생인데 기부금 요구는 지나친 것 아니냐?" 하고 따지셨다. 조금 있다가 교장실에서 아버지와 함께 교장이 나오더니 교감 선생에게 전학 절차를 취하도록 지시하고 가버렸는데 우리 형제를 본체만체 했다.

학교 분위기는 사뭇 달랐다. 광주나 청주에서는 정도의 차이는 있지만 텃세를 부리는 배타적인 분위기가 있었는데 서울은 과연 달랐다. 나는 전학 첫날부터 스스럼없이 새 친구들과 어울렸다. 이 학교의 특징은 엄청난 부잣집의 자제도 있고 또 가난한 집의 자제도 있지만 서로 시샘하거나 업신여기는 분위기는 전혀 없었다. 당시 고급품인 수입 옷감으로 만든 교복을 입은 학생이 있는가 하면 나처럼 광목에 염색한 교복을 입은 학생도 있었지만 이런 것으로 차별감을 느끼거나 열등감을 느끼는 일은 없었다. 자기 집이 부자니까 그런 옷을 입는 것은 당연하다는 식의 생각이었다고나 할까.

경기중학교에는 수재들이 많았다. 뒷날 미국에서 교통사고로 사망한 뛰어난 과학자인 이휘소 박사는 나와 반은 다른 동급생으로, 우리나라에서 김진명 작가의 소설인《무궁화 꽃이 피었습니다》로 널리 알려졌다. 세계 문화계에 큰 발자취를 남긴 백남준 씨는 2년 선배로 형님과 동급생이었다. 그런데 학생들의 분위기는 이런 수재들을 감싸고 자랑스러워 했지, 시샘하거나 흘겨보는 분위기는 전혀 없었다.

그런데 이런 학교 분위기 속에서도 이른바 '어깨'들이 있었다. 이들이 힘쓰는 것은 주로 학교 밖에서였지 학교 안의 교우는 상대도 하지 않았던 것 같다. 이런 '싸울아비'가 아닌 학생들 사이에도 가끔 주먹다짐이 벌어졌는데 대개는 학교 과학관 옆 공터에서 시간을 정해놓고 결투를 벌였다. 나도 전학 간 직후에 한 반 친구와 사소한 일로 언쟁을 하다가 내가 먼저 과학관 옆에서 보자고 해 결투하기로 했다가 취소한 일이 있다. 별 일도 아닌데 전학생이라고 무시하나 싶었던 것이다.

그런데 약간의 논쟁을 벌였던 한 친구가 모욕감을 느꼈던지 나에게 결투를 신청해왔다. 이번에는 피할 수가 없었다. 정한 시간에 과학관 옆에 가보니 그 친구는 화학반 소속이었는데 화학반 선배 한 사람이 입회인처럼 붙어있고 그 친구는 가죽장갑을 끼고 만반의 준비를 하고 나왔다. 사실 가죽장갑을 끼는 것은 형평성에 반하는 것이지만 나는 아무 말도 안 했다. 그만큼 나는 실전에 대비하지 못했고 심지어 교모를 쓴 채로 결투에 나섰다.

나는 어릴 적 권투를 배운 일도 있어 질 것이라고는 생각 안 했는데 몇 차례 주먹이 오간 뒤 상대방이 내 모자를 내리쳐 눈이 가리게 되자 이때를 놓치지 않고 상대방의 주먹이 내 얼굴로 날아들었다. 나는 모자를 벗어던지고 상대방을 붙들어 안고 함께 넘어졌다. 이렇게 되면 나에게 승산이 있었다. 나는 초등학교 시절부터 몸은 크지 않고 강골도 아니지만 씨름을 하면 지지 않는 편이었다. 서석국민학교 때 고흥에서 전학 온 소년장사 같은 친구가 나와 씨름하다가 내가 이기자 놀란 듯 나를 쳐다보곤 했었다.

쓰러트린 바닥에서 상대방을 막 올라 타려고 하는데 결투에 입회한 화학반 선배가 갑자기 "이제 됐다, 그만들 해!" 하면서 뜯어 말렸다. 완전히 불공정한 개입이었다. 하지만 나에게도 결투 대비도 제대로 하지 못하고 입회인도 없이 혼자 간 잘못이 있었다. 그 후로는 그 친구와 화해하고 사이좋게 지냈지만 그 결투의 순간을 생각하면 어린 시절로 돌아간 듯 분한 생각이 든다.

3학년 때 교내 웅변대회가 열려 출전했다. 2년 선배인 백남준 씨도 출전했던 것으로 기억한다. 나는 여기에서도 3등을 했다. 매번 3등만 하니 결국 나의 웅변 실력은 3등짜리밖에 안 되는 것 아닌가. 그래도 그때는 즐거웠다.

아버지가 구속되다

1950년 3월 26일 저녁때였다. "여기가 이홍규 검사집이지? 이홍규 씨를 체포하러 왔소"라며 건장한 청년 몇 명이 집으로 들이닥쳤다. 6·25전쟁이 발발하기 두 달 전이고 내가 중학교 4학년(지금 학제로 고1) 때였다. 그때 우리는 서울 종로구 명륜동 3가의 방 두 칸짜리 작은 한옥에 살 때였고, 아버지는 아직 퇴근 전이었다.

그들은 검찰청 수사과 수사관이라고 신분을 대면서 건넌방을 차지하고 기다리다가 아무것도 모르고 귀가하신 아버지가 평소와 같이 "나 왔다" 하시면서 집에 들어서시는 순간 아버지를 덮쳐 연행해 갔다. 그들 중 일부는 남아서 며칠 동안 가족들의 전화나 외부 출입을 막아 외부 접촉을 철저히 차단했다. 그 바람에 나와 형님은 학교에 가지 못해 학교에서 시행하던 중간고사에도 빠져야 했다.

이것은 우리 가족에게는 청천벽력이었다. 청렴하고 강직한 것으로 알려진 아버지 밑에서 경제적으로는 어려운 편이었지만 정직하고 자존심을 지켜온 우리 집안이 느닷없이 죄수의 가족으로 전락해버렸다. 구속 후 얼마 동안은 아버지가 어디로 연행되었는지조차 알 수 없었다. 아버지를 구속한 죄목은 남로당 혐의자를 풀어줬다는 국가보안법 위반 혐의였다. 당시 언론에는 공산당 프락치 검사를 적발했다는 식으로 크게 보도했다. 그런 죄명으로 구속되면 헤어날 길이 없는 시절이었다.

아버지는 옳은 일이라면 양보나 타협을 하지 않는 분이어서 때때로 권력과 부딪쳤다. 앞에서도 말했지만 광주지검에 근무할 때는 정치 세력이 비호하는 세무서장을 구속기소해 청주지검으로 좌천되었고 또 청주지검에서는 이승만 대통령과 가까운 것으로 알려진 충북도지사를 미국구호물자 유용혐의로 구속기소해 또다시 파란을 일으켰다.

　당시 검찰수뇌부는 이 골치 아픈 검사를 차라리 서울지검에 배치해 순치시킨다는 것이었는데 아버지는 서울에 와서도 부정 적발에 유감없이 그 본령을 발휘했다. 내가 뒤에 검찰 내부인사로부터 들은 바에 의하면 당시 무소불위의 힘을 휘두르던 '사상검사'라고 불리던 공안담당 검사들이 아버지가 담당한 부정사건의 내사 대상이 되자 이들이 선수를 쳐 아버지를 '빨갱이 검사'로 몰아 구속한 것이라고 하였다.

　뒤에 들은 바에 따르면, 아버지를 체포한 수사관들은 인천해양수상경찰서 분실로 연행한 후 구타는 물론 물고문, 전기고문, 잠 안 재우기 등 온갖 고문을 가하면서 허위 자백을 강요했다. 아버지는 번번이 혼절하면서도 끝내 굴하지 않고 버텨내셨다. 결국 검찰은 체포 구속할 때의 죄명인 국가보안법이 아닌 독직죄(瀆職罪, 수사기관의 권한남용죄)로 기소했다.

　나는 아침 등교 전에 아버지가 수감된 서대문 형무소로 면회 간 일이 아직도 생생하다. 그때만 해도 형무소 간수(지금의 교도관)들은 죄수 가족에게 불친절하기 짝이 없었다. 걸핏하면 욕을 하고 수모를 주었다. 그럭저럭 관문을 뚫고 면회실에 들어가 기다리는데 아버지가 포승에 묶인 채, 용수(죄수들의 얼굴을 가리기 위해 씌우는 대나무로 엮은 통)를 쓰고 나오셨다. 간수가 아버지의 포승을 풀고 용수를 벗기자 창백하고 핼쑥한 아버지의 얼굴이 나타났는데 이를 본 나는 눈물이 터져 나왔다.

　아버지도 처연한 표정으로 나를 쳐다보시다 "집에 별일 없냐? 나는 괜찮으니 어머님 잘 모셔라"라고 하셨다. 나는 별로 드릴 말씀이 없었다. 그저 그렇게라도 뵈어야 마음이 놓였다. 면회 후 나는 영천에서 전차를 타고 광화문까지 온 후 걸어서 화동에 있는 학교로 가는데 내내 눈물이 마르지 않아 다른 사람 보기가 민망스러울 지경이었다.

약 2개월 후 보석으로 석방되어 집에 오신 아버지는 가족에게 조사 당시의 상황을 이렇게 말씀하셨다.

"조사실은 창문도 없는 작은 방으로 사방이 하얀 벽인데 갓도 없는 전구 하나만 달랑 천장에 매달려 있다. 사람이라고는 내 앞에 있는 자뿐인데 이 자는 나의 적으로 고문으로 나를 해치려고 거기에 있는 것이다."

이런 막다른 상황에서 아버지는 하느님을 찾으셨다고 한다.

"그래, 하느님밖에 매달릴 데가 없더라. 그리고 하느님은 정말로 나를 도와주셨어."

아버지께 여쭤보지는 않았지만 아버지가 하느님께 무엇을 바라고 또 하느님은 어떻게 도와주셨을까 궁금했다. 하지만 지금은 이렇게 이해한다. 아버지가 하느님께 매달린 것은 '저자가 나를 고문하지 않게 해주십시오'가 아니라 '고문에 버틸 수 있는 힘을 주십시오'였을 것이다. 그리고 그 힘으로 고문을 버텨내셨다는 말씀이라고 생각한다. (그때까지 아버지는 종교를 갖지 않으셨는데 그 후 1·4후퇴로 부산에 피난가 있을 때 가족을 모두 이끌고 가톨릭에 귀의했다. 그리고 아버지를 해친 자들을 마음으로 용서하셨다.)

아버지가 불구속으로 재판을 받던 중 6·25전쟁이 터졌고 1·4후퇴 후 피난지 부산에서 검찰이 아버지에 대한 기소가 근거 없음을 인정

이회창
회고록

해 공소취소를 하여 다시 검사로 복직되었지만 이것은 한참 뒤의 일이다.

이런 아버지의 일은 당시 열 여섯살의 어린 나에게 깊은 상처를 주었다. 당시 나의 눈에는 대한민국에는 법도 정의도 없어 보였다. 권력을 가진 자와 권력 주변에 있는 자들의 횡포만이 법과 정의를 대신하는 것처럼 보였다. 권력과 맞서거나 권력의 공격 대상이 된 사람에게는 인간의 존엄성 같은 것은 전혀 인정되지 않는 것 같았다.

아버지가 구속되기 전까지만 해도 우리는 법과 권력이 지켜주는 울타리 안에 있었고 그래서 돈도 없고 광목을 염색한 교복을 입어도 떳떳하게 고개를 들고 다닐 수 있었다. 그러나 아버지가 구속된 후 우리는 그 울타리 밖에 내던져져 광야에 서게 된 기분이었다. 게다가 법과 권력의 공격 대상이 되어버렸으니 이런 상황에서 우리를 지키는 것은 우리 가족 스스로이지 어느 누구의 도움을 기대할 수 없다는 것을 뼈저리게 깨닫게 된 것이다.

나와 형님은 어머니를 모시고 아버지의 무료 변호를 맡아준 변호사들을 찾아다니고 문안을 드리면서 고마움을 표시했다. 변호사 중에는 대법관을 지낸 원로 변호사로부터 아버지의 후배인 젊은 변호사까지 여러 분이 있었지만 이중 몇 분은 검찰에 불려가 조사를 받기도 했고 당시 진보적 변호사로 알려진 김달호 변호사 같은 분은 며칠 구금당하고 고문까지 받았다고 하면서 변호인 사임을 할 수밖에 없다고 어머니께 양해를 구하기도 했다.

그렇게 구차스럽고 힘든 나날에도 어머니는 비굴해지거나 자존심과 품위를 잃지 않고 공손하지만 의연한 자세를 지키셔서 참으로 놀라웠다.

나도 자존심이 강한 편이었다. 그런 만큼 아버지의 구속으로 받은 충격이 컸지만 교도소를 찾아다니며 냉대와 경멸을 받는 등의 역경을 거치면서 자기 보호본능처럼 오히려 더 강한 자존심과 자의식을 갖게 된 것 같다. 그리고 옳지 않은 일, 정의롭지 못한 일과 사람의 존엄성을 무시하고 차별하는 일에 대해 나이에 맞지 않게 매우 민감한 반응을 갖게 된 것 같다.

아버지가 6·25전쟁이 터지기 직전 법원의 보석결정으로 석방되신 것은 지금 생각해도 아슬아슬하다.

6·25전쟁이 터지다

1950년 6월 25일 새벽, 북한군이 탱크를 앞세워 38선을 뚫고 남침했다. 그날 오전에 혜화동 로터리 옆에서 본 광경이 지금도 눈에 선하다. 긴급 소집된 국군 장병을 가득 태운 트럭들이 의정부 쪽으로 질주하고 있었는데, 장병들은 트럭 위에서 국기를 흔들면서 군가를 부르고 있었다. 이 땅에 처참한 살육과 파괴를 가져온 전쟁이 시작된 역사의 첫 장면이었다. 과연 이중에 몇이나 살아서 돌아올 수 있었을까.

초반 전세는 극히 불리했다. 대포 소리가 서울까지 들리면서 서울 시민들은 크게 동요하기 시작했다. 그러나 정부는 시민들에게 정직하게 위기 상황을 알리기는커녕 오히려 이승만 대통령의 육성으로 27일 밤까지도 정부는 서울을 사수할 것이니 동요하지 말라고 방송을 내보냈다. 뒷날 당시 집에 남아있던 형님은 라디오가 고장 나서 우리 집 건너편 반장집 창 밑에 서서 흘러나오는 라디오 소리에 귀를 기울이며 한 가닥 희망을 걸었던 기억을 잊지 않고 있다. 그러나 27일에는 대통령과 정부, 그리고 고위직들은 서울을 빠져나간 뒤였고 몇 시간 뒤 서울은 북한군에 함락되고 말았다.

우리 가족은 27일 아침, 만일에 대비해 어머니와 누님, 나, 동생들은 고향인 충남 예산으로 내려가고 아버지와 형님은 서울에 남아 상황을 지켜보기로 했었다. 서울이 북한군에 함락된 후 아버지와 형님의 안부가 궁금해 다시 올라온 일부 가족과 함께 온 가족이 서울을 빠져나와 예산 인근 삽교로 피난 갔다. 그러다 유엔군의 낙동강 방어와 반격, 그리고 인천상륙작전 성공으로 전세가 역전되어 북한군이 패주하고 9·28서울수복이 되면서 우리 가족은 다시 서울로 돌아왔다.

서울수복 후 정부는 6·25전쟁 발발과 함께 대통령 긴급명령 1호로 발령한 '비상사태하의 범죄처벌에 관한 특별조치령'을 발동해 6·25전쟁 중의 범법자와 부역 행위자를 적발, 검거하기 시작했다. 그 체포와 조사는 군·검·경 합동수사본부가 맡았다. 그 본부장은 그 후 특무대장이 된 유명한 김창룡 육군중령이고 공안담당검사 몇도 파견되어 있었다. 합동수사본부의 권력은 그야말로 무소불위였다.

'비상조치령'에 의한 재판은 비상사태하의 범죄를 신속하고 엄중하게 처단할 목적으로 단심(單審)으로 하고 지방법원 또는 해당 지원의 단독판사가 행하도록 되어 있어서 재판관이 재판 결과를 선고하면 상소 등 불복의 기회가 없이 그대로 확정되어 집행하도록 되어 있었다.(그 후 단심제에 대한 위헌론이 제기되어 3심제로 완화되었다.) 6·25전쟁과 같은 국가비상 상황에서는 전쟁 중의 무질서를 틈탄 범법자나 북한에 부화뇌동하는 부역자를 색출해 처벌하는 것은 당연하고 필요한 일이긴 하다. 하지만 이번 일은 전쟁이 나자 시민들에게는 동요하지 말고 남아 있으라고 해놓고 도망간 사람들이 돌아와서는 도강파(渡江派)라면서 미처 피난가지 못했거나 인근 지방에 피난 가 온갖 고생을 한 사람들을 잔류파(殘留派)로 분류해 의심하고 죄인 취급 하는 모양새여서 잔류파는 불만이 컸다.

11월 음산한 어느 날 아버지에게도 합동수사본부의 체포조가 들이닥쳤다. 아버지 사건은 아직 재판계류 중이었다. 전날 밤 나는 묘한 꿈을 꿨다. 학교에서 집에 돌아오니 건넌방의 댓돌에 남자들 신발이 놓여있었는데 그것을 보자 나는 "아, 또 아버지를 잡으러 왔구나" 하고 기겁하다가 잠이 깼었다. 그날 학교에 갔다가 집에 돌아오는데 비원과 원남동 사이의 돌담길에서 아버지와 방순원 변호사(뒤에 대법관을 지냄) 두 분이 서서 얘기를 나누고 계셨다. 인사를 드리고 집에 돌아오니 꿈에서 본 것처럼 댓돌에 신발이 있고 체포조가 와있지 않는가.

이번에는 다행히 아버지가 외출 중이어서 안 계셨다. 체포조가 집에 진을 치고 앉아 아버지를 기다리고 있는 사이 동사무소로부터 형님이 직접 와서 제2국민병 신체검사 통지서에 확인도장을 찍어야 한다고 통지해왔다. 체포조의 형사 하나가 형님과 함께 동사무소로 동행하기로 하고 집을 나섰는데 좁은 골목에서 마주 오는 아버지와 맞닥뜨리고 말았다. 다행히 형사가 아버지의 얼굴을 몰랐다. 형님은 아버지를 보고도 모른 체했고 아버지도 즉각 상황을 파악하시고 모른 사람인 양 스쳐 지나가셨다가 그 길로 친지인 군 관계자의 도움을 받아 은신했다. (아버지는 1·4후퇴 때 대구 등지를 거쳐 부산에 와서 가족과 합류했는데 이것은 훨씬 뒤의 일이다.)

지금도 이때를 생각하면 소름이 돋는다. 아버지가 합동수사반의 체포를 면한 것은 그야말로 기적이나 천운이라고밖에 할 수 없었다. 집에서 동회까지 2분 정도 걸리는 짧은 골목길에서 아버지와 맞닥뜨리지 못했다면 아버지는 집에 귀가하자마자 체포되었을 것이다.

그때 아버지가 체포되었더라면 당시의 혼란과 엄중한 상황으로 보아 가혹한 조사를 받았을 것이 틀림없고 단심제 비상재판에 회부되었다면…. 상상만 해도 끔찍하다. 전시에 단심재판을 맡을 수밖에 없었던 법관들의 심경과 고뇌도 이루 말할 수 없었던 것이다.*

그런 시대였다. 북한군을 격퇴하고 국토를 수복하면서 겉으로는 국가 권력이 제자리를 찾았지만 법과 정의는 아직 제자리를 찾지 못했다. 그날 체포조는 다음 날 정오까지 가족들을 연금하다가 정오경 형님을 연행해 그들이 수사본부로 쓰던 구 요정인 명월관으로 데리고 가서 다섯 시간 이상이나 세워놓고 피의자들을 발로 차고 각목으로 치는 조사 현장을 목격하게 했다. 나중에 형님은 조사받을 순서를 기다리던 당시 심정을 이렇게 술회했다.

"인간이 폭력 앞에서 물건으로 전락해버리는 것을 옆에서 지켜보는 것은 슬픈 일이었다. 나도 곧 저들처럼 조사받게 될 것인데 나의 존엄성은 어느 정도로 일그러지며 망가질 것인가? 이런 물음은 당시는 물론이고 그 후에도 가끔 나를 괴롭히곤 했다."

---

* 대표적으로 《재판관의 고민 – 유병진 법률논집》(신동운 편저, 법문사, 2008)이 있다.

여섯 시가 다 되어서야 그들은 별다른 조사도 하지 않고 형님을 풀어주었다.

아버지가 피신하신 후 어머니를 중심으로 여섯 식구가 살아가던 그때는 참으로 힘들었다. 따로 수입이 없어 남은 옷가지나 가재도구 등을 내다 팔기도 했고, 하루에 수수 한 되를 사서 수수죽으로 아침과 저녁 두 끼를 때우기도 했다. 입 하나라도 줄일 생각에 나는 친지의 소개로 시흥에 있는 미군 노무자부대에 객식구로 들어갔다. 한국인 통역관 막사에 통역 보조로 머물면서 밥을 얻어먹는 신세가 된 것이다.

처지야 어떻든 첫날 소시지, 햄과 빵, 과일 등 식판에 가득 찬 푸짐한 미군용 식사를 보는 순간 수수죽을 먹어왔던 나는 눈이 뒤집힐 지경이었다. 허겁지겁 집어 먹었는데 밤중에 배에서 전쟁이 났다. 기름진 것을 갑자기 많이 먹어 급체한 것이다. 꼬이고 아파서 몸부림치다가 새벽녘에야 통역관에게서 군용약을 받아먹었는데 거짓말처럼 통증이 가셨다. 통역관은 전선에서 쓰는 응급진통제로 아편 성분이 들어있다고 했다. 전쟁 덕분에 아편까지 먹어본 셈이다.

아마도 2주쯤 지났을 것이다. 미군용 식사도 입에 맞고 살이 오를 무렵에 모든 군부대가 북진했고, 내가 있던 미군 부대도 북방으로 이전하게 되었다. 통역관은 나에게 같이 가겠느냐고 물어왔지만 나는 사양하고 집으로 돌아왔다. 그때 따라나섰더라면 그 후 중공군 참전으로 전세가 역전되어 후퇴하는 소용돌이 속에서 나의 운명이 어찌 되었을지 모를 일이다.

먹는 문제 때문에 일시 미군 부대에 들어가기도 했지만 한편으로 독서로 지적 욕구를 충족시킨 시기이기도 했다. 당시 대만주재 한국 대사관에 근무 중인 외숙의 서울 자택을 우리가 돌봐드렸는데 그곳에 읽을 만한 책이 너무 많았다. 나는 책에 빠지다시피 했다. 지금 생각나는 책은 괴테의 《빌헬름 마이스터의 방랑시대》, 헤르만 헤세의 《데미안》, 톨스토이의 《전쟁과 평화》, 도스토예프스키의 《카라마조프가의 형제들》 등이다.

특히 《빌헬름 마이스터의 방랑시대》는 시대 상황이 전혀 다르지만 피난다녔던 기억 때문인지 너무나 마음에 와닿았다.

당시는 중공군이 참전해 반격해 오면서 전세가 불리해져 불안한 때였는데도 책에 빠졌던 것이다. 역시 책을 좋아한 동급생 친구 서병국(徐丙國)과 책을 교환해 읽고, 매서운 겨울의 칼바람이 몰아치는 명륜동 거리를 거닐면서 읽은 책 이야기를 나누곤 했다. 마치 전쟁 속의 삽화처럼 기억 속에 남아있다.

1·4후퇴로 다시 부산으로

낙동강 방어선까지 밀렸던 한국군과 유엔군은 대반격을 시도해 북한군에 막대한 피해를 가하면서 패퇴시켜 역전의 계기를 만들었다.

한편 맥아더(유엔군 최고 사령관)는 인천상륙작전으로 적의 허리를 끊는 전략을 구사하면서 북한군은 마침내 궤멸해 북으로의 대패주가 시작되었다. 북으로 가지 못한 일부는 지리산 등으로 들어가 무장공비가 되어 후방을 괴롭히게 되었다.

북으로 패퇴하는 북한군을 추격한 한국군과 유엔군은 평양, 청진을 점령하고 마침내 압록강에까지 이르렀으나 이때 중공군이 참전해 한국군과 유엔군을 반격하면서 혹한 속에 참혹한 격전이 벌어지고 우리 군은 후퇴하게 된다. 마침내 정부는 1951년 1월 4일 다시 서울을 철수하여 부산으로 피난하기로 하는데 이것이 1·4후퇴이다.

우리 집도 피난길을 떠나야 하는데 아버지도 안 계시고 어떻게 가야 할지 막막하기만 했다. 결국 우리 가족은 분산해 피난가기로 했다. 우선 어머니, 누님(會英), 그리고 동생들(會晟, 會京)은 이모부가 주선해준 트럭 짐칸에 타서 가기로 하고 나는 이모부와 함께 해군가족 철수용인 해군함정(901정으로 기억된다)에 편승해 떠나기로 했다. 문제는 형님이었다. 당시 형님은 악명 높은 제2국민병 징집연령이어서 징집전에 도강(渡江)이 허용되지 않았다. 그래서 형님은 서울에 남아 어떻게든 피난길을 찾아보기로 하고 우리는 모두 뿔뿔이 헤어졌다.

어머니 일행의 고생은 이루 말할 수 없었다. 트럭을 타고 가다가 어느 지점에선가 더 이상 갈 수 없다고 해 기차를 타기로 했는데, 이 기차가 떠난다는 둥 저 기차가 떠난다는 둥 오락가락하는 바람에 어머니와 누님은 어린 동생들을 데리고 피난 보따리를 이 기차에서 저 기차로 옮기고 뛰어 다니느라고 이루 말할 수 없는 고초를 치르셨다고 한다.

나는 인천에서 이모부와 함께 해군함정에 탔는데 오후 늦게 인천항을 떠나 목포 앞바다를 거쳐 진해에 기항한 후 다시 부산항까지 가는 항로였다. 그때 한겨울 날씨는 몹시 차고 바닷바람도 거센데 밤에는 선실이 모두 차서 자리가 없어 나는 함교(艦橋) 옆이나 계단 같은 데서 바람을 피하면서 오들오들 떨며 밤을 새웠다. 그래도 우리 가족 중에서 내가 가장 편하고 빠르게 부산에 도착했다.

형님의 피난길은 드라마틱했다. 서울에서 우연히 육군 중위가 된 청주중학교 시절 절친을 만났고 원주 2군단 사령부로 부임하는 그를 따라 원주까지 갔다가 제2군단 사령부가 대전으로 이동하는 바람에 부대와 함께 움직이다 청주에서 군부대와 작별했다. 형님 친구는 그 후 전투에서 실종되었다고 한다. 형님은 청주를 떠난 후 걸어서 대구를 거쳐 부산까지 내려오면서 온갖 고초를 겪었다.

제일 먼저 부산에 도착한 나는 이모부로부터 매몰찬 선고를 들어야 했다.

"부산까지 데려다 주었으니 이제부터 나한테 기댈 생각 말고 너희 가족은 너희 힘으로 살거라!"

머지않아 어머니 일행도 도착할 텐데 연고도 없는 부산에서 무엇을 먹고 산다는 말인가? 그저 막막할 뿐이었다. 그런데 전쟁 중이고 모두 어려운 때여서 그랬는지 '큰일 났다' 하는 비관보다도 '정 안 되면 구걸을 해서라도 먹고 살면 되지' 하는 무모한 배짱 같은 게 있었다.

그러다 문득 아버지와 가깝게 지내던 청주에서 우체국장을 지낸 김봉열(金鳳烈) 씨가 부산 체신청장으로 와있다는 말을 들은 기억이 났다. 그래서 무작정 부산 체신청으로 달려가 면회를 신청해 김봉열 청장을 만났다. 아버지가 겪은 고난과 가족이 뿔뿔이 흩어져 피난 온 사연을 얘기했더니 김 청장은 대뜸 "내가 사는 부산 체신청장 관사에 서울 체신부 피난 가족들이 들어와 있지만 작은 방이 하나 남아 있으니 바로 들어올 수 있다"고 하셨다. 그리고 내가 부탁도 하기 전에

2
살아온 길

"가족이 살려면 일자리가 있어야 하니 부산 체신청의 5급 20호봉(최말단 공무원)으로 채용해주겠다"고까지 하셨다.

공권력의 추급(追及)에 숨어 다니는 아버지를 외면하지 않고 곤경에 처한 우리 가족을 보살펴준 김 청장은 구세주 같았다. 그분 덕에 우리 가족은 부산 길거리에서 헤매는 신세를 면했다.

나는 부산 체신청 보험국 보험과에 배속되어 부산과 경남 각지에서 보고해온 체신보험금을 집계하고 정리하는 업무를 했다. 손으로 작동하는 기계식 계산기를 종일 돌려댔다. 월급으로 쌀 현물과 현금을 지급받았는데 금액은 정확히 기억할 수 없으나 나를 포함해 다섯 식구가 먹고사는 데 빠듯해 나는 점심도시락을 싸기도 어려웠다. (김 청장은 처음에 누님도 함께 취직시켜 줬는데 누님은 건강때문에 얼마 후 그만두어야 했다.) 그래서 점심을 굶다시피 했는데 다른 사람들이 도시락 먹는 것을 멀거니 보고만 있을 수 없어 사무실을 나와 부산역 광장을 빙빙 돌아다니곤 했다.

그동안 경기중고등학교는 부산에서 천막교사를 짓고 개학을 했지만 나는 직장 때문에 복학하지 못했다. 그러다가 형님이 부산에 도착했고 부산에 있는 캐나다부대에 취직되었다. 월급이 나보다 월등히 많아 비로소 재정적인 여유가 생겨서 나는 공무원직을 사퇴하고 복학했다.

얼마 지나지 않아 아버지도 부산에 오셨다. 아버지는 군검경 합동수사본부 체포조의 손을 간발의 차로 벗어난 후 친지인 군관계자를 찾아가 은신해 있다가 1·4후퇴 때 그의 도움으로 대구 등지를 거쳐 부산까지 오셨는데 그 사이 상황 변화가 생겼다. 합동수사본부의 권세를 휘둘러온 김창룡 특무대장이 군 내부의 반대파에 의해 살해되었고 공안검사들도 검찰에서 밀려나 퇴직하는 등 상황이 역전된 것이다. 검찰은 아버지에 대한 공소를 취소했고 아버지는 검사로 복직되셨다.

우리 가족을 강타해 풍비박산시킬 뻔한 일진의 광풍이 잦아든 것이다. 거기에다가 6·25전쟁 난리 속에서 우리 가족은 뿔뿔이 흩어지고 때로 절박한 위기도 겪었지만 한 사람도 다치지 않고 무사히 부산에 다시 모였다. 신의 은총이었다.

부산 피난 시절에 생긴 일

부산은 어수선하면서도 활기찼다. 대구 낙동강 방어선이 무너지면 부산까지 밀리고 권력이나 돈 있는 사람은 일본이나 미국으로 도망갈 수 있을지 모르나 힘없고 돈 없는 국민은 바다밖에 갈 곳이 없었다. 그런데도 부산에는 방황하거나 절망하는 분위기는 찾아보기 힘들었다. 국군과 유엔군이 결국은 반격할 것이라는 기대감이 있었고 전란 속에서도 생존 에너지가 넘쳤다. 문화제, 연극제 행사가 자주 열리고 학교도 천막 교실 처지였지만 부산 광복동에 있는 극장을 빌려 학교 문화제를 열었다. 우리는 연극제나 연주회에서 예술의 향기에 흠뻑 젖곤 했다. 고3 때 학교 학생조직 지도부는 학도호국단 대대장과 운영위원회 위원장의 이원조직이었는데 나는 운영위원장으로 선출되었다.

그때는 대통령 직선제를 위한 발췌 개헌파동으로 야당과 재야 단체가 격렬한 개헌 반대운동을 펼치고 있을 때였다. 어느 날 서울대 상과 대학생인 고교 선배 한 분이 나를 보자고 해서 시내에서 만났다. 그가 말했다.

"개헌이 돼야 한다. 그런데 반대 세력들이 데모를 하고 난리니 우리 쪽도 학생들이 나서 찬성 데모를 해야 한다. 경기고등학교에서도 데모대를 내보내 달라"고 요구했다.

나는 즉각 반대했다.

"3선 개헌에 찬반 여부를 떠나 그런 정치 문제에, 더구나 개헌 찬성에 고교생이 나서는 것은 문제가 있습니다. 선배님이 잘 이해해 주십시오."

그 선배는 기분이 상한 듯했으나 점잖은 분이어서 더 이상 말을 잇지 않고 헤어졌다. 대대장인 남정휴 군 또한 서울상대의 다른 선배한테 호출되어 역시 찬성 데모 동참을 요구받았다. 직접 학생들을 지휘하는 자리인 대대장의 힘이 꼭 필요하다고 생각했던지 좀 강하게 압력을 받은 듯했다. 그러나 우리는 그런 정치 행사에는 일체 관여하지 않기로 했고 이를 관철시켰다.

부산 시내에는 피난민이 넘쳤다. 우리 집에서 가까운 국제시장 같은 곳은 '사람의 바다'였다. 없는 물건이 없었다. 나는 국제시장에서 까만 구두약을 바른 헌 군화를 사서 아껴 신었는데 4, 5일도 못 돼 우리가 살던 집의 현관에 벗어놓고 방에 들어갔다가 잠깐 뒤 나와 보니 없어져 버렸다. 번개같이 훔쳐 가버린 것이다. 아마도 국제시장 어느 구석에 매물로 내놓았을 것이다. 아무튼 활기찬 부산이었다. 거리에 젊은 사람들이 넘쳤고, 곧잘 싸움도 잘 벌어졌다.

나도 격투를 벌인 일이 있다. 동기생인 심상기(沈相基) 군과 함께 부산 보수동 앞길을 걸어가다가 길목에 진을 친 깡패 두세 명이 지나던 남녀 한 쌍을 붙들고 조롱하는 것을 보고 그냥 지나칠 수 없어 심 군과 함께 말렸다가 그들과 격투를 벌이게 되었던 것이다. 깡패와의 실전은 처음이었다. 깡패들은 우리에게 욕을 하더니 그중 우두머리 격이 느닷없이 나의 코를 주먹으로 강타했다. 느닷없이 공격을 가하는 일은 비겁한 짓이었다. 격식 같은 것은 없었다. 말하자면 우리가 잘못 걸린 것이다.

나는 눈에서 불이 번쩍 났지만 넘어지지 않고 덤벼들었다. 싸우는 것이 쓸데없는 짓 같다는 생각이 스쳐 깡패들에게 "야, 그만두자!" 외치고는 심 군과 함께 현장을 떠났다. 코 부분이 얼떨떨한 정도였는데 다음 날 일어나 보니 퉁퉁 부어 있었다. 타박상 정도겠거니 하고 방치했다.

뒷날 내가 국무총리를 그만둔 뒤 평소 코가 잘 막혀 서울대학병원에서 비골만곡증이라고 진단을 받고 수술을 받았었다. 막상 절개해 보니 비골만곡증이 아니라 코뼈가 부러져 엇지게 유착되어 있었다고 한다. 깡패와의 격투가 코에 흔적을 남겨 놓았던 것이다.

돌이켜보면 어설프게 정의를 찾다가 한방 얻어맞은 젊은 날의 무모함에 실소하게 된다. 정의도 힘이 있어야 찾을 수 있다는 현실을 깨달으며 쓸쓸해 했던 느낌도 되살아난다.

다시 학교는 천막 교실에서 수업을 했지만 선생님과 학생 모두 열심히 가르치고 공부했다. 그러나 어디에서나 예외는 있는 법이다. 역사 담당 선생님은 남달리 수업 내용이 부실했다. 몇 십 분을 만담 같은 얘기를 하고 정작 역사 과목은 공부하다가 마는 식으로 끝내곤 했다.

나는 그냥 지나칠 일이 아니라고 생각해 기회를 별렀다. 어느 날 역사 시간에 들어온 선생님이 또 만담 같은 얘기를 꺼낼 때 나는 벌떡 일어나 항의했다.

"우리는 공부하러 왔습니다. 만담에 시간 허비 마시고 수업을 바로 시작해 주십시오!"

선생님은 얼굴이 벌게지더니 "뭐야!" 하면서 나를 칠 듯이 다가왔다. 때리면 맞을 수밖에 없다고 각오하고 서 있었는데 그때 교실 뒤쪽에 앉아있던 서해룡 군(이승만 대통령과 맞섰고 총격사건으로 투옥된 서민호 씨의 아들)이 벌떡 일어서서더니 큰소리로 항의했다.

"이회창의 말이 옳은 말인데 왜 야단을 치십니까?"

그러자 선생님은 멈칫하더니 "내가 잘못했다. 앞으로 내가 조심하겠다"라고 하더니 교실을 나갔다.

당시 학교 내에서는 여러 동아리 모임이 있었는데 나는 변론반을 맡았다. 변론반원이던 정근모 군(뒷날 과학계의 태두로 한국과학원 원장과 과기처 장관을 지내고 일시 정치에도 관심을 두었다)을 당시 가장 권위가 있었던 서울대 법과대학 주최 웅변대회에 출전시켰다. 아주 잘해서 입상할 것이라고 기대했는데 입상자 발표에서 탈락했다. 우리는 심사위원들의 심사가 엉터리라고 결론짓고 대회장인 부산동아극장의 뒷문(심사위원들 출입문)에서 기다리다가 때마침 나오는 심사위원인 그 유명한 모윤숙 여사에게 왜 정근모 군이 탈락했느냐고 따져 물었다.

모 여사는 고개를 곧추세우고 "무슨 말을 하는 거야?" 하면서 우리를 노려보더니 대기시켜 놓은 승용차를 타고 가버렸다.

우리는 닭 쫓던 개 지붕 쳐다본다는 격으로 서로의 얼굴만 쳐다보면서 서 있다가 헤어졌다. 이 모든 일들이 피난지 부산에서의 즐거운 추억거리로 남아있다.

대학에 들어가다

나는 1953년 부산에서 서울대 법과대학에 입학했다. 역시 천막 교실이었다. 이름 있는 교수도 많았지만 강의 내용이 충실한 분은 손에 꼽을 정도였다. 학생들 중에는 1학년 때부터 고등고시공부에 열중하는 사람도 있어 학교 강의에 대한 열의가 별로 높지 않았던 것 같다.

나는 지금도 대학 입학 후 처음 치른 헌법학 시험 문제를 기억하고 있다.

"헌법적인 것의 본질", 이제 막 법학을 배우기 시작한 1학년에게 이런 해괴한 문제를 내서 골탕 먹이는 게 아닌가 하는 생각이 들 정도였다. 나는 '헌법'이라면 생각나는 것들은 적어서 내고 F학점만 안 나왔으면 하고 바랐는데 의외로 괜찮은 점수가 나왔다. 그런데 이게 진짜가 아닌 것 같았다. 어떤 친구들은 두 사람이 서로 커닝하면서 거의 똑같은 답안을 써서 냈는데 한 사람은 A학점, 다른 사람은 D학점을 받았다고 했다. 그래서 이 헌법학 교수는 답안지를 일일이 채점하지 않고 자기 집 복도에 A, B, C, D 등의 단계로 줄을 그어놓고 학생들 답안지를 확 뿌려서 답안지가 떨어진 곳의 점수를 매긴다는 우스 갯소리도 돌았다.

서울수복 후 동숭동의 법대 교사로 들어간 뒤에는 어느 정도 질서 가 잡혀 갔다. 1학년 때 필수과목으로 '철학개론'이 있었는데 서울대 문리과 대학의 젊은 전임강사가 출강하는 강의였다. 몇 번 청강했지 만 철학 교과서를 줄줄 읽는 식이어서 재미가 없고 설명이 요령부득 이었다. 나는 철학을 따로 공부하지는 않았으나 몇 가지 책을 본 일이 있어 철학개론 시간에 기대를 걸었는데 막상 강의를 듣고는 정이 떨 어졌다. 다른 학생들도 이 수업에 불만이 많았다.

그래서 어느 날 강의가 끝날 무렵 작심하고 손을 들고 일어섰다.

"이 철학 수업은 너무 재미없고 불분명한 설명으로 내용도 이해하 기 어렵습니다. 강의 방식을 좀 개선해 주십시오. 그렇게 할 수 없다 면 차라리 폐강하는 것이 좋겠습니다"라고 항의했다.

젊은 강사는 충격을 받은 듯 잠시 서 있더니 "잘 알겠다. 참작하겠 다"라고 말하고는 강의실을 나갔다. 그 후 그 강사는 다시 오지 않았 고 철학개론은 폐강되고 말았다.

지금 생각해보면 내가 지나쳤다는 생각이 든다. 경험이 적은 젊은 강사가 열심히 해보고자 했을 터인데 얼마나 큰 타격을 받았을까 싶 고 철학은 법학을 배우는 사람들에게는 필수적인 학문인데 그 기회 를 없애버렸다는 후회도 들었다. 돌이켜 보면 이렇게 나는 젊은 시절 실수가 많았다.

법과대학 시절 초반에는 미국 유학을 목표로 준비도 하고 공부도 했으나 여의치 않아 포기하고 고등고시로 방향을 바꾸었다. 벼락치기로 재학 중 제8회 고등고시 사법과에 합격했다. 그 후 공군법무관에 지원해 3년 복무하고 1960년 3월 공군 대위로 전역했고 지방법원판사로 임용되어 서울지방법원 인천지원판사로 부임했다.

이승만 정권 말기로 여러 가지 우려스러운 증상이 표출되고 있었다. 민심은 이미 정권을 떠나고 있었다. 국민의 존엄성이나 권리는 정권의 안중에는 없었고, 정권에 대한 국민의 신뢰도 밑바닥이었다.

군복무를 마치고 법관 임용이 되기 전쯤으로 기억한다. 친구와 함께 덕수궁 앞을 지나는데 광화문 쪽으로부터 이승만 대통령의 차량 행렬이 나타났다. 그러자 경찰이 길 가던 행인들을 모두 가지 못하게 하고 박수를 치게 했다. 어이가 없었다. 나는 코트 주머니에 손을 넣은 채 박수를 치지 않았다. 당시는 대통령 차량이 지나가면 박수를 치게 하는 것이 상례였다.

차량 행렬이 지나간 뒤에 현장에 있던 경찰관(경위로 기억된다)이 나에게 오더니 "왜 박수를 치지 않느냐?"라고 다그치더니 덕수궁 파출소로 가자고 했다. 내가 영장을 가져오라고 하자 "영장 좋아하네" 하더니 경찰 몇 명이 나를 끌다시피 하면서 파출소로 연행해 갔다. 그곳에서 "너 빨갱이 아냐?"라는 등의 갖은 모욕을 가했다.

내 신분을 밝히고 풀려나긴 했지만 개인의 존엄성 같은 것은 아예 무시해버린 공권력의 횡포가 그 정도였다. 그 후 그 일을 생각할 때마다 나는 입맛이 씁쓸했다. '까짓 박수를 쳐주면 그만인 것을' 하는 생각이 들고 쓸데없이 고집부린 나 자신이 성숙되지 못한 행동을 한 것처럼 느껴졌다.

막스 베버(Max Weber)는 "국가는 정당한 물리적인 폭력 행사를 독

점하는 유일한 공동체"라고 정의하고 있다.[*]

　국가가 물리적인 폭력을 행사할 수 있는 권력을 가지고 있는 한 국가의 형태는 유지되겠지만 그 권력의 행사가 정의를 잃어버릴 때는 그 국가 권력은 결국 동요하게 된다. 공고하게만 느껴지던 자유당 정권이 개헌파동과 3·15부정선거 등으로 정의를 상실하면서 결국 4·19 혁명으로 무너진 것은 이러한 이치를 잘 말해준다.

　국가가 국민의 신뢰를 얻으려면 국가 권력이 무엇보다도 개인의 존엄성을 존중할 줄 알아야 하고 스스로 정의로워야 한다는 것을 뼈저리게 느꼈다.

---

[*]　《職業としての政治 職業としての学問》(マックスウェーバー 著, 中山元 譯, 日経BP社, 2009)

3
법관으로 임명되다

나는 1960년 3월 공군법무관 복무를 마치고 법관으로 임명되었다. 첫 부임지는 서울지방법원 인천지원이었다. 부임한 지 한 달도 안 되어 4·19 혁명이 터졌고 그토록 견고하게 보였던 기존 권력과 질서가 흔들리고 붕괴되는 상황이 벌어졌다. 누가 이렇게 천하가 뒤엎어지리라고 상상이나 할 수 있었겠는가?

그때 나는 서울에서 인천까지 기차로 통근했는데 4·19 혁명이 터지자 서울행 기차가 용산까지밖에 운행되지 않아 용산역에서 명륜동 집까지 걸어갔다. 서울역, 광화문을 거쳐 원남동에 이를 즈음에는 캄캄한 밤이 되었는데 함성과 총소리가 가끔 들리고 파출소마다 텅텅 비어 있었다. 상가도 일찍 철시해버려 그 일대는 황량했다. 도시는 질서고 뭐고 다 팽개쳐진 폐허처럼 보였다.

이승만 대통령의 하야성명이 나오기 직전 인천지원장이 지원 내 판사 전원(지원장을 포함해 여섯 명에 불과했다)을 소집해 회의를 가졌다.

안건은 판사실마다 걸려있는 이 대통령의 사진을 그대로 둘 것인가 아니면 뗄 것인가, 하는 문제였다. 결론은 떼기로 했다.

지금 생각하면 우스운 얘기 같지만 이것도 당시 화강암처럼 단단해 보이던 기존 권력과 질서가 허물어지기 시작한 한 단면을 보여주는 예였다.

4·19 혁명으로 이승만 대통령의 자유당 정권이 붕괴된 후 3·15부정선거 및 4·19시위대 발포진압과 관련해 당시 정부의 최인규 내무부 장관, 홍진기 법무부 장관 등 주요 장관과 곽영주 경무대(지금의 청와대) 경찰서장 등이 구속기소되어 재판에 회부되었다. 이 재판 때문에 법관의 일부 인사 이동이 불가피하게 되어 나는 서울본원으로 근무 발령을 받아 서울로 오게 되었다.

자유당 정권이 붕괴된 후 장면(張勉) 정권이 들어서자 민권(民權)을 부르짖는 소리와 시위가 봇물 터지듯 나오고 시위자들이 심지어 국회의 본회의장 단상을 점거하고 고함을 치는 사태까지 벌어졌다. 법원의 판사실에도 사건 관계자들이 당당하게 들어와 법관들에게 고함치는 일도 심심치 않게 생겼다. 장기집권 하던 기존의 강압적이고 권위적인 권력과 통제 질서가 일시에 붕괴되면서 그 반작용으로 자유화와 민주화의 열풍이 분출된 것이다. 일시 무질서하고 사회 규율이 작동되지 않은 상태에 빠진 것처럼 보였다.

어찌 보면 당연한 것이기도 했다. 그러나 장면 정권에게는 이러한 혼란을 수습하고 나라를 민주주의 국가 궤도에 올려놓을 만큼 넉넉하고 여유 있는 시간이 주어지지 않았다. 다음해 5월 16일 박정희 소장이 이끄는 군부는 쿠데타를 일으켜 장면 정부를 무너뜨리고 정권을 장악했다. 세상은 다시 자유의 천하에서 통제의 나라로 뒤집혔다. 국가재건최고회의라는 통치기구가 구성되고 국가 권력을 장악한 박정희 장군이 부의장이 되었다가 의장이 되었다.

군부는 '혁명과업수행'을 위해 사법부에도 군인 감독관을 파견해 감시하려고 했다. 이런 군부통제하에서 사법부가 독립성을 지키고 독자적인 권한을 행사한다는 것은 쉬운 일이 아니다. 법관들에게는 고난의 행군이 시작된 셈이었다. 뒷날 군인통치 시대가 폐막되고 민주화 시대가 도래한 후 민주화 세력의 인사들은 때로 박정희 독재 시대에 사법부의 법관들은 무엇을 했느냐고 힐난하는 발언을 하곤 했다. 독재 정권의 앞잡이 노릇을 했다는 뜻일 것이다.

그러나 이것은 사정을 잘 모르고 하는 얘기다. 당시 극히 일부를 제외하고는 거의 모든 법관은 마음속에 군부독재와 사법부통제에 반감을 가지고 있었고 반(反)박정희 정서를 가지고 있었다. 집단항의를 하거나 법관직을 사퇴하는 식의 극단적 행동은 취하지는 않았지만 재판이나 구속영장 발부 등에서 법관의 양심을 지키고자 노력했다.

어떤 이는 법관직을 박차고라도 군부독재에 항거했어야 하지 않았느냐고 말한다. 이런 비난은 옳지 않다. 법관의 양심을 지키기 위해 법관직을 내던지는 것이 필요할 때도 있을 것이다. 그러나 또한 법관은 그 자리에서 재판부를 쳐다보는 국민들의 존엄성과 정의를 지키기 위해 현실의 제약과 어려움을 무릅쓰면서 최선을 다할 의무가 있다. 이것은 법관이 짊어질 십자가이다. 사표를 내던져 갈채를 받는 법관도 필요하지만, 묵묵히 자리를 지키면서 인간의 존엄성과 정의를 위한 일이라면 작은 일이라도 최선을 다하는 법관도 필요했다.

군부는 상명하복과 명령지휘 체계가 몸에 배어 있어 법원도 법원장이 소속법관을 지휘통제할 수 있는 것으로 착각하고 문제가 생기면 법원장에게 항의하고 다그쳤다. 그것은 재판을 담당한 판사를 직접 상대하는 것은 노골적인 재판 간섭이 되기 때문에 피하려는 뜻도 있었을 것이다.

내가 경험한 일도 있다. 서울지방법원 판사로 근무하던 1963년경 내가 숙직영장을 담당한 날 중앙정보부에서 당시 야당인 민정당의 유청 의원과 김광준 의원에 대해 '폭력행위 등 처벌에 관한 법률' 위반 혐의로 구속영장을 청구해왔다. 당시 군부는 야당의 반독재 활동에 극히 민감했는데 민정당 당대회에서 정파 간 몸싸움이 벌어지자 군부는 이를 기회로 반여 활동에 앞장서온 두 의원을 제거하려고 했던 것 같다. 두 의원이 몸싸움 중 폭력을 행사해 상대파에게 전치2주의 상해를 가했다는 혐의로 구속영장을 청구해온 것이다. 중앙정보부 간부 한 명이 한 보따리 서류봉투와 브리핑 차트까지 준비해와 중요 사건이므로 영장담당 판사에게 브리핑을 하겠다고 했다.

나는 그에게 말했다.

"재판에는 당사자주의 원칙이 있소. 법관은 수사기관이 제시한 기록과 자료에 의해 판단하는 것이고 이렇게 제시한 기록과 자료 외에 상대방이 없는데서 별도의 자료와 브리핑을 받는 것은 당사자주의의 형평성에 반하는 것이기 때문에 받아들일 수 없으니 그대로 가지고 돌아가시오."

그 직원은 '나는 새도 떨어뜨리는 중정의 브리핑을 거부하다니' 하는 생각을 했을지도 모를 일이다. 마뜩지 않은 표정으로 가져온 서류

보따리를 싸들고 돌아갔다.

나는 전당대회에서 서로 싸우다가 생긴 일이고 상처도 전치 2주에 불과한데다 피의자들이 현직 국회의원이어서 도주와 증거인멸의 우려가 없다고 판단해 영장을 기각했다. 그러자 바로 검찰총장으로부터 전화가 걸려왔다.

"법치주의 국가에서 진단서까지 첨부했는데 구속영장을 기각할 수 있소? 다시 청구할 테니 재발부해 주시오."

검찰총장은 아버지와도 친분이 있는, 나도 잘 아는 분이었다. 친분이 있기 때문에 스스럼없이 전화를 해왔을 것이다. 나는 불구속 사유를 설명하고 재청구해봐야 결과는 같을 것이라고 말했다.

다음 날 나의 소속 법원장인 김제형 서울지방법원장이 검찰총장과 함께 국가재건최고회의 의장실에 불려가 영장기각에 대해 추궁을 받았다고 한다. 김 원장은 돌아와 나에게 "박 의장에게 법관은 누구의 간섭도 받지 않고 재판할 권리가 있으므로 법원장이라 할지라도 간섭할 수 없다고 말해주었다"라고 전했다. 나는 별것도 아닌 사건에 왜 이렇게 난리를 치는가 싶었는데 김 원장은 법관 임관 후 10년마다 거치는 법관 연임절차에서 거부되어 퇴임하고 말았다. 주변에서는 나의 영장기각도 임명거부의 주원인이 되었을 것이라고 추측했다. 소속법관에 대한 감독소홀 책임을 물었다는 것이다.

또 5·16군사정변 후 군부의 요구로 각종 계엄군법회의와 혁명재판소 및 부정축재처리위원회 등의 기구에 법관이 파견되었다. 나 역시계엄군법회의와 혁명재판소에 파견되었는데 정치에 들어온 후 혁명재판소에 파견된 경력이 트집거리가 된 일이 있다. 당시 혁명재판소

심판부에는 법관과 변호사 한 명씩 포함하도록 되어 있었는데 심판관으로 지명된 한복(韓宓) 변호사가 이를 거부했다가 반혁명죄로 구속수감된 일이 있었다. 나에 대한 비판은 왜 한복 변호사처럼 심판관 파견을 거부하지 않았느냐는 것이었다.

나는 한복 변호사처럼 거부하는 용기도 높이 평가하지만, 법원에서 파견된 법관들에게는 '혁명재판'이라는 비상 사법체제하에서도 최소한의 법의 정의가 지켜지도록 노력하라는 십자가가 지워진 만큼 이에 최선을 다하는 것도 중요하다고 생각했다.

예컨대, 내가 소속된 재판부에 이른바 민족일보 사건이 배당된 적이 있었다. 피고인 민족일보 조용수 사장이 재일간첩으로부터 자금을 받았다는 기소 내용에 대해 나는 기록상 자금 제공자가 간첩이라는 증거가 분명치 않다는 문제를 제기했다. 이 문제를 놓고 당시 혁명검찰부부장이던 박창암 대령과 언쟁을 벌인 일이 있다. 나의 문제제기를 불쾌해하는 박 부장에게 "이 혁명재판에 나 같은 법관을 파견한 이유는 재판을 법대로 하라는 취지가 아니냐"라고 말했다가 "너 같은 판사들 때문에 혁명을 한 것이다"라는 폭언을 들었다.

나는 바로 혁명재판소장에게 심판관 사퇴서를 냈고 사태가 제대로 해결되지 않으면 법관의 명예를 훼손당한 것을 이유로 법관직까지 사퇴할 각오를 했다. 그러나 며칠 후 박 부장이 사과의 뜻을 전해오고 추가 증거도 보완 제출해 사퇴를 철회했다.

이 일에 대해 아버지와 김홍섭 판사 두 분이 보여주신 반응을 나는 지금도 즐겁게 회상한다. 아버지는 내가 사퇴서를 낸 당일 퇴근해 그 경위를 말씀드리자 한마디로 "잘했다. 비굴하게 처신하지 말라"고 말씀하셨다. 다음 날 혁명재판소 복도에서 항소심 심판관으로 파견되어 있던 김홍섭 고등법원장과 마주쳤다. 그 분은 내 등을 감싸 안듯 하시면서 "이 판사, 참아. 참아야 돼" 하고 말씀해 주셨는데 심리적 중압감이 컸던 나는 울컥했다. 두 분 다 내가 이 세상에서 가장 존경하는 분들이지만 이렇게 180도 다른 충고를 해주셨던 것이다.

자식이 화를 당할 수도 있는데 아버지가 그렇게까지 말할 수 있을까 하는 생각이 들 수도 있을 것이다. 그러나 그것이 그 분의 성격이고 정신이었다. 옳은 일을 하기로 했으면 끝까지 밀어붙여야 어중간하게 타협하는 것은 안 하니만 못하다고 생각하신 분이었다. 반면에 김홍섭 판사는 후배 법관인 나를 아끼는 마음으로 따뜻한 정을 표현하셨다. 그는 죄수들의 영혼 구제에도 관심을 쏟아 '사도법관(使徒法官)'으로 존경받았다.

내가 있던 심판부에서는 위의 민족일보 사건에 관해 사장인 조용수에게 사형을 선고했다. 이 일도 일부 언론과 진보진영으로부터 시빗거리가 되었지만 나는 이에 대해서 일절 해명하지 않았다. 재판부가 합의(合議, 평의라는 뜻)에 의해 결론을 내린 이상 재판부의 구성원은 자신의 의견이 무엇이든 재판 결과에 책임을 져야 한다고 생각했다. 나는 지금도 할 말이 없다.

4

부부는 일심동체

/

나는 만 스물 여섯살 때인 1962년 3월 한인옥(韓仁玉)과 결혼했다. 내가 서울지방법원의 단독판사로 근무할 때 같은 법원의 김정규 부장판사의 소개로 선을 보고 결혼까지 하게 되었다.

김정규 부장판사가 결혼 얘기를 꺼냈을 때 신붓감이 서울고등법원장인 한성수(韓聖壽) 원장의 따님이란 말을 듣고 사양했었다. 젊을 때 결혼에 대해 일종의 결벽증과 같은 원칙이 있었다. 부자나 권력가 또는 직장상사의 집안과는 결혼하지 않겠다는 원칙이 있었다. 그래서 몇 군데서 혼담이 있었지만 이 원칙을 고집해 왔었기 때문에 당시에도 사양했었다. 김 부장은 "규수가 참 좋은데…" 하고 아쉬워하면서도 순순히 물러나 이 이야기는 끝난 걸로 알았다.

그런데 며칠 뒤 김 부장이 명함판 사진 한 장을 가지고 와서 "신붓감 사진인데 한번 보기나 하라"며 놓고 갔다. 사진을 들여다본 순간 가슴에서 '쿵'하는 소리가 났다. 해맑게 웃는 표정인데 그렇게 덕스럽고 예뻐 보일 수가 없었다. 결혼한 후 아내의 얼굴을 찬찬이 들여다보면서 그때 그 사진에서는 왜 그리 예뻐 보였던가, 하고 혼자 웃을 때가 있었다. 이래서 결혼은 인연이라고 말하는가 보다.

선보는 날도 그랬다. 장소를 혼동해 약속 시간보다 50분이나 늦었다. 명동 태극당 본점에서 만나기로 했는데 나는 미도파 건너편에 있는 태극당 지점으로 착각했던 것이다. 헐레벌떡 본점으로 달려갔더니 아직도 장모님과 아내가 앉아있었다. 아내가 당황해하는 나를 상긋 웃는 얼굴로 쳐다보는 것 같아 내 첫인상에 반했나 생각했다. 그런데 그 뒤에 이때의 이야기를 하면 아내는 기막힌 표정으로 당시 몸살기가 있었고 또 한 시간 가까이 늦게 온 사람에게 왜 미소를 짓느냐고 펄쩍 뛰었다. 아마도 당시 나는 '제 눈에 안경'이었나 보다.

결혼 후 명륜동 부모님 댁에서 살다가 불광동 주택영단(지금의 주택공사)이 할부 분양한 국민주택에 전세로 입주했다. 아내는 신혼 초부터 찬장이며 냉장고, 책상 등의 세간을 하나하나 우리 형편에 맞추어 장만해왔다. 그러다 보니 한동안 TV는 사지 못했고 전화도 못 달았다. 여러 가지로 불편하고 힘들었지만 살림 하나하나를 어렵게 장만해가면서 우리 삶을 이루어가는 보람도 느꼈다.

찬장에도 추억담이 있다. 신혼 초 어느 날 출근하려는데 아내가 오늘 장모님과 함께 찬장을 사러 간다고 했다. 나는 찬장은 어차피 앞으로 자주 바뀌게 될 테니 비싼 것 말고 나무합판에 니스칠 한 것 정도면 좋겠다고 했고 아내도 반대하지 않았다. 그런데 퇴근해보니 부엌에 작지만 반짝거리는 호마이커 찬장이 들어와 있었다. 당시 유행했던 호마이커장은 나무합판장보다 비쌌다. 남편 말을 무시한 아내에게 벌컥 화를 냈다.

아내는 나무합판으로 된 찬장을 골랐는데 장모님이 오래 쓸 걸 사야 한다며 호마이커장을 고르고 비싼 만큼의 돈을 내주셨다고 말했다. 나는 더 화가 났다. 우리가 꾸려가야 할 살림인데 장모님이 이래라저래라 개입하는 것 같아 마땅치 않았던 것이다.

다음날 서울고등법원장실로 장인을 찾아갔다. 장인은 평소 발걸음하지 않는 사위가 오자 반갑게 맞아 주셨는데, 나는 약간 딱딱한 표정으로 어제의 찬장 건을 말하고 "앞으로 이런 일이 또 생기면 곤란합니다. 제가 세대주가 되어 제 봉급으로 살림을 꾸려가는데 장모님이 오셔서 이래라저래라 하시면 곤란합니다" 하고 말씀드렸다. 장인은 고개를 끄덕이시더니 "자네 장모에게 주의를 주겠네"라고 하셨다.

장인의 별명은 대사(大蛇)이셨다. 큰 구렁이 같이 속이 깊은 분이라는 뜻이다. 장인은 속이 꽉 막힌 사위의 말을 듣고 얼마나 속으로 우스웠겠는가. 그러나 그런 내색을 전혀 안 하고 엄숙한 얼굴로 대답하셨다. 지금 생각하면 웃음이 나온다.

불광동 집에서 1년 정도 지났을 무렵 집주인이 집을 매도하겠다고 해 우리가 분양 할부금을 떠안고 집을 매수했다. 섣부른 판단이었다. 분양 할부금을 떠안기 때문에 집값이 싸서 매수한 것인데 막상 매달 할부금을 내 월급으로 감당하는 일이 쉽지 않았다. 식비를 줄이는 등 온갖 절약을 해봤지만 몇 달 할부금을 연체하게 되었고 그러자 주택공사에서 독촉장이 날아와 집에 부동산점유이전금지가처분 딱지가 붙었다. 명색이 법관인데 이런 가처분 딱지가 붙는데서야 체면이 말이 아니었다. 그래서 집을 팔고 성북동의 작고 싼 한옥을 사서 이사했다.

그런데 이 성북동 집이 가관이었다. 경신중학교 뒤편 북향 언덕에 있는 북향집인데 옛날 초가집의 지붕을 양기와로 바꾼 집이어서 지붕 무게 때문에 기둥들이 삐딱하게 기울어져 있고 북향이어서 볕도 잘 들지 않았다. 당시 아내는 둘째를 임신 중이어서 내가 혼자 집을 보러 다니다가 산 것이었다. 아내는 나중에 그 집을 보고 기가 차서 "어떻게 이런 집을 샀어요?" 하며 내게 집을 고르게 한 것을 후회했다. 내가 생각해도 나는 생활 감각이나 경제관념이 너무 뒤떨어진 것 같았다.

이 집에서의 생활은 이 집의 모양만큼이나 팍팍하고 힘들었다. 매일 기록 보따리를 싸들고 와서 밤늦게까지 검토하고 또 법률 서적이나 자료 등을 보고 공부하느라 혁혁댔다. 그 집에서는 딸과 작은 아들을 낳은 일 빼고는 고생한 기억밖에 남아있지 않다. 그 집에 살 때 대법관으로 계시던 장인이 춘천지방법원 재판감사를 가셨다가 뇌일혈로 쓰러져 반신불수가 되시는 불행도 겪었다.

그 후 성북동 집을 팔고 다시 동대문구 휘경동에 있는 건평 18평짜리 국민주택을 사서 이사했고 이 집에 와서 우리는 안정감을 되찾은 듯했다.

우리 부부는 이렇게 살림을 벽돌을 쌓듯 하나하나 장만해가면서 2남 1녀를 낳았다. 장남(李正淵), 장녀(李淵嬉), 그리고 차남(李秀淵)을 두었다. 아이들의 이름은 내가 직접 지었는데 운수나 사주 같은 것은 일절 고려하지 않고 행렬의 돌림자인 연(淵)자에 내가 좋아하는 글자인 정(正), 수(秀), 희(嬉)자로 배열했다. 이름이 운세도 좌우한다는 속설을 믿지 않았다.

나는 아버지의 자식 교육 방식에 따르지 않았다. 아버지의 엄한 훈육에 혼이 나서 내 자식들은 좀 풀어주고 싶었다. 나는 아이들이 바르게 살기를 바랐고 기회 있을 때마다 이를 강조했는데 잘 따라주었다.

내가 정치에 들어온 뒤로 가족들도 고행길에 들어섰다. 뒤에서 말하겠지만, 아들들은 병역 문제로 힘든 나날을 보내야 했고, 당시 검사로 있던 사위는 내가 대선에서 패배하고 난 후 검사직을 사퇴하기도 했다. 큰아들 내외(正淵, 李惠榮), 딸 내외(淵嬉, 崔明錫), 작은아들 내외(秀淵, 崔潤珠)가 모두 어려운 가운데서도 굳게 결속하여 잘 버텨주었고 나를 지켜주었다. 가족은 나의 힘의 원천이었다.

아내를 생각하면 미안한 마음이 앞선다. 나는 젊을 때부터 푸근하게 감싸 안는 성격이 아니라 명암(明暗)이 분명한 날이 선 성격이었다. 그래서 나를 처음 대하는 사람들은 편안하기보다 어렵고 불편하게 느꼈다. 그러나 나는 내 마음을 위장하거나 가식하지 않고 진심대로 말하는 성격이었다. 나를 잘 알게 된 사람들은 그렇게 거북해하지 않았다.

아내도 결혼 초에는 이런 내 성격 때문에 마음고생이 많았을 것이다. 게다가 나는 신혼 초부터 기록 보따리를 집에까지 싸들고 와서 일하고 주말에도 기록과 씨름하고 있으니 얼마나 재미없었겠는가? 생활비를 절약하면서 생계를 설계해야 할 형편에 아이들까지 연년생으로 태어나자 아내는 심신이 극도로 쇠약해져 무섭게 살이 빠지기 시작하더니 나중에는 어깨 뼈 모양이 앙상하게 드러날 정도가 되었다. 그런 아내를 아프리카 '비아프라'●의 기아 난민 같다고 놀려댔다니!

● 1967년, 나이지리아 남동부의 동부주가 분리독립을 선언했다가 내전으로 1970년 공화국이 해체될 때까지 굶주림으로 인구의 4분의 1 이상이 아사했다.

이회창
회고록

이렇게 고생하고 때때로 부부싸움도 하며 살아오면서 어느덧 대법관까지 하고 법원을 떠났고 그 후 감사원장과 국무총리를 거쳤다.

감사원장 시절로 기억한다. 아내가 어느 모임에 나갔을 때 소개자가 아내를 소개하자 한 사람이 깜짝 놀라면서 "그 무서운 분과 어떻게 살아요?" 하고 묻더란다. 소개자는 조금 있다가 다른 사람이 왔을 때에도 아내를 아주 얌전한 분이라고 소개했는데 그 사람이 "무서운 분이랑 사니까 얌전해질 수밖에 없겠죠"라고 하여 모두 한바탕 웃었다고 한다.

그러나 정작 아내를 고생시키고 힘들게 한 것은 정치에 들어온 후부터였다. 정치에 들어올 때도 꽤 고민했지만, 들어온 뒤에도 가는 고비마다 고뇌하고 결단할 일이 많았다. 아내는 곁에서 묵묵히 그저 나를 믿고 지켜봐 주었지만 내가 의견을 물으면 찬반을 분명하게 말했다. 그러나 내가 아내의 의견과 다르게 결정하더라도 무조건 나와 한편이 되어 나를 따르고 북돋워 주었다. 더 이상 좋고 나쁘고를 따지지 않았다. 그렇게 선명한 성격이었다. 예컨대, 정치에 입문할 때도 아내는 찬성하지 않았다. 그러나 내가 마음을 정하자 따라주었다.

정치판은 이전투구 말 그대로 개싸움판이다. 온갖 욕설과 비방, 중상모략이 난무하고 헐뜯는데 법관으로 있다가 처음 정치판에 들어온 나에게는 큰 충격, 즉 문화충격(culture shock)이었다. 남편에게 쏟아지는 욕설과 비방 모략을 곁에서 지켜보는 아내의 심정은 오죽했겠는가?

이 정도는 약과였다. 2002년 대선을 앞두고 여당인 민주당은 아내에 대해서까지 갖가지 비방과 모략을 퍼부었다. 당시 아내는 열심히 나의 선거운동을 돕고 다녔으니까 아예 아내도 짓밟아 버리자는 심산이었던 것 같다. 김대업의 병역비리 의혹을 제기하면서 아내를 걸고 들어가 김대업이 아내와 통화한 녹음이 있다느니 아내로부터 돈을 받았다느니 하는 허위사실을 조작해 퍼뜨렸다. 또 기양건설 비리 의혹을 제기하면서 역시 아내에게 10억 원을 제공했다는 허위사실을 퍼뜨리고 심지어 민주당의 중앙당과 전국 각 지구당 당사에 한인옥 10억 수수를 규탄하는 현수막을 내걸기까지 했다.

이러한 비리 의혹은 대선 후 대법원 확정판결로 모두 허위날조 된 조작으로 밝혀졌지만 이미 짓밟히고 훼손된 아내의 명예가 보상되겠는가. 이회창의 아내이기 때문에 입어야 했던 이런 고통이 참으로 안쓰럽고 미안했다. 부부는 일심동체라는 말로 위로할 수밖에 없다.

5

유신정치의 그늘

박정희 대통령은 1972년 10월 17일 전국에 비상계엄을 선포하고 '10·17비상조치'를 단행했다. 그 주요 내용은 다음과 같다.

① 국회를 해산하고 정당들의 정치 활동을 중지시키는 등 헌법의 일부 조항의 효력을 정지시킨다. ② 효력이 정지된 헌법 조항의 기능은 비상국무회의가 수행하며 비상국무회의 기능은 현행 헌법의 국무회의가 담당한다. ③ 비상국무회의는 1972년 10월 27까지 헌법개정안을 공고해 국민투표로 확정한다.

박 정권은 이 조치를 '10월 유신'이라고 명명했는데 나와 같은 세대나 그 이전의 세대들은 '유신' 하면 일본의 근대화를 이끈 '메이지유신(明治維新)'을 연상한다. 실제로 박 대통령의 구상도 이와 연관이 있는 것은 아닌지 모르겠다.

이에 따라 비상국무회의는 헌법개정안을 마련해 국민투표에 부의했고 찬반토론이 일체 금지된 상태에서 유권자 91.9퍼센트의 투표와 투표자 91.5퍼센트의 찬성으로 유신헌법이 통과되었다. 유신헌법의 내용은 우선 기본권과 관련해 기본권 제한 사유로 국가안전보장을 추가하고, 자유와 권리의 본질적 내용을 침해할 수 없다는 조항을 삭제했다. 그밖에도 자유권에 개별적 법률유보 조항을 추가해 실정법에 의한 통제 범위를 넓혔고, 적부심사제 폐지, 긴급구속 요건 완화, 임의성 없는 자백의 증거능력 부인 조항 삭제 등 자유에 대한 제약을 강화했다.

권력 구조 면에서 ① 통일주체국민회의를 설치해 여기에서 대통령과 국회의원 3분의 1을 선출하게 했고 국회가 제안한 헌법개정안도 여기에서 의결 확정하게 했다. ② 대통령은 국회의 동의나 승인을 요하지 않은 긴급조치권과 국회해산권, 국회의원 3분의 1의 추천권, 대법원장을 비롯한 모든 법관의 임명, 보직, 징계에 의한 파면권 등을 갖게 했다.

중요한 것은 유신헌법 제53조에서 천재지변 등 중대한 위기에 처하거나 국가의 안전보장 등이 중대한 위협을 받거나 받을 우려가 있을 때에 대한 대통령의 긴급조치권을 규정한 점이다.

대통령은 위와 같은 긴급 상황에서 국민의 자유와 권리를 잠정적으로 정지하는 긴급조치를 할 수 있고, 정부나 법원의 권한에 관해서도 긴급조치를 할 수 있으며, 이러한 긴급조치는 사법심사의 대상이 되지 아니한다고 못 박았다. 이러한 대통령의 긴급조치의 위헌 여부에 대한 법원의 심사권을 아예 봉쇄해 버린 것이다.

유신헌법에 대해 학자들은 '10·17 비상조치에 의한 헌법 일부 조항의 정지는 위헌적 헌법 정지이고, 그 정치적 동기는 친위쿠데타에 의한 박 대통령의 1인 장기집권체제의 확립이며, 유신헌법으로 대통령이 입법·사법·행정의 3권을 통할하고 조정하는 독재권력을 장악하게 되었다는 비판이 나왔다.*

그 후에도 학자들은 유신헌법이 불법적인 비상조치에 의해 촉발되고 초헌법적인 비상국무회의에서 헌법개정안을 마련해 발의, 공고한 것은 헌법의 절차적 정당성을 확보하기 어렵게 만들었다고 부정적으로 평가하고 있다.**

이렇게 장황하게 유신헌법 성립 과정과 내용을 설명하는 이유는, 지금부터 말하고자 하는 긴급조치가 바로 유신헌법에 근거한 것으로 그 위헌성을 이해하는 데 도움이 될까 해서이다.

장기 집권한 박정희 대통령 말기에는 재야정당과 시민단체, 대학생 등의 민주화 요구와 저항이 확산되었는데 유신체제는 이에 대처하기 위한 기초 작업이라고 할 수 있었다. 유신헌법 선포 후 국민 사이에 유신체제에 대한 반감이 거세지고 재야 세력을 중심으로 개헌서명운동과 독재체제를 거부하는 저항이 일상화되다시피 하자 박정희 대통령은 1974년 1월 8일 대통령 긴급조치 제1호를 선포했다.

그 내용 중 중요한 부분은 ① 대한민국 헌법의 개정 또는 폐지를 주장, 발의, 제안, 또는 청원하는 일체의 행위를 금하고, ② 유언비어를 날조 유포하는 행위를 금하며, ③ 이 조치에 위반한 자와 이 조치를

●　《헌법학원론》(권영성 저, 법문사, 2010), 92~93쪽 참조

●●　《헌법학원론》(정종섭 저, 박영사, 2016), 197~198쪽 참조

비방한 자는 법원의 영장 없이 체포, 구속, 압수, 수색하며 15년 이하의 징역에 처하고, ④위 조치 위반자는 비상군법회의에서 심판 처단한다는 것이었다.

같은 날 선포된 긴급조치 2호에서는 비상군법회의 구성과 권한 및 절차 등을 규정했다. 뒤이어 1974년 4월 3일 긴급조치 제4호가 선포되었는데 이는 전국민주청소년학생총연맹(이른바 민청학련)의 조직과 활동을 금지하고, 조치 위반자에 대해서는 사형, 무기 또는 5년 이상의 유기징역에 처하며, 조치 위반자는 법관의 영장 없이 체포, 구속, 압수, 수색하고 비상군법회의에서 심판 처단한다고 규정했다. 위 긴급조치 제1호와 제4호는 그해 8월 15일 광복절 기념식장에서 문세광의 총격으로 육영수 여사가 사망한 사건이 발생한 후 8월 23일 모두 해제되었는데, 이는 박 대통령의 유신체제 반대 세력에 대한 무마와 화해의 제스처로 해석될 수 있었다.

그러나 그 후에도 대학생들의 저항과 시위가 더욱 격화되자 1975년 5월 13일 '국가안전과 공공질서의 수호를 위한 대통령 긴급조치'라는 제목의 악명 높은 긴급조치 9호가 선포되었다. 여기에는 당시 월남이 공산월맹군에 패망당한 사태로 안보 불안이 고조된 상황도 배경이 된 것 같다. 결국 이 긴급조치 제9호는 박 대통령의 마지막 긴급조치가 되고 말았는데, 이 조치가 금한 행위는 다음과 같다.

①유언비어를 날조 유포하거나 사실을 왜곡해 전파하는 행위 ②집회, 시위 또는 신문방송, 통신 등 공중 전파 수단이나 문서, 도화, 음반 등 표현물에 의해 대한민국의 헌법을 부정, 반대, 왜곡 또는 비방하거나 그 개정 또는 폐지를 주장, 청원, 선동 또는 선전하는 행위

이회창
회고록

③학교의 수업, 연구, 또는 학교장의 사전허가를 받거나 기타 의례적, 비정치적 활동을 제외한 학생의 집회, 시위 또는 정치 관여 행위 ④이 조치를 공연히 비방하는 행위 ⑤재산 해외도피 행위 등.

그리고 이 조치 또는 이 조치에 의한 주무부 장관의 조치에 위반한 자는 법관의 영장 없이 체포, 구금, 압수, 또는 수색할 수 있도록 하고 이 조치 위반의 죄는 일반 법원에서 심판하도록 했으며, 특히 이 조치에 의한 주무부 장관의 명령이나 조치는 사법심사의 대상이 되지 아니한다고 못 박았다.

박정희 대통령의 집권과 유신정치는 우리나라 역사의 중요한 한 대목을 차지한다. 이 시대의 사정을 정확히 알아야 그 후의 역사 전개 과정을 이해할 수 있다. 그런데 이 시대를 겪은 세대는 당시 상황에 대한 기억이 스러지고 있고, 이를 겪지 않은 후세대는 유신정치가 무엇이었는지조차도 알지 못한다. 우리나라 국민의 삶과 정치에 큰 영향을 미친 유신 시대의 실상을 국민이 정확히 알아야 하고 평가되어야 한다고 생각해 긴급조치의 선포와 내용에 대해서도 장황하지만 주요 내용을 적어본 것이다.

이제 여러분 스스로 유신헌법과 긴급조치의 내용을 직접 읽어 보고 이것이 얼마나 비민주적이고 인간의 존엄성과 자유를 억압하는 것이었는지 음미하기를 바란다. 아마도 '이런 일도 있었구나' 하는 놀라운 생각이 들 것이다.

한 가지 고려할 것은 당시 월남 패망사태 등 국가안보에 대한 위기의식을 갖게 하는 상황이 있었고, 유신체제가 오로지 박정희 대통령의 1인 장기집권을 위한 것이라고만 볼 수 없다는 반론도 있음을 지적해둔다. 사실 당시 나처럼 6·25전쟁을 겪은 세대는 또 다시 북의 남침이 있지 않을까 하는 걱정이 잠재의식에 박혀 있다. 6·25전쟁이 가져다준 트라우마라고 할 수 있다.

그즈음 나는 꿈속에서 시커먼 비행기 편대가 하늘을 덮고 날아오는데 누군가가 북이 다시 남침했다고 외치는 소리에 소스라치게 놀라면서 잠에서 깨어나곤 했었다. 6·25전쟁을 겪지 않은 젊은 세대에게는 이해하기 어려운 의식일 것이다.

그렇다고 해도 유신체제의 지나친 기본권 제약과 권력체제 강화로 국민의 존엄성을 침해받고 민주주의가 왜곡된 것은 어떤 이유로도 정당화할 수 없다. 긴급조치 위반으로 많은 사람이 구속되고 재판을 받거나 직장에서 쫓겨났다.

내 주변에서도 이런 일을 겪었다. 영등포여중 교장으로 있던 사촌 형님이 교장 모임에서 술을 마시고 귀가하다 택시 안에서 대통령 욕을 했다. 교장들 사이에는 행사만 있으면 학생들을 동원하는 데 불만이 쌓여 있었다고 한다. 택시기사는 그대로 차를 파출소 앞으로 몰고 가서 형님을 긴급조치 위반으로 신고했다.

젊은 나이의 운동권이나 대학생도 아닌, 나이든 학교장이 즉각 구속되어 수사기관에서 한 달 가까이 구금 상태에 있다가 다행히 기소는 면하고 즉결심판에 회부되어 구류 29일 처분을 받고 교장직에서도 파면되었다. 교육계에서 촉망받던 사람이 하루아침에 폐인이 된 것이다.

사촌 형님은 10·26사건 후에 일시 거제도 소재 사립학교 교장으로 초빙되어 근무한 일이 있지만 긴급조치 후유증으로 지병인 당뇨와

이회창
회고록

고혈압이 악화되어 일찍 타계하고 말았다. 나는 그 형님이 실의에 빠져있던 모습을 지금도 잊을 수 없다.

유신헌법과 긴급조치에 대해 사법심사를 금한 것은 중대한 문제였다. 인간의 존엄성과 가치를 훼손하는 기본권 침해나 법치주의와 민주주의 등 민주적 기본질서를 무너뜨리는 국가권력의 독점과 독재화에 대해 사법부의 개입을 허용하지 않는다면 누가 대통령의 독단과 폭주를 견제할 수 있는가? 국민은 과도한 권력, 오남용된 권력이 개인의 자유와 권리를 훼손하고 정의를 무너뜨려도 보고만 있어야 하는가?

다른 합법적인 수단으로 국가권력의 불의와 독재를 막을 수 없다면 결국 국민은 그 권력에 항거해 이를 붕괴시키거나 불복종으로 대항하는 길밖에 없게 된다. 이것이 바로 저항권과 시민불복종의 길인데 전자는 극단으로 가면 기존 지배체제와 지배 엘리트를 교체하는 혁명으로까지 이어질 수 있다.

헌법에 기초를 둔 국가권력을 부정하는 저항권에 대해 헌법 스스로 이를 명백히 규정하지 않는 것은 헌법의 자기부정이 될 수 있으므로 저항권은 실정법인 헌법을 초월한 자연법적인 권리라고 설명된다. 결국 국가권력의 불의와 독재는 이에 대한 합법적 견제 수단이 없다면 국민이 궐기해 권력을 갈아치우거나 범국민적 불복종 운동으로 권력을 굴복시키는 것 외에 다른 방법이 없다는 결론이 된다. 만일 사법심사의 길이 있고 사법심사로 권력의 불의와 독재를 견제할 수 있다면 문제는 달라질 수 있을 것이다.

그러나 유신체제의 헌법은 긴급조치에 대한 사법심사를 아예 막아버렸다. 법관들에게 고뇌의 시대가 시작된 것이었다. 법관은 헌법상 헌법과 법률에 따라 재판하도록 되었는데 실정헌법에서 긴급조치에 대한 법관의 개입을 막아버렸으므로 그 헌법이나 긴급조치가 아무리 정의에 반하고 위법해도 이를 심사하고 무효 선언을 할 수 없게 손발을 묶은 것이다. 그래서 법관들은 구속영장 등 영장발부에서 견제하거나 재판 선고에서 형량을 줄이거나 집행유예, 선고유예 등을 붙이는 등 소극적인 방법으로 저항했지만 이것도 정치권력의 압력으로 쉽지 않았다. 변명 같지만 현실이 그랬다. 긴급조치 9호 위반 같은 경우에는 검찰과 중앙정보부 등 권력기관들이 마치 국가 안위에 관한 국사범처럼 취급해 엄중하고 과중한 처벌을 요구했다.

법관으로서 나는 사법 적극주의의 열정적인 주창자였지만 사법 적극주의도 헌법과 법률의 테두리 안에서 적극적 해석과 적용을 주장하는 것이므로 유신헌법처럼 헌법 자체에서 사법심사를 배제하고 있을 때는 사법 적극주의도 힘을 쓸 여지가 없다고 생각했다.

그러나 지금 그때를 돌이키고 정리해보면 내 생각이 짧았다는 것을 깨닫고 있다. 그때의 실정헌법, 즉 유신헌법이 아무리 사법의 개입을 금하고 있다고 해도 인간의 존엄성을 침해하는 기본권 제한과 민주적 기본질서의 파괴에 대해 사법의 개입을 금지한 것은 자연법적인 헌법질서에 반하는 것이므로 법관은 과감하게 유신헌법과 긴급조치의 위헌성을 제기할 수 있지 않았을까 생각해본다.

6

이승만 정권과 박정희 정권을
어떻게 평가할 것인가

내가 묘사한 이승만 대통령 시대와 박정희 대통령 시대는 매우 부정적으로 느껴질 수도 있을 것이다. '인간의 존엄성'이라는 프리즘으로 그 시대를 보았기 때문이다.

하지만 그들의 이런 실정(失政)에도 그들이 대통령으로서 이룩한 긍정적인 업적에 비추어 본다면 헤겔이 정의한 '위인'의 범주에 들어간다고 볼 수 있지 않을까 생각한다. 인간의 존엄성을 훼손하고 정의가 실종된 실정을 한 사람들에게 '위인'이라니! 그런 이율배반의 궤변이 어디 있느냐고 반박할지 모른다. 하지만 법관의 텃밭에서 나와 정치의 광야를 거쳐온 나에게는 그들의 실수와 공적을 나누어 평가해야 하고 어느 쪽도 소홀할 수 없다는 생각이 든다. 법적 평가와 정치적 평가의 차이라고도 말할 수 있을 것이다.

해방이 된 후 좌우 진영의 극심한 대립 속에 미국으로부터 귀국한 이승만 박사는 격렬한 반대를 무릅쓰고 1948년 대한민국 헌법을 제정하고 남한만의 단독정부를 수립했다. 그 헌법은 인간의 존엄성과 가치를 존중하는 자유 민주주의 체제를 근간한 것으로 대한민국의 정체성과 핵심 가치를 확립한 것이었다.

만일 당시 단독정부가 아니라 남북합작을 주장하는 반대 세력의 주장에 휘둘려 정부수립을 늦췄더라면 대한민국은 영영 탄생하지 못할 수도 있었다. 북한의 김일성 세력들은 남한의 정부수립 이전에 이미 그 자신들의 단독정부를 세웠고 소련의 스탈린 지원하에 미군이 주둔하지 않은 남한을 불시에 공격·병탄할 계획을 세우고 있었던 것이다.

이는 남한정부 수립 후 불과 2년도 되지 않아 1950년 6월 25일 북한군이 남침을 개시하고 불시에 한국군과 일부 미군을 각 전선에서 격파하면서 단시일 내에 대구 경북의 낙동강 방어선까지 밀어붙인 사실에 비추어 보아도 분명하다. 이런 점에서 이승만 박사의 대한민국 헌법 제정과 정부 수립은 대한민국의 운명을 가른 역사적인 업적이다. 그 어떤 이유로도, 심지어 그 후 이 박사의 여러 가지 실수와 실책으로도 그 빛을 가릴 수 없다.

또 6·25전쟁으로 건국 초기의 대한민국은 대혼란에 빠졌고, 앞에서 말한 것처럼 정부가 국민을 버려두고 남쪽으로 도망치는 일까지 벌어졌다. 그야말로 나라는 붕괴 직전이었고 그 존망도 알 수 없는 상황이었다. 이때 국가 지도자인 대통령이 혼비백산해 자신감을 잃고 패배주의에 빠져 지도력을 상실하게 되면 나라는 망하는 것이다.

이 박사는 급하게 정부를 남쪽으로 후퇴시켜 전열을 가다듬으면서 유엔군 참전이라는 전략에 성공했다. 유엔 안전보장이사회 상임이사국 중 소련 대표가 불참한 행운 속에 유엔군 참전이 가결되고 한국

전쟁은 북한 공산주의 침략에 대항하는 유엔군의 전쟁이라는 명분을 얻었다. 이승만 대통령은 나라를 건국한 지도자일 뿐 아니라 낭떠러지에 몰린 대한민국을 구해낸 지도자인 것이다.

한편 그는 소련이 영도하는 국제공산주의 세력에 둘러싸인 한국이 생존하려면 미국과의 군사동맹이 절실하다고 믿고 미국과 상호방위조약체결에 전력투구했다. 역사를 돌이켜보면 대한제국의 구한말 때도 고종은 청·일·러의 탐욕에서 조선을 지키는 길은 조선 영토에 욕심이 없는 미국과의 연대밖에 없다고 생각하고 미국에게 동맹을 갈구했고 이승만 박사를 특사로 파견하기도 했으나 성공하지 못했던 것이다.

반세기가 흘러 대통령이 된 이 박사는 미국과의 동맹이 필수 불가결하다는 신념으로 전쟁이 끝나면 철군할 생각을 하고 있던 미국을 압박하기 위해 반공포로를 일방적으로 석방하는 강수도 썼다. 결국 성공해 한미방위조약이 체결되고 이 동맹은 그 후 반세기 넘게 유지되어 오면서 대한민국 생존을 지키는 군사적 동맹의 의미 외에 세계화와 개방화의 시대에서 자유 민주주의 가치와 운명을 공유하는 동맹으로 발전해온 것이다. 이 대통령이 대한민국의 안전과 미래를 통찰해 동맹의 울타리를 쌓은 공로는 어떤 이유로도 폄하될 수 없다.

그러나 이러한 건국과 국가방위의 업적에도 그와 자유당 정권은 3·15 부정선거를 저지르고 이 대통령의 연임을 위해 무리한 3선 개헌을 시도했다. 국민의 기본권을 제약하고 반대자의 자유를 억압하는 등의 실정으로 정의는 실종되었고, 국민의 마음도 그를 떠났다. 결국 그는 4·19 혁명으로 조국을 떠나야 했고, 그의 독립운동 요람지였던 하와이에서 외롭게 세상을 떠나야 했다. 국가 지도자가 아무리 큰 공로가 있다고 해도 인간의 존엄성과 가치를 존중하지 않고 정의가 실종된 국가운영으로 국민의 믿음을 잃을 때, 국민은 더 이상 그 권력을 인정하지 않는다는 엄연한 현실을 우리는 확인한 것이다.

이승만 대통령이 나라의 기초와 골격으로 하드웨어를 세웠다면 박정희 대통령은 그 안에 근대화와 산업화 그리고 경제성장으로 소프트웨어를 채운 대통령이라고 할 수 있을 것이다. 국가발전과 미래에 대한 확고한 신념과 비전을 가진 유능한 지도자였다. 새마을운동을 확산시켜 농촌과 지방 소도시를 획기적으로 개량했고 경부고속도로 건설로 한국 산업발전의 축을 구축했다. 산업화, 근대화라는 분명한 국가발전 목표를 세워 포항제철(현 POSCO)과 같은 철강산업을 비롯해 조선업, 중화학공업 등에 집중 투자해 영세했던 한국경제의 규모와 구조를 크게 바꾸었다.

나는 정치에 들어온 뒤 정당 대표 자격으로 싱가포르, 핀란드 등 이른바 강소국들을 방문했는데 당시 국가 경쟁력 1, 2위를 다투던 이들 나라에서는 자신들이 쉽게 따라갈 수 없는 중공업 등으로 경제 규모와 구조를 키운 한국의 잠재력을 높게 평가하고 부러워했다.

박정희 대통령은 군을 동원한 쿠데타로 정권을 잡았지만 단순히 권력을 향유하는 데 그친 정치군인이 아니라 나라를 바꾼 경세가(經世家)였다. 이후에 그만큼 나라를 바꾼 대통령은 없다고 생각한다. 그가 경부고속도로 계획을 추진하면서 고속도로 단면(斷面)의 층별 구조를 직접 수기로 그린 도면을 본 적이 있다. 그것은 시오노 나나미의《로마인 이야기》에 나오는 율리우스 카이사르의 목책다리 설계도를 연상하게 했다. 카이사르는 가리아전쟁 중 라인강 도하에 필요한 목책다리를 직접 설계했다. 훌륭한 지도자는 큰 방향만 보는 것이 아니라 기본적인 기초까지 숙지하는 실력이 있어야 한다는 것을 보여준다.

이러한 뛰어난 실력과 비전을 가졌음에도 그의 전근대적인 통치 스타일, 특히 말기에 이르러 밀어붙인 유신체제는 개인이 간직한 인간의 존엄성을 무시하고 정의를 일탈한 것으로 국민의 신뢰를 잃었다. 결국 저격당하는 불행한 사태로 생을 마감했고, 18년에 걸친 장기 집권도 끝나고 말았다.

다른 견해도 있을 수 있겠지만 나는 박정희 대통령이 이룩한 업적, 특히 경제발전은 역설적으로 한국의 민주화 시대를 열게 했으며, 이를 생각하면 그의 임기 말의 실수와 실책에도 그가 이룩한 업적은 제대로 평가받아야 한다고 생각한다.

그는 개발독재 지도자들이 흔히 택하는 국가통제 경제나 국유화 경제의 유혹에 빠지지 않고 이승만 정권이 정립한 자유시장경제의 기초 위에서 근대화, 산업화를 추구했다. 나는 이것이 뒷날 민주화의 기초가 되었다고 본다.

한국의 해방 전후의 역사, 특히 이승만과 박정희 시대의 역사적 평가에 대해서는 진보와 보수, 좌파와 우파 사이에 극명한 의견 대립이 있고 최근 국가적 아젠다(agenda)가 되다시피 한 역사 교과서의 문제와도 맥이 닿아 있다. 하지만 나는 복잡한 역사적 담론이나 좌우의 이념적 대립과 상관없이 내가 내 생애에서 직접 겪고 느낀 것을 바탕으로 소박하게 평가하면 이렇다.

헤겔이 말한 대로[*] 한 개인의 이익에 그치지 않고 오히려 그 시대의 필연적 요구를 충족시키고 실현한 사람을 역사상 위인이라고 부른다면 이승만 대통령과 박정희 대통령은 우리나라 역사상 위인이라고 부를 수 있을 것이다. 하지만 또한 그들이 남겨 놓은 실패와 실수, 특히 인간의 존엄성과 가치를 훼손하고 자유와 정의를 억압한 데 대해서도 엄정한 비판과 평가가 있어야 하며 이로써 다시는 잘못된 정치가 되풀이 되지 않는 거울로 삼아야 한다.

요컨대, 옳은 것은 옳은 대로, 그른 것은 그른 대로 보고 판단하는 것이 올바른 역사 인식이다.

---

[*] 《역사철학의 강의》(헤겔 저, 권기철 역, 동서문화사), 머리글 참조

이회창
회고록

좋은 법관이

되는 길

3

1

사법권의 독립은 왜 필요한가

사법권 독립의 중요성

　박정희 대통령의 유신정치 시대, 그 뒤를 이은 전두환 대통령의 강권정치 시대는 사법부로서는 수난의 시대였다. 당시 사법권의 독립은 지켜졌는가? 부정적이고 회의적인 시각이 있지만 획일적이고 피상적으로만 판단할 수 없다.

　사법권의 독립이 필요하다는 것은 누구도 부인하지 않지만 막상 "왜 필요한가?"라고 물으면 많은 사람은 잠시 머뭇거릴 것이다. 재판 사건이 생기지 않는 한 사법부는 나와 관계없는 곳이고, 또 과거 군사정권하처럼 사법권의 독립이 위협받던 시절이라면 모를까, 민주화된 오늘날에는 사법권의 독립이 그렇게 절박한 문제로 여겨지지 않는 것이다.

　그러나 잊지 말아야 한다. 민주주의가 제대로 뿌리 내리기 위해서는 독립성을 지키는 사법부가 제자리에 굳건히 자리 잡고 있어야 함을, 그리고 사법권의 독립은 지금은 굳건해 보여도 언제든지 흔들릴 수 있음을. 사법부가 대통령이나 행정부의 입김에 좌우되고 그 눈치를 본다면, 또 국회나 국회의원들의 위세에 눌려 그들의 요구에 영합하려고 좌고우면(左顧右眄) 하면 민주주의는 제대로 뿌리 내릴 수 없다.

인간의 존엄과 가치가 무시되고 개인의 자유와 권리가 짓밟힐 때, 정치권력이 법이 정한 권력의 한계와 책임을 일탈해 독선과 독재로 흐를 때, 이를 바로 잡고 정의를 세우는 일은 사법부의 몫이다. 사법부가 제자리에서 굳건하게 독립을 지키지 못하고 흔들린다면 다수라는 무기를 가지고 법의 탈을 쓴 권력이 전횡을 부리는 중우(衆愚)정치, 독재 정치가 판을 치고 민주주의는 설 땅을 잃게 된다. 그래서 사법권의 독립은 어느 나라에서도 그 나라 민주주의의 성숙도, 즉 민주화의 정도를 측정하는 중요한 잣대이다.

이렇게 사법권의 독립이 중요할 수밖에 없는 데는 약간의 이론적 근거가 있는데 좀 장황한 설명이 될 수 있지만 짚고 넘어가는 것이 좋을 것 같다.

흔히 인류 사회에서 민주주의 정치의 발전이 이루어진 데에 대하여 두 가지 인류의 깨달음이 그 계기가 된 것으로 설명된다.

첫째는 권력은 부패하기 마련이고 액턴(John Emerich Acton)이 적절하게 표현한 것처럼 절대권력은 절대 부패한다는 깨달음이다. 둘째는 절대적인 당위 명제가 개념상 존재한다고 해도 인간의 실천이성으로는 이를 객관적으로 인식할 수 없고 대립되는 가치관 중에서 절대적인 가치관을 일의적(一義的)으로 증명할 수도 없다는 칸트의 관념론적이고 인식론적인 깨달음이다.

첫째의 자각에서 민주주의 정치 체제의 권력을 한 곳에 집중하지 않고 여러 곳에 분산시키는 권력분립 구조의 지혜가 나왔다.

그런데 입법부와 행정부의 관계는 각국의 권력구조에 따라 명확하게 선을 긋기 어려운 경우가 있다. 우선 내각책임제하에서 정부는 의회의 다수당 또는 연립정당에 의해 구성되고 당수가 행정부의 수반이된다. 행정부와 그 수반은 의회에 의존하는 관계이고 서로 대립하는 독립관계로 보기는 어려운 것이다. 그래서 이러한 정치권력 체제하에서 권력분립은 의회 및 행정부와 사법부 사이의 2권 분립을 의미한다.

대통령 중심제에서는 대통령의 행정부와 의회의 입법부는 엄격하게 분리되고 상호 간 독립성을 유지한다. 하지만 대통령 중심제에서도 대통령을 배출한 여당이 다수당으로서 의회를 지배하는 이른바 단점정부(單占政府) 형태가 많은데, 대통령은 다수당을 통해 사실상 의회를 지배하게 되어 권력분립과 상호독립의 의미가 퇴색될 수 있다.

어느 경우에도 사법부와의 관계에서는 권력분립과 상호독립이 엄정하게 유지되어야 한다. 의회가 입법의 권능을 오남용해 정의에 반하고 인간의 존엄성과 가치 및 개인의 기본적 권리를 훼손하는 입법을 했을 때 누가 이를 제어할 것인가? 정치적으로 선거를 통해 응징한다고 하지만 다수결은 공동체의 실천적 의사결정의 수단일 뿐 항상 정의를 선택하는 것은 아니다. 결국 의회 입법권의 오남용을 독립된 위치에서 제어할 수 있는 것은 오직 사법권밖에 없다. 다수에 의해 선출된 민주적 정통성(democratic legitimacy)을 가진 의회의 권한을 이런 민주적 정통성이 결여된 임명직으로 구성된 법원이 심사하

이회창
회고록

고 그 효력을 부인하는 것은 민주주의 원리에 반한다는 반론이 있지만 이 반론은 부당하다.

입법부의 경우와 마찬가지로 대통령과 행정부가 그 권한을 남용하고 국민의 존엄성과 기본적 권리를 훼손하는 행위를 했을 때도 이를 제어하는 일은 독립된 위치에서 정의를 실현하는 사법부가 할 일이다. 물론 국회도 입법권 외에 국정감사와 국정조사 등 행정부에 대한 국정통제 권한을 통해 행정부를 제어할 수 있지만 독립기관인 사법부에 의한 권력 통제는 공동체의 궁극적인 정의실현 수단이다.

이밖에도 행정부와 입법부 사이의 권한 분쟁이 생겼을 때도 해결사 역할은 역시 사법부의 몫이 될 수밖에 없다.

민주정(民主政)의 권력분립 체제에서 사법권의 독립성이 매우 중요하고 권력분립의 의미 자체가 사법권의 독립 없이는 존재할 수 없다는 것을 알 수 있다. 이래서 사법권의 독립성이 각국의 민주주의 성숙도를 재는 척도라고 말하는 것이다.

두번째 깨달음 즉, 절대적인 당위명제가 존재할 수 없다는 자각으로부터는 국민들이 대표자를 선출하고 이 대표자들이 의회에서 '다수결'로 가장 많은 국민들의 공감을 얻은 의견을 채택하여 이를 최선의 실천적 진리로 받아들이는 민주정의 절차적 원리에 관한 지혜가 나왔다.

이렇게 다수 의사로 채택된 의견은 그 공동체의 실천적 진리인 법으로 제정되고 또 다수 의사에 의하여 폐기되거나 변경되기 전까지는 누구나 이 법을 수용하고 존중해야 한다. 이러한 민주정의 원리는 사상의 자유시장에서 다양한 사상이 자유롭게 토론하고 경쟁하여, 여기에서 다수 의사에 의해 선택된 것을 실천적 진리로 받아들이는 상대주의에 바탕을 둔 것이다. 그렇지만 이렇게 다수결로 제정된 법이 항상 정의에 합치되는 것은 아니다. 여기에 우리는 인류의 지혜에 허점이 있음을 보게 된다.

때로 다수의 힘과 법의 이름을 빌려 정의를 짓밟고 인간의 존엄과 개인의 기본적 권리를 훼손하는 사태가 벌어져 반인류적인 역사의 역류 현상이 빚어지기도 했다. 우리는 지난 세기에 제2차 세계대전에서 독일의 나치주의와 일본의 국가지상주의 등이 보인 포악한 행태에서 그러한 역사의 역류현상을 직접 겪었다.

여기에서 상대주의에 대한 반성과 함께 재해석이 시도되고 다시 자연법론과 법실증주의 간 논쟁이 활발해졌는데, 상대주의의 원칙은 고수하되 인간의 존엄성과 자유 등 기본적 권리는 국가의 어떠한 권리나 실정법으로도 침해할 수 없는 자연법적 권리, 즉 하늘이 준(天賦) 권리라는 데 대해 폭넓게 공감하는 지혜가 발휘되었다.

이렇게 민주주의 현장에서 인간의 존엄성 및 개인의 기본적 권리와 자유가 제대로 지켜지고 있는지를 살펴보고 침해된 자유와 권리를 구제해 정의를 세우는 일은 바로 사법부의 주요한 역할이 되었던 것이다.

사법권 독립의 내용

사법권의 독립은 법원의 독립과 법관의 독립이라는 두 가지 측면

이회창
회고록

으로 나누어 볼 수 있다.

가) 법원의 독립

법원의 독립은 법원의 구성이나 조직운영에서 외부, 특히 행정부와 입법부의 영향을 받지 않고 독자적 권한을 행사하는 것을 말하며 사법권 독립의 기초가 된다. 이 법원의 독립을 지키는 데 가장 중요한 역할을 할 사람은 다름 아닌 대법원장이다. 법원의 수장으로서 사법권 독립의 울타리를 치고 이것을 수호하는 일은 헌법이 부여한 그의 권한이자 책임이다.

8·15해방 이후 우리나라의 사법사를 보면 사법권 독립을 위한 투쟁의 역사라고 할 만하다. 그러나 사법부가 이승만 정권, 박정희 정권, 전두환 정권 등 강력한 권한을 휘두른 대통령 시대에 그 권력을 견제하지 못하고 오히려 이에 위축되어 때로 유유낙낙하는 태도를 보였다고 비판하는 목소리도 있는 게 사실이다. 그 시대에 많은 국민이 정치권력이나 행정권, 또는 입법권의 횡포로 자기 권리를 침해당하고 생업의 자리를 잃어 삶의 기회조차 위협받기도 했는데 사법부는 이들의 눈물을 모두 닦아주지 못했다.

하지만 사법부 자체는 어려운 시기에도 사법권 독립을 지키기에 안간힘을 써온 것 또한 부인할 수 없는 사실이다. 대법원장들 중에서도 어떤 이는 권력에 협조적인 듯한 자세를 취하면서, 또 어떤 이는 거리를 두는 자세를 취하면서 내부적으로는 사법권의 독립을 위해 나름대로 고뇌하고 노력했다. 좀 더 과감하게 독립불기의 자세를 보였어야 한다는 비판도 있을 수 있겠지만 기관의 독립을 지키는 일

3

에는 종이를 찢는 용기 있는 사람도 필요하고 또한 찢은 종이를 주어 담는 속 깊은 사람도 필요하다.

나는 여기에서 사법부의 영욕(榮辱)의 역사를 되돌아볼 생각은 없다. 다만 몇 분의 대법원장의 말과 자세를 살펴봄으로써, 그들의 법원 독립에 관한 고뇌와 노력을 짐작해 보고자 한다.

이승만 대통령 때 초대 대법원장을 지낸 김병로 선생은 독립운동가로도 유명하다. 당시 법원에서 서민호 씨 사건 등 정치 권력층에서 관심 있는 사건에 대해 무죄 판결이 잇따르자, 이승만 대통령은 1956년 2월 국회개회에 보낸 대통령 치사에서 유명한 법원규탄 발언을 했다.

사법부에 재판관 되는 사람들은 세계에 없는 권리를 가지고 행세하고 있으니, 첫째는 검찰이나 경찰에서 소상히 조사해 상당한 것을 가지고 재판소에 넘기면 재판소에서는 이것을 막론하고 그냥 백방(白放)하고 (…) 헌법에 재판관은 마음대로 할 권한이 있고 또 재판관이 잘못된 것이 있더라도 벌을 줄 사람이 없다는 것인데, 다행히 대법원장이 그 폐단을 깊이 양해해 무슨 중대한 문제가 생길 때는 행정부와 협의해 정부의 위신과 법을 공평히 참고해 판결을 하는 까닭으로 큰 위험은 없는 것이나, 법이 시행되도록 어떤 방법으로든지 재판장의 권한에 한정이 있어야 되겠습니다.•

국회에서는 난리가 났다. 사법권 독립을 훼손하는 발언이라는 것이

• 《역사 속의 사법부》(편집부 저, 사법발전재단, 2009), 55쪽

이회창
회고록

고 대법원장에 대해서도 '행정부와 협의' 운운한 대목으로 비판이 쏟아졌다.

대법원은 대법원장이라고 할지라도 재판하는 법관에 대해 간섭이나 지시를 할 수 없고 대법원장이 행정부와 협의해 재판을 하는 일은 있을 수 없는 것이라고 해명했다.

미국에서 공부한 대통령의 사법관(司法觀)이라고는 믿기지 않은 의견을 숨김없이 공개적으로 국회에 보내고 이것을 본 대법원장이나 대법원이 얼마나 곤혹스러웠을까 생각하면 오히려 웃음이 나온다.

1961년 5월, 5·16군사정변으로 정권을 장악한 군부는 군사혁명위원회(후에 국가재건최고회의로 바뀜) 명의로 포고령을 발령하기 시작했는데 포고령 11호(사법업무 처리에 관한 건)는 "①법관은 사법 본연의 신성한 책무를 자각해 모든 부패를 일소하고 금후의 혁명정신에 입각해 새롭고 정의에 찬 사법 운영의 태세를 갖추라, ②모든 민형사사건은 지체 없이 정상적인 법체제에서 일체의 사정(私情)을 단절하고 신속 공정히 처리하라, ③대법원장은 이상의 각 사항에 관한 실천기강을 제시하라, ④기타 중요 행정사항에 관해 지시를 받으라"고 되어 있었다.

이에 따라 당시 대법원장 직무대행인 배정현 대법관은 "국군의 장거를 국민과 함께 높이 찬양하고 사법부도 혁명정신에 입각해 사명을 완수하겠다"는 담화를 발표했는데 이것은 당시의 절박한 상황에 대응하는 어쩔 수 없는 조치였을 것이다.

국가재건최고회의는 1961년 6월 초, 현역 육군대령을 대법원 감독관으로 파견하고 법관에 대한 혁명교육을 실시했으며, 그 후에는 법원행정처장으로 역시 현역 육군대령을 임명하는 등 사법부 감시체제를 구축하고 사법부를 압박했다.

1961년 6월 30일 3대 대법원장으로 조진만 전 법무부 장관이 임명되었는데 이분은 취임사에서 "정부당국이 사법의 특수성과 독립성에 대해 깊은 이해를 가지고 있으므로 법관들이 안정된 심정으로 사법 본연의 직무를 다할 수 있을 것으로 확신한다"고 말했다.

이 말은 당시 살벌한 분위기 속에서 법관들의 마음을 안정시키는 오묘한 울림이 있었다. 그는 결코 혁명 정신을 지지한다거나 혁명과업 수행에 동참한다거나 하는 말을 하지 않았다. 단지 그들도 사법부의 특수성과 독립성을 이해하고 있으니 안심하고 사법 본연의 직무를 다하자는 말이었다.

그의 임기 초에 대법원 판사 여덟 명이 임명되었는데 국가재건최고회의에서 이중 한 명을 군법무관 출신으로 임명해 달라고 요구해왔으나 조 대법원장은 이에 강력히 반대하고 대법원장 사퇴의 뜻까지 비치면서 그 뜻을 관철시켰다. 당시 지방법원 판사였던 나에게 조진만 대법원장은 잊히지 않는 기억을 남겨준 분이다.

조 대법원장은 대법원장으로 임명되기 전부터 재조(在朝), 재야(在野)를 통틀어 가장 실력 있는 법조인으로 존경받았다. 그는 대법원장이 되자 먼저 법원의 재판사무와 행정사무에 일대 개혁을 단행했는데 대표적인 것이 재판서와 행정문서의 한글 타자화였다. 지금 생각하면 "그것쯤이야"라고 생각할지 모르나 당시로서는 엄청난 개혁이었다.

일제로부터 해방된 지 20년 가까이 지났지만 이때까지도 예컨대,

판결서는 일제 당시의 판결 양식에 따라 수기로 한문 혼용으로 작성되었는데 그중 법률 용어는 그 의미를 쉽게 이해하기 어려웠다. 예를 들면 "심안(審案)컨대 피고인은 무죄라고 변소(弁疏)하지만 이를 긍인(肯認)할 만한 증좌(證左)가 없어 실당(失當)하다" 하는 식이다. 그러므로 한글 전용은 필연적으로 법률과 판결 용어를 다듬는 일이 뒤따라야 했다.

그렇지 않아도 보수적 분위기인 법원 내에서는 한글 전용에 대해 불만의 목소리도 없지 않았고 또 한문 병용을 주장하는 일부 지식층의 반발도 있었지만 조 대법원장은 그의 뜻을 관철했다. 이에 따라 호적부와 부동산 등기부 등의 기재도 한글로 바뀌는, 그야말로 혁명과 같은 획기적인 일이 뒤따랐다. 그는 판결서의 양식도 간소화했지만 이 한글 타자화로 재판업무와 재판서 작성이 엄청나게 효율적으로 바뀌었다.

법관들은 그렇지 않아도 어려운 판결문을 한글로 알아볼 수 있게 쓰기 위해 용어를 순화하고 다듬는 노력을 하게 되었고 이것은 법원 현대화의 주요한 계기가 되었다. 이 일은 어느 누구도 아닌 조 대법원장의 개인적 소신과 개혁의지의 소산이었다.

그가 대법원장으로 재임한 시절은 사법부의 수난기여서 여러 가지 법원의 독립을 흔드는 불쾌한 일들이 있었던 게 사실이다. 이러한 외부적 여건에도 나는 조진만 대법원장의 어려운 가운데서도 흔들리지 않는 의연한 자세가 법관들의 마음을 안정시키는 데 큰 도움이 되었다고 생각한다.

당시 대법관 중 한 분이 나에게 한 말이 기억난다.

"그분이 대법원 전원 합의체에서 논의하는 모습을 보면 과연 군계일학이다. 실력도 뛰어나거니와 철학적 소양도 깊어 다른 사람들과 견주기 어려울 만큼 깊은 견식과 말의 무게가 있다."

또 다른 대법관이었던 이일규 대법관(李一珪, 후에 대법원장이 됨)으로부터 청와대에서 대법관들을 초청한 만찬 자리의 풍경을 전해들은 일이 있다. 조 대법원장은 박 대통령에게 예의를 지키지만 의연하고 품위 있는 자세를 유지하고, 동석한 대법관들을 대통령에게 소개할 때도 법원행정처장으로 하여금 하게 하고 자신의 자리에서 가볍게 움직이지 않았다고 한다. 또 만찬 중에도 대통령의 전면에 대좌한 자리에서 태산과 같이 앉아 대통령을 응시하며 대화를 나누었고 박 대통령도 조 대법원장을 가볍게 대하지 않고 존중했다고 한다.

대법원장은 법원의 독립을 지키기 위해 여러 가지 할 일이 있지만 우선 이런 의연한 몸가짐과 자세가 대외 인식에 영향을 주는 바가 크다. 법원의 독립이 위협받는 어려운 시기에도 대법원장의 이러한 의연한 자세는 무엇보다도 중요하다.

나는 요즘 조 대법원장이 그 어려운 상황에서도 외부에 좌절하거나 비관하는 모습을 보이지 않으면서 의연한 자세로 평상심을 유지할 수 있었던 신념은 어디에서 온 것일까 생각해본다. 그것은 단지 사법권 독립이라든가 법관의 양심이라든가 하는 차원보다도 더 깊은 그 분의 삶에 대한 철학이 바탕이 된 것이 아니었던가 추측해본다.

박정희 대통령이 집권한 유신 말기부터 10·26사건이 일어나기 전까지 여러 일이 일어났다. 박 정권의 강압정치에 대한 반발이 대학생들과 지식인층 사이에 폭넓게 확산되었고 이를 제압하고자 긴급조치까지 발령했지만 반항과 제압은 서로 상승작용을 일으키고 있었다. 그러다가 박정희 대통령이 김재규 중앙정보부장의 총격으로 사망하는 일이 벌어졌다. 정국은 충격과 혼란 상황에 빠졌는데, 전두환 국군보안사령관이 이끄는 신군부 세력이 전국에 비상계엄을 선포하는 등 발 빠른 행동으로 정권을 장악했다.

신군부의 법원에 대한 간섭도 강화되었다. 10·26사건에 관한 대법원 판결에서 소수의견을 낸 다섯 명의 대법관이 사직서를 냈는데 누구도 이를 자발적인 사퇴로 보지 않았다. 특히 이중 소수의견을 주도한 양병호 대법관은 국군보안사령부 서빙고분실에 연행당해 곤욕스러운 조사를 받았고 강제로 사직서에 날인했다고 후에 회고록에서 밝혔다. 이것은 사법부로서는 치욕의 역사다.

이렇게 박정희 유신정권 말기부터 10·26사건으로 신군부로 정권이 바뀌고 전두환 정권이 들어서는 격동기에 법원은 민복기 대법원장을 거쳐 이영섭 대법원장 시대였고 당시 나는 대법원 행정처 기획조정실장으로서 그 격동기의 과정을 지켜보았다.

이영섭 대법원장은 온유한 성품이고 대인관계도 부드러운 분이지만 격동하는 정치권력과 사법부의 틈바구니에서 사법부 수장으로 많은 고뇌와 마음의 상처를 받았다. 결국 제5공화국 출범으로 새 대법원이 구성됨에 따라 대법원장의 자리에서 물러났다. 그는 물러나면서 퇴임사를 직접 수기로 작성해 발표했는데 거기에는 "회한(悔恨)과 오욕(汚辱)으로 얼룩진 나날이었다"라고 자탄하는 표현이 들어 있었다.

나는 당시 이 표현이 불만스러웠다. 뒷날 서울대 법과대학에서 재학생 상대로 한 '사법 적극주의'에 관한 강연을 하면서 끝 무렵에 이 대법원장의 퇴임사에 대해 이렇게 말했다.

"나는 이 분에 대해 개인적으로는 학교 선배 및 법조 선배로서 매우 존경하지만 위와 같은 말에는 강한 반발을 느끼지 않을 수 없다. 회한과 오욕의 나날이었다면 그와 같이 만든 것은 바로 그 자리에 있던 당자 본인이지 다른 사람을 탓할 일이 아니라고 생각하기 때문이다. 법관이 자기의 자리를 회한과 오욕의 자리로 만드느냐, 아니면 명예와 존경의 자리로 만드느냐는 바로 법관 자신에게 달려있는 것이다."

하지만 지금 생각해보면 그때는 내가 혈기 넘치는 젊은 때여서 생각이 짧았다고 느껴진다. 그 뒤에 이 대법원장만큼 비록 퇴임의 자리이지만 솔직하고 정직하게 공개적으로 고뇌하는 심경을 밝힌 대법원장은 없었다. 그는 그만큼 대법원장의 위치와 책임에 대해 그 무게를 통감하고 스스로의 책임을 공개적으로 자책하는 양심과 용기를 갖춘 분이었다.

민주화 이후 김대중, 노무현 등 이른바 좌파 정권 시대에 들어서면서 과거와 다른 각도에서 법원의 독립 문제가 제기되었다.

김대중, 노무현 정권 시대에 좌파적 성향과 이념에 편향되거나 이에 추종하는 사람들이 사회 각 분야에 진출해 기존의 보수 위주의 사회 주류를 바꾸려는 것 같은 기미를 보이기 시작했다. 사법부도 예외는 아니어서 편향된 시각을 가진 법관이 많아진 것으로 보였다.

그 후 이명박 정권 때 들어와 일부 젊은 법관들이 예컨대, 전교조 문제, 국회 폭력 문제, 광우병에 관한 MBC방송사의 〈PD수첩〉 보도 문제 등에서 지나치게 편향되고 공정성과 객관성이 결여된 가치판단으로 잇달아 무죄 판결을 내는 등 여론의 비판을 받았다. 이것은 좌파 쪽에서 볼 때는 정의로운 판결이라고 말할지 모르지만 이 문제는 좌·우나 진보·보수의 정치적 이념의 문제가 아니라 법관이 갖추어야 할 공정성과 보편적 타당성 있는 가치판단 그리고 정의의 문제였다.

법관이 지나치게 좌편향되거나 우편향된 시각을 갖는다면 공정한 가치판단은 기대할 수 없게 된다. 이러한 법관들의 판결을 그대로 방관하면 국민은 이런 공정성과 정의 관념에 벗어나는 판결들이 '법관의 독립'이란 이름으로 방치되는 것이 과연 옳은 일인가 회의를 갖게 될 것이고, 나아가서는 이를 방관하는 사법부의 독립성까지 의문을 갖게 될 것이다.

마침내 정치권에서 여당인 한나라당이 2010년 3월경 이런 사법부의 문제점을 지적하면서 사법제도 개혁론을 주장하고 나섰다. 이것은 집권당인 한나라당이 사법부의 이념적 좌편향 분위기를 일거에 바꿔보려는 시도로 보였다.

그러나 이런 정치권의 사법제도 개혁론은 또 다른 측면에서 사법권의 독립을 훼손할 우려가 있는 위험한 발상이었다. 당시 나는 제3당인 자유선진당 대표였는데 기자회견을 갖고 이러한 정치권의 사법제도 개혁론은 자칫 사법부의 독립을 해칠 우려가 있으므로 먼저 사법부 자체에서 사법제도 개혁에 나서는 것이 정도라고 주장했다.

불씨는 일부 법관이 수긍하기 어려운 판결을 한 데 있는데 사법부 외부에서 특히 정치권이 사법부를 응징하거나 견제할 목적으로 사법제도 개혁을 시도하면 개혁의 본래 의도보다 사법권의 독립성을 훼손할 우려가 더 큰 것이다.

무엇보다 법관 스스로 끊임없이 공부하고 스스로 다듬는 자세가 필요하며 이런 분위기는 법원이 만들어야 한다. 법관 재교육이라든가 법관의 평가를 이야기하면 우리나라 법관 중에는 알레르기 반응을 보이고 반대하는 이들이 있지만 미국을 비롯한 선진국에서는 방법의 차이만 있을 뿐 법관 재교육과 평가를 시행하고 있고 법관들도 스스로 수련의 기회로 생각해 자발적으로 참여하고 있다.

그런데 당시 한나라당의 개혁안은 핵심적인 이런 점에 대해서는 아무런 언급이 없었고 주요 골자는 대법관 수 증원, 법관인사위원회 설치, 양형위원회 격상 등이었다.

첫째로 대법관 증원 문제를 보면 개혁안은 대법관 수를 14명에서 24명으로 대폭 증원하는 내용이었다. 표면상 이유는 대법원의 업무량이 과다해 충분한 사건 심의가 안 된다는 것이지만 이것은 좀 어이없는 제안이었다. 우선 문제된 지방법원 법관들의 판결이 대법관의 업무량이나 대법관의 수와 무슨 상관이 있는가? 또 대법원의 업무량 과다 때문이라지만 앞으로도 사건은 계속 폭주할 추세인데 그때마다 대법관을 증원할 것인가? 그래서 이 정권이 실은 대법원을 길들이기 위해 대법관 수를 증원하려 한다는 억측도 나왔던 것이다.

대법관 증원 문제는 단순한 업무량 과다 측면보다 기본적인 상고심 기능에 대한 깊은 통찰이 필요하다. 헌법상 법원은 최고법원인 대법원과 각급 법원으로 조직되는데(헌법 제101조 2항) 국민은 누구나 헌법과 법률에 의한 재판을 받을 권리가 있으므로(헌법 제27조 1항) 당연히 상고심인 대법원의 재판을 받을 권리도 있는 것이다. 그래서 대법원은 상고된 구체적인 사건에서 국민의 권리를 보호하는 권리구제

기능을 갖는다고 일컬어지고, 아울러 대법원은 최고법원인 상고심으로서 법의 해석과 운용을 통일하는 법통일 기능도 갖는다.

전국의 각급 법원을 거쳐 대법원으로 집중되는 상고심 사건의 양은 폭증되는 추세여서 대법원이 권리구제 기능에 얽매이게 되면 법통일 기능이 소홀해질 수 있다. 그래서 이에 대한 해결책으로 고등법원 상고심제라든가 상고허가제 등이 시행된 일이 있으나 실효를 거두지 못했다. 고등법원 상고심제는 헌법상 대법원의 재판을 받을 권리와 저촉되지 않기 위해 그 운용범위가 제한적일 수밖에 없고, 상고허가제는 내가 대법관으로 있을 당시에 시행되었으나 이때도 상고불허가는 사실상 국민의 재판받을 권리를 제한한다는 반론이 왕성해 결국 폐지되고 말았다.

그러면 어떻게 대처해야 하는가? 대법관 수를 늘려 해결하려고 하면 앞으로 수십 명, 아니 100명 가까운 대법관이 필요할지 모른다. 이런 방대한 대규모의 상고심은 권리구제 기능은 발휘할지 모르나 법통일 기능을 적정·신속하게 발휘하는 것은 기대하기 어려워질 것이다. 무엇보다도 최고법원으로서의 대법원 판결은 국민으로부터 신뢰와 존경을 받아야 하는데, 방대한 사건처리 기구로 전락한 대법원에 대해 국민이 과연 신뢰와 존경심을 가질 수 있겠는가?

대법원이 법통일 기능과 권리구제 기능을 모두 발휘하려면 대법원 구성을 이원화할 수밖에 없다. 즉, 대법관 전원으로 구성되는 전원부를 두고 여기에서 법통일 기능을 전담하게 하고 다른 한편으로는 대법관 전원이 각자 소합의부(小合議部)의 재판장이 되고 여기에 대법관 아닌 법관을 배석판사로 배치해 이 소합의부에서 권리구제 사건을 담당하게 하는 것이다.

나는 이 문제의 근본적인 해결책은 현재의 중앙집권제 국가 구조를 연방제 수준의 분권제국가로 개조하는 강소국 연방제 국가 구조밖에 없다고 생각한다. 연방제하에서 연방행정부에 대응하는 연방대법원과 각 지방정부에 대응하는 지방 대법원으로 구성하고 연방대법원은 법통일 기능을 전담하고 각 지방의 대법원은 권리구제 기능을 전담하게 한다. 이 경우 헌법재판소는 별도로 설치할 수 있고 또는 연방대법원과 병합하는 것도 생각해 볼 수 있다.

둘째로 한나라당 개혁안은 법관의 보직, 전보에 관한 의결권과 법관 연임에 관한 심의권을 갖는 법관 인사위원회를 두고 그 위원회는 법관 세 명 외에 법무부 장관, 대한변협 회장, 법학전문대학원 협의회장 등이 지명하는 여섯 명 또는 아홉 명의 회원으로 구성하도록 되어 있었다. 여기에 바로 법원의 독립성을 침해할 수 있는 독소조항이 포함되어 있는 것이다.

법관의 독립을 보장하기 위해서는 법관의 보직, 전보 또는 연임 심사 등 법관인사는 법원의 자율에 맡기는 것이 확고한 원칙인데, 법관 인사위원회를 대법원장의 자문기구가 아닌 의결기구로 하고 여기에 법무부 장관 등이 지명하는 외부인사 등을 구성원으로 참여시켜 의결권을 부여한다는 것은 법원의 독립성을 정면으로 침해할 소지가 크다. 이것은 행정부가 사법인사에 개입하겠다는 의도를 드러낸 것이라고 의심받을 만했다.

셋째로 한나라당 개혁안은 현재 대법원의 자문기구인 양형위원회를 대통령 직속기구로 하도록 되어 있었다. 이것은 정면으로 헌법상 권력분립의 원칙에 반하고 재판의 독립 규정에도 저촉되는 어이없는 발상이라고 하지 않을 수 없다. 양형은 형사재판에서 법관의 핵심적인 가치판단에 속한다. 여기에 대통령 소속기구인 양형위원회가 관여한다는 것은 대통령의 재판 간섭이라고 하지 않을 수 없다. 개혁안은 양형위원회를 독립기구로 한다고 하지만 헌법상 근거 없는 독립기구를 어떻게 만드는가?

양형은 법관에게는 매우 중요한 일이다. 피고인이 저지른 범죄에 대해 어느 정도의 형벌을 가하는 것이 응보(應報)의 면에서나 교화(敎化)의 면에서 적정할 것인가 하는 점 외에도, 피고인의 인성과 수형 후의 사회 복귀, 그리고 그동안 법원이 선고해 오는 양형의 선례 등 모든 정황을 고려해 양형을 정해야 하는데 이것이 그리 쉬운 일은 아니다.

유사한 사건에서 법관에 따라 들쭉날쭉한 양형이 선고되면 재판은 법관 만나기 나름이라는 인식을 심어주어 재판의 신뢰를 떨어뜨린다. 그래서 양형의 불균형과 심한 격차를 줄이기 위해 역대 대법원장마다 고심했다. 대체로 범죄를 몇 개 그룹으로 정형화하고 이에 따라 그동안의 판결 선례를 기준으로 평균적인 선고 형량을 도출해 양형에 참고하도록 기준을 제시하는 것이 지금까지의 예였던 것 같다.

하지만 양형 문제는 양형의 기준도표를 제공하는 것보다도 근본적인 법관의 가치관 정립 차원에서 접근해야 한다. 법관은 먼저 가치판단의 기준이 스스로 서 있어야 한다. 이러한 범죄에 대해서는 범죄의 질이나 동기 외에 피고인의 인성이나 사회적 환경 등 양형 조건이 되는 제반사정을 고려해 어느 정도의 형이 적정하다는 법관 나름의 양형에 대한 가치판단이 먼저 서야 한다.

그런 다음 과거의 선례나 현재 다른 법관들의 양형 감각 등과 비교해보고 자신의 양형 기준이 어느 한쪽에 치우쳐 보편적 타당성을 결여한 것은 아닌지를 살펴보아야 한다. 그러다 보면 유사하게 보이는 사건에서도 양형에 차이가 나는 경우가 생기는데 그것이 법관의 공정하고 보편적인 가치판단의 결과라면 이를 받아들여야 한다. 양형위원회 같은 곳에서 제시한 양형 기준은 일종의 참고자료가 되지만 만일 이대로 재판하라고 하면 재판은 앞으로 알파고(AlphaGo) 같은 인공지능이 대신하게 될지 모른다.

그 후 위에서 말한 한나라당의 제안이 있은 후 국회 법사위원회는 사법제도개혁특위를 구성해 한나라당 안을 비롯한 여러 안을 검토했고 대법원은 대법원대로 사법부 자체의 사법제도 개혁안을 제시했다.

내가 장황하지만 한나라당이 최초에 제기한 사법제도 개혁안을 소개한 것은 정치권이 나서서 사법제도 개혁 문제를 다룰 경우 사법권의 독립성을 훼손할 위험성이 크다는 것, 그리고 민주화된 지금도 사법부의 독립성은 정치권이나 행정부의 입김에 의해 언제든지 흔들릴 수 있다는 것을 말하고자 한 것이다.

나) 법관의 독립

우리 헌법 제103조는 "법관은 헌법과 법률에 의해 그 양심에 따라 독립해 재판한다"고 규정했다. 여기에서 가장 중요한 것은 '양심에 따라'라는 대목이다. 헌법 제19조는 "모든 국민은 양심의 자유를 가진다"고 규정하고 있는데 그러면 법관은 자신이 가진 양심대로 재판할 수 있다는 말인가? 법관 각자가 양심의 자유를 가지는 만큼 각자가 생각하는 양심은 다를 수 있다. 그런데 법관이 저마다 각자의 양심 판단에 따라 다른 결론을 내린다면 과연 이런 재판을 객관적이고 공정한 재판이라고 할 수 있겠는가?

그래서 헌법 제103조가 규정한 양심은 헌법 제19조가 규정한 법관 개인의 인간으로서의 주관적 양심이 아니라 법관으로서 공정하고 편향되지 않은 판단을 할 직업적 양심 내지 법적 확신을 말하며, 인간으로서의 양심과 법관으로서의 직업적 양심이 일치하지 않을 때는 법관으로서의 양심을 앞세워야 한다고 말한다.*

헌법 제103조가 "법관은 '양심에 따라' 독립해 재판한다"고 다소 애매한 표현을 썼기 때문에 헌법 제19조의 '양심'과 혼동할 수 있는 소지를 남겨놓은 것은 문제. 실제로 노무현 정권 시대 이후에 젊은 법관들의 판결 중에 보편타당성이 있는 가치판단이라고 보기 어려운 이념적으로 편향된 판결들이 많이 나오면서 헌법에 규정된 '양심에 따른' 재판의 의미를 잘못 이해하고 있는 것이 아닌가 하는 우려를 자아냈고 정치권에서 때 아닌 사법제도 개혁론까지 야기하게 되었던 것은 앞에서 말한 바와 같다.

헌법 제103조의 법관으로서의 양심은 선하고 옳은 것에 대한 도덕적 가치인식이 법관 개인이 주관적으로 갖는 가치인식이 아니라 그 사회 전반에서 보편타당한 것으로 받아들여지고 있는 도덕적 가치인식을 말한다는 데 있다. 법관들이 이러한 보편타당한 도덕적 가치인

---

* 《헌법학원론》(권영성 저, 법무사, 2010) 906쪽, 《헌법학원론》(정종섭 저, 박영사, 2016) 1335쪽 참조

식을 가지고 가치판단을 하면 법관에 따라 큰 차이가 나올 수 없다.

재판은 사람의 운명을 좌우한다. 유죄판결을 받아 사형 또는 무기징역으로 사회에서 영구히 축출되거나 격리되는 경우가 있는가 하면, 무죄판결로 억울한 누명을 벗고 그동안 주변에서 받았던 싸늘한 의혹과 경계의 눈길에서 벗어날 수 있게 되는 경우도 있다. 또 재산권 싸움에서 패소해 재산을 빼앗기고 사회적 명예까지 훼손되어 말 그대로 패가망신하는 경우가 있는가 하면, 승소해 정당한 자신의 권리를 되찾고 가족의 평화까지 얻는 경우도 있다. 재판에 따라 사람의 운명은 행운과 불행 사이를 오가며 운명이 펴지기도 하고 오그라들기도 한다.

이렇게 사람의 운명을 좌우하는 권한을 가진 법관에 대해 우리는 오직 그가 양심에 따라 공평무사(公平無私)하고 세심한 곳까지 배려하면서 정의로운 재판을 해주기만 바랄 뿐이다. 그런데 법관이 자기의 양심에 따른다면서 주관적 가치 기준으로 공정성이 없는 편향된 가치관을 가지고 재판을 하면 자신들의 운명을 법관에게 맡긴 국민들로서는 이런 참담한 재앙이 따로 없는 것이다.

헌법이 '양심에 따라'라는 애매한 표현 대신에 좀 더 직설적이고 구체적으로 "법관은 헌법과 법률에 의해 '공정하고 보편타당한 가치판단과 양식(良識)에 따라' 독립해 재판한다"라고 규정했더라면 좀 더 분명하지 않았을까.

이회창
회고록

2

법관의 자질

법관의 가치판단과 자질

  사법권 독립의 핵심인 법관의 독립, 즉 재판의 독립은 건전한 가치
판단과 자질을 갖춘 법관에게 달려있다. 여기서 건전한 가치판단이란
공정하고 보편타당성 있는 가치판단을 뜻하며 자질은 법관으로서의
전문성 외에 높은 도덕성과 품격을 말한다.

  공정하고 보편타당성 있는 가치판단이란 무엇인가? 그것은 사회
전반에서 보편타당한 것으로 받아들여진 것이라고 법관이 스스로 판
단하는 것을 말한다. 법관의 개인적·주관적 잣대, 즉 자신의 출신이
나 성장배경 또는 정치적 이념이나 사상에 대한 개인적 신념, 소속 계
층의 의식 경향 등에 영향을 받은 도덕적 가치관이나 편견에 의해 좌
우되는 가치판단은 보편타당성을 결여한다. 미국의 저명한 대법관이
었던 벤자민 카도조(Benjamin Cardozo) 판사의 말을 빌리자면 법관은

사회의식(social mind)을 해독해 그로부터 제시된 척도에 따라 가치를 측정해야 하고 원칙적으로 자신의 척도로 측정해서는 안 된다는 뜻이다.*

법관은 자신의 출신이나 성장배경, 교육환경 등 가치판단에 편향된 영향을 미칠 수 있는 것들을 과감하게 단절해 스스로 자유로워져야 한다. 법관이 빈곤한 가정의 출신이라 해서 빈곤층에 편향되게 유리한 재판을 하거나 반대로 부유한 집안의 출신이라 해서 부유층에 기울어진 유리한 재판을 하면 보편타당한 가치판단이라고 할 수 없다.

또한 법관이 개인의 정치적 이념이나 사상의 영향으로 좌편향되거나 우편향된 시각으로 재판한다면 이 또한 보편타당성 있는 가치판단이라고 보기 어렵다. 이 점에 대해서는 반론을 제기하는 사람도 있을 것이다. 어떤 정치적 이념이나 사상이 신념화된 법관들은 '좌편향' 되었다거나 '우편향'되었다는 평가 자체를 부정할 것이다.

재판관은 법관이지 정치인이나 사상가가 아니다. 정치인이나 사상가는 자신의 이념적 좌표를 정한 뒤 그 좌표, 즉 좌나 우 또는 진보나 보수의 위치에서 유권자나 대중을 설득한다. 하지만 법관이 재판에서 준거하는 가치 기준은 공정과 보편타당성이며 어느 한편에 좌표를 정한 정치적 이념이나 사상은 보편타당성을 방해하는 인자(因子)일 뿐이다. 그러므로 이러한 정치적 이념이나 사상에 영향을 받은 재판은 이미 보편타당성이 훼손된 것이라고 볼 수밖에 없다.

요컨대, 법관은 자신이 가지고 있는 인간으로서의 양심, 주관적인

● '조세법률주의'(이회창, 법관연수초청강연, 1993. 11. 9, 법원행정처 재판자료 60집)

이회창
회고록

가치인식인 양심이 아니라 그 사회, 그 공동체에서 받아들여지고 있는 보편타당한 가치인식인 양심에 따라 재판해야 한다. 이 가치인식이 자신의 인간적, 주관적 양심과 다르다고 해도 보편타당한 가치 기준을 따르는 것이 법관으로서의 직업적 양심, 즉 법관적 양심이 된다.

법관의 보편타당한 가치판단이 중요시되는 또 하나의 이유는 국민 대표 기관인 의회가 만든 법률에 대해 사법부에 위헌 여부의 심사권을 부여한 경우에 사법부에 이런 심사권을 부여하는 주요한 이유는 바로 법관의 보편타당한 가치판단을 믿기 때문이다.

이에 관해서는 해석주의(interpretivism)와 비해석주의(non-interpretivism)의 대립을 살펴볼 필요가 있다. 해석주의와 비해석주의에 관해서는 논자에 따라 약간의 차이가 있으나 대체로 대표적인 견해를 추려보면 다음과 같다.

우선 해석주의자들은 인권 문제 등에서 절대적이고 객관적으로 정당한 도덕적 가치 기준이란 존재하지 않으며 한 사람의 개인적 양심에 따른 도덕적 가치판단이 다른 사람의 양심과 판단보다 우월함을 증명할 방법도 없다고 주장한다. 또한 민주사회가 헌법을 채택하고 그 헌법이 개인의 자유보장을 규정하게 되면 사회 일반이 수용하기에 이르는데, 그것은 그 본래적 가치나 자연적 정의 때문이 아니라 헌법에 담겨졌기 때문이다. 이러한 헌법의 제약 아래 국민의 대표자들이 법률을 제정하는데 여러 가지 개인적 가치판단 사이의 논쟁을 거쳐서 성립되는 법률은 실정법으로 제정됨으로써 도덕적 선의 형식을 갖추게 된다. 결국 법이 국민에게 무엇이든 요구할 자격이 있는 것은 그것이 법률로 제정되었기 때문이고 특정한 개인의 개별적 도덕관과는 상관없는 것이라고 주장한다. 결국 법관은 입법부가 정한 법률 문언과 그 입법 의도를 충실하게 수용하여 법을 해석해야 한다는 것이다.

이에 대하여 사법 적극주의적인 비해석론자들은 해석주의자들이 인권 문제 등에 대해 절대적이고 객관적으로 정당한 도덕적 가치 기준이 없다고 주장하는 것은 일종의 도덕적 회의주의라고 비판하고, 선거에 의해 선출되는 의회는 근본적인 정치적·도덕적 문제에서 대다수의 유권자가 지지하는 기존의 도덕적 통념에 영합하여 도덕적 재평가와 도덕적 성장을 외면하는 경향이 있다고 주장한다. 그래서 오직 정치적으로 격리된 사법부만이 인권 문제 등에 관해 기존의 도덕적 통념에 구애됨이 없이 도덕의 재평가를 통해 올바른 대답을 이끌어낼 수 있으며, 이러한 법관 자신의 가치판단에 따라 법률 문언을 뛰어 넘는 법해석으로 법창조적 기능을 발휘해야 한다고 주장한다.•

다수에 의한 의사결정이 잘못된 경우에 이를 심리하고 교정하는 법관의 가치판단은 단순한 법관 개인의 도덕적 가치인식에 바탕을 둔 가치판단이 아니라 그 사회 일반에서 받아들여진 보편타당한 가치인식을 바탕으로 한 가치판단이므로 이를 단순히 다수에 대비되는 개인의 판단으로 보아 그 우월성을 배척하는 주장은 논리적으로 타당성이 없다.

다수가 주장하는 보편적 가치가 사회 일반에서 받아들여진 보편타당성 있는 가치와 배치된다고 법관이 판단할 때에는 법관은 다수가

• '형사소송에 있어서의 적법절차'(이회창, 법관세미나초청강연, 1989. 11. 20, 법원행정처 재판자료 49집)

주장하는 가치 기준을 배제하고 법관 스스로 찾은 보편타당한 가치 기준에 따라 정의를 세워야 하며 이것이 바로 입법에서 독립된 법관에게 부여된 임무인 것이다.**

만일 해석주의자의 주장에 따른다면 법률의 보편타당성 문제가 제기되었을 때에는 다시 의회에 맡겨 다수의 의사결정으로 판단하게 하는 것이 정도(正道)가 될 터인데 그렇다면 헌법이 법관에게 독립된 재판권을 부여한 의미는 무엇인가? 단지 장식용일 뿐이란 말인가? 법관들은 법관의 보편타당한 가치판단이 참으로 막중하다는 것을 다시 한 번 되새겨야 한다. 헌법과 국민은 법관의 보편타당한 가치관으로 국민의 인간 존엄성과 기본적 권리를 수호하고 입법부 등 다른 국가권력의 월권을 견제할 수 있다고 믿고 법관의 독립성을 부여하였다는 점을 잊어서는 안 된다.

한 시대, 한 사회에서의 기존의 진리와 가치는 사상의 자유경쟁과 도전을 거쳐 새로운 진리와 가치로 바뀌면서 발전 또는 창조되는 것이며 이는 하나의 역사의 발전 과정이라고 볼 수 있다. 이러한 새로운 진리와 가치의 발전 및 창조는 때로는 기존의 진리와 가치를 부정하고 극복함으로써 이루어진다. 법관이 재판을 함에 있어서도 현재의 보편타당한 가치 기준을 찾았으나 이 가치 기준이 앞으로 변화해야 한다고 생각할 때에는 적극적으로 새로운 가치 기준을 적용할 수 있는가? 물론 할 수 있고 또 그렇게 해야 한다.

한 시대, 한 사회에서의 보편타당한 가치 기준을 찾는다는 게 쉬운

●● '조세법률주의'(이회창, 법관연수초청강연, 1993. 11. 9, 법원행정처 재판자료 60집)

일은 아니다. 우선 법관은 무의식중에 빠지기 쉬운 편견과 선입관 그리고 관행과 습성에서 오는 사고의 경향성에서 벗어나는 훈련을 해야 한다. 법관은 수시로 자신이 이런 것들의 영향하에 있는지 없는지, 스스로 검토하는 일을 게을리 해서는 안 된다.

좋은 법관이 되는 길

법관으로서의 양심을 지킨다는 것은 법관의 기본적 조건, 최소한의 조건이라고 할 수 있다. 법관은 더 나아가 좋은 법관이 되어야 한다. 좋은 법관이란 실력 있고 청렴하고 정의로운 법관을 말한다. 법관이 갖추어야 할 통찰력과 지혜는 실력 가운데 포함되며 청렴은 공정성의 징표가 되고 정의는 법관의 천명(天命)이자 목표이다.

나는 공군 법무관을 마치고 1960년 3월 판사로 임명되어 서울지방법원 인천지원 판사로 부임했다가 얼마 안 있어 4·19 혁명이 일어나 서울지방법원 본원 근무로 발령이 나서 서울로 올라왔다.

지방의 지원에서 '젊은 판사님' 대접을 받고 마음 편안하게 지내다 서울 본원에 와 보니 별천지 같은 생각이 들었다. 법관들이 수시로 토론을 벌이고 또 원장 주재로 법관 모임이 열린 자리에서도 법률 토론이 벌어지곤 했다.

그런데 그들은 내가 처음 들어보는 학설과 판례, 논리를 가지고 토론을 해 도저히 따라갈 수 없어 머리가 돌 지경이었다. 촌닭인 나는 완전히 주눅이 들어버린 것이다. 물러설 수는 없었다. 나는 밤을 새우

이회창
회고록

다시피 하면서 뒤처진 분야의 연구서적과 판례를 파고들었고 최신의 법률이론과 경향을 알기 위해 국내는 물론 우리와 법체계가 비슷한 일본의 연구논문과 법률잡지까지 탐독했다. 당시 국내에서는 전문연구서적과 자료가 부족해 일본의 자료가 큰 도움이 되었다.

사무실에서나 집에 와서나 장시간 책상 앞에 앉아 뭉개면서 변비가 생겨 평생 고질병이 되다시피 한 치질도 이때 생겼다. 그야말로 피땀 흘린 노력의 덕분으로 오리무중으로만 보이던 그들의 토론 내용이 별것 아니었구나 생각할 정도가 되었다. 이런 홍역을 치르면서 법관은 타고난 선천적인 자질보다도 각고의 노력으로 닦아지고 다듬어지는 것임을 뼈저리게 느꼈다.

당시 나는 법관으로 지향할 목표를 정했다. 세속적인 출세, 예컨대, 대법관이 된다든가 하는 것이 아니고 가장 실력 있고, 가장 청렴하고, 가장 정의로운 '최고의 법관'이 되겠다는 것이었다. 동료 법관들과 경쟁하는 것이 아니라 자신을 들여다보면서 현재 위치, 예컨대, 배석판사면 배석판사 중에서, 부장판사면 부장판사 중에서, '최고의 배석판사' 또는 '최고의 부장판사'가 되기 위해 스스로 갈고 닦기로 했다. 나의 경쟁 상대는 동료 법관들이 아니라 다름 아닌 나 자신이었다.

이러한 나의 목표는 대법관 때까지도 이어졌는데 그렇다고 내가 나의 목표대로 '최고의 법관'이 되었다고는 생각하지 않는다. 돌이켜보면 나는 턱없이 부족했고 또 실수도 했다. 그럼에도 나는 나름대로 최선을 다하려 했고 그런 만큼 어느 정도 법관으로서의 향상을 가져온 효과는 있지 않았을까 생각한다.

법관을 하다 보면 때로 인사에서 불이익을 받는 경우가 생긴다. 나도 시내 지원장 발탁에서 검찰과 마찰의 소지가 있다는 이유로 젖혀진 일도 있었고 나보다 뒤 서열인 부장판사가 먼저 지방법원장으로 발탁되기도 했다. '최고 법관'의 목표를 떠올리면 인사상의 불이익 같은 것은 아무것도 아닌 것처럼 여겨져 마음을 가다듬을 수 있었다.

이렇게 법관으로서의 목표를 정하고 결심을 했지만, 이런 신념은 항상 요지부동인 것이 아니라 때때로 흔들리고 좌절을 겪는 경우가 생긴다.

겉으로 나는 소신대로 가는 법관처럼 보였을지 모르지만 내심 법관의 자질이 뒤떨어지는 게 아닌가 하는 자격지심에 빠지기도 했고, 때로 실수를 저지를 수 있다는 생각에 자신감을 잃기도 했다. 홍역을 치르듯 고민과 우울증에 빠졌지만 그때마다 명상으로 내면을 들여다보면서 평정을 되찾고는 했다.

법관 시절에 좋은 동료들, 좋은 후배들을 만날 수 있었던 것은 나의 행운이었다. 여기에 일일이 거명할 수는 없지만 동료 대법관이었던 오성환과 박우동 두 사람에 대한 추억만은 남기고 싶다.

오성환 전 대법관은 날카로운 판단력과 실력이 있는데도 겸손하고 온화하며 자기과시를 안 했다. 말하자면 덕이 재주를 덮는 인품이었다. 그래서 나는 그를 좋아했고 또 존경했다. 대법원 전체 합의부의 토론에서는 서로 견해를 달리할 때도 있었지만 개인적으로 우리는 서로 믿고 터놓는 사이였다. 내가 감사원장 제의를 받고 고민할 때에도 그와 상의할 정도였다. 다른 대법관들이 '관포지교(管鮑之交)' 같다면서 우리 둘의 우정을 부러워했다.

박우동 전 대법관은 특히 정의감이 강하고 학구열도 유별나서 많은 후배 법관들이 그를 따랐다. 나는 무엇보다 사심이 없고 정직한 그가 너무나 좋았다. 실무가이면서 학문적 깊이가 있는 그의 논문이나 저서는 재판 실무의 귀중한 길잡이가 되기도 했는데, 이 회고록 중 '유신정치'에 관한 부분을 쓰면서 나도 그의 저서 《법의 세상》에서 많은 도움을 받았다. 1995년에 나의 회갑기념 논문집 《법과 정의》를 펴낼 때 그는 '법관 이회창, 그리고 그의 재판'이라는 제목으로 귀중한 권두논문을 써주었다.

두 사람 다 잊을 수 없는 좋은 법관들이다.

청렴성의 문제

'최고의 법관'에서 청렴성을 갖추는 일은 매우 중요하다. 나는 법관으로 임명된 뒤 어느 정도의 청렴성을 지켜나갈지 고민했다. 뇌물이나 부정한 청탁을 멀리하는 것은 말할 것도 없지만 사생활에서 다른 사람과의 인간 관계나 사교(社交)를 어느 정도까지 유지할 것인가가 고민이었다.

법관은 어느 정도까지 사람들과 어울리고 어느 정도의 선물만 주고받아야 하는가? 나에게는 좋은 전범(典範)인 아버지가 계셨다. 아버지는 과하다 할 만큼 사교를 피하고 선물도 주고받지 않았다. 아버지는 가족들에게 "작은 선물을 받는다는 것은 괜찮게 생각되지만 자꾸 받다보면 더 큰 선물, 뒤에 끈이 달린 선물도 받게 된다"고 말씀하셨다.

나는 법관이 되면서 결심했다. 가급적 사교의 관계나 자리에 나가는 것을 피하고 선물도 받지 않는다는 원칙을 세웠다. 외부 사회와 통상적인 원만한 사교 관계를 유지하면서도 청렴을 지킬 수 있는데 구태여 뾰족하게 처신할 필요가 있느냐고 비판하는 사람들도 있을 것이다. 그러나 법관의 처신은 실질적인 내용 못지않게 밖으로 보이는 외관도 소홀히 할 수 없다는 생각이었다.

서울지방법원 부장판사 시절 사법연수원 교수를 겸하고 있을 때의 일이다. 당시 사법연수원장은 서울고등법원장이 겸임하고 있었는데 특강 시간에 연수생들에게 공평무사한 처신을 강조하면서 이런 훈시를 했다.

"앞으로 여러분이 법관이 되어 현장검증 같은 일에 가게 되면 양쪽 이해 당사자들을 만나게 될 것이다. 이런 때 검증만 마치고 훌쩍 떠날 것이 아니라 스스럼없이 공평하게 양쪽 당사자의 처소를 각각 방문해 차라도 한잔 대접 받으면서 각자의 처지를 들어주는 자상한 자세도 중요하다."

나는 '그게 아닌데' 하는 생각이 들었다. 연수원장과 같이 연조가 깊고 원숙한 법관에게는 가능한 일일지 모르나 젊은 법관들에게는 쉬운 일이 아니다. 사건 당사자들은 법관의 공정성에 대해 매우 민감하다. 법관이 원고의 집에서는 차 한 잔 마셨는데 피고의 집에 가서는 두 잔 마셨다든가, 원고의 집에서는 잘 웃었는데 피고의 집에서는 별로 웃지 않았다든가 하는 사소한 일로 법관의 공정성을 의심한다.

나는 연수원장이 특강을 끝내고 나간 후 연수생들에게 말했다.

"지금 연수원장의 말씀은 법관의 공정의 중요성과 이상적인 몸가짐을 강조한 것이다. 하지만 자칫 오해받기 쉬운 위험성도 있을 수 있으므로 차라리 여러분은 자신감이 생길 때까지는 사건 당사자와는 일절 사적 접촉을 피하는 게 오히려 공정성을 지키는 길이다."

나는 서울고등법원 부장판사로 재직 중이던 1977년 여름에 미국 네바다 주 리노 시에 있는 미국 주(州) 법관 연수원(Judicial College)에서 시행하는 법관연수 프로그램에 참가한 일이 있다. 참가자 전원이 참여하는 강의 외에 열서너 명으로 소집단 토론반(small discussion group)을 구성해 강의에 나온 의제나 그 자리에서 제기된 의제를 가지고 서로 토론을 하곤 했는데, 나는 내가 속한 소집단 토론반에서 법관의 청렴성 문제를 제기했다. 나는 법관들은 일상생활에서 친교관계에 대해 고민하게 되는데 사교 범위를 어디까지 지킬 것인가, 어떤 사람을 어느 선까지 가까이 할 것인가가 고민거리라고 전제하고 미국의 판사들은 이 문제를 어떻게 생각하느냐고 물었다.

그러자 모두 열띤 토론을 벌였는데 미국 법관들에게도 이 문제는 민감한 사안인 것 같았다. 미국 법관들은 대체로 변호사로 있다가 선출된 사람이 많아서 그들에게는 이 문제는 매우 현실적인 것이기도 했다.

법관들은 대체로 세 그룹으로 나뉘었다. 첫째 그룹은 재판에 영향을 미치지 않는 한 이전과 똑같이 거리낌 없이 사람들을 만나고 어울린다고 했다. 둘째 그룹은 일주일에 하루 정도 날을 정해 사람들과 어울리며 다른 날은 일절 안 만나는 것이다. 셋째 그룹은 가장 극단적인 그룹으로 법관이 된 이후로는 어느 누구와도 만나지 않는다고 했다. 나는 그러고도 정상적인 생활이 가능한지 궁금해 물었다.

"주말에는 그럼 무엇을 하며 지내는가?"

"아마도 아이스하키나 풋볼 같은 운동경기를 보러 가는데 어느 누구와도 동반하지 않고 혼자 간다. 팝콘을 씹으며 구경하다가 돌아온다."

"외롭지 않는가?"

"조금은 외롭지만 견딜 만하다. 임기가 끝날 때까지는 그렇게 계속할 생각이다. 이것이 가장 마음 편한 방법이다."

나는 약간 놀랐다. 불과 열서너 명의 조사만으로 미국 법관 일반의 경향을 판단할 수는 없지만 세 번째 그룹과 같이 극단적으로 자기 규율을 지키는 법관들이 있다는 것이 놀라웠다. 특히 이 그룹은 가장 젊은 법관들이었다. 이들은 법관직에 대한 철저한 사명의식을 가지고 있었는데 이토록 스스로 사교를 단절하면서까지 자기규율(self discipline)을 지키고 있었다.

일반적으로 미국 사회는 동양보다 개방되고 사교적인 사회로 알려져 있는데 그런 사회에서도 법관 중에 자기의 몸가짐을 지키는 데 추상(秋霜)과 같은 기상을 보이는 이들을 만난 것은 더 할 수 없이 상쾌한 경험이었다.

정의를 찾는 일

청렴성 못지않게 중요한 법관의 덕목은 정의관과 정의 실현의 용기다. 이것은 거창하게 생각할 필요가 없다. 하찮게 보이는 사건에서도 절실하게 진실과 정의를 찾는 당사자의 목소리가 있다. 법관은 이를 외면해서는 안 된다. 소박하고 힘없는 이들의 정의를 찾아주는 일은 법관 말고는 할 사람이 없다.

나는 형사단독판사로 있을 때 젊은 배추장수에 대한 절도사건을 재판한 일이 있다. 기소 내용은 그가 세 들어 사는 집(어느 지방경찰서장 소유의 집으로 기억된다)의 옷가방에서 옷가지를 훔쳤다는 것인데 본인은 경찰에서 자백했다가 검찰에 와서 부인하기 시작했다. 증거라고는 본인의 경찰서 자백과 옷가방에 묻은 피고인의 지문 한 개, 그리고 그즈음 피고인이 돈을 많이 가지고 있었다는 정황뿐이었다.

피고인은 법정에서도 범행을 완강히 부인했고 경찰 자백은 강요된 것이라고 주장했다. 이런 사건은 피고인이 전과도 없고 피해액도 경미하므로 단기형에 집행유예를 선고하면 대체로 피고인이나 검사 모두 승복하는 경우가 많아 자칫 빨리 끝내려는 유혹에 빠지기 쉽다. 그러나 이 젊은 배추장수는 법정에서 절박한 시선으로 나를 응시하면서 무죄를 호소하고 있었다.

나는 자세히 사건을 검토한 후 경찰 자백은 피고인이 강요된 것으로 증거로 함에 동의하지 않으며, 옷가방의 지문은 기소내용에 범인이 옷가방을 집에서 들고 나와 마당에서 내용물을 훔친 것으로 되어 있는데 피고인의 지문이 단 한 개만 나왔다는 것은 수긍하기 어렵고, 원래 그 가방은 그 집에 사는 사람들의 손이 닿을 수 있는 마루에 놓여 있어 세입자인 피고인의 지문이 나올 수도 있다는 점, 그즈음 피고인은 판매한 배추대금을 수금해 돈을 가지고 있었던 점 등을 밝혀내고 피고인은 무죄라고 결론을 내렸다.

법정에서 피고인에게 무죄의 사유를 설명한 후 "당신이 진실로 유죄인지 아닌지는 오직 당신과 하느님만 안다. 당신이 무죄라면 이를 밝혀낸 이 나라의 사법제도에 감사하고 만일 유죄라면 '판사를 잘 속였다'고 자만할 게 아니라 스스로 부끄러워해야 한다"고 말한 후 무죄를 선고했다. 순간 피고인은 그 자리에 털썩 주저앉더니 대성통곡을 하고 방청석의 가족들은 일제히 만세를 불렀다. 집행유예 정도로 끝날 수 있었겠지만 이 청년은 끝까지 자신의 결백과 정의를 부르짖었다. 만일 유죄가 선고되었다면 정직하게 살고자 한 이 청년의 삶은 망가졌을지도 모를 일이다.

막강하고 무소불위의 국가권력 또는 공권력이 개인의 자유와 권리를 억압할 때 그 방어벽이 되고 정의를 찾아줄 수 있는 것 또한 용기 있는 법관만이 할 수 있는 일이다. 공동체 안에서 다수자와 소수자, 강자와 약자가 있게 마련인데 다수자나 강자가 소수자나 약자를 핍박해 괴롭히거나 소수자나 약자라는 이유만으로 평등한 관심과 존중을 받지 못할 때 그 불공정을 바로잡아 그들의 존엄성과 자존심을 세워줌으로써 그 사건에서 정의를 세우는 일도 법관만이 할 수 있는 일이다.

우리는 이 사회에서 다수가 정의가 되고 권력화되는 현상을 종종 본다. 특히 선거에서 다수의 표가 결과를 좌우하는 민주주의 사회에서는 다수자의 이익만 강조되고 소수자의 이익은 무시되기 쉬우며 다수자가 강자로서 합법적으로 소수자를 소외시키는 일이 생긴다. 이럴 때 사건에서 소수자의 자유와 권리를 보호해주는 것은 바로 법관이 할 일이다.

이렇듯 정의를 찾고 정의를 세우는 법관의 일에 삶의 보람을 느꼈고 정열을 불태웠다. 때때로 나 자신의 부족과 실수에 좌절감과 열등감에 빠지는 홍역을 치르기도 했지만 법관직은 나에게 천직이란 생각은 변함이 없었다.

법관의 가치판단과 자질의 교육

거듭 강조하지만 법관의 양심을 지키는 법관, 좋은 법관이 되기 위해서는 본인 스스로의 각고의 노력이 필요하지만, 법원에서 법관의 재교육과 연수의 기회를 마련해주는 일도 중요하다.

오래전 이야기지만 내가 법원행정처 기획조정실장으로 있을 때 법관연수 실태를 알아보기 위해 미국, 영국, 프랑스 등 선진국의 법원을 둘러본 일이 있었다. 당시에도 각국 법원은 법관들에 대한 재교육과 연수에 각별한 신경을 쓰고 있었다. 그때 본 미국 신임 연방법관 연수 교재의 첫 머리글이 "you are tried in your court(당신은 당신의 법정에서 재판받고 있다)"였던 것으로 기억된다.

우리나라의 대법원도 법관 재교육에 많은 투자와 계획을 세우고 시행해왔고 그 성과도 있는 것으로 알고 있다. 그러나 앞에서 말한 일부 법관들의 판결로 물의를 빚은 일을 생각해보면 법관들의 보편타당한 가치판단과 자질을 재교육하고 연수하는 데 좀 더 초점이 맞추어져야 하고, 또 이런 재교육과 연수의 결과를 측정하는 법관평가가 재판의 독립에 영향을 미치지 않는 엄밀한 조건하에 이루어져야 하는 것이 아닌가 생각된다.

이것은 정치권이나 입법부 또는 행정부와의 관계에서 사법심사와 사법 개입을 놓고 이들이 법관들의 가치판단과 자질을 들어 사법심사와 사법 개입을 회피하는 구실로 삼지 않도록 하기 위해서도 필요하다. 법관의 가치판단과 자질의 문제는 법관 개개인의 품성의 문제에 그치는 것이 아니라 사법권 독립과도 연계된 문제라는 것을 법관과 사법부는 깊이 새겨야 한다.

이회창
회고록

3

적법절차주의와 사법 적극주의

처음으로 미국에 가다

나는 서울고등법원 판사로 근무할 때인 1969년 12월 미국에 처음 갔다. 그해에 법조인 미국 연수 프로그램이 생겨 제1기로 선발되었던 것이다. 이 연수 프로그램은 유엔 산하의 국제법률센터 (International Legal Center)가 주관하는 것으로 한국정부(과기처)와 국제개발기관(Agency for International Development)이 공동 출연하는 프로그램이었다.

연수 기간은 1970년 1월부터 1971년 1월까지이고, 캘리포니아대 버클리로스쿨에서 방문연구원(Visiting fellow)의 자격으로 연수를 하는 내용이었다. 이중 나와 검사 한 명은 2학기에 미국 동부의 하버드 로스쿨로 가게 되어 있었다. 우리 일행은 법관 네 명, 검사 두 명, 법과 대학 교수 한 명 등 모두 일곱 명이었는데 내 기억에 이렇게 다수 법조인을 상대로 한 정규 해외 연수 프로그램은 처음이었던 것 같다. 법관 네 명은 미국에 처음 가보는 '촌닭'들이었다. 그런 만큼 선진법조문화를 접하고 흡수해 보겠다는 열의가 있었고 준비 공부도 꽤 열심히 했다.

우리는 1969년 12월에 출발해 미국에 발을 들여 놓았는데 미국에 와서 가장 힘들었던 게 바로 영어였다. 준비 기간에 열심히 영어학원에도 다니고 토플(TOEFL)시험에서도 나쁘지 않은 성적을 받아 내심 크게 걱정하지 않았는데 이게 완전히 '우물 안 개구리'였던 것이다.

당시에는 우리나라에 미국행 항공기가 없어서 일본으로 가서 그곳에서 미국 국적기인 팬앰(PAN AM)을 타고 하와이를 경유해 미국 서부의 샌프란시스코로 향했다. 첫발을 디딘 미국의 땅인 하와이에서는 일본계를 비롯한 동양계 주민이 많아서인지 그들의 영어는 비교적 알아듣기 쉽고 또 우리들의 영어도 제법 통하는 것 같아 자신감이 생겼었다. 그러나 막상 본토인 샌프란시스코 국제공항에 발을 딛고 보니 소통이 쉽지 않았다.

그럭저럭 대학 기숙사에 방을 얻고 일단 정착을 했지만 강의를 듣기 위해 지정된 몇 권의 책과 자료를 미리 읽고 강의실에서 교수와 학생 간 소크라테스식 토론으로 진행되는 강의 내용을 정확히 듣고 이해한다는 게 보통 일이 아니었다. 너무 힘들고 내 어학 실력에 대한 실망에다 집 생각까지 겹쳐 "공연히 왔구나" 하는 후회에 휩싸이기도 했다.

그러나 다시 생각했다. 우리는 나라가 어려울 때 나랏돈으로 연수 온 사람들이다. 고생스럽더라도 열심히 배워야지 좀 힘들다고 집 생각을 하다니! 스스로 한심스러운 생각이 들었다.

나는 영어공부를 겸해 로스쿨 기숙사에서 로스쿨 2학년생인 미국인 학생과 한 방을 쓰기로 했다. 이렇게 되면 잠잘 때 외에는 영어로 말하고 들어야 한다. 이 미국 친구(Ross라는 이름만 기억난다)는 나를 'Judge'라고 부르면서 매우 공손하게 대해주었는데 내가 무슨 말을 해도 알아들은 척 했다. 그 바람에 나도 그의 말을 알아듣지 못해도 알아들은 척 하지 않을 수 없어 겉으로 보면 꽤 대화가 잘되는 것 같았지만 영어보다도 눈치만 늘었던 것 같다.

나는 강의 외에도 연방법원과 주(州)법원, 그리고 주의회 등을 견학하고 토론회에 참여하기도 하면서 법관, 교수, 학생, 주민들과 교류하는 기회도 가졌다. 예컨대, 버클리시(市) 경찰이 범죄예방을 위해 경찰차처럼 헬리콥터 순찰 계획을 세웠는데 소음과 프라이버시 침해라는 주민들의 반대 때문에 주민과 협의하는 공청회 같은 모임에도 참관했다. 미국 시민사회의 의식과 공권력과의 관계를 들여다보는 좋은 기회였다.

당시 버클리는 히피의 발상지라고 할 만큼 히피족들이 주요 거리에 퍼지고 앉아 공공연하게 마리화나를 피우고 학부 학생들은 캠퍼스 내에서 거의 날마다 베트남전쟁 개입에 반대하는 격렬한 시위를 하고 진압경찰과 대치하는 사태가 벌어지고 있었다. 다른 곳이지만 켄트(Kent)대에서는 경찰이 대치 중인 학생 시위대에 총격을 가해 학생 한 명이 사망하는 일도 있었다. 버클리는 미국 내에서도 진보적인 곳으로 유명했고 보수적이고 약간은 폐쇄적인 한국에서 온 우리 법관 일행의 눈에 비친 미국은 자유분방하면서도 대학생들과 공권력인 경찰 사이의 충돌이 일상화된 혼돈과 무질서한 곳으로 비쳐졌다.

나는 열심히 보고 다녔다. 1학기와 2학기 사이에 두 달 간 미국 내 여행을 할 수 있는 여행 기간이 주어졌는데 혼자서 여행을 다녔다. 지도교수의 소개로 워싱턴에 있는 연방통상위원회(FTC)에서 사무실 하나를 얻어 1개월 간 위원회 활동을 견학하는 기회를 가졌는데 이것도 나에게는 행운이었다. 당시 미국의 독립규제위원회(Independent Regulatory Agency) 제도는 미국에서 발전된 행정제도로 규칙 제정(rule making)과 재결(adjudication)의 두 가지 기능을 가지고 독자적 권한을 행사하는 특이한 제도로 나의 연수과제 중 하나이기도 했다.

여기에서 나는 미국 정부의 권력 메커니즘 속에서 분립된 각 규제위원회를 통해 국민과 관련된 통상, 통신, 증권 등 각 분야의 정책이 형성되고 집행되는 과정을 볼 수 있었다. 흥미로운 것은 행정기관이면서도 규칙제정 기능(rule making) 외에 준사법적인 재결기능(adjudication)을 가지고 정교한 재결 과정을 거쳐 법적 판단에 준거한 결정이 이루어지고 있는 점이었다.

2학기에 하버드 로스쿨로 옮긴 나는 동아시아법 연구센터(East Asian Legal Studies)에 사무실을 얻었다. 미국의 동부지역은 미국에 온 첫 이민자들이 발을 디딘 곳이고 역사상 미국의 발진 기지여서 유럽식 분위기와 문화의 흔적이 남아있는 곳이기도 했다. 이곳에서 나는 고풍스러운 전통과 의전을 지키는 법원을 여러 곳 방문하고 법관들과도 만났으며 때로는 법정에서 법관 바로 옆에 앉아 재판 진행을 직접 지켜보기도 했다.

한 번은 머리가 백발인 연로한 법관의 법정에 동석했다. 법관은 재판을 시작하기에 앞서 나를 검사와 변호사, 그리고 방청인들에게 소개하면서 "여러분은 오늘 판사석에 두 사람의 판사가 앉아있는 걸 보고 의아했을 것입니다. 여기에 앉아있는 Judge Lee는 지구 반대편에 있는 한국에서 왔습니다. 한국은 해병대에 있는 내 아들이 한국전에 참전한 일이 있어 나에게는 각별한 기억이 있는 나라입니다. 이 판사를 따뜻하게 맞아주기 바랍니다"라고 말했다. 나는 마음이 훈훈해졌다.

이렇게 돌아보면서 내가 느낀 미국은 첫인상과는 아주 달랐다. 미국 땅에는 진짜 자유가 있었다. 민주주의와 법치주의가 교과서에만 쓰이는 이야기가 아니라 현실로 미국이란 나라에 존재하고 있었다.

미국은 마리화나 냄새를 풍기는 히피들이 뒹굴고 학생 시위대와 경찰이 맞붙어 곤봉이 휘둘러지고 심지어 총격까지 벌어지기도 했고 또 인종차별 특히 흑백차별이 여전히 심한 곳이기도 했다. 그러나 이런 추악하고 혼돈스러운 민낯을 보이기도 하지만 진정한 민주주의가 현실로 존재하는 나라가 미국이었다. 민주주의에 대한 신념은 국가나 국민 모두가 한결 같았고 자유와 인권, 그리고 법치주의에 대한 신념과 이를 실현시키고자 하는 의지 또한 참으로 강했다. 흑백분리와 같은 인종차별 문제는 과거 노예제도가 폐지된 후에도 인종통합을 방해하는 고질적인 문제로 남아있지만, 정부나 시민단체가 발 벗고 나서고 특히 인상적이었던 것은 법원이 뒷짐 지지 않고 팔을 걷어 부치며 흑백통합을 위한 흑인학생 등교 버스 배정까지도 간섭하고 나선다는 것이었다.

미국은 민주주의와 더불어 탄생한 나라이고 참다운 자유와 인권

그리고 법치주의가 현실로 존재하는 나라이며 국가체제가 이런 국민의 핵심 가치들을 지키기 위해 존재한다고 믿는 나라였다. 나는 지구상에 미국과 같은 나라가 존재한다는 것은 미국의 여러 가지 결점과 모순, 그리고 부정적인 측면에도 이 세상에 민주주의가 현실로 존재할 수 있다는 가능성을 증명하는 것이어서 미국의 존재는 인류에게 축복이라는 생각까지 들었던 것이다.

당시 우리나라 사법부는 군인 정권하에서 인고의 시기를 겪고 있던 때라서 법관인 나에게 미국이 더욱 경이롭고 감동적으로 다가왔는지 모르겠다. 그렇다고 내가 무조건 미국을 찬양하는 친미주의자는 아니었다. 대화나 토론의 자리에서도 미국의 단점에 대해서 서슴없이 직언을 했다.

나로 하여금 미국에 대한 긍정적인 평가를 하게 만든 직접적인 원인은 미국 사법제도의 근간을 이루는 적법절차주의와 사법 적극주의였다.

적법절차주의

우리나라 헌법 제12조 제1항 후단은 "(…) 누구든지 법률과 적법한 절차에 의하지 아니하고는 처벌, 보안처분 또는 강제노역을 받지 아니한다"고 규정함으로써 적법절차주의를 채용했음을 명백히 하고 있다.

본래 이 적법절차주의는 역사가 오래된 것으로 1215년 영국의 대헌장(Magna Carta)에 기원을 둔 것인데 그 후 1791년과 1868년에 미국연방헌법수정 제5조 제3항과 수정 제14조 제1항이 "(…) 누구든지 적정한 법절차(due process of law)에 의하지 아니하고는 그의 생명, 자유 또는 재산을 박탈당하지 아니한다"고 규정해 적법절차주의를 채택했고 이는 일본 등 여러 나라에 영향을 미쳤다.[*]

우리 헌법의 적법절차 규정도 그 영향을 받은 것이다.

그러면 '적법절차'란 무엇을 말하는가? 우리 헌법 제12조 제1항 후단은 "(…) 법률과 적법한 절차에 의하지 아니하고는 (…)"이라고 표현하고 있어 얼핏 동의어 반복처럼 보이기도 하지만 '법률'과 '적법한 절차'는 엄연히 다르다. 헌법상 보장된 피의자 또는 피고인의 자유권은 고문받지 않을 권리와 자기에게 불리한 진술을 강요당하지 아니할 권리(헌법 제12조 2항), 영장제도의 원칙(헌법 제12조 3항), 변호인의 조력을 받을 권리 및 구속 이유와 변호인의 조력 청구권 고지를 받을 권리(헌법 제12조 4, 5항), 구속적부심사권(헌법 제12조 6항), 임의성 없는 자백의 배제원칙(헌법 제12조 7항), 신속히 공개재판을 받을 권리(헌법 제27조 3항), 무죄 추정의 권리(헌법 제27조 4항) 등이다.

그런데 이러한 자유권은 국가가 법률로도 함부로 훼손할 수 없는 자연권에 속하는 천부의 권리이므로 헌법도 개별적인 법률유보조항을 두지 않고 제37조 제2항에 일반적 법률유보조항을 두어 국가안전보장, 질서유지, 또는 공공복리를 위해 필요한 경우에 한해 이를 제한할 수 있되 이 경우에도 자유권의 본질적 내용을 침해할 수 없도록

---

[*] 《헌법학원론》(권영성, 법문사, 2010), 341쪽 참조

명시했다.

이러한 자유권 규정에 비추어보면 헌법 제12조 제1항 후단의 '법률과 적법한 절차에 따라'라는 의미는 국가가 법률에 의한 형벌권을 행사하는 경우에도 피의자 또는 피고인이 갖는 자유권의 본질을 침해하지 않는 적정성을 지켜야 한다는 의미라고 보아야 할 것이다. 그리고 이러한 적정성의 판단기준, 즉 국가의 형벌권과 피의자 또는 피고인의 인권과의 이익교량(利益較量)의 판단은 법관의 재판기능에 맡겨진 것으로 보아야 한다.*

이 규정이 단순히 법률주의를 규정한 것에 불과하다는 견해도 있지만 미국 수정헌법 제15조와 제4조에 규정된 '법의 적정한 절차(due process of law)'와 같은 취지라고 보는 견해가 다수였다.**

그런데 '적법절차'는 1987년 개헌으로 우리 헌법에 명문으로 규정되기 전에는 헌법학 분야보다도 형사소송법 분야에서 실체적 진실주의와 대비해 빈번하게 거론되었고 또 재판 실무에 종사하는 법관들의 의식을 혼란시키는 문제였다.

오래전부터 형사소송에서는 국가형벌권 행사의 목적인 범죄 억제를 위해 진실 발견과 범인 필벌(必罰)을 추구해야 한다는 실체적 진실주의와, 국가 형벌권 행사의 남용으로부터 피의자 또는 피고인의 인권을 보호하기 위해 절차적 적법성을 추구해야 한다는 적법절차주의

●　'형사소송에 있어서의 적법절차'(이회창, 법관세미나초청강연, 1989. 11. 20, 법원행정처 재판자료 49집)

●●　《신헌법학개론》(김철수 저, 박영사, 1980), 333쪽 참조

이회창
회고록

가 대립해왔다.

우리 헌법 제12조 1항 후단의 적법절차 조항이 1987년 제9차 헌법 개정 때 처음 규정된 것도 그동안 적법주의에 반하는 것으로 규탄 대상이 되어온 보안처분제도의 폐지를 둘러싼 여당과 야당 간 협상에서 나온 타협의 산물이었다.•••

형사소송법 분야에서는 실체적 진실주의는 '한 사람의 죄인도 놓쳐서는 안 된다'는 범인필벌주의에 바탕을 두고 사안의 진상을 규명해 실체적 진실 즉 객관적 진실을 발견(인정)하는 일이 무엇보다 중요하다고 주장하는 적극적 진실주의와 죄 없는 사람을 처벌해서는 안 된다는 소극적 진실주의로 분류한다. 대륙법계(大陸法系)에서는 적극적 진실주의에 중점을 두면서 소극적 진실주의도 고려한다는 태도인 반면에 영미법계에서는 인권존중의 견지에서 소극적 진실주의에 중점을 두고 있는데, 우리나라 형사소송법은 영미법의 영향을 받아 소극적 진실주의에 중점을 두고 있다고 설명되었다.••••

우리나라 법관들은 개헌 전에는 대륙법계 법체계의 영향 때문인지 모르나 적법절차를 존중해야 한다는 인식을 하면서도 사건의 궁극적 해결과 정의는 실체적 진실에 있다는 생각을 떨쳐버리기 어려웠던 것이 사실이다. 대법원 '1968. 9. 17. 선고 68도 932 판결'이 압수물은 압수 절차가 위법하다고 하더라도 그 물건 자체의 성질·형상

••• 《헌법학원론》(권영성 저, 법문사, 2010) 참조

•••• 《주석 형사소송법(상)》(백형구 외 3명 저, 한국사법행정학회, 1992), 43~44쪽 참조

에 변경을 가져오는 것은 아니므로 증거능력이 있다고 판시한 것이 나, 대법원 '1984. 7. 10. 선고 84도 846 판결'이 검사의 접견 금지 결정으로 피고인들의 접견이 제한을 받았고 그런 상황하에서 피의자 신문 조서가 작성되었다는 사실만으로 바로 그 조서가 임의성이 없다고는 볼 수 없다고 판시한 것은 위에서 말한 법관들의 의식 경향을 보여준다.

그러나 대법원은 그 후 자술서의 증거능력에 관한 대법원 '1982. 9. 14. 선고 82도 1479' 전원 합의체 판결에서 분명하게 적법절차주의를 선언했다.

형사소송법에 의하면 수사기관이 피의자의 진술을 들을 때는 진술 거부권을 고지해야 하고 그 진술은 조서에 기재해야 하며, 검사 이외의 수사기관, 즉 경찰에서 작성된 피의자 신문조서는 피의자였던 피고인이 공판준비 기일이나 공판 기일에 그 내용을 부인하면 증거능력이 없도록 되어 있다.(형사소송법 제220조, 제244조 및 312조) 한편 피의자가 스스로 작성한 진술서는 공판준비 기일 또는 공판 기일에 작성자의 진술에 의해 진정 성립이 인정될 때는 증거로 할 수 있도록 규정되어 있어(형사소송법 제313조 1항), 신문조서와는 달리 그 작성자가 그 내용을 부인하더라도 증거능력이 인정된다.

그런데 실제 수사 과정에서 경찰은 피의자로 하여금 먼저 '자술서'라는 이름의 진술서를 쓰게 하고 이것을 기초로 피의자 신문조서를 작성하는데, 자술서를 작성하는 과정에서 고문 등 자백 강요를 하고 심지어 자술서를 수십 통씩 쓰게 하는 등의 압박을 가하는 것으로 알려져 있었다. 실제로 내가 앞에서 쓴 나의 사촌형님인 이 교장의 경우에도 수사기관에 연행된 뒤에 고문을 당하지는 않았지만 수사기관의 마음에 드는 자술서를 쓸 때까지 수십 통의 자술서를 써야 했다고 나에게 술회한 바 있다.

이렇게 해 자백한 자술서가 작성되고 이를 기초로 피의자 신문조서가 작성된 경우에 형사소송법의 규정에 따르면 경찰의 피의자 신문조서는 작성자가 법정에서 내용을 부인하면 증거능력이 없게 되지만 자술서는 본인이 작성한 사실이 인정되는 한 그 내용을 부인해도 유죄의 증거능력이 인정되는 불합리한 결과가 생긴다.

그래서 대법원 '82도 1479 판결'에서 다수의견은 "수사기관이 피의자의 진술을 들을 때는 피의자 신문조서를 작성하게 되어 있는데도 이것을 진술서라는 형식으로 작성하게 한 것은 진술거부권 고지와 증거능력제한 규정을 회피하는 결과가 되므로 수사기관의 조사단계에서 피의자가 작성한 진술서의 증거능력은 피의자 신문조서와 같이 보아야 한다"고 판시해 진술거부권 고지 없이 작성된 진술서의 증거능력을 배제했다.

이러한 판단근거로 검사 이외의 수사기관의 피의자 신문에 있어 있을지도 모를 개인의 기본적 인권보장의 결여를 방지하려는 입법정책적 고려와 공익의 유지와 개인의 기본적 인권의 보장이라는 형사소송법의 해석 및 운영의 기본이념을 들었다.

이 판결은 형사소송법의 명문규정과 다른 해석을 함으로써 진술서의 증거능력에 관해 법창조적 기능을 발휘한 사례라고도 볼 수 있다.

위 판결에서 반대의견은 사법 소극주의와 실체적 진실주의의 입장을 밝히고 있어 흥미롭긴 하나 동의하기 어려운 의견이다.

(…) 한 사람의 무고한 사람을 처벌하지 않는 것이 형사소송의 이상인 것과 같이 한 사람의 범인도 놓칠 수 없다는 것이 형사재판이 추구해야 할 궁극의 목표의 하나라면 악용의 우려라는 하나의 현실적 가능성 때문에 그 전부를 부인하고 그 속에 담겨진 진실을 포기하고 외면 할 수 없다. (…) 소박한 표현을 빌리면 '있다'는 명문규정을 '없다'로 해석할 수는 없다는 것이다.

지금은 이런 수사 관행에 많이 개선되었으리라고 기대하지만 또 앞으로도 탈법적인 수사기법이 나오지 않도록 경계를 게을리 하지 말아야 할 것이다.

그러면 우리 헌법의 적법절차 규정에 영향을 미친 미국연방헌법 수정 제5조 제3항과 제14조 제1항의 '적정한 법의 절차'의 의미는 무엇인가?

여기에 대해서는 초기에 여러 견해가 엇갈렸었다. 미국연방대법원은 구체적인 사건의 판결을 통해 그 의미를 정립해 왔는데 주로 변호인의 입회 등 조력을 받을 권리를 고지하지 않은 경우와 자기에게 불리한 진술을 거부할 수 있음을 고지하지 않은 경우 등과 같이 헌법에 위반한 경우에 절차의 적정성을 결여한 것으로 보고 이렇게 수집된 자백이나 증거의 증거능력을 부인했다.

기념비적인 사건이 1966년에 나온 미란다(Miranda)판결이다. 통칭 미란다판결은 미란다 외 세 건의 사건을 미국 대법원이 병합심리해 내린 판결에 붙여진 이름인데, 이중 세 건에서 헌법수정 제5조의 진술거부권과 변호인의 조력을 받을 권리를 고지하지 않은 위법한 자백이라 해 그 증거능력을 부인했다.

1960년대 초까지는 자기에 불리한 진술의 거부권은 수사 단계에서는 확립되지 않은 상태였고 미란다판결이 나오기 전까지는 주법원에서는 피의자 자백의 증거채택 여부는 전체적인 신문 상황이 강압적 이었는지 아니었는지에 따라 결정되는 것이 관례였던 것 같다. 위 판결은 아홉 명의 대법관의 의견이 5대 4로 갈렸는데 얼 워렌(Earl Warren) 대법원장이 대표한 다수의견은 수사기관은 신문에 앞서 피의자에게 ①진술을 거부할 수 있다는 점 ②진술 내용이 법정에서 자신에게 불리하게 작용될 수 있다는 점 ③변호인을 접견하고 그의 조력을 받을 권리가 있다는 점 ④자신이 변호인을 선임할 능력이 없을 때는 국선변호인이 선임된다는 점을 고지해야 하고, 이러한 고지 없이 행한 신문에서 얻은 진술은 증거로 할 수 없다고 판결했다.[•]

이 판결은 폭풍과 같은 반향을 불러 일으켰다. 변호인의 조력을 받을 권리나 진술거부권을 고지하지 아니했다는 이유만으로 피의자의 자백이나 증거가 아무리 실체적 진실을 뒷받침할 만한 것이라고 해도 그 증거능력을 부인하는 것이어서 실체적 진실주의보다 적법절차주의의 우위를 확실하게 선언하는 판결이었던 것이다.

물론 미국에서는 1800년대부터 적법절차에 관한 판결이 경제규제 분야와 비경제적 권리보장 분야에 걸쳐 쌓여 왔고, 법치주의의 핵심적 요소로 자리 잡았지만 미란다 판결은 형사소송 분야에서 미국 수

•   〈진술거부권의 고지 없이 얻은 피의자 진술조서의 증거능력〉(권광중, 이회창 대법관 회갑기념 논문집《법과 정의》), 257쪽 이하

정헌법의 '적정절차'의 원칙을 수사 단계에서부터 확립하고 사법정의와 인권보호를 드높인 획기적인 판결로 칭송을 받았고, 한편으로는 격렬한 비판도 받았다.

실체적 진실을 뒷받침할 만한 진술 또는 증거가 있는데도 진술거부권이나 변호인 조력을 받을 수 있는 권리를 미리 고지하지 않았다는 절차상 이유만으로 유죄 증거로 채택할 수 없다는 것은 피의자 또는 피고인에게만 특혜를 주는 것으로 높아지는 범죄율을 무시한 판결이라는 것이 당시 소수의견의 요지였고, 보수층과 보수주의자들로부터도 거센 공격이 쏟아졌던 것이다. 그 후 워렌 버거(Warren E. Burger) 대법원장을 거쳐 보수주의자인 윌리엄 렌퀴스트(William Rehnquist) 대법원장 시대로 접어들면서 약간의 수정이 가해지긴 했지만 그동안 수사 관행을 바꾼 적법절차 우위의 기본 방향은 변함이 없는 것 같다.

우리 일행이 미국연수를 간 1969년 1970년 당시는 바로 이런 워렌 대법원장이 주도한 적법주의와 사법 적극주의 바람이 미국에 휘몰아치던 시기였다. 물론 이러한 사법부의 경향에 대해서는 비판도 적지 않고 또 이런 경향은 시대의 변천과 사법부 구성원의 변경에 따라 변화될 수도 있을 것이다. 하지만 나는 미국 사법부의 정의를 세우고 인권을 추구하는 열정과 용기 그리고 그것이 사회에 미치는 엄청난 영향을 보면서 여기에 흠뻑 매료되었고 이를 직접 목격하고 경험하게 해준 미국 연수 프로그램에 대해 새삼 감사한 마음이 들었던 것이다.

'실체적 진실'보다 '적법절차'를 우선한다는 것은 이론이나 상상으로는 수긍이 가지만 실제 재판이나 수사 실무에서는 적법절차주의에

이회창
회고록

대한 신념이 없는 한 회의적이고 주저되는 경우가 없지 않았다. 그것은 그동안 우리 법조 실무자들의 머리에는 형사소송의 목적이 실체적 진실을 발견하고 범인은 반드시 처벌해야 한다는 데 있다는 관념이 박혀있었기 때문이 아닌가 생각한다. 나도 그런 관념에서 완전히 자유롭지 못했다.

그래서 나는 기회가 있을 때마다 미국의 법관들, 변호사, 법과 교수와 언론인 등을 만나 미국대법원이 이끄는 적법주의의 강조에 대해 솔직한 의견을 물어보았다. "대법원 판결의 적법절차의 강조는 이론상 이해는 가지만 당신은 마음으로부터 그렇게 믿느냐, 조금이라도 회의는 안 드느냐?"는 식으로 단도직입적으로 물어보았다. 그런데 놀랍게도 대다수가 보수 또는 진보의 경향에 따라 약간의 차이는 있지만 적법절차주의에 대해 마음으로부터 신념을 가지고 있었다.

다만 내가 워싱턴에 있을 때 묵었던 작은 호텔의 스페인계 지배인은 달랐다. 그는 나에게 "미국 대법원이 범죄인만 키워주어 미국을 망치고 있다. 보라, 워싱턴에서는 저녁만 되면 혼자서 길거리에 나다니지 못하지 않느냐" 하면서 불평을 쏟아 놓았던 것이 기억난다.

내가 미국 연수에서 배운 것은 미국 사법부가 갖는 현실적인 영향력이나 사법의 개입의 범위 같은 것이 아니다. 이런 것은 시대의 변화나 나라에 따라 달라질 수 있다. 내가 배운 것은 적법주의와 사법 적극주의의 밑바닥에 깔려 있는 인간의 존엄성과 기본권 보장에 대한 열정과 신념이었다.

우리나라 대법원은 1987년 헌법 개정 전까지는 위법하게 수집된 증거라도 상황에 따라 증거능력을 인정하는 사례가 있었고 대법관 중에는 앞에서 본 대법원 '82도 1479 판결'의 소수의견과 같이 실체진실주의를 추종하는 의견도 있었다. 개헌 이후에는 대체로 일관되게 위법수집증거의 증거능력을 부인하는 등 적법절차주의의 노선을 지켜왔다고 할 수 있다. 대표적인 판례는 1992년 6월 23일 선고 '92도 682 판결'이다. 이 판결은 내가 주심이었다.

> (…) 피의자의 진술거부권은 헌법이 보장하는 형사상 자기에게 불리한 진술을 강요당하지 않는 자기부죄거부(自己負罪拒否)의 권리에 터 잡은 것이므로 수사기관이 피의자를 신문함에 있어 피의자에게 미리 진술거부권을 고지하지 않은 경우에는 그 피의자의 진술은 위법하게 수집된 증거로 진술의 임의성이 인정되는 경우라도 증거능력이 부인되어야 한다.●

그러면 이제 '적법절차'의 문제는 지나간 문제가 되었는가? 그렇지 않다. 모든 사건에서 '적법절차'는 여전히 기본적이고 주요한 테스트(primary test)이며 법관들이 경계심을 풀 수 없는 대목이란 것을 명심해야 한다. 예컨대, 사회 이목이 집중된 정치적 사건이나 살인사건 등에서 사회의 공분이 폭풍과 같은 여론을 일으켜 적법절차보다 범인 필벌을 요구하는 압력으로 법관에게 작용할 수 있다. 이런 때 적법주의를 고집하는 법관은 요즘과 같이 SNS의 위력과 사이버 광장의 언론이 여론을 좌우하는 시대에는 사회의 의식과 양심에 역행하는 반

● 〈진술거부권의 고지 없이 얻은 피의자 진술조서의 증거능력〉(권광중, 이회창 대법관 회갑기념 논문집 《법과 정의》), 252쪽

이회창
회고록

사회분자처럼 비난받고 매도될 수도 있을 것이다.

하지만 이런 때일수록 법관은 본래의 직분인 보편타당한 가치와 정의를 위해 냉정하게 적법절차를 지키는 용기를 발휘해야 하며 역사는 이러한 법관들을 결코 잊지 않고 기억할 것이다.

적법주의와 검찰

특히 수사를 직접 전담하는 검찰이나 경찰은 실제적 진실 발견과 범인 필벌이 당면한 목표이지만 적법절차의 준수는 필수 불가결한 수사의 기본요건이라는 인식을 확실하게 가져야 한다.

나는 2002년 대선이 끝난 뒤 검찰의 대선자금 수사가 시작되면서 검찰에 자진 출두해 참고인 조사를 받은 일이 있다. 당시 일부에서 검찰의 수사에 대해 불공정 수사라는 비판이 있었지만 그래도 검찰이 선출된 새로운 권력인 현임 대통령 측에 대해서도 대선자금을 공개적으로 수사한다는 것은 내 기억에는 초유의 사례로 나는 당시 검찰이 비교적 공정을 기하고자 노력했다고 평가하고 있다. 그런데 내가 검찰조사를 받으면서 느낀 것은 검찰은 아직도 적법절차에 대한 인식이 자리 잡지 못하고 있다는 것이었다.

첫째로, 피의자의 자기부죄거부(自己負罪拒否)는 헌법상 인정된 기본권일 뿐 아니라 자연권에 속하는 권리이기도 하다. 그런데 검찰은 피의자는 검찰조사에 '협조'해야 하고 자백할 의무가 있다고 생각하는 것 같았다. 피의자가 범행을 부인하는 것은 검찰에 대한 '협조'를 거부하는 것이고 이에 대해서는 엄문(嚴問)하거나 검사 구형량을 높이는 방식으로 응징하는 것으로 알려져 있었다. 이것은 매우 잘못된 생각이다. 검사는 피의자에게 자백할 의무가 있다는 생각을 버려야 한다.

둘째로, 변호인과의 접견 교통권도 현재는 많이 개선되었다고 하지만 당시는 검사의 눈치를 보아야 했다. 변호인의 조력을 받을 권리를 실질적으로 보장하는 길은 피의자 신문에 변호인이 어느 때든지 참여할 수 있게 하는 것이다.

셋째로, 검사는 피의자나 참고인에 대해 총괄적으로 신문한 후 신문 사항의 순서와 단락을 편집해 조서를 작성했다. 그러나 예컨대, 진술인이 어떤 사실을 인정하는 진술을 한 경우에도 그 전후의 진술과의 맥락이나 순서에 따라 전달되는 의미가 달라질 수 있다. 그러므로 피의자가 진술한 내용과 차이가 없다고 해도 그 진술의 순서나 단락을 편집하는 것은 진술의 의미를 왜곡시킬 수 있으므로 피해야 한다.

넷째로, 검찰은 중간수사 발표라는 것을 애용했다. 언론을 모아놓고 중간수사 발표를 한다면서 수사 과정과 내용 일부를 공개하기도 하고 때로는 그런 기회에 수사 내용의 일부를 공개가 아닌 슬쩍 흘리는 방식으로 언론에 누설하기도 했다. 이런 행동은 사실상 피의사실 공표죄에 해당하는 것이므로 지양해야 한다.

다섯째로, 검찰은 구속 위주의 관행에서 벗어나야 한다. 검찰은 거의 모든 사건에서 일단 피의자를 구속하고 본다. 무죄추정의 원칙은 통하지 않는 것 같다. 피의자를 구속시키는 게 검찰에게는 편리하고 또 수사에는 도움이 될 것이다. 우선 피의자의 증거인멸을 막고 검찰에의 '협조'를 압박할 수 있기 때문이다. 그러나 형사소송의 원칙은 강제수사가 아닌 불구속수사이며 증거인멸과 도주의 우려 등 예외적인 경우에만 구속이 용인되는데, 이 예외적인 경우를 검찰이 확대 해석하는 것은 검찰의 월권이다. 검찰은 피의자를 일단 구속해 약자의 지위에 두어야만 수사하기 편하다는 인식을 바꿔야 한다.

이상에서 지적한 것은 바로 적법절차에 관한 인식과 결부되어 있다. 검찰은 아직도 검사가 일방적인 권력과 권위로 피의자에게 군림하고 있다는 우월의식에서 벗어나지 못하고 있는 것이 아닌가 하는 생각이 드는 것이다. 현대의 형사소송의 토대는 당사자주의이고 따라서 무기대등(武器對等)의 원칙이 적용되어야 한다. 검찰은 긴급체포, 압수·수색 등 강제수사권의 막강한 수단을 가지고 있으므로 이에 대항하는 피의자 또는 피고인의 당사자 지위를 보강하기 위해서도 적법주의의 준수는 필요 불가결한 것임을 명심해야 한다.

몇 년 전에 안상영 전 부산시장 등 몇몇 인사가 검찰수사를 받던 중 자살하는 일이 있었고, 최근에도 이런 불상사가 끊이지 않고 있다. 표면상 명백한 강압수사가 없더라도 검찰의 조사를 받는 사람들은 진실 또는 유죄 여부를 떠나 위축되고 극도의 좌절감에 사로잡혀 있으며 자존심과 명예가 실추된 데 대한 극도의 자괴감에 빠지게 되는 것이 보통이다.

이런 사람들은 포승줄에 묶여 검찰에 수차례 소환되고 그 모습이 언론에 보도되는 것만으로도 정신적 타격이 크다. 그런데 검찰이 '협조', 즉 자백을 강요하면서 심리적인 압박을 가할 때는 그것이 고문 정도의 엄문이 아니라고 하더라도 자기의 생명을 포기해서라도 어려운 상황에서 벗어나고 싶은 충동에 빠지기 쉽다.

　나는 결코 죄를 진 사람을 옹호하려는 것이 아니다. 다만 그들도 유죄의 확정 판결이 나기까지는 무죄로 추정되는 것이고, 당사자주의 하에서는 한쪽 당사자인 검사는 수사권과 공소권을 가진 당사자로서 상대방 당사자인 피의자 또는 피고인에게 무기대등의 원칙이 지켜지도록 배려할 의무가 있는 것이다. 행여 상대방에게 모멸감 등 심리적 압박을 가해 '협조'를 받아내려 한다면 적법절차주의 정신에 정면으로 배치되는 것임을 알아야 한다.

　검사는 피고인의 '협조'가 아닌 방식으로 실체적 진실을 밝혀내는 치밀한 수사기법을 개발·발전시켜야 할 것이다.

사법 적극주의란 무엇인가

　사법 적극주의를 간단하게 말하면 법관이 실정법의 법문규정에 얽매이지 않고 법정신에 따라 적극적인 법해석을 해야 한다는 입장을 말한다. 교과서적인 설명은 "법관이 진보와 새로운 사회 정책을 위해 법원의 선례에 대한 엄격한 기속으로부터 이탈해, 헌법을 시대 변화에 적용해 탄력적으로 해석함으로써 입법부나 집행부의 행위를 적극적으로 판단하려고 하는 사법적 철학 내지 헌법재판적 철학"이라고 한다.[*]

---

* 《헌법학원론》(권영성 저, 법문사, 2010), 945쪽 참조

그러나 이런 설명은 사법 적극주의가 마치 법원이 선례의 구속으로부터 이탈하는 데 있는 것처럼 오해될 수 있어 적절하지 못하다.

사법 적극주의의 본질은 권력분립 구조하에서 법률의 해석기능을 갖는 법원이 단순한 문언해석(文言解釋)을 넘어 법창조적(法創造的)인 기능까지 발휘하는 법해석을 해야 한다는 데 있다.

하지만 사법 적극주의의 개념을 일의적(一義的)으로 규정하기는 어려우며 나라와 논자에 따라 차이가 있고 그 연혁도 다르다. 나는 내 나름대로 ① 재판이 소극적으로 법문의 해석 적용에 그치지 않고 적극적으로 법문의 표현과 다르게 확대 또는 축소 해석하거나 법문의 표현에 없는 법규범을 선언하는 등 법창조적 기능을 발휘해야 한다는 의미에서 사법 적극주의라고 부르는 경우 ② 법관이 위헌법률심사권을 갖는 이른바 사법국가형(司法國家型)의 사법운용 형태를 사법 적극주의라고 부르는 경우 ③ 법률의 위헌판단을 피하기 위해 합리적 해석의 방법에 따르든가 정치행위에 대해 사법의 자기억제론으로 사법심사를 회피하려는 태도를 사법 소극주의라고 부르고 이와 반대되는 경우를 사법 적극주의라고 부르는 경우 등으로 정의해본다.••

우선 사법 적극주의는 사법권의 행사에 관한 것인데 헌법재판소의 헌법재판권도 이 사법권의 개념에 포함되는지 아닌지를 분명히 해둘 필요가 있다.

일반 법원의 사법권과 헌법재판소의 헌법재판권을 구분해 사법권에는 헌법재판권이 포함되지 않는다고 주장하는 학자도 있으나 헌법

•• 〈사법의 적극주의〉(이회창, 서울대법학연구소, 《법학》 28권 2호), 147~161쪽 참조

재판도 헌법규범의 해석 적용이라는 면에서 본질적으로 사법작용이고 또한 입법·행정·사법의 3권 분립 체제에서 헌법재판은 사법의 법주에 속한다고 보아야 할 것이다.*

헌법재판소 결정이 입법을 폐지하고 또 헌법불합치 결정으로 새로운 입법을 유도하는 등 입법적 기능을 가지고 있으므로 단순히 사법권이라고만 볼 수 없다는 견해가 있지만 일반 법원도 법해석을 통해 법창조적 기능을 발휘하는 경우가 있으므로 이 견해는 타당하지 않다.

사법 적극주의적인 사법 개입이 본래적 기능인 헌법재판에 있어서는 새삼스럽게 사법 적극주의를 논의할 경우가 많지 않을 것이다. 사법 적극주의는 사법 개입의 근거가 명시되지 않고 국민의 기본권 분쟁이 빈번하게 발생하는 일반 법원의 사법권 행사에서 더욱 큰 의미를 지닌다. 그래서 이 글은 주로 일반 법원의 사법권 행사와 관련된 것임을 분명히 해둔다.

나는 법관으로 재판업무에 종사하면서 사법 적극주의가 사법부가 지향해야 할 길이라고 확신하게 되었다.

재판에서 준거(準據)해야 할 실정법은 너무나 불완전하다. 있어야 할 게 없거나, 반대로 지나치게 많아서 중복 저촉되기도 한다. 또 인간의 행동패턴이나 인간 간 거래의 내용 및 형태는 천차만별이고 또 수시로 변화하고 발전하는 것이어서 이런 행동과 거래를 법의 망(網)으로 담는 완벽한 입법을 한다는 것은 불가능하다. 그래서 실정법의 규

• 《헌법학원론》(권영성, 법문사, 2010), 《위헌법률심사제도론》(김철수), 학연사, 1983) 11~12쪽 참조

이회창
회고록

정이 미치지 않는 공백이나 사각(死角)의 법 공간이 생기게 마련이다.

이와는 대조적으로는 국회는 다량제품 생산공장처럼 매 회기마다 실정법을 쏟아낸다. 대개는 국회의원의 실적 올리기나 표 얻기 포퓰리즘에 의한 규제입법들인데 이렇게 나온 실정법들은 다른 법과 서로 저촉되거나 모순되는 경우가 허다하게 생긴다. 이런 때 법원이 입법부에 의한 새로운 입법이나 저촉·모순되는 입법의 조정을 기다려 재판해야 한다면 법원은 사실상 재판을 포기해야 할 경우가 많을 것이다.

또한 실정법이 이미 시대정신을 벗어났거나 그 문언대로는 입법이 의도한 정의실현이 어렵게 된 경우에는 법관의 법창조적 해석기능만이 법의 정의를 되살릴 수 있다.

이렇게 일단 사법 적극주의의 개념을 풀이해 보았지만 내가 사법 적극주의에 마음으로부터 깊이 매료되고 몰입된 것은 앞서 말한 미국 연수 당시 워런 대법원장이 이끄는 미국대법원의 일련의 사법 적극주의적 추세를 접하고서였다. 미국 대법원은 그동안 당연시되었던 위법수집 증거에 관한 수사 관행과 관념을 일거에 분쇄했고 헌법이 보장하는 기본권의 범주를 확장했다. 미국 대법원은 상상하기 어려운 힘을 발휘했는데 이것은 말처럼 쉬운 일이 아니다. 일반 여론은 범죄율 증가에 민감하고 범인 필벌 요구도 강한 가운데 이러한 일련의 적법주의 관련 판결을 낸다는 것은, 헌법이 규정한 인권과 적법주의를 지키는 것이 사법권이 담당한 정의실현의 길이고 이 길이 나라의 근간인 민주주의와 법치주의를 확립하는 길이라는 확고한 신념과 용기가 없이는 불가능한 일이었다. 그리고 그것은 공고하게 굳어진 사법의 관행을 바꾸는 사법 적극주의적인 철학에 바탕을 둔 것이었다.

우리나라에서도 일찍부터 사법 적극주의적인 판결과 사법 소극주의 적인 판결이 엇갈려 나왔지만 대체로 사법 소극주의적인 경향이 강했다고 보는 것이 솔직한 평가일 것이다.

4
대법관의 판결

전두환 대통령 때인 1981년에 나는 서울고등법원 부장판사로서 대법원 행정처 기획조정실장을 겸하고 있다가 법원장을 거치지 않고 바로 대법원 판사(그 뒤 대법관으로 명칭이 바뀌었다)로 임명되었다. 당시 45세로 근래 최연소 대법관이란 말도 들었다.

5년 임기를 마치고 퇴임해 변호사로 2년 3개월 개업하고 있었는데 노태우 대통령 취임 후 대법원장으로 취임한 이일규 씨가 찾아와 다시 대법관으로 들어와 같이 일하자고 제의했으나 처음에 나는 거절했다. 대법관의 격무로 5년 간 시달린 터라 또 그런 고생을 할 생각을 하니 끔찍했던 것이다. 그래도 이 대법원장이 재삼 간청해 3일 간 생각할 시간을 얻었다. 그리고 곰곰이 생각해보니 아무래도 변호사보다 법관이 나의 천성에 맞는다는 결론에 이르러 다시 법복을 입기로 마음을 바꿨다. 일부 언론에서는 내가 노태우 대통령 당선자 시절의 민주화합위원회(이하 민화위)에 참여한 공로로 대법관으로 다시 발탁된 것처럼 추측했으나 터무니없는 억측이다. 민화위는 노태우 정권이 들어선 후 각계각층의 목소리를 듣고 싶다 해서 법조계에서 이병용 변호사와 내가 참여한 것이고 대법관으로 재임용된 것은 신임대법원장인 이일규 씨의 간청 때문이지 민화위와는 전혀 상관이 없는 일이었다.

결국 나는 대법관을 두 번이나 한 셈이다. 대법관은 법원의 별이라고 일컬어지고 한 번도 하기가 쉽지 않은 자리에 두 번씩이나 했으니 나는 나라의 큰 은덕을 입었다.

1981년에 처음 대법관이 되었을 때 주변으로부터 많은 축하의 인사를 받고 또 언론에서도 지방법원장을 거치지 않고 고등법원 부장판사에서 바로 대법관으로 발탁된 케이스라면서 크게 보도를 해주었다.

그러나 나는 재임명이 안 되어 떠나는 전임 대법관들에게 인사를 다니면서 목격한 정경(情景)이 떠올라 마음이 들뜨기는커녕 오히려 가라앉는 기분이었다. 대부분은 책과 자료 등 짐정리를 끝냈는데 어떤 분들은 뒤늦게 정리하느라 부산했다. 그런데 부속실의 비서관이나 비서 등 직원들의 표정이 침울하게 보여 지켜보는 이들의 마음까지 무겁게 했다.

그들도 모시는 대법관이 부임했을 때는 들뜨고 희망에 찼을 것이다. 흔히 언론에서는 개각으로 교체되어 퇴임하는 전임 장관실의 표정을 보도하면서 마치 초상집 같다는 표현을 쓰곤 했다. 나는 대법관으로 부임하는 전날 한 가지 마음에 다짐을 했다.

"나는 언제든지 대법관 자리를 떠날 수 있다. 대법관 자리에 아무런 미련이 없이 일하고 떠날 때가 오면 미련 없이 떠나자!"

그러기 위해서는 가족들도 나와 같은 마음가짐이어야 했다. 그래서 나는 저녁식사 전에 아내와 아들들 그리고 딸이 모여 앉은 자리에서 말했다.

"아버지가 대법관이 되어 모두 축하해주고 지금은 가족 모두 즐거울 것이다. 그러나 항상 좋은 일만 있는 것은 아니다. 나는 내 신념에 따라 대법관 자리를 버려야 할 때가 올지 모르고 또 타의에 의해 물러나는 경우도 생길 수 있다. 어느 경우든 가족들은 실망하거나 좌절을 느껴서는 안 된다. 항상 이런 일이 일어날 수 있다는 것을 마음에 새기고 있어야 한다."

다른 사람들이 들으면 대법관이 되어 가족들과 즐거워야 할 자리에서 웬 비장한 타령인가 하고 웃을지 모르지만 하여튼 그 당시 나의 심정은 그러했다.

대법관은 나의 법관 시절에서 절정기라고 할 수 있다. 대법원은 최종심(最終審)으로서 최후의 단안(斷案)을 내리는 곳이어서 매우 중요하다. 또 합의(合議)에서 내 의견이 받아들여지지 않았다고 해도 나는 소수의견을 낼 수 있고 이 소수의견은 나의 신념을 표현하는 길이기도 하지만 또한 장차 현재의 다수의견을 변경하는 길잡이가 되기도 해 이것 또한 매우 중요하다. 나는 그동안 법관으로서 일관되게 추구해온 인간의 존엄성과 가치, 그리고 개인의 자유와 권리의 보장이라는 신념을 대법원에서 마음껏 발휘해보고 싶었다. 나는 적법절차주의와 사법 적극주의를 바탕으로 적극적으로 정의를 추구하는 일이 내가 대법관으로서 해야 할 일이라고 생각했다. 앉아서 기다리지 않고 적극적으로 나서서 정의를 추구하는 대법관이 되고자 했다.

나는 대법관 재임 중 내가 관여한 전원 합의체 판결 40개 가운데 다수의견 27개, 소수의견 13개를 썼고 소수의견보다 다수의견에 참여한 사건이 훨씬 많았다. 내가 다른 대법관에 비해 소수의견을 많이 낸 편이긴 하지만 다수의견을 낸 것이 훨씬 더 많았는데도 '소수의견을 많이 낸 대법관'으로 알려져 마치 다수와 화합하지 못하는 소수자처럼 인식되기도 한 것은 나로서는 좀 억울한 대목이다.

내가 대법관으로 재임 중 직접 쓴 다수의견이나 소수의견의 판결 중 사법 적극주의적인 관점에서 종전의 판례를 변경하거나 개인의 자유와 권리를 강조한 몇 개의 판결을 선정해 간략하게 그 요지를 설명함으로써 대법원 당시의 회고에 갈음하고자 한다. 이 부분은 법률 전문 분야이기 때문에 관심이 없는 분은 건너뛰어 가시기 바란다.

사법경찰관 조사 당시 고문을 받은 심리 상태가 계속된 상태에서 검사 앞에서 진술한 피의자 신문조서의 임의성을 부인한 사례

(대법원 1981.10.13 선고 81도 2160 판결)

이 판결은 내가 주심이었는데 판시 요지는 다음과 같다

(…) 피고인들이 검사 이전의 수사기관의 조사 과정에서 고문 등으로 임의성 없는 진술을 하고 그 후 검사의 조사 단계에 이르러서도 임의성 없는 심리 상태가 계속되어 동일한 내용의 진술을 했다면 비록 검사 앞에서 조사받을 당시는 고문 등 자백을 강요당한 바가 없었다고 해도 검사 앞에서의 자백은 결국 임의성 없는 진술이 될 수밖에 없다.

위 판결은 요컨대, 피고인이 경찰조사에서 고문을 받아 자백을 하고 그 심리 상태가 검찰조사 단계에까지 계속되었다면 검사 앞에서 한 동일한 내용의 자백도 임의성을 인정해서는 안 된다는 내용이다.

형사소송법상 검찰 이외의 수사기관 즉, 경찰이 작성한 피의자 신문조서는 피고인이 법정에서 그 내용을 부인하면 증거능력이 없지만 검사 작성의 피의자 신문조서는 그 내용을 부인해도 임의성이 부인되지 않는 한 증거능력이 있게 되어 있다. 이런 점을 악용해 경찰조사 과정에서 고문으로 자백을 받아낸 다음 피고인이 위축된 심리상태에 있는 동안에 검찰에 송치해 같은 내용의 자백을 받아내는 일이 흔히 이루어지고 묵인되다시피 했다. 고문이 경찰의 조사 과정에서 가해진 것이고 검찰에서 가해진 것은 아니라는 이유로 임의성의 존부에 관한 판단을 소홀히 하거나 포기해온 셈이다.

위 대법원 판결은 이러한 관행을 깨고 검찰에서 고문 등 자백 강요가 없었다고 해도 검사의 피의자 신문 조사의 임의성이 부인될 수 있음을 판시한 최초의 판결로 그 후 대법원에 의해 일관되게 유지되어 왔다.*

그러면 어떤 경우에 경찰조사에서의 임의성 없는 심리상태가 검찰 조사까지 계속된 상태라고 볼 수 있는가? 이어진 대법원 판결에서는 경찰에서 피고인을 조사한 경찰관이 검사 앞에까지 피고인을 데리고 간 상태에서 검사 앞에서 자백한 경우(대법원 1992. 3. 10. 선고 91도 1 판

---

* 〈사법경찰관 조사과정의 고문과 검사작성 피의자 신문조서의 임의성〉(이재상, 이회창 대법관 회갑 기념 논문집 《법과 정의》), 285, 287쪽

결), 검사의 제1회 피의자 신문조서가 경찰이 피고인의 신병과 함께 사건을 검찰에 송치한 그날 작성되었고 자백의 내용도 사법경찰관 작성의 의견서 기재 범죄사실을 모두 인정한다고 되어 있는 경우(대법원 1992. 11. 24. 선고 92도 2409 판결) 등에서 임의성 없는 심리상태가 계속된 것으로 보았다.

당사자가 재심 대상 판결을 잘못 지정한 경우
법원이 취해야 할 조치에 관한 사례

(대법원 1984.2.28. 선고 83 다카 1981 전원 합의체 판결)

민사소송법상 항소심에서 사건에 대해 본안 판결을 한 때는 재심의 소는 항소심 판결을 대상으로 제기해야 하고 제1심 판결에 대해서는 제기하지 못하도록 되어 있다.(민사소송법 제422조 3항) 다시 말하면 항소심에서 본안 판결을 한 때는 주문이 '항소기각'으로 되어 있다고 해도 재심의 소는 항소심 판결을 대상으로 해야 한다는 뜻이다.

그런데 실제로는 재심 대상이 제1심 판결인지 항소심 판결인지 헷갈리기 쉽고 변호사들조차도 착각하는 경우가 허다했다. 재심 대상 판결을 잘못 표시한 때는 이론상 그 재심의 소는 각하할 수밖에 없고 그러는 사이에 재심의 소 제기 기간마저 경과되어 당사자로서는 다시 재심의 소를 제기할 수 없게 됨으로써 회복할 수 없는 손해를 입게 되는 경우가 허다했다. 하지만 대법원은 그동안 당사자가 재심 대상 판결을 제1심 판결로 명시한 이상 그 재심의 소는 항상 부적법하

이회창
회고록

고 관할이송을 할 여지가 없다는 태도를 유지해왔다.

법률 전문가들도 헷갈리는 재심 대상 판결과 재심 관할법원에 대해 소송행위에 관한 표시주의에 집착한 나머지 당사자의 기재만을 가지고 재심의 소를 각하해온 종전 판례는 너무나 형식적이고 타성적인 태도라 하지 않을 수 없었다. 내가 주심인 '대법원 83 다카 1981' 사건은 바로 이러한 사안으로 판례 변경을 위해 전원 합의체에 회부했고 전원일치 의견으로 종전 판례들을 폐기하고 원심 판결을 파기 환송했다.

위 판결은 먼저 소송행위의 해석은 실체법상의 법률행위와는 달리 철저한 표시주의와 외관주의에 따르도록 되어 있지만, 당사자가 기재한 어구에 지나치게 구애되어 형식적이고 획일적인 해석에만 집착하면 도리어 당사자의 권리구제라는 소송제도의 목적과 소송경제에 반하는 부당한 결과를 초래할 수 있음을 경계하고 다음과 같이 판시했다.

재심 원고가 제1심 법원에 제출한 재심 소장에서 재심할 판결로 제1심 판결을 표시하고 있다고 해도 주장하고 있는 재심 사유가 항소심 판결에 관한 것임이 그 주장 자체나 소송자료에 의해 분명한 경우에는, (…) 재심 원고의 의사는 항소심 판결을 재심 대상으로 한 것으로서 다만 재심 소장에 재심 대상 판결 표시를 잘못 기재해 제1심 법원에 제출했다고 보는 것이 객관적이고 합리적인 해석이라고 할 것이다. 또 이와 같이 해석해 재심의 소를 각하하지 아니하고 재심 관할법원인 항소법원에 이송해 유지시켜 주는 것이 재심 제기기간 도과로 당사자가 입게 될 회복할 수 없는 손해를 방지할 뿐 아니라 소송경제적으로도 타당한 조치라고 생각된다.

요컨대, 위 판결은 당사자의 사소한 잘못을 책잡아 권리구제를 외면하지 말고 당사자의 진의가 무엇인가를 헤아려 분쟁을 실질적으로 해결해 주라는 뜻이었다.

과외금지와 학습의 자유에 관한 사례

(대법원 1984. 9. 11. 선고 84도 1451 판결)

전두환 대통령이 집권한 후 국가보위비상대책위원회는 1980년 7월 30일 학교교육 정상화 및 과열과외 해소방안 등 교육개혁 조치를 발표했고 공직자와 기업인, 의사, 변호사 등 사회 지도급 인사 자녀의 과외를 금지하고 위반한 학생에 대해서는 무기정학, 부모와 교사 등에 대해서는 해직과 세금징수 등 강경조치를 단행했다. 그리고 1981년 4월 13일 사설강습소에 관한 법률 제9조의 2를 신설해 과외교습을 법으로 제한했다.

그동안 과열과외에 시달려온 학부모와 시민들은 과외금지 조치를 환호했으나 이러한 과격한 대응처방은 임시방편이며 지체없이 교육 정상화 및 교육개혁 같은 근본적인 개선책이 뒤따라야 했다. 그런데도 정부는 계속 단속과 처벌이란 안이한 대처 방식에 안주했고 포상과 승진으로 과외 위반자 검거를 독려한 결과 공안 담당의 경찰관까지 과외금지 위반자를 찾아다닌다는 말이 돌고 교습 행위를 하기만

하면 적발하는 사태로까지 번졌다.

　과열과외를 금지하는 것이 계층 간의 위화감을 억제하는 긍정적인 측면이 있는 것은 사실이지만 근본적으로 학습을 법으로 금지한다는 것은 문제가 있고 또 계속적이고 반복적으로 교습을 행하는 사설강습소에 관한 법률의 입법 취지에도 반한다는 문제가 있었다. 그래서 전두환 정권이 큰 업적의 하나로 내세우는 조치이지만 적극적으로 사법적 제약을 가할 필요가 있다고 생각했다. 위 판결의 요지는 다음과 같다.

　사설 강습소에 관한 법률 제9조의 2 제1항에서 금하는 과외 교습은 일정기간 계속 또는 반복해 교습하는 행위만 가리키고, 계속성이나 반복성이 없이 우연하게 일시적으로 행하는 교습 행위까지 포함하는 개념이 아니다. 왜냐하면 원래 지식 등을 교습하는 행위는 그 교습 내용이 반사회적이거나 반국가적인 불법한 내용이 아닌 한 함부로 제한할 성질의 것이 아니다.

　위 판결이 선고되자 난리가 났다. 그 며칠 전 전두환 대통령이 일본을 방문했을 때 일본 총리가 전 대통령의 과외금지 조치에 대해 '우리도 못하는 일을 했다'면서 크게 칭송했다고 한다. 그런데 정작 본국에서 대법원이 과외금지를 문제 삼았으니 얼마나 화가 났겠는가. 내 주변에서는 확실하게 대법관 재임명 탈락의 심지를 뽑았다는 농담을 나에게 하는 사람도 있었다.

일반 육체 노동자의 가동연한에 관한 사례

(대법원 1989. 12. 26. 선고 88 다카 16867 전원 합의체 판결)

그동안 대법원은 일반 육체노동 또는 육체노동을 주된 내용으로 하는 생계활동의 가동연한을 경험칙상 만 55세로 보아야 한다고 일관되게 판시해 왔었다. 그러나 남녀 모두 평균 연령이 연장되고 이에 따라 육체노동을 내용으로 하는 고용직의 정년도 연기되는 추세에 비추어 만 55세의 가동연한은 현실과 맞지 않는 것이었으므로 현실에 맞게 종전의 판례를 변경하기로 했다. 판결 요지는 다음과 같다.

일반 육체노동의 가동연한이 만55세라고 본 당원 판례는 1950년대와 1960년대에 형성되기 시작한 바, 우리나라 국민의 평균 연령이 1950년대에는 남자 51.12세, 여자 53.73세이고 1960년대에는 남자 54.92세, 여자 60.99세에 불과했고 또한 육체노동을 주된 내용으로 하는 선로수, 토목수, 목공, 운전수 등 기능직 공무원의 정년이 법령상 만 55세로 한정되어 있었으며, 여기에 당시 우리나라의 경제수준과 고용환경 등 사회적·경제적 여건을 참작해 육체노동자의 가동연한은 만 55세라는 경험칙이 도출되었던 것이다. 그러나 그동안 우리나라의 사회적·경제적 구조와 생활여건이 급속하게 향상 발전됨에 따라 국민의 평균 연령은 남자 63세, 여자 69세로 늘어났고 (1981년도 한국통계연감), 육체노동을 주된 내용으로 하는 기능직 공무원의 정년도 만 58세로 연장되었다. (…) 이러한 제반 사정의 변화에 비추어 보면 이제 일반 육체노동 또는 육체노동을 주된 내용으로 하는 생계활동의 가동연한이 만55세라는 경험칙에 의한 추정은 더 이

이회창
회고록

상 유지되기 어려우므로 종전 판례를 폐지하기로 한다.

위 판결은 변화하는 사회 현실을 적극적으로 수용해 법원 판결이 준거하는 경험칙을 수정하는 법창조적 기능을 발휘한 판결이라고 할 수 있다. 법관은 자신이 재판에서 준거하는 경험칙이 변화하는 사회 환경과 생활 여건 속에서 여전히 보편타당성을 유지하고 있는지에 대해 끊임없이 검토하고 확인해야 한다.

토지거래 허가제에 관한 유동적 무효 이론을 도출한 사례

(대법원 1991. 12. 24. 선고 90다 12243 전원 합의체 판결)

1970년대에 토지 투기열풍이 불어 경제구조를 뒤흔드는 상황이 되자 이를 억제하기 위해 정부는 1978년 말에 국토이용 관리법을 개정해 토지거래 허가제를 도입했다.

이 개정법에 의하면 토지거래 규제 지역으로 지정된 구역에서는 소유권 등 권리의 거래계약은 사전에 관할 도지사의 허가를 받아야 하고, 허가를 받지 않고 체결한 거래계약은 효력을 발생하지 않는다고 규정하고 사전거래 행위에 대한 처벌 규정까지 두었다.

그러나 거래계약을 체결하기도 전에 거래 허가를 받으라는 것은 구체적인 허가 대상이 존재하기도 전에 허가를 받으라는 것과 같아 비현실적인 데다가, 거래계약 당시는 허가가 없었다고 해도 그 후 허가를 받았는데도 사전 허가가 없었다는 이유로 끝내 무효로 하는 것은 매우 불합리하다. 그래서 대법원은 전원 합의체 판결을 통해 토지거래 허가 전의 토지거래 계약은 무효이지만 그 무효는 토지거래 허가를 받으면 소급해 유효한 계약이 되는 '유동적 무효'의 상태로 보아야 한다는 새로운 이론을 도출했다. 내가 주심으로서 쓴 위 판결의 요지를 간략하게 줄이면 다음과 같다.

(…) 토지의 소유권 등 권리를 이전 또는 설정하는 내용의 거래계약은 관할 관청의 허가를 받아야만 그 효력이 발생하고 허가를 받기 전에는 물권적 효력은 물론 채권적 효력도 발생하지 아니해 무효라고 보아야 한다. 다만 (…) 이와 달리 허가를 받는 것을 전제로 한 거래계약일 경우에는 허가를 받을 때까지는 확정적 무효의 경우와 다를 바 없지만, 일단 허가를 받으면 그 계약은 소급해 유효한 계약이 되고 이와 달리 불허가 된 때는 무효로 확정되므로 허가를 받기까지는 '유동적 무효'의 상태에 있다고 보는 것이 타당하다.

위와 같이 '유동적 무효'의 법리를 창출한 위 판결에 대해서는 그동안 토지 공개념을 바탕으로 너무 법실증주의적인 경향에 치우쳐 규제 일변도로 토지거래 규제법이 제정, 시행되어온 입법의 잘못을 합리적으로 조정하고 지킬 수 없는 법을 지킬 수 있는 법으로 만든 큰 의미가 있다는 평가가 있었다.●

● 〈토지거래 허가제에 관한 유동적 무효의 법리〉(김상용, 이회창 대법관 회갑 기념 논문집 《법과 정의》), 565쪽

이회창
회고록

서울시는 정도(定都) 600년을 기념해 1994년 11월 29일 400년 뒤의 우리의 자손들이 꺼내 볼 수 있도록 타임캡슐을 묻었는데, 여기에는 이 시대의 문물을 대표하는 각종 자료 600점을 수장했다. 이 타임캡슐에 수장된 자료 중에 대표적인 판결로 '유동적 무효' 이론을 도출한 위 전원 합의체 판결이 선정되어 수장되었다. 아마도 토지 투기가 당시의 우리나라의 시대 상황을 보여주는 대표적인 현상이라고 본 것 같다.

비상계엄 해제 후에 군법회의 재판권을 연기하는
구 계엄법 규정의 효력에 관한 사례
(대법원 1985. 5. 28. 선고 81도 1045 전원 합의체 판결)

이 판결은 비상계엄 해제 후의 군사 재판권 연기 규정의 위헌성에 관한 판결로 열세 명의 대법원 판사 중 여덟 명이 다수의견을, 한 명이 다수의견의 보충의견을 내고, 세 명과 한 명이 각각 반대의견을 냈으며 이중 세 명의 반대의견을 내가 썼다.

이 사건은 세칭 '박세경 사건'으로 알려진 사건으로 대법원 판사 사이에서 여러 갈래의 의견이 대립되었지만 쟁점은 합헌해석의 원칙과 사법 적극주의 및 사법의 자기억제 원칙에 관한 것이었다.

사안은 박세경 변호사(전 국회 법사위원장)가 1980년 5월 31일 서울 마포구 동교동 소재 김대중 씨 집에서 그를 비롯한 여러 사람과 정치적 회합을 해 당시의 계엄포고령을 위반했다는 범죄 사실로 1심 군법회의에서 유죄판결을 받고 2심 고등군법회의에서 항소기각 판결을 받았는데, 2심 고등군법회의 판결은 당시 비상계엄이 해제되었음에도 구 계엄법 제23조 제2항의 규정에 따라 1개월 간 군법회의 재판권이 연기된 기간에 선고되었다.

여기에서 구 계엄법의 군법회의 재판권 연기규정이 합헌인지, 이에 터 잡은 고등군법회의의 판결이 적법한지의 여부가 문제된 것이다.

우선 다수의견을 요약한 다음 대법원 판사 3인의 반대의견을 항목별로 소개하고자 한다. 다수의견의 요지는 이렇다.

헌법이 계엄해제 시기 및 그 효력에 관해 아무런 규정을 두지 않았으나 법률의 규정에 의해 계엄을 선포할 수 있고 이 경우 법률의 규정에 의해 법원의 권한에 관해 특별한 조치를 취할 수 있다고 규정한 바에 비추어 보면 비상계엄 해제의 효력발생 시기에 대해서도 법률로 정할 수 있다고 보아야 한다.

연혁적으로 보아 비상계엄 해제 제도는 통상적으로 일반 법원의 기능 미비의 경우에 인정되는 것이므로 비상계엄 지역 내의 사회 질서는 정상을 찾았으나 일반 법원이 미처 기능회복을 하지 못해 군법회의에 계속 중인 사건을 넘겨받을 수 있는 태세를 갖추지 못한 경우와 같이 군법회의 재판권을 인정해야 할 필요성이 있는 상황은 있을 수 있다. 이런 면에서 구 계엄법 제23조 2항은 국민의 군법회의를 받지 않을 권리를 일시적으로 제한한 것은 분명하지만 그렇다고 해 이러한 권리를 박탈하거나 그 권리의 본질적 내용을 침해한 것이라고는 할 수 없고, 또 권리의 일시 제한에는 합

이회창
회고록

목적성도 인정되므로 헌법의 위임 범위를 넘어 위헌이라고 볼 수 없다.

특히 보충의견은 국민의 권리와 이익을 침해해 법률상 쟁송에 해당하는 것이라고 해도 고도의 정치성이 있는 것은 위헌판단을 회피해야 한다고 전제하고, 다음과 같이 주장했다.

계엄의 선포와 해제 및 이에 부수되는 조치 등은 국가통치 작용으로서 고도의 정치성이 있는 사항이므로 헌법 판단의 한계를 넘어서는 것으로 사법심사의 대상으로 할 수 없다. 구 계엄법 제23조 제2항에 대한 위헌 판단은 피하는 것이 견제와 균형이라는 권력분립의 이상적 운영을 기하는 한편 사법권의 독립성과 중립성을 지키는 길이다.

이러한 다수의견과 보충의견에 대한 대법원 판사 3인의 반대의견의 요지를 쟁점별로 나눠서 설명하면 다음과 같다.

우선 다수의견이 헌법상 법률의 규정에 의해 계엄을 선포할 수 있도록 되어 있으므로 계엄의 효력발생 시기에 대해서도 법률로 정할 수 있다고 주장한데 대해, 반대의견은 이렇게 반박했다.

구 헌법 제26조 제2항은 '군인 또는 군무원이 아닌 국민은 대한민국의 영역 안에서는 중대한 군사상 기밀, 초병, 초소, 유해음식물 공급, 포로, 군용물, 군사시설에 관한 죄 등 법률에 정한 경우(전단)와 비상계엄이 선포되었거나 대통령이 법원의 권한에 관해 비상조치를 한 경우(후단)를 제외하고는 군법회의 재판을 받지 아니한다'고 규정함으로써 예외적인 경우가 아닌 한 군인 또는 군무원이 아닌 국민은 군법회의재판을 받지 아니할 권리를 명시하고 있다.

그러므로 위 조항 후단의 비상계엄 또는 비상조치 중의 민간인에 대한 군법회의 재판권은 비상계엄의 선포 기간 중 또는 비상조치 기간 중에 한해 인정되고 비상계엄 또는 비상조치가 해제되어 그 효력이 상실되면 이에 따라 당연히 소멸되는 것이며, 같은 조항 전단의 중대한 군사상 기밀 등에 관한 죄를 저지른 경우를 제외하고는 국민은 어떤 경우에도 군법회의 재판을 받지 아니할 권리가 있음을 헌법상 보장하고 있다.

따라서 구 계엄법 제23조 제2항이 비상계엄 해제 후에도 군법회의 재판권을 연기할 수 있도록 규정한 것은 헌법상 보장된 군법회의 재판을 받지 아니할 권리를 명백히 침해하는 규정이다.

또한 비상계엄은 구 헌법 제51조의 비상조치와 더불어 이른바 국가 긴급권에 속하는 것으로서 국가위기상황에서 국민의 기본권을 제한하고 국가권력을 집중하는 조치이며 본질적으로 입헌주의를 정지하는 독재적 권력 행사이므로 국가위기 극복을 위해 필요한 최소한도 내에서 일시적이고 잠정적으로 행사되어야 하고 또 이러한 한도 내에서만 헌법이 이를 용인하고 있는 것이다. 이러한 국가긴급권의 본질에 비추어 볼 때 국가긴급권에 관한 헌법의 규정은 위와 같은 최소한의 원칙에 따라 엄격하게 해석해야 한다.

따라서 구 헌법 제52조 제3항이 '비상계엄이 선포된 때' 법률이 정한 바에 의해 특별한 조치를 할 수 있다고 규정한 것은 비상계엄이 선포되어 그 효력이 존속하고 있는 동안에 특별한 조치를 할 수 있다는 뜻으로 보아야 하고 비상계엄 선포의 효력이 상실된 뒤에 특별한 조치를 하거나 이미 한 조치를 연장하는 것은 위 헌법규정에 정면으로 저촉된다. 결국 구 계엄법 제23조 제2항은 위 구헌법 제53조 제3항의 규정에도 위반된다.

다음에는 다수의견과 보충의견이 비상계엄 지역 내의 사회 질서는 정상을 찾았으나 일반 법원이 미처 기능회복을 하지 못해 재판사건을 처리할 태세를 갖추지 못한 경우에는 비상계엄 해제 후에도 군법회의 재판권을 연장할 필요가 있으므로 구 계엄법의 군법회의 재판권 연기규정은 국민의 군법회의 재판을 받지 아니할 권리의 본질적 내용을 침해하는 것이 아니라고 주장한데 대해 반대의견의 반박 논리는 다음과 같다.

이런 주장은 가상적인 논리일 뿐 현실적인 이유가 되지 못한다. 첫째로, 비상계엄 지역이 전국적이고 전 지역에서 법원의 재판기능이 마비된 경우라면 평상시의 질서회복이 안 된 상태이므로 이런 상태에서 사회 질서의 정상을 되찾았다 해 계엄을 해제하는 경우를 상정한 다수의견은 현실을 무시한 가상적인 논리의제에 지나지 않는다. 만일 비상계엄 해제 후 계엄법규정에 따라 1개월 간 군법회의 재판권을 연기 했지만 연장된 1개월이 지나도 전국 법원의 재판기능이 회복되지 않을 때는 어떻게 할 것인가? 다시 비상계엄을 선포할 것인가?(다수의견의 논리적 모순을 지적한 것이다.)
둘째로, 비상계엄 지역이 일부 지역인 경우에 그 지역 내에서만 법원의 재판기능이 회복되지 않은 경우를 생각해 볼 수 있으나 이런 경우에 재판기능이 회복되지 않은 사유는 법관 등 인적 자원의 부족 또는 법정 등 물적

3
좋은 법관이 되는 길   245

시설의 멸실 등일 것인데 이런 경우에는 타 지역 법원으로부터의 보충이나 대체시설 이용으로 능히 그 기능을 회복할 수 있으므로 이런 정도의 어려움이 있다 해 법원의 재판기능이 마비되었다고 보는 것은 역시 가상적인 과장논리에 불과하다.

또한 구 계엄법 제23조 제2항이 비상계엄 해제 후에도 군법회의 재판을 연기할 수 있도록 규정한 것은 비상계엄 선포 기간 중이 아닌 때도 민간인으로 하여금 계속해 군법회의 재판을 받도록 한 것이어서 헌법상 군법회의 재판을 받지 아니할 권리의 본질적 내용을 침해하는 것이며, 연장한 기간이 1개월 이내의 짧은 기간이라 해 달리 볼 수 없다.

다수의견과 보충의견은 비상계엄 해제 후 1개월 이내의 기간 중 군법회의 재판권을 연기하는 것이 국민의 군법회의 재판을 받지 아니할 권리를 일시적으로 제한하는 것은 분명하지만 그렇다고 해 국민의 군법회의 재판을 받지 아니할 권리를 박탈하거나 그 권리의 본질적 내용을 침해하는 것은 아니라고 주장하고 있다.
그러나 이러한 주장은 이 사건에서 문제된 기본권의 침해가 국민 일반의 추상적 권리를 대상으로 한 것이 아니라 개인으로서의 국민이 갖는 구체적 권리를 대상으로 한 것이라는 점을 망각하고 있다.
국민 일반의 추상적이고 분량적 권리개념으로 본다면 1개월 내의 군법회의 재판권 연장은 극히 적은 일부 국민의 권리를 단기간 침해하는데 지나지 아니 해 권리 자체의 박탈이나 권리의 본질적 침해가 아니고 일시적 제한이라고 볼 수 있을지 모른다.

이회창
회고록

그러나 군법회의 재판권이 연기된 1개월 사이에 군법회의에서 재판을 받은 개인으로서는 이미 군법회의 재판을 받지 아니할 권리를 박탈당하고 권리의 본질적 내용을 침해당한 것이지 일시적으로 권리의 제한을 받은 것이 아니다.

끝으로 보충의견이 헌법판단 회피의 원칙과 계엄선포나 해제 등의 고도의 정치성에 비추어 위헌판단을 피해야 한다면서 사법 소극주의적 견해를 밝힌 데 대해서도 반대의견은 통치행위 이론은 무리한 논리라고 반박하고 사법 적극주의론을 폈다.

사법의 자기 억제의 원칙은 반드시 사법권이 어느 경우에나 소극주의로 임하는 것을 요구하는 것이 아니며, 더구나 이에 관련된 헌법 문제의 판단에서 가급적 도피하는 것이 사법자체의 본령인 것처럼 안다면 이는 큰 잘못이다. 유능하고 자기책무를 다하는 사법부는 자기억제와 적극주의의 양면성을 갖추고 양자를 적절히 구사할 수 있어야 한다. 지금 우리는 사법의 지나친 개입을 반성하며 이로부터 후퇴할 필요를 느끼는 그러한 처지에 있지 않다.

이 사건에서 피고인은 헌법상 보장된 군법회의 재판을 받지 아니할 권리를 현실적으로 침해당한 것이 명백한데도 구 계엄법 규정이 고도의 정치성이 있다거나 국민의 권리를 박탈하고 권리의 본질적 내용을 침해한 것이 아니라는 이유로 눈감는다면 도대체 어떤 경우에 사법이 개입한단 말인가?

사법의 자기억제 자체는 필요한 사법운용의 원리이긴 하나 지나친 자기억제나 일관된 소극주의의 강조는 헌법이 부여한 사법심사의 권능 자체를 유명무실한 것으로 만들고 현상 유지를 위한 합리화의 기능으로 타락시킬 우려가 있다.

이상에서 박세경 사건의 대법원 전원 합의체 판결에 대해 다수의견과 보충의견, 그리고 반대의견을 장황하지만 소상히 소개한 것은 사법 적극주의와 사법 소극주의의 입장이 극명하게 대립된 사안이고 각자의 철학과 신념 그리고 논리구성이 잘 나타나 있기 때문이다.

이 판결과 관련해 특히 내가 느낀 것은 두 가지다.

첫째는 사법 적극주의는 한마디로 다른 국가 권력인 입법부 또는 행정부와 부딪치는 일이다. 사법부가 안방에 들어앉아 바깥 세상과 부딪치지 않고 사법의 자기억제라는 구실로 마음 편안하게 지내겠다고 하면 사법부는 외관상으로는 '독립'을 유지하는 것 같지만 다른 국가 권력의 뒤치다꺼리나 하고 그러면서도 존중과 품위를 잃는 처지가 될지 모른다. 사법 적극주의는 다른 국가 권력과 부딪치더라도 사법의 정의와 국민의 기본권을 지킨다는 신념과 용기가 있어야 한다는 뜻이다.

둘째는 우리는 흔히 국민의 권리를 논할 때 개인인 국민의 권리와 집단인 국민의 권리를 혼동하기 쉽다. 다수의견이 계엄 해제 후 법원의 원상회복 상황을 고려해 1개월 간 군법회의 재판권을 연장한 것이 국민의 군법회의 재판을 받을 권리를 일시 제약한 것일 뿐 그 권리를 박탈한 것이 아니라고 말하고 있는 것이 그 좋은 예이다. 1개월 간의

다섯 살 때, 고모와 함께

창평초등학교 1학년 재학 중, 앞줄 오른쪽부터
나, 누님, 형님. 뒷줄 오른쪽부터 어머니와 친척들

1957년, 스물세 살 때 공군법무관 시절

1960년 3월, 스물여섯 살 때 법관 초임 시절

대학 졸업 전에, 앞줄 오른쪽부터 동생 회경, 아버지, 어머니, 동생 회성,
뒷줄 오른쪽부터 누님 회영, 자형 강우석, 형님 회정, 나

1962년 3월 2일, 명동성당에서 한인옥과 결혼하다

1963년, 첫째와 함께 불광동 집에서

1964년, 첫째를 등에 업고 성북동 집에서

1966년, 아내, 첫째, 둘째와 함께
성북동 집에서

1968년, 세 자녀와 함께 휘경동 집에서

1977년 여름, 미국법관연수소 참관

1977년, 미국법관연수소 강의실에서

1980년, 서울고등법원 판사 시절, 호주 시드니에서 세계 상소심 법관회의에 참석.

1982년 1월 1일, 백부 이태규 박사 내외 분을 모시고 친척들이 모이다

1981년 4월, 1기 대법관 시절

1981년, 대법관실에서.

1988년 8월 16일, 2기 대법관 시절

1988년, 대법관 법정에서

1988년, 대법원 전원 합의체 토의광경

1993년, 감사원장으로서 감사위원회의 주재

1993년, 감사원 체육대회에서 직원들과 함께

1993년 12월 22일, 국무총리 취임 후 국무위원들과 기념 촬영

1994년 1월, 국무총리공관에서 가족과 함께

1994년 1월, 낙동강 수질오염 사건 취수장에서

1994년 6월, 국무총리 퇴임 후 부모님을 뵙다

1994년 가을, 아버님을 모시고 예산, 성묘길에서

1994년, 국무총리 퇴임 후 구기동 자택에서 네 형제가 함께. 오른쪽부터 형님, 나, 셋째, 넷째

아버지와 함께 명륜동에서

군법회의 재판권 연장이 집단 개념인 국민으로 보면 일시적 제약일지 모르지만 재판받는 개인인 피고인의 입장에서는 군법회의 재판을 받지 아니할 권리를 박탈당한 것이 명백하지 않은가? 지금 법원은 개인인 피고인의 구체적인 권리침해 여부에 대한 판단을 요구받고 있는 것이지 집단인 국민의 추상적인 권리침해 여부에 대한 판단을 요구받고 있는 것이 아니다. 이러한 국민에 대한 개인과 집단 개념의 혼선은 흔히 있을 수 있다고 해도 이로 인해 재판에서 개인의 권리구제를 거부하면 그 혼선은 치명적인 실수가 될 것이다.

위 판결의 반대의견에 대해서는 학계 일부에서 당시 제5공화국의 강권정치하에서 정치적 함의를 지닌 사건에 관해 반대의견을 개진한다는 것 자체가 결코 용이한 일이 아니었을 것이라면서 이 반대의견은 80년대의 경직된 권위주의 지배하에서 일부 판사가 대법원의 본래적 기능을 다하기 위해 애써 왔음을 보여주는 일례라고 평가했다.[*]

국가보안법 제7조 제1항, 제5항의 해석 기준에 관한 사례

(대법원 1992. 3. 31. 선고 90도 2033 전원 합의체 판결)

이 판결은 사법 적극주의에 관한 표본적인 판결은 아니지만 국가보안법의 위법성 기준에 관해 반대의견이 종전보다 적극적인 해석기

---

* 《계엄해제 후 군사재판권 연기 규정의 위헌성》(양건, 이회창 대법관 회갑 기념 논문집 《법과 정의》, 121쪽

준을 새로 제시했다는 점에서 여기에 인용한다. 이 판결에서 대법관 3인의 반대의견은 내가 썼다.

　다수의견을 요약하면 피고인이 《임금의 기초 이론》이라는 책자, 《미국, 누구를 위한 미국인가?》라는 책자 및 《새벽 6호》라는 책자를 취득, 소지하거나 제작, 반포한 행위에 대해, 위 각 책자의 내용이 국가보안법(1991.5.31. 개정 전)의 보호법익인 대한민국의 안전과 자유 민주주의 체제를 위협하는 적극적이고 공격적인 표현으로서 표현의 자유의 한계를 벗어난 것이므로 국가보안법 제7조 제5항, 제1항을 적용한 원심 판결은 정당하다고 판단했다.

　반대의견의 요지는 다음과 같다. 이 판결의 다수의견이나 반대의견은 모두 장황하지만 간추려 옮긴다.

　먼저 다수의견은 불법성의 판단기준으로 대한민국의 안전과 자유 민주주의 체제를 위협하는 적극적이고 공격적인 표현으로서 표현 자유의 한계를 벗어났다는 표현을 쓰고 있으나 이는 너무 추상적이고 애매모호해 도대체 적극적이고 공격적인 표현이라는 것이 어느 정도의 표현을 가리키는 것인지 불분명하다.

　우선 국가보안법상 표현 범죄의 불법성 즉 불법 요소는 국가의 안전과 국민의 생존 및 자유를 위태롭게 하는 '반국가 활동성'에 있다. 그러면 실제로 어떤 행위가 이런 '반국가 활동'에 해당하는지를 판단하는 기준은 무엇인가?

　이것은 헌법상 보장된 표현의 자유의 한계와 관련해 살펴보아야 한다. 자유 민주주의 체제하에서 표현의 자유는 사상의 경쟁이 자유롭게 허용되는 사회에서만 건전하고 실질적으로 보전될 수 있다. 한 시대, 한 사회에서의 기존의 진리와 가치는 사상의 자유경쟁과 도전을 거쳐 새로운 진리와 가치로 발전 또는 창조되어 나가는 것이고 우리는 이것을 역사의 발전 과정으로 인식한다.

이런 새로운 진리와 가치의 발전과 창조는 때로는 기존의 진리와 가치를 부정하고 극복함으로써 이루어지기도 한다. 기존의 사상·이념에 반한다고 해서 무조건 배척하거나 억제할 것이 아니라 자유경쟁의 시장에서 경쟁하게 하고 무가치하고 유해한 사상과 이념은 여기에서 비판받고 도태되는 과정을 거치게 해야 한다. 이로써 건전한 국가와 사회 체제의 기초가 형성될 수 있는 것이다.

그러나 이렇게 기존의 사상과 가치 체계를 부정하는 사상의 표현에 대해 관용을 베푼다고 해 자유 민주주의의 질서와 체제 자체를 파괴하려는 표현행위까지도 관용해야 한다는 것은 아니다. 이런 행위는 표현의 자유의 한계 밖에 있고 이런 행위의 규제는 자유 민주주의 체제의 방어를 위해 필요하다.

결국 국가보안법 제7조가 규정하는 표현범죄에 있어서의 '반국가 활동성' 즉, 불법성의 판단기준은 위와 같은 자유 민주주의의 방어를 위한 표현자유의 한계에 그 근거를 두어야 한다. 이런 관점에서 국가보안법의 규제대상인 불법한 표현행위란 대한민국의 존립·안전과 자유 민주주의 기본질서를 파괴할 '구체적이고 가능한 위험'이 있는 표현행위를 말한다고 보는 것이 타당하다.

여기에서 '구체적이고 가능한 위험'이라 함은 법익을 침해하는 해악의 내용이 구체적이고 그로인한 법익침해의 결과발생이 가능한 것을 말한다. 좀 더 풀이하면 구체적이란 추상적이 아니라 실질적이고 중대한 것을 말하고 가능성이란 법익침해의 결과가 초래될 상당한 개연성이 있는 것을 뜻한다.

이 사건에서 피고인의 범죄 사실 중《임금의 기초이론》이란 책자를 구입해 탐독·보관함으로써 이적 표현물을 취득·보관했다는 점은 피고인이 위 책자의 내용에 이적성이 있음을 알면서 취득·소지했다고 해도 이것만으로 목적 범의 요건인 이적 행위의 목적이 있었다고 볼 수 없으므로 이를 유죄로 판단하는 것은 부당하다.

다음에 이 사건 범죄 사실 중 피고인이 조선대학교 민주조선 편집위원회 발행의《민주조선》(창간호)을 입수해 그 내용 중 '민족사를 바로 알자'는 제목을《미국, 누구를 위한 미국인가?》로 바꾼 다음 제작배포 함으로써 이적 표현물을 제작·반포했다는 점은 위 표현물의 내용의 전체적인 취지는 과거 사실에 대한 역사적 서술에 불과하고 또 객관적으로도 허구 내용임이 너무나 명백한 것들을 나열한 것이어서 그 표현된 해악의 내용은 구체적이라고 할지라도 현재에 있어 국가 안전보장에 대한 직접적인 위해 행위라고 보기 어려울 뿐 아니라 대한민국의 안전과 자유 민주주의 체제의 폐지·전복을 가져올 상당한 개연성이 있다고도 보기 어렵다.

비록 위 표현물의 내용이 기존의 이념과 가치를 부정하고 공격하는 내용이어서 당장은 당혹스럽고 불쾌하게 느껴지더라도 이를 과감하게 시장의 경쟁을 거치게 함으로써 그 위험성을 제거하는 것이 자유 민주주의 체제의 정도(正道)라고 생각한다. 이점에 대한 유죄판단도 부당하다.

이회창
회고록

이 국가보안법 사건 판결에 대해서는 그 후일담이 있다. 내가 정치에 들어온 후 진보·좌파 측과 김대중 대통령의 여당 측은 내가 법관시절에는 국가보안법 사건에서 국가보안법 폐지를 주장했는데 정치에 들어와서는 국가보안법 개폐에 반대하는 이율배반의 태도를 보이고 있다고 나를 공격했다. 그러나 이것은 사실을 왜곡한 것이다. 나는 국가보안법 폐지가 아니라 존속을 전제로 그 위법성의 판단기준을 제시했던 것이다.

나는 지금도 우리나라의 남북관계의 이중구조 내지 모순구조하에서는 국가보안법이 필요하다는 생각에 변함이 없다. 남북은 유엔에 동시가입하고 표면상으로는 대결 대신에 평화공존 체제를 추구하고 있고 몇 차례 남북정상회담도 가진 바 있다. 반면에 휴전선 상에는 남북 쌍방이 대량 살상무기를 포함한 막강한 군사력으로 대치하고 있고 특히 북한은 핵과 미사일 등 대량 살상무기를 개발하고 핵 공격을 위협하는 등 극도의 군사적 긴장관계를 조성하고 있는 대립구조 속에 있다. 말하자면 평화와 전쟁이 공존하는 모순구조라고도 할 수 있는 것이다.

이런 이중구조하에서 평화구조 상황에서는 한반도의 진정한 평화구축을 모색해야 하겠지만, 동시에 대립구조 상황에서는 북의 도발과 적화 침략을 경계하고 이를 분쇄하는 일에 조금이라도 소홀함이 있어서는 안 된다. 평화구조가 진전됨에 따라 대립구조의 완화도 뒤따르겠지만 대립구조가 지속되는 한 철저한 경계와 대비는 국가존립을 위해 필요 불가결한 것이다.

대립구조에서 적의 공격과 침투에 대비해 국가를 지키는 일은 1차

적으로는 군사력에 달려있지만, 그 밖의 국가·사회 체제 전반에
걸친 비군사적 분야에서도 이러한 불법적 공격과 침투에 대비해
야 하며 국가보안법은 바로 이러한 대비책의 하나라는 점을 우리
는 잊지 말아야 한다.

　요컨대, 내가 위 소수의견에서 강조하고자 한 것은 국가보안법
의 필요성과 존속을 전제로 그 해석 적용에서 헌법상 표현자유의
권리를 침해하지 않도록 경계했던 것이다.

다시 세우는
선관위의 위상

4

1

중앙선거관리 위원장이 되다

이일규 대법원장 체제가 들어선 후 1988년 7월 15일자로 퇴임한 윤일영 전 대법관이 맡고 있던 중앙선관 위원장 자리가 공석으로 남아있어 그 후임을 지명해야 했다. 지금까지 중앙선관 위원장은 대체로 수석대법관이 겸임해온 관행이었으므로 당연히 김덕주 수석대법관이 맡을 것으로 모두 알고 있었다. 그런데 어느 날 대법관들이 모인 자리에서 이일규 대법원장은 김덕주 대법관이 대법관 임명 때 야당에서 반대 성명을 낸 것 때문에 중앙선관 위원장을 하기 어렵다고 하니 차석인 내가 그 자리를 맡았으면 좋겠다고 말하는 것이었다.

나는 선뜻 수긍할 수 없었다. 대법관 임명에 어느 정당이 반대했다고 하여 선관위원장을 맡을 수 없다면 대법관의 업무 수행도 문제가 있는 것 아닌가 싶어 거부했다. 그러자 이일규 대법원장은 나의 다음 순위인 박우동 대법관, 윤관 대법관에게까지 차례로 그 의사를 물었는데 당연히 모두 거부했다. 이것은 이일규 대법원장의 일 처리에 무리가 있었다. 중앙선관 위원장은 모두 가기를 꺼려하는 자리였다. 대법관 업무 외로 겸직하는 자리인데도 대법관의 사건 배당에 전혀 이를 참작하지 아니해 업무 부담이 컸던 것이다.

게다가 선거관리에서 정치권과의 충돌에 휘말리게 되면 대법관의 경력에 흠이 갈 수도 있었다. 그런 만큼 대법원장은 수석대법관을 포함해 차순위 대법관들과 충분히 숙의해 결정했어야 하는데 불쑥 전체 모임에서 공개적으로 이 문제를 꺼내놓고 "수석대법관 대신 당신이 가시오" 하니 누가 선뜻 응하겠는가? 난감하게 된 이 대법원장이 다시 나에게 그 자리를 맡아 줄 것을 간청하다시피 했다.

나는 속으로 못마땅했지만 김덕주 대법관의 입장에서 생각해보면 야당이 반대하는 대법관이란 인식이 정치권을 상대해야 할 중앙선관 위원장으로서는 부담이 될 것이라는 그의 걱정에 수긍이 가는 점도 있었다. 결국 내가 받아들여 독배를 들기로 하고 1988년 7월 21일 자로 정식으로 대법원장의 중앙선관 위원장 지명을 받았다. 독배라고 말한 것은 나의 성격상 일단 맡으면 철저하게 할 텐데 아무래도 정치권과 충돌을 피할 수 없을 것 같은 예감이 들었던 것이다.

그 무렵 법조계 원로이고 대선배인 고재호 전 대법관에게 대법관 재부임 인사를 하러 간 일이 있는데 그때 그분이 나에게 한 말이 잊히지 않는다.

"자네, 중앙선관 위원장 자리를 왜 맡았는가? 그 자리는 자네에게는 흠이 될 수 있는 자리일세. 그만둘 수는 없는가?"

내 성격을 알고 걱정하는 말씀인 듯해 그저 고마울 따름이었다. 고전 대법관이 걱정한 그대로 결국 나는 중앙선관 위원장으로 일하다가 중도에 사퇴하는 사고(?)를 치게 되었는데 이것이 내 경력에 흠이 되었는지 아닌지는 솔직히 잘 모르겠다. 아마도 차기 대법원장의 가능성이란 면에서는 부정적인 영향을 미쳤을 것은 틀림없던 것 같다.

1988년 7월 27일 중앙선관 위원장으로 임명되어 부임해보니 문제점이 바로 눈에 띄었다. 무엇보다 중앙선관위 분위기가 매우 소극적이었다. 선관위의 주요 업무는 선거와 정당관리인데 예컨대, 선거의 경우 투표와 개표의 관리 같은 사무적이고 절차적인 업무에 치중하고 가장 중요한 선거의 공정성과 투명성 확보 같은 선거관리는 손을 놓다시피 하고 있는 실정이었다. 그리고 직원들의 사기도 저하되어 있는 것이 느껴졌다. 과거에 경남의 어느 지역에서 국회의원이 선관위 직원을 불러다가 뺨을 때린 일이 있다는 이야기도 들었다.

나는 우선 선관위의 위상을 재정립하고 직원들에게 자존심과 긍지를 심어주는 것이 급선무라고 생각했다. 무엇보다도 직원들 스스로 선관위가 얼마나 중요한 기관이고 우리나라의 정치와 민주주의 발전에 얼마나 필수 불가결한 일을 하는지를 자각할 필요가 있었다. 중앙선관위는 그 존립과 구성 및 임무가 헌법에 직접 규정된 헌법기관이다.

헌법은 제7장으로 선거관리의 장을 별도로 두고 '선거와 국민투표의 공정한 관리 및 정당에 관한 사무를 처리하기 위해 선거관리위원회를 둔다'고 명시하고 있다.

'선거와 국민투표의 공정한 관리', 이 얼마나 막중한 일인가? 백 마디 말로 민주주의를 찬양하지만 선거가 공정하게 치러지지 못하면 민주주의는 존립할 수 없고 그 이상(理想)은 환상이 된다. 선거관리위원회는 민주주의의 명줄을 잡고 있는 것이나 다를 바 없는데 이러한 중요한 의미를 선관위 직원들 스스로가 자각하지 못하면 다른 사람에게 선관위를 존중해 달라고 말해보아야 소용이 없다.

나는 취임사와 직원들에게 내가 직접 써서 보낸 공한을 통해 이를 강조했다. 공한의 내용은 다음과 같다.

①선거의 의미와 선거관리의 중요성을 알아야 한다. ②중립성과 적극성을 가져야 한다. ③선거 및 정당 사무에 관해 전문가가 되어야 한다. ④성실하고 청렴한 공복이 되어야 한다. ⑤합의제 기관의 활성화에 노력해야 한다. ⑥서로 이해하고 화합해야 한다.

특히 ①, ②항은 선거관리에 관한 나의 철학과 신념을 담은 것인데 그 요지는 다음과 같다.

첫째, 우리는 선거관리 기관의 일원으로서 선거의 의미와 선거관리의 중요성을 피부로 느끼고 우리가 맡은 일이 선거의 공정성을 확보해 우리나라 민주주의의 초석을 다지는 일이라는 데 자부심을 가져야 합니다. 선거의 공정성은 사법권의 독립, 언론의 자유와 더불어 민주주의 기본적 존재 요소이며 선거의 공정성이 확보되지 않는 한 진정한 민주주의는 존재할 수 없습니다.

둘째, 선거 및 정당관리는 헌법이 직접 우리 위원회에 부여한 고유 업무이므로 우리는 어떠한 정치 세력이나 권력 조직 또는 특정 계층으로부터의 영향을 철저히 배격해 완전한 중립을 견지하고 선거의 주관기관으로서 적극적으로 선거의 계도와 분위기를 주도해야 합니다. 뒷전에 앉아 선거 및 정당관리의 뒤치다꺼리나 하는 기관으로 전락해서는 안 됩니다. 선거 및 정당 관리는 오로지 법에 규정된 절차에 따라 엄격하게 집행해야 하고 의문이 생길 때는 무엇이 가장 공정하고 정의에 합치되는 일인가를 가려서 이 기준에 따라 처리해야 합니다.

나는 사법에서 사법 적극주의가 요구되듯이 선거관리에서도 적극적인 선거관리가 필요하다고 생각했다. 중앙선관위가 투표·개표 관리나 하는 안방에서 뛰쳐나와 적극적으로 선거 및 정당을 계도하고 선거의 공정성과 투명성을 확보하는 활동을 해야 하고 그것만이 선관위의 위상을 높이고 직원들의 사기를 진작시키는 처방이라고 진단했다.

무엇보다도 대법관이 겸직하는 위원장이 본업인 대법관 일에만 치중하고 선관위 일은 정해진 회의 일자에 참석하는 것만으로 끝낸다면 분위기를 바로잡을 수 없다. 위원장이 전면에 서고 방패막이가 되어 뛰어야만 변화와 혁신을 이끌어낼 수 있다. 나는 선관위에 상근은 안 하지만 상근과 다름없이 업무를 파악하고, 전 직원에게 선관위를 함부로 대하거나 선관위 직원에게 압력을 가하는 정치권 또는 권력 조직의 어떤 행위에 대해서도 눈감지 말고 중앙선관 위원장에게 직보하라고 지시했다.

나는 만일 그런 일이 생길 때는 사안을 파악한 후 그런 행위를 한 정치인이나 정당 또는 기관을 공개하고 행위자에게 공개적으로 해명과 사과를 요구할 생각이었다. 이제부터 선관위 직원들은 혼자가 아니라 헌법기관이 뒷받침해 주고 있다는 자신감을 갖게 하고 싶었다.

이회창
회고록

2

동해시 재선거

내가 중앙선관 위원장으로 부임하기 전인 1988년 4월 26일 제13대 국회의원 선거가 실시되었는데 유례없이 과열되고 혼탁한 타락 선거였다.

여기에는 몇 가지 이유가 있었다. 우선 이번 선거는 제8대 선거 후 17년 만에 소선구제가 부활해 각 지역구마다 각 정당이 지역구 쟁탈에 사활을 걸다시피 했고 후보들은 후보들대로 각 지역에서 생존경쟁의 백병전을 치러야 했다.

사전선거 운동, 불법 선전물 첨부와 살포, 흑색선전과 폭력 등이 난무했으나, 선관위는 이때까지 단속반을 편성하거나 현장에서 직접 단속활동을 하지 않고 소극적으로 정당이나 후보자에게 자제를 촉구하고 가로(街路)등에 게시된 불법 현수막이나 벽보를 철거하는 정도의 단속 활동을 했을 뿐이었다.[•]

• 《선거관리위원회 50년사(1963. 1. 21~2013. 1. 20)》(중앙선거관리위원회), 430쪽

4
다시 세우는 선관위의 위상

261

총선 후 선거 무효 소송으로 동해시 선거구와 영등포 을구의 선거 무효 판결이 확정되어 재선거를 치르게 되었는데 선거 무효 사유가 모두 선관위의 선거관리 잘못에 있었다. 즉, 동해시 선거구의 당선자인 무소속 후보는 대법원의 확인 결과 민주정의당 당원으로 밝혀졌는데 선관위가 무소속으로 출마할 수 없는 그 후보의 후보 등록을 유효한 것으로 처리해 선거관리를 잘못했으니 선거 무효라는 것이었다. 또 영등포 을구 선거는 당선된 민주정의당 후보가 스스로 합동 연설회에서 선거구민 2만여 명에게 비누세트를 제공했음을 밝혔는데도 선관위가 고발 의무를 다하지 못해 선거 결과에 영향을 미쳤다는 것이 선거 무효의 이유였다. 이리하여 동해시 선거구 재선은 1989년 4월 14일에, 영등포 을구 선거구 재선은 8월 18일에 실시하게 되었다.

　나는 이 재선거가 하늘이 준 기회라고 생각했다. 총선거와 달리 한두 곳 지역구에서 실시되는 재선거에는 선관위가 집중적으로 인력을 투입해 선거관리를 할 수 있다. 우리는 이번 재선거를 적극적인 선거관리 체제로 전환할 수 있는 계기로 삼아 선거 분위기를 주도하고자 했다. 불법선거, 타락선거를 바로잡고 공명선거, 법을 지키는 선거로 바꾸는 기회로 만들기로 결심했다.

　동해시 재선거에서 중앙선관위 창설 후 최초로 불법 선거운동 단속반을 편성하고 위법 행위를 단속하기 시작했는데 단속반은 중앙선관위와 강원도 선관위 직원 36명으로 편성했고 중앙선관위 선거과장이 직접 동해시 현지에 상주하면서 선거관리와 단속 활동을 지휘했다. 때로 중앙선관위 상임위원과 사무총장, 선거국장 등 지도부도 현

이회창
회고록

지에 내려가 독려했다.

당시 동해시의 상황은 그야말로 목불인견(目不忍見) 상태였다. 이렇게 과열된 데는 나름의 이유가 있었다. 여권에서는 노태우 대통령이 대통령 선거에서 공약한 중간평가를 취소한 직후여서 이번 재선이 중간평가에 갈음하는 의미가 있었고, 야당은 야당대로 이번 재선을 노 대통령에 대한 중간평가로 몰아가고 있어 어느 쪽이나 양보할 수 없는 일전(一戰)이 될 수밖에 없었다.

김영삼 총재의 통일민주당과 김대중 총재의 평화민주당, 그리고 김종필 총재의 신민주공화당 등 야당 사이에서도 이번 재선을 정국 주도권을 확보하는 기회로 보고 전력투구했다. 각 당 총재들(민정당은 박준규 대표위원)이 동해시에 내려와 진두지휘를 하고 각 당의 국회의원들도 대거 투입되어 동해시의 호텔과 여관의 객실이 동이 날 지경이었다. 시내 거리와 골목에는 불법선거 벽보가 나붙고 선관위가 그 벽보 위에 불법 벽보라는 경고문을 첨부하면 그 경고문 위에 다시 불법 벽보를 붙이는 그야말로 무법천지였다. 후보자들은 공공연하게 음식물을 제공하고 빨래비누나 금품을 돌렸다.

또 차량을 이용한 불법선거 방송이나 호별 방문은 금지되어 있는데도 막무가내였다. 합동 연설회장은 전쟁터를 방불케 했다. 욕설과 야유, 연설 방해는 보통 있는 일이고 마지막 합동 유세에서는 민주정의당 후보 지지자들과 통일민주당 지지자들 사이에 서로 욕설과 고함이 오가다가 빈 병, 돌멩이까지 날아들고 난투극까지 벌어지는 난장판이 되기도 했다.

그야말로 각 정당이 경쟁적으로 불법선거 운동을 하면서 선관위

더러 "해볼 테면 해봐!" 하는 식이었다. 선관위가 무엇을 할 수 있겠냐 하는 배짱이었던 것이다. 게다가 각 정당 총재가 현지에 총 출동해 선거 분위기를 더욱 가열시키고 혼탁하게 만들고 있었다.

가장 먼저 4월 1일 통일민주당의 김영삼 총재가 동해시에 내려와 대규모 군중집회를 열었고, 4월 9일에는 평화민주당의 김대중 총재, 4월 10일에는 신민주공화당의 김종필 총재, 4월 12일에는 여당인 민주정의당의 박준규 당대표위원이 각각 군중집회를 개최하고 득표 활동을 벌이면서 마치 중앙당 차원의 선거전인 것처럼 분위기를 과열시키고 혼탁하게 만드는 데 앞장섰다.

그러는 가운데 후보자 매수 사건이 터졌다. 4월 12일 신민주공화당 이홍섭 후보가 후보를 사퇴하고 통일민주당의 이관형 후보 지지선언을 했는데, 그 배후에는 통일민주당의 서석재 사무총장이 이홍섭에게 우선 5천만 원을 주고 선거가 끝난 후 1억 원을 더 주기로 약속한 일이 있었다. 이 일이 발각된 후 이홍섭 후보와 서석재 총장은 모두 구속되고 통일민주당 김영삼 총재는 대국민 사과성명을 발표했다. 이 후보자 매수 사건은 선관위가 적발한 것이 아니고 서석재 총장 자신이 기자들과의 회식 중에 한 발언이 단서가 되어 밝혀진 사건이었다.

현지에서 단속 활동을 벌이는 선관위 직원들의 노고는 참으로 눈물겨웠다. 때로 정당원들에게 혁대를 잡혀 골목으로 끌려가 폭행을 당하기도 했다. 불법 현수막과 벽보를 철거하던 단속반이 정당 사무실로 끌려가 감금당하는 일도 있었다. 그럼에도 선관위 직원들의 사기는 높았고 이번만은 선거판의 분위기를 바꾸겠다는 열의를 다졌던 것이다.

선관위는 위법 행위에 대해서는 먼저 주의, 경고로 자제를 요청하고 그래도 불응할 때는 고발 조치를 취했다. 이 고발은 선관위가 할 수 있는 최종 수단인 전가의 보도(傳家寶刀)였다. 나는 현지 보고를 종합하고 선관위 상임위원, 사무총장, 선거국장 등 지도부와 협의한 후 마침내 전가의 보도를 뽑았다. 4월 7일과 14일 두 차례에 걸쳐 후보자 5명 전원과 그 선거 사무장 5명에 대해 후보자 매수, 불법 선전물 및 불법 현수막 첨부·게시, 가두방송, 유사기관 설치, 금품수수 등의 혐의로 춘천지방검찰청에 고발했다. 선관위가 후보자 전원을 고발한 것은 선거 사상 초유의 일일 것이다.

그리고 4월 10일에는 중앙선관 위원장 명의로 민정당의 노태우 총재를 비롯한 각 정당 총재에게 불법 선거운동을 자제하고 타락선거가 아닌 공명선거가 되도록 협조를 구하는 공한을 보냈다. 이 공한은 내가 직접 썼는데 그 주요한 요지는 이렇다.

현재의 국회의원 선거법은 이 법에 규정된 방법 이외의 방법으로는 선거운동을 할 수 없도록 제한하고 있는데 이런 제한은 선거 공영제의 정신에 입각한 것이나 선거에서의 단순한 정치 활동을 지나치게 억제하는 것은 바람직하지 못하고 현실에도 맞지 않는다는 논의가 있어 왔고, 본인도 개인적으로는 선거법에서 개인 연설회 등 좀 더 다양한 선거운동을 허용하는 것이 바람직하다는 생각을 가지고 있습니다.

그러나 국민을 대표하는 입법기관인 국회가 위와 같은 선거운동 방법의 제한을 법으로 정하고 이를 개정하지 않는 이상, 그것이 정의의 관념에 반하는 것이어서 최종적 법 해석 기능을 가진 법원의 판단에 의해 배제되기 전에는 국민은 법의 규정대로 따를 수밖에 없고 이를 자기가 편리한 대로 굽혀서 해석할 수는 없는 것입니다.

법은 지키라고 있는 것이지 짓밟으라고 있는 것이 아니며, 또 법관을 선거관리위원회위원장으로 선임하는 뜻은 법을 엄격히 지켜 선거를 관리하자는 데 있지, 현실에 순응해 위법에도 눈 감으라는 데 있는 것은 아닐 것입니다.

그러나 선거일 공고가 되기 전부터 과열의 조짐이 보이더니 이제는 과거의 어느 선거에도 못지않은 혼탁한 선거가 되는 것이 아닌가 우려될 만큼 다량의 불법 벽보 첩부와 불법 가두 방송 등이 자행되고 금품수수, 향응제공 등의 소문도 난무하고 있으며, 각 정당의 당원 단합대회 이름을 건 다중 집회도 이것이 과연 선거법상 허용되는 정당활동인지 의심스러울 만큼 분위기 과열을 부추기고 있습니다. (…) 그래서 공정하고 적법한 선거를 치르기 위해서는 단호한 조치를 취할 수밖에 없다고 생각해 강원도 선거관리위원회로 하여금 불법 선거운동을 한 후보자 전원과 각 선거 사무장을 사직 당국에 고발하도록 조치했습니다.

그런데 이번 동해시의 선거 분위기가 과열된 것은 중앙 정계의 관심이 집중되고 정당에서 경쟁적으로 중앙당 차원의 지원을 하는 데도 그 원인이 있다고 생각합니다. (…) 선거를 어떻게 치르느냐가 선거의 공정성과 적법성 확보의 기초가 된다는 본인의 소신을 이해해 주시고 앞으로 얼마 안 남은 선거기간 중 귀 당 소속 후보자와 당원들이 준법정신을 발휘해 법정 방

이회창
회고록

법 외의 선거운동을 자제하고 선거 분위기가 불법하고 타락한 방향으로 흐르지 않고 모범적인 공명선거가 되도록 총재님께서 적극 도와주시기를 바라 마지않습니다.

이 공한은 과열·타락선거에 앞장서고 있는 각 당 총재에게 경고 겸 협조를 요청하는 내용으로서 각 당 총재를 대상으로 한 이런 공한 발송은 선거 사상 유례 없는 일이었다. 그야말로 선관위에서 할 수 있는 모든 수단을 동원한 셈이었지만 불법선거, 타락선거를 막지 못한 채 선거는 끝났다.

검찰에 고발한 사건은 전원 기소가 되어 법원에서 유죄 판결을 받고 벌금형이 확정되었다.

3

선거법 개정을 제안하다

선거법 개정 제안

동해시 선거에서 내가 각 정당 총재에게 보낸 공한에 지적한 바와 같이 현행 선거법은 지나치게 정치 활동을 규제하고 현실에도 맞지 않은 부분이 있는 게 사실이었다. 그래서 중앙선관위에서는 선거 현장에서 겪어본 문제의식을 가지고 '국회의원 선거법 중 선거운동 관계 부분 개정 의견'을 정리해 국회에 6월 2일 제출했다.

그 골자는 현행 합동 연설회 외에 개인 연설회를 추가로 허용하고, TV 방송 및 신문 광고를 선거운동에 이용할 수 있게 선거운동을 대폭 현실화하자는 내용이었다. 그 외에 선관위가 고발한 선거법 위반 사건에 대해 수사기관이 2개월 이내에 공소를 제기하지 않을 경우 선관위가 직접 제정신청을 하여 고발의 실효성을 확보할 수 있도록 하자는 내용도 포함되었다.

이회창
회고록

국회에서 선거법 관계를 다룰 때 선거운동 관련 부분을 조속히 개정해 주기를 바라는 취지였던 것이다.

이러한 법 개정 제안은 직접적인 선거관리 업무는 아니지만 공명선거와 적법선거 정착을 위해 넓게 적극적 선거관리의 범주에 들어간다고 보았던 것이다.

재선거 조기 실시 건의

동해시 재선거가 있은 지 1개월여 후인 5월 26일, 앞에서 말한 바와 같이 대법원에서 영등포 을구 국회의원 선거에도 선거 무효 판결이 선고되어 또 재선거를 치르게 되었다. 그런데 정부에서는 선거 무효 판결이 있은 지 1개월이 넘도록 재선거 실시에 관한 아무런 조치도 하지 않고 있었으며 일부러 지연시키려 한다는 비판도 나오고 있었다.

선거법상 선거운동은 선고일 공고 후 후보자 등록을 한 때로부터 선거 전일까지 할 수 있고, 이 선거운동 기간 전에 선거운동을 한 때는 징역이나 금고 또는 벌금형으로 처벌하도록 되어 있다. 재선거 지역에서는 이미 각 정당이나 무소속의 입후보 예정자들이 선거운동의 출발점에 서서 선거일 공고를 기다리며 준비하고 있는데 선거일 공고가 지연되면 참다못한 입후보 예정자들은 사전 선거운동의 유혹을 뿌리치기 어렵고 선거 분위기는 흐트러지게 된다.

실제로 영등포 을구에서도 입후보 예정자들이 단속을 피해 음성적인 방법으로 갖가지 사전 선거운동을 한다는 소문이 파다했다. 나는 궁리 끝에 선거일을 정하는 권한을 가진 대통령에게 영등포 을구 재선거의 조기 실시를 제의하기로 하고 직접 건의문을 써서 노태우 대통령에게 보냈다.

나는 공한의 앞머리에서 선거일을 정하는 것은 대통령의 권한에 속하는 일일뿐 아니라 정당 간에도 이해관계가 대립되어 있는 문제인데, 내가 선거 시기를 거론한다는 것은 자칫 정치적 오해를 받기 쉬운 일이지만 나는 오직 선거관리의 측면에서 재선거 조기 실시를 건의하는 것이라고 양해를 구했다.

그런 다음 선거일 공고가 늦어지게 될 때의 우려스러운 폐단으로 ①사전 선거운동의 규제가 현실적으로 어려워질 수 있다. ②각 후보자에게 과도한 부담을 지우게 되어 선거공영제의 취지가 훼손될 우려가 있다. ③사전 선거운동의 규제가 현실적으로 어려워지게 되면 선거의 적법성을 확보해 공명선거가 되기 바라는 국민의 여망에 부응할 수 없게 되고 나아가 법의 존엄성까지 훼손되는 결과를 낳을 수 있다는 점을 지적했다.

그리고 만일 선관위가 사전 선거운동의 철저한 규제에 실패하면 본격적인 선거운동 기간이 시작되기 전부터 선거법 무시의 분위기가 조성되어 동해시 재선거의 재판(再版)과 같은 혼탁한 선거가 되고 말 것이라고 우려했다. 이런 이유들로 영등포 을구 재선거의 조기 실시가 필요하다고 역설했다.

이러한 재선거 조기 실시 건의 사실이 알려지자 정치권에서는 여야 간 찬반양론의 엇갈린 반응이 나왔다. 여당인 민정당에서는 선거

일은 정부가 결정할 사항인 만큼 선관위원장의 건의는 월권이고 현실적으로 조기 실시는 어렵다고 반대한 반면, 야당인 평민당과 민주당에서는 선관위의 조기 실시 건의에 찬성하면서 7월 상순이나 늦어도 7월 중순까지는 실시해야 한다고 주장했다.

언론에서도 선관위원장의 선거 조기 실시 건의가 월권인지 아닌지를 놓고 논란이 있었지만 나는 '적극적 선거관리'라는 기조에서 볼 때 선관위의 선거 조기 실시 건의는 당연히 할 수 있는 일이라고 생각했던 것이다. 결국 정부는 여당 측의 희망대로 재선거일을 8월 18일로 공고했다.

4

영등포 을구 재선거

동해시 재선거가 있은 지 약 4개월 후인 8월 18일에 영등포 을구 재선거가 실시되었다. 동해시 재선거에서 기대한 결과를 얻지 못했지만 그런대로 새로운 적극적 선거관리의 경험을 쌓은 셈인 선관위에 또 한 번의 기회가 온 것이다.

그런데 현지에서는 선거일 공고가 되기도 전에 각 당의 입후보 예정자들이 사전 선거운동에 돌입해 불법 현수막을 내걸고 있었다. 특히 통일민주당 소속 입후보 예정자는 불법 현수막만이 아니라 불법 벽보를 첨부하고 불법 인사장도 배포했는데 불법 현수막의 양이 다른 입후보 예정자들보다 월등히 많을 뿐 아니라 선관위의 자진 철거와 배포 중단 요구에도 아랑곳하지 않아서 선관위는 그 후보에게 경고장을 보냈다.

그러자 통일민주당이 크게 반발해 당 지도부 내에서 선관위에 대한 성토가 벌어지고 당대변인이 비난 논평을 발표했다. 언론에 보도된 그들의 비난 내용은 다음과 같았다. ① 선관위가 민주당 후보에게만 경고 조치한 것은 형평을 잃은 처사로써 그 저의가 의심스럽다. ② 타당 측보다 단지 수량이 많다는 이유로 경고 조치한 것은 부당하다. ③ 이번 조치는 민주당이 위장 전입을 적발하고 서울시장의 선심 공약을 규탄한 데 대한 보복조치이다.

특히 ①의 형평을 잃었다는 항의는 통일민주당이 동해시 재선거 때도 걸핏하면 제기했던 것으로 '상습성 불평'이었다. 이것은 정당이 불법선거에 대해 어떤 인식을 갖고 있는지를 보여주는 것이며 더구나 선관위를 여권의 앞잡이 정도로 취급하는 일은 기가 막혔다.

나는 이 일을 그대로 묵과할 수 없다고 생각해 6월 21일 통일민주당의 김영삼 총재에게 직접 공한을 보냈다. 그 공한에서 나는 먼저 통일민주당 후보의 불법 현수막이 다른 후보보다 월등이 많을 뿐 아니라, 다른 후보가 하지 않은 불법 벽보 첨부와 불법 인사장 배포도 다량으로 했으며, 더구나 선관위의 자진 철거 요구에도 불응하고 불법 인사장 배포 중지 요구 후에도 다시 배포하는 등 선관위의 시정 지시를 무시한 사례를 일일이 구체적인 수치를 적어서 명시했다. 이어서 선관위의 경고 조치가 형평성을 잃었다는 통일민주당의 비난이 근거 없음을 지적하고, 선관위가 선거의 적법성과 공명한 선거 분위기를 확립하기 위해 혼신의 힘을 기울이고 있는데도 이번 경고 조치가 귀당에서 위장전입을 적발하고 서울시장의 선심 공약을 규탄한 데 대한 보복조치라는 비난을 한 데 대해서는 솔직히 실망과 울분을 금할 수 없다고 말했다. 정당이 근거 없이 선관위의 공정성을 의심하는 것에 대해 강력 항의한 것이다.

그러자 다음날인 22일 김 총재는 총재단 회의와 정무회의를 잇달아 열고 영등포 을구 재선거에 대해 조용한 가운데 공명정대하게 치르기로 결의했다. 김 총재가 입후보 예정자인 영등포 을구 위원장을 불러 각별히 당부의 말을 전한 것으로 언론에 보도되었다.

동해시 선거의 단속과 고발 등 조치의 효과로 영등포 을구에서는 불법 부착물이나 인쇄물 등 외관상 위법행위는 줄었으나, 정당 활동을 빙자해 민주정의당, 통일민주, 평화민주당 등 각 당이 당원 배가 운동이란 명목으로 입당을 권유하면서 금품제공을 하고 당원 교육, 당원 단합대회 등을 통한 음식물 제공 등 음성적인 불법 선거운동이 자행되고 있었고, 호별 방문과 비방 유인물 배포, 합동 연설회장 질서문란 행위 등 방법을 가리지 않았다. 특히 선거 중반에는 각 당의 국회의원과 그 부인들까지 투입되어 동해시의 경우와 같이 중앙당이 앞장서서 혼탁하고 과열된 선거 분위기를 부추기고 있었다.

우리 선관위로서는 두 번째의 기회를 허송할 수 없었다. 적법선거, 공명선거를 향한 우리의 신념이 허무하게 무너지는 것을 손 놓고 보고만 있을 수는 없었다. 재선거 초기에 35명으로 시작한 단속반을 선거 종반에 전국시도 선관위 관리과장까지 포함시켜 120명으로 확대하고 선거 사상 처음으로 현장에서의 증거 채집을 위해 카메라, 비디오 카메라, 녹음기 등 장비를 단속반이 휴대하게 했다. 그리고 나는 중앙선관 위원장실에 야전용 간이침대를 갖다놓고 밤늦게까지 자리를 지키며 선거관리 상황을 독려하고 지휘했다.

그러던 중 선거일 3일 전인 8월 15일 야당 측에서 노태우 민정당 총재 명의로 같은 당 소속 후보 지지를 당부하는 편지가 당원이 아닌

이회창
회고록

일반 유권자에게 발송되었다고 주장하면서 선관위에 위법 여부에 대한 질의를 했다. 이에 대해 민주정의당 측에서는 당원에게만 발송했다고 반박하고 나왔다. 선관위에서는 "총재가 소속당원이 아닌 일반 선거인에게 우송하는 것은 국회의원 선거법에 위반된다"라고 회신했다. 그 후 선관위 직원이 민주정의당 영등포 을구 지구당에 가서 입당원서철과 당원명부 등에 의해 비당원 포함여부를 확인했는데 일부 비당원이 포함되어 있었다. 나는 그 확인 결과를 사실 그대로 공표하도록 했다.

불법선거가 극에 달했다고 판단한 선관위는 영등포 을구 재선거에서도 8월 14일과 8월 17일 두 차례에 걸쳐 민주정의당, 통일민주당, 평화민주당의 각 후보와 무소속 후보, 그리고 각 선거 사무장을 선거법 위반으로 서울지방검찰청 남부지청에 고발했다. 그런데 검찰은 선거가 끝난 후 동해시의 경우와는 달리 증거불충분 또는 죄질의 경미함을 이유로 피 고발인 전원에 대해 무혐의 또는 기소유예 처리를 하고 말았다.

5

마지막 카드

나는 검찰의 불기소 처리 결과를 보고 선관위가 마치 뺨을 맞은 것 같은 모욕감과 불쾌감을 느꼈다. 게다가 민정당 당선자가 선거 직후 청와대로 노태우 대통령을 방문해 당선인사를 했는데 그 자리에서 노 대통령이 "선전했다"고 치하한 것으로 언론에 보도되었다. 선거법 위반으로 고발까지 된 후보에 대해 "선전했다"고 말하면 고발한 선관위는 무슨 꼴이 되는가?

나는 대통령이 아무리 민정당 총재를 겸하고 있다고 해도 대통령으로서는 말을 가려서 해야 되는데 그렇지 못했다는 생각이 들었다. 또 무엇보다도 선거의 타락상에 대해 대통령을 비롯한 정치 지도자들의 부끄러워하기는커녕 문제의식조차 갖고 있지 않다면 공명선거는 앞으로 물 건너간 것 아닌가 하는 장탄식이 절로 나왔다.

나는 동해시 재선거와 영등포 을구 재선거를 적법선거, 공명선거 풍토 확립의 계기로 삼겠다는 목표를 설정하고 국민에게도 이를 약속했는데, 또다시 불법·타락선거로 끝나버렸으니 결국 선관위의 선거개혁 의지와 노력은 당랑거철(螳螂拒轍), 위법과 타락을 가득 실은 수레바퀴에 맞서는 사마귀 꼴이 되고 만 것이 아닌가?

이대로 넘어간다면 정당이나 정치인 등 정치권은 "선관위가 그렇지 뭐, 무엇을 할 수 있겠어?" 하고 코웃음치고 불법·타락선거는 마치 기득의 질서처럼 더욱 공고하게 뿌리박을 것이다.

며칠을 고민한 끝에 나는 살신의 방법을 쓸 수밖에 없다고 결론을 내렸다. 내가 중앙선관 위원장직을 사퇴함으로써 위원장의 자리를 걸고 선관위의 공명선거 의지를 선명하게 밝히기로 했다. 앞으로 불법선거, 타락선거는 중앙선관 위원장이 그 자리를 걸고 막는다는 경고가 되기를 바라는 뜻도 있었다.

나는 10월 31일 사퇴하기에 앞서 선거관리위원회에서 각 위원에게 사퇴 이유를 밝힌 글을 배부하고 설명했다. 그 요지는 이러했다.

우리는 지난 동해시 재선거와 영등포 을구 재선거를 공명선거 풍토 확립의 계기로 삼고자 혼신의 힘을 기울여서 사상 유례 없는 규모의 인원과 장비를 투입해 감시반을 설치·운영하면서 선거관리에 임했습니다. 그러나 위 각 재선거의 과정은 매우 실망스러운 것이어서 적법 절차 확보와 공명선거 확립이라는 우리의 목표는 소기의 성과를 거두지 못했습니다. 나는 지난 재선거를 공명선거 풍토 확립의 계기로 삼겠다고 다짐했으나 타락선거라는 비난을 받게 되어 재선거의 선거관리를 총괄 지휘한 최고 책임자로서 참으로 송구스런 마음을 금할 수 없습니다. 우리는 최선을 다했고 이러한 우리의 노력이 상당한 평가를 받은 것은 사실이지만 공명선거를 다

4
다시 세우는 선관위의 위상   277

짐한 본인으로서는 그 다짐한 소기의 성과를 거두지 못한 데 대해 도의적 책임을 느끼지 않을 수 없어 위원장직에서 물러나고자 합니다.

모든 위원이 깜짝 놀라고 나에게 사퇴 의사를 번복할 것을 간청했으나 물러설 수 없었다. 나의 사퇴는 노태우 대통령과 정부, 그리고 여권으로서는 부담스럽고 불쾌한 일이 되겠지만 나로서는 다른 방법이 없었다. 다만 마음에 걸리는 것이 있다면 해보다가 안 되니까 손 털고 무책임하게 나가버린 것 아니냐는 비판이 나올 수도 있다는 점이었다.

그러나 나에게는 사퇴가 적법선거와 공명선거 확립을 위해 쓸 수 있는 마지막 카드이고 이로 인해 나에가 닥칠 어떠한 불이익도 감수하겠다는 각오였다. 어떠한 비판에도 동요하지 않기로 마음을 굳게 다졌다.

그래도 내가 위원장으로 있는 동안 물불 안 가리고 열심히 뛰어준 선관위 간부와 직원들을 생각하면 마음이 무거웠다.

내가 중앙선관 위원장으로 부임했을 때 먼저 다짐한 것은 선관위의 위상을 높이고 직원들로 하여금 헌법기관으로서의 자존심과 긍지를 갖게 하는 것이었다. 그러기 위해 위원장을 필두로 전 직원이 일체가 되어 함께 뛰었고 재선거를 치르면서 그나마 얻은 평가와 성과가 있다면 그것은 현장에서 혁대와 멱살을 잡혀가면서도 오직 선관위의 사명감으로 뛰어준 직원들의 덕택이다.

당시 지휘탑으로 활동한 한원도 상임위원과 김봉규 사무총장, 각 국장 및 과장들을 비롯한 중앙선관위 직원들, 그리고 각 시도 및 각

이회창
회고록

시군구 선관위 위원 및 직원 모두의 헌신적 노력은 지금도 나의 뇌리에 생생하게 남아있다. 나는 그들에게 신세를 많이 졌다.

나의 삶 나의 신념

운명의
갈림길

5

1

김영삼 대통령의 초청

1993년 2월 초에 제14대 대통령 당선자인 김영삼 후보로부터 오찬을 하자는 초청을 받았다. 당시 김 당선자는 새 정부 구성을 위해 총리, 감사원장 등 인선에 몰두하고 있어 이와 관련해 나를 만나자는 것이 아닌가 짐작했다.

그때까지 김 당선자와는 대면해본 적이 없었다. 중앙선관 위원장으로서 동해시와 영등포 을구 국회의원 재보궐 선거 당시 민주당 총재였던 그에게 민주당의 불법선거 행위를 지적, 경고하는 서한을 보낸 적은 있지만 직접 만나본 일은 없었다. 일단 초청에 응하기로 하고 만나서 이야기를 들어본다는 편한 마음으로 정한 일시에 회동 장소인 하얏트호텔로 갔다.

미리 와서 기다리고 있었던 그와 곧바로 오찬을 시작했는데 처음 직접 대면해본 그는 소탈하고 친화력이 있어 보였다. 그는 자신이 이끌 새 정부의 구상 등 개혁을 설명하면서 특히 부패척결과 기강확립

이회창
회고록

을 강조했다. 그러면서 이를 위해 감사원의 역할을 강조하고 감사원을 '제4부'처럼 개혁 추진의 핵심기관으로 만들 생각이니 나더러 감사원장을 맡아달라는 것이었다. 그의 개혁, 특히 부패척결과 기강확립에 관한 열정과 진정성이 가슴에 와닿았으며, 과연 그는 매우 설득력이 강한 정치인이구나 하는 느낌을 받았다.

그러나 나는 그 자리에서 선뜻 제의를 받아들일 수는 없었다. 나는 대법관직을 두 번 역임했고 두 번째 임기를 1년여 남겨두고 있었는데 이 시점에서 대법관인 내가 감사원장으로 가는 것이 적절한지 확신이 서지 않았던 것이다. 법관직에 있는 사람을 감사원장으로 임명하는 것에 대해 일부에서 권력분립과 사법권의 독립을 침해할 우려가 있다는 주장이 있었지만, 나는 법관 개인이 법관직을 사퇴하고 행정부의 일을 맡는 것은 그것과는 전혀 상관이 없다고 생각한다.

다만 내가 걱정한 것은 대법관의 업무와 감사원의 업무는 전혀 연관성이 없는데 감사원장으로 가는 것이 권력에 가까이 가거나 명리를 추구하려는 것으로 오해받지 않을까 하는 것이었다. 법관을 천직으로 알고 살아온 나로서는 그런 오해를 받는다는 것은 견디기 어려운 일이었다. 게다가 감사원의 일이 생소해 내가 무엇을 해야 할지 가늠도 서지 않았고, 또한 당시 감사원장이었던 김영준 씨와는 법관 시절 서로 가깝게 지낸 사이로 그가 새 정권이 들어서서 물러나는 자리에 간다는 것도 그다지 내키지 않았던 것이다.

그래서 김 당선자에게 나는 적격자가 아니라고 생각된다면서 사양할 뜻을 비치자 김 당선자의 표정이 굳어지는 것이 느껴졌다. 아마도 그는 내가 당연히 수락할 것으로 기대했던 것 같았다. 그 모습을 보니 밥까지 얻어먹고 면전에서 칼로 무 베듯이 거절하는 것은 예의가 아닌 것 같은 생각이 들었다. 나는 내가 적격이 아니라고 생각되지만 이렇게 말씀해 주셨으니 이틀 정도 말미를 주시면 좀 더 숙고한 후 확답을 드리겠다고 말하고 그날의 회동을 끝냈다. 당시 말은 그렇게 했지만 이틀 후에 사양하는 회답을 보낼 생각이었다. 그런데 집에 와서 곰곰이 생각해보니 김 당선자의 말이 마음에 걸렸다.

그가 개혁과 부정부패 척결에 대해 말할 때 그의 말을 액면 그대로 받아들이지 않는다고 해도 선거판에서의 표 얻기 위한 공약이 아니라 대통령 당선자로서 앞으로 자신이 추진할 국정 목표를 강조하는 것이어서 어느 정도 진정성이 있어 보였다.

우리는 전두환 전 대통령의 5공화국 출범 당시 그 주체 세력들이 국정지표의 하나로 부정부패 척결을 내세우고 초기에는 매우 요란하게 추진했으나 뒤에는 흐지부지 되고만 사례를 보았다. 개혁과 부정부패 척결과 같은 과제는 국가 지도자가 임기 초의 일시적인 포퓰리즘 정책이 아니라 국가와 사회의 기강을 바로 잡는다는 분명한 결단과 의지를 가지고 제도화된 틀과 장기적인 계획을 만들어 추진해야 성공할 수 있다. 개혁은 초기에는 국민의 관심과 갈채를 받을 수 있지만 진행될수록 관심은 불편으로 바뀌고 갈채보다 염증과 비난이 나올 수 있다는 것을 각오하고 이를 극복할 용기가 있어야 성공할 수 있다.

김 당선자는 당시 정치판을 쥐고 흔들던 이른바 3김의 한 사람이고 나는 중앙선관 위원장으로서 선거관리를 통해 이들을 겪으면서 정치인과 정당의 행태에 대해 실망하고 비판적인 시각을 갖게 되었던 것

이회창
회고록

이 사실이다.

더구나 김 당선자처럼 정치 9단이란 말을 듣고 정치판을 헤쳐온 정치인이 개혁과 부정부패 척결을 말하면 아마도 일반인은 좋게 말해 정치적 수사(修辭)로, 나쁘게 말하면 허풍으로 듣기 쉽다.

하지만 나는 그날 그의 말을 듣고 허풍이 아니라 기성 정치인에게서는 보기 드문 이상주의자의 풍모를 발견한 듯한 느낌이 들었다. 뒤에 알게 되었지만 김 당선자는 동물 같은 정치적 후각을 가졌으면서도 약간의 이상주의자의 면모도 아울러 가지고 있는 정치인이었다.

집에 돌아와 그와의 대담을 곰곰이 되씹어 보면서 간단히 차버릴 일이 아니라는 생각이 들었다. 당시 나는 대법관의 두 번째 임기를 약 1년여 남겨두고 있었는데 천직으로 삼아온 30년 가까운 법관의 인생 역정을 생판 생소한 감사원장으로 바꾼다는 것이 과연 옳은 일인지 깊은 고민에 빠졌다.

다른 사람과 상의할 수도 없는 일이지만 가깝게 지내던 친구인 오성환 전 대법관과 후배인 서정우 변호사를 만나 내 고민을 털어놓고 조언을 구했다. 젊은 서 변호사는 대뜸 이런 국가 변혁의 시기에 내가 대법관으로서 얻은 평판에 구애되는 것은 이기주의라며, 나같이 두 번 대법관을 지낸 사람은 감사원장이든 무엇이든 국가기강 확립에 도움이 될 기회가 있다면 희생하는 정신으로 몸을 던지는 것이 도리라고 역설했고, 오 전 대법관도 같은 의견이었다. 이기주의란 말에 나는 번쩍 정신이 드는 느낌이었다. 그렇다. 나는 안온하게 법관이란 자존심과 그동안의 평판의 울타리에 갇혀 있었다. 대법관을 두 번이나 한 사람이 감사원장으로 가는 것이 다른 사람들의 눈에 어떻게 비칠 것인가에 더 신경 썼던 것이다.

부정부패와 비리는 어느 시대나 문젯거리지만 특히 당시 노태우 정권 말에는 심각한 수준이었다. 이러다가 나라가 망할지 모른다고 걱정하는 사람들이 많았다. 어느 싱가포르 경제인이 한국에 와서 '이렇게 부패했는데도 나라가 안 망하는 것이 신기하다'고 말했다는 소문이 돌 정도였다.

흔히 알려진 대로 우리나라는 박정희 정권의 산업화 추진 이후 30년 간의 압축 고도성장을 거치면서 국가발전의 경제기반을 마련했지만 산업화, 경제 우선이라는 구호 아래 민주화와 법치주의는 제쳐두거나 등한시되었다. 그 후 이른바 민주화 시대 특히 1987년의 대통령 직선제 헌법 개정 이후 본격적으로 진행된 민주화 과정에서는 선거 및 정치 참여에 대한 욕구가 분출되면서 각계각층의 요구에 영합하는 포퓰리즘의 정치가 성행하게 되었고, 진정한 민주화와 법치주의의 기본 조건인 정직과 신뢰, 법의 원칙과 같은 가치는 경시되고 외면당했던 것이다.

이와 같이 민주주의의 기본 조건인 정직과 신뢰, 그리고 법치의 원칙이 정착되지 못한 틈 사이에서 부정부패와 비리가 독버섯처럼 자라나 공직사회만이 아니라 사기업을 비롯한 사회 각 분야에까지 퍼졌다. 이것은 단순히 노태우 정권만의 책임이 아니라 역대 정권이 산업화와 민주화 시대를 거치면서 쌓아온 적폐라고 할 수 있었다.

그래서 나는 이제 새롭게 문민정부라는 이름으로 출범하는 김영삼 정부가 처한 이 시기의 시대정신은 공직사회를 비롯한 각 분야에 만연한 부정부패와 부조리를 척결하고 정직과 신뢰, 법치의 원칙을 바로

이회창
회고록

세우는 국가개혁이 되어야 하고, 김영삼 정부의 국정 목표도 이러한 시대정신의 구현이 되어야 한다고 생각하고 있었다. 이런 때 김 당선자로부터 개혁의 포부를 들으니 그것이 내 마음에 와닿았던 것이다.

그렇다고 해도 평생의 천직으로 삼아온 법관직을 떠난다는 것이 생각처럼 그리 쉬운 일은 아니었다. 이틀 간 몸살을 앓듯 방황과 고민 끝에 감사원장직을 수락하기로 결단하고 그 뜻을 김 당선자에게 통고했다. 이 결단은 나에게는 운명의 갈림길이었다. 이 결단으로 나는 김영삼이라는 한국 현대 정치사의 주역인 한 사람과 참으로 굴곡 많고 애증이 엇갈리는 인연을 맺게 된 것이다.

또한 당시 나 자신은 사법부에서 행정부로 몸을 옮길 뿐이라는 정도의 생각밖에 없었지만 감사원장직에서 그 뒤 국무총리직으로 가게 되고 국무총리 사퇴 후에는 정치입문으로 이어져 여당과 야당의 총재, 그리고 대통령 후보에까지 이르렀으니, 돌아보면 이 정치 인생의 역정 또한 결국 감사원장직 수락에서 비롯된 것이 아닌가.

2

감사원의 독립성

헌법상 감사원은 국무총리와 법원, 헌법재판소, 중앙선관위 등과 같이 헌법이 직접 그 설립을 규정한 헌법기관이다. 다만 헌법에 감사원은 대통령 소속하에 둔다고 규정했기 때문에(헌법 제97조), 대통령의 지휘명령을 받는 기관으로 오해될 수 있고 또 실제로 그런 오해를 받기도 했다. 하지만 헌법의 위임을 받은 감사원법에서 감사원은 대통령에 소속하되 직무에 관해서는 독립의 지위를 가진다(감사원법 제2조)고 규정해 감사원의 독립성을 명시했다.

이렇게 보면 감사원은 헌법이 정한 감사원의 직무, 즉 국가의 세입세출의 결산, 국가 및 법률이 정한 단체의 회계 검사와 행정기관 및 공무원의 직무에 대한 감찰이라는 실로 막강한 권한과 책임을 가지고 있는 기관이고 국가 및 공직 사회의 부패척결과 기강확립을 선도할 수 있는 기관인 것이다.

보기에 따라서 감사원장은 국무총리보다 중요한 자리라고 할 수

이회창
회고록

있다. 국무총리는 대통령의 보좌기관에 불과하지만 감사원은 대통령에 소속되긴 하되 대통령으로부터 직무상 독립한 기관이다. 보좌기관과 독립기관의 근본적 차이를 한마디로 요약하면 보좌기관인 국무총리는 대통령의 뜻을 헤아리고 그 뜻을 받들어야 하지만 독립기관인 감사원은 대통령의 뜻을 헤아릴 필요가 없고 오히려 그 뜻을 헤아리거나 그 뜻에 복종하려고 해서는 안 된다는 것이다.

물론 국무총리가 보좌기관이라고 해도 무조건 대통령 뜻에 유유낙낙 복종만 하는 것이 능사가 아니라 잘못된 지시와 부적절한 조치에 대해서는 올바른 보좌를 위해 대통령에게 직언할 줄 알아야 한다. 그렇다고 해도 보좌기관의 한계를 벗어날 수 없다. 하지만 감사원은 대통령의 간섭이나 영향을 받지 않고 성역 없는 감사를 시행하도록 독립성이 부여된 기관이므로 직접적으로 대통령의 간섭이나 영향을 배제해야 함은 물론 외관상으로도 그런 간섭이나 영향을 받는 것처럼 보여서는 안 된다.

그런데 권력이 대통령에게 집중된 대통령 중심 체제하의 우리나라 정부 조직에서는 정부의 각 기관이 대통령의 심기를 살피기에 급급한 판에 감사원이 대통령의 눈치를 보지 않고 홀로 독야청청 한다는 것은 말처럼 그리 쉬운 일이 아니며 좋은 게 좋다는 식으로 되기 쉽다.

나는 감사원장으로서 무엇보다 먼저 할 일은 감사원의 독립성을 확립하는 일이라고 결심했다. 김영삼 대통령에게 발탁되어 감사원장이 됐지만 나는 대통령에게 충성하는 부하가 아니라 국가에 충성하는 사정기관의 장이며, 여기서의 충성은 법과 원칙대로 직무를 수행하는 것이다. 이것이 때로 대통령에게 불편한 일이 되더라도 결과적으로 대통령에게 도움이 된다는 것이 나의 확고한 생각이었다.

나는 젊은 시절 앙드레 모루아(André Maurois)의 《영국사》를 읽다가 유명한 토머스 베케트(Thomas Becket)에 관한 대목에서 깊은 감명을 받은 일이 있다. 영국의 헨리2세 때 30대의 젊은 베케트는 왕의 총애를 받던 유능한 대신이었다. 왕이 신임하는 그를 캔터베리 대주교로 임명하자 그가 말했다.

"폐하는 저를 사랑하셨던 만큼 앞으로 저를 증오하게 될 것입니다. 왜냐하면 폐하가 교회 문제에 관해 갖고 있는 권한을 저는 승복할 수 없기 때문입니다. 캔터베리의 대주교가 된 자는 하느님과 왕 중 어느 한쪽을 거역하지 않을 수 없게 되어 있습니다."

캔터베리 대주교가 된 후 그는 교회의 권리와 관련해 왕과 강하게 맞서다가 결국 왕의 기사들에 의해 제단 앞에서 살해되고 말았다. 그의 시신에서는 수도자들이 고행 때 몸에 걸치는 고행대(帶)와 고행의 매 자국이 발견되었다. 그는 단순히 교회의 권리를 지키기 위해 왕과 맞선 것이 아니라 그 자신이 완전한 사제가 되기 위해 정진했고 순교도 불사했던 것이다. 그래서 모루아는 그를 왕 밑에서는 완전한 왕의 대신이 되고자 했고 대주교가 된 후에는 완전무결한 성자가 되고자 했던 인물이라고 높이 평가했다.

나는 베케트가 가진 삶의 자세, 현재 자기가 맡은 자리에서 그 직분에 충실하게 최선을 다하고자 했던 자세에 감동을 느꼈다. 나는 감사원장으로 가면서 이 토머스 베케트의 말을 머리에 떠올렸다. 그렇다. 나는 김영삼 대통령의 충신도 아니지만 감사원장을 맡은 이상 완벽한 감사원장이 되겠다고 다짐했다. 내가 이렇게 감사원의 독립성을

이회창
회고록

강조하고 추진한 데 대해 자기 기관의 위상만 생각하는 부처 이기주의라거나 심지어 인기만을 의식한 소영웅주의라고 비판하는 소리도 없지 않았다. 이러한 비판은 참으로 어처구니가 없는 것이다.

내가 부임할 당시 감사원은 그야말로 동네북이었다. 전임자인 김영준 원장은 실력이 있고 통솔력도 훌륭한 인격자였다. 그러나 당시 상황이 구 정권에서의 부정부패와 기강해이가 마치 감사원이 제 기능을 다하지 못한 책임인 것처럼 질타하는 분위기가 되어버려 어쩔 수 없었다. 당시 감사원의 실무를 총괄하는 사무총장직에 청와대 경호실이나 안기부 출신 인사들이 임명된 것도 한 가지 원인이 된 것 같다.

감사원장으로 부임해보니 외부에서 보는 것과는 달리 감사원은 나름대로 성실하고 정직한 능력 있는 기관이라는 인상을 받았다. 하지만 어찌 되었든 정권 교체기의 전 정권에 대한 비판적 분위기 속에서 감사원은 제 기능을 다하지 못한 것처럼 오해받고 질타당해 잔뜩 위축되어 있었다. 독립기관인 감사원이 대통령의 지시·감독을 받고 대통령에게 좌지우지된다는 말을 듣는다면 그야말로 그 존재 의미를 상실할 만큼 치명적인 일이 아닐 수 없다.

내가 김영삼 대통령에게 감사원장 수락 의사 표시를 한 뒤에 당시 여당인 민자당에서 사정을 담당할 특별기구로 부정방지위원회를 대통령 직속기관으로 설치하기로 당론 확정을 한 것처럼 언론에 보도되었다. 나는 바로 김 당선자에게 서신을 보냈다. 부정방지위를 대통령 직속기관으로 설치하게 되면 필경 사정의 중추적 기능과 힘이 부정방지위로 옮겨가게 되어 감사원의 사정 기능이 퇴색되리라는 것과 감사원장직을 수락한 것은 부패와 부정척결의 중추기관의 장으로서 누구의 눈치도 보지 않고 소신껏 일할 수 있다고 생각했기 때문인데 부정방지위가 설치된다면 이런 감사원의 기능을 기대할 수 없으므로 죄송하지만 감사원장을 사양하겠다는 뜻을 전달했다. 그러자 김 당선자는 곧바로 답신을 보내왔는데, 자신의 생각도 나와 같고 옥상옥 같은 기구를 만들 필요가 없어 이미 추진하지 않기로 했으니 염려하지 말라고 했다.

이런 일이 있어 김 대통령도 내가 감사원장으로서 어떻게 행동할지는 어느 정도 짐작했으리라고 생각했다. 그러나 그도 일단 대통령으로서 청와대에 입성하고 나면 당선자 시절과는 달리 행동할 수 있는 가능성이 있다는 점을 유념해야 한다고 생각했다.

3

감사원을 바꾸다

어느 기관에서나 신임기관장의 취임사는 매우 중요하다. 거기에는 신임자의 기관에 대한 관념과 기관장의 일에 대한 철학과 신념이 담겨 있기 마련이다. 나는 1993년 2월 25일 감사원장으로 취임하면서 취임사에 짧고 간명하지만 감사 업무와 감사인의 자세에 관한 나의 철학과 신념을 담았다.

감사원은 헌법에 의해 회계검사와 직무감찰의 기능이 부여된 헌법기관입니다. 비록 대통령에 소속되어 있으나 여기에서의 대통령은 행정수반이 아닌 국가원수로서의 대통령을 의미하는 것으로서, 직무상 대통령으로부터 독립한 자리에 있으며 이는 감사원법이 명시하고 있는 바입니다. 또 비단 대통령뿐 아니라 다른 어느 국가 권력 기관으로부터도 독립한 지위에 있음은 더 말할 나위도 없습니다. 이러한 독립의 지위를 명실상부한 자리로 만드느냐, 아니면 형해화(形骸化)한 자리로 만드느냐는 오로지 우리들 자신에 달려 있습니다. 어느 누구의 부당한 간섭이나 어떠한 부정한 타협에도 꺾이지 않는 꿋꿋한 자세를 유지하고 이른바 성역을 인정치 않는 철저한 감사를 수행함으로써 헌법기관으로서의 드높은 자존심과 그 헌법기관에 종사하는 직원으로서의 자랑스러운 자존심을 지켜야 합니다.

이렇게 글로 써놓고 보면 그저 해야 할 말을 한 정도로 평범하게 느껴질지 모른다. 하지만 새로운 정권에서 대통령에게 감사원장으로 점 찍혀 부임해온 사람이 대통령과의 관계에 대해서 이렇게 딱 부러지게 선을 그어 독립성을 천명한 것은 당시로서는 신선한 인상을 주었던 것 같다. 특히 감사원 직원들로서는 후련하고 뼈 있는 취임사라고 느꼈을 것이다.

처음 김영삼 대통령 당선자로부터 감사원장 제의를 받았을 때는 감사원장이란 자리가 법관과는 전혀 다른 텃밭이고 매우 어설프게 느껴진 게 사실이다. 하지만 막상 감사원장을 맡은 뒤에는 감사원을 역사에 빛날 독립불기의 정의로운 기관, 국민이 가장 신뢰하는 기관으로 만들고 싶은 열정과 의욕이 솟아올랐다. 이제 감사원은 나의 애인이 된 것이다. 나는 감사원의 독립성 확보를 위해 몇 가지 구체적인 조치를 취했다.

낙하산 인사 근절

무엇보다 먼저 청와대 등 외부로부터의 낙하산 인사를 근절하는 것이 급선무였다. 특히 감사원처럼 단일기관으로 지방청이 없는 관서에서 몇 안 되는 간부급 자리를 외부 낙하산 인사로 채우는 것은 확실하게 감사원의 독립성을 흔들고 직원들의 사기를 떨어뜨리는 일이었다. 그런데 감사원은 앞에서 말한 것처럼 예컨대, 실무의 총괄 책임자인 사무총장직에 청와대 경호실이나 안기부 출신 인사들이 임명되어 왔고 한번도 내부 승진자가 임명된 일이 없을 만큼 인사의 숨통이 막혀 있었다. 나는 우선 내부 승진을 바탕으로 대대적인 인사쇄신을 단행했다. 차관급인 감사위원 2인과 사무총장의 새 자리에 모두 내부 인사를 승진 기용하고 연달아 1급 내지 3급의 승진 인사를 시행했다. 사무총장에는 1급인 기획관리실장으로 있던 황영하 씨와 감사위원으로는 사무차장으로 있던 최세관 씨, 국장인 김종철 씨, 그리고 사무차장 후임으로 신동진 씨를 승진 기용함으로써 가위 파격적이라고 할 만큼 내부 승진의 폭이 크고 낙하산 인사가 없어 직원들의 사기를 드높이는 데 도움이 되었다.

정무직 등 고위직의 인사권자는 대통령이므로 나는 인사 시행 전에 대통령과의 격주 주례 회동 자리에서 대통령에게 인사 구상을 말했는데 대통령은 감사원장이 알아서 하라는 한마디로 끝내었다. 나는 지금도 낙하산 인사를 근절할 수 있게 해준 김영삼 대통령을 고맙게 생각하고 있다.

대통령에 대한 연두 업무보고와 각료회의 참석관행 폐지

다음으로 청와대에서 개최되는 대통령에 대한 연두 업무보고와 대통령이 주재하는 각료 등 회의에 감사원장도 참석하는 것이 관행이었는데 나는 이런 관행을 폐지하고 참석하지 않기로 했다.

연두 업무보고는 내각의 각 장관이 대통령에게 당해년도의 부처 업무 계획을 보고하고 지시받는 행사이다. 그런데 대통령과 직무상 독립한 지위에 있고 다만 중요한 사항의 감사 결과에 대해서만 수시 보고하는 감사원장이 대통령에게 연간 감사계획을 미리 보고하고 지시받는다는 것은 감사원의 독립성을 규정한 법의 취지에 정면으로 어긋난다고 판단했다. 당시 청와대 비서실에서는 관행대로 연두 보고를 해줬으면 하는 뜻을 전해왔지만 나는 법의 취지를 설명하고 내 뜻을 관철했다.

또한 대통령이 주재하는 각료 등 회의에도 과거에는 감사원장이 참석하고 그 회의 내용이 TV 등에 보도되었다. 하지만 감사원장이 이런 회의에 참석하는 것은 마치 감사원장도 대통령의 지시를 받는 내각의 일원처럼 오해받을 수 있을 뿐 아니라 경우에 따라서는 그 회의에서 논의된 내용이 감사 대상이 될 수 있는 소지도 배제할 수 없으므로 참석하는 것이 부적절하다고 생각했다.

감사원의 독립적 외관을 지키기 위해서는 사소한 것까지 신경을 써야 했다. 이런 일도 있었다. 감사원장은 대통령과 격주로 주례 회동을 갖기로 했는데 처음 회동 시작 전에 카메라, 방송기자들이 들어와 사진을 찍었다. 나는 이런 사진 보도가 계속 나가면 마치 감사원장이 대통령의 지시를 받는 기관처럼 비춰질 수 있으므로 감사원장 회동 때는 사진 취재를 안 하도록 요청했다. 청와대에서는 대통령과의 면담을 영상으로 보도하게 하는 것은 감사원장에게 힘을 실어주자는 것인데 이해할 수 없다는 식의 반응을 보였다. 통상 그렇게 생각하는 것이 당연할 것이다.

그러나 나는 감사원의 독립성 확보가 더 중요하기에 사진 취재에 응하지 않겠다는 주장을 끝까지 관철했다.

직무감찰 기능 확대

또한 감사원의 직무감찰 기능을 확대, 개편했다. 감사원은 원래 회계검사 기능을 가진 심계원과 직무감찰 기능을 가진 감찰위원회가 합쳐 설치된 기관으로 회계검사 기능과 직무감찰 기능을 모두 갖고 있다. 그런데 감사원 내부에서는 기구와 업무 범위가 더 방대했던 심계원의 영향력이 남아있어 감사원의 주 업무는 회계검사이고 직무감찰은 부수적 업무처럼 생각하는 경향이 있었다. 이것은 회계검사에 치중함으로써 직무감찰 관계로 타 기관과 대립하고 갈등하는 일을 피하고자 하는 소극적 자세가 그 원인인 점도 부인할 수 없었다.

그러나 나는 감사원이 독립기관으로 부정부패 척결과 국가기강 확립이라는 사정 작업을 자신 있게 추진하기 위해서는 직무감찰권을 확대, 강화해야 하며 진흙이 튀더라도 진흙 속에 발을 담그는 용기가 필요하다고 생각했다. 사법부에 사법 적극주의가 필요하듯이 감사원에도 적극감사의 정신이 있어야 하는 것이다.

나는 일단 직무감찰을 담당하는 제5국의 인원을 51명에서 77명으로 늘리고 3개과를 7개과로 확대, 개편했다. 그리고 제5국장에 청렴, 강직하기로 정평이 난 백승우 씨를 보임했다. 말하자면 사정의 칼을 먼저 갖춘 셈이다.

다른 사정기관과의 사정 조율 문제

감사원장으로 부임하기 전에 박정희 정권 당시 청와대 사정수석을 지낸 법대동기인 동훈 전 통일원차관으로부터 당시의 사정업무에 대해 들은 일이 있다. 당시에는 사정수석 주관하에 감사원, 검찰, 경찰, 국세청, 은행감독원 등 주요 권력기관이 참여한 합동 사정팀이 구성되어 일사분란하게 사정업무를 기획, 조율했다고 한다. 모든 권한이 대통령에게 집중된 그 시절에는 이런 획일적인 사정이 일관성이 있고 또 효과적이었을 수도 있다.

그러나 나는 더 이상 이러한 획일적인 조율 사정은 바람직하지 않다고 생각했다. 위에서 언급한 각 기관이 법이 정한 고유의 사정 권한을 적정하게 행사하는 것이 법의 취지에 부합하는 것이지, 청와대가 이들을 한데 묶어 정권이 의도한 방향으로 사정을 기획, 조율해 가는 것은 자칫 법치주의의 정신에 어긋날 수 있다. 예컨대, 감사원은 독자적인 감사권을 가지고 행정부 내 각 기관을 직무감찰해야 할 책무가 있는데 그 직무감찰 대상기관들과 한 팀이 되어 청와대의 지시하에 사정을 한다는 것은 정면으로 그 독립성에 위반되는 것이다. 만약에 청와대가 정치 목적으로 사정 권한을 남용할 경우 이를 견제할 감사원이 그 사정팀의 일원이 되어 있다면 어떻게 그러한 남용을 견제할 수 있겠는가.

검찰도 마찬가지이다. 검찰은 범죄의 단서가 있을 때 수사하는 기관인데 청와대나 행정부가 예컨대, 경제사범 단속기간을 정하고 이에 대한 사정을 집중한다고 하여 검찰도 한 팀이 되어 검찰 수사력을 이에 집중하면 검찰의 본래 기능 행사에 제약을 가져올 수 있다. 과연 이것이 검찰의 기능을 정한 법의 취지에 맞는 일인가. 그래서 나는 어떤 경우에도 감사원은 독자적인 감사권 행사에 치중하고 타 사정기관과의 사정 조율에는 응하지 않기로 했다.

그런데 권력의 중추인 청와대에는 박정희 정권 당시의 획일적이고 통합적인 조율 사정, 기획 사정에 대한 향수가 남아 있어서 과거에도 정권이 바뀔 때마다 부정축재처리위원회니 사회정화위원회니 하는 것을 설치, 운영했다. 김영삼 당선자 시절에 부정방지위원회 설치에 대한 이야기가 나왔는데 내가 반대해 설치하지 않기로 한 것은 앞에서 이미 말했지만 이것도 조율 사정, 기획 사정에 대한 미련이라고 볼 수 있을 것이다. 그런데 얼마 안 있어 사정 조율 문제가 청와대 내에서 공개적으로 제기되는 일이 생겼다.

감사원은 1993년 3월경부터 한국은행, 은행감독원, 국민은행 등에 대한 불건전한 금융관행에 관한 특별감사를 실시했고 이어서 율곡사업 감사를 실시하면서 방산업체들의 금융거래도 조사했다. 한편 검찰에서도 금융기관 임원 등의 위법 사례에 대한 수사에 착수하자 경

5
운명의 갈림길

299

제계로부터 사정 한파로 경제가 얼어붙는다는 불만이 나오고 이어서 언론에서도 균형 잡힌 사정, 조율된 사정을 요구하는 소리가 나오기 시작했다.

그러자 4월 28일 청와대 민정수석이 금융계에 대한 집중 사정으로 경제계가 위축되는 것은 바람직하지 않다고 하고 사정기관 간의 조율과 역할 분담을 통해 균형 잡힌 사정을 할 필요가 있으므로 감사원, 검찰, 경찰, 국세청 등 사정기관 책임자 회의를 소집할 계획이라고 발표했다. 나는 이것은 박정희 시대의 획일적인 기획 사정, 통합 사정을 본뜬 것이 아닌가 하는 의심이 들었다. 더욱이 사정에 대한 경제계의 거부감이 표출되었다는 점과 이를 다독거리기 위해 사정 조율을 통해 획일적인 기획 사정을 하자는 점은 그대로 넘길 문제가 아니라고 보았다.

그래서 5월 4일 기자회견을 열어 감사원은 청와대가 말한 조율 사정, 기획 사정에 반대한다는 뜻을 분명히 했다. 우선 사정한파로 경제 활동이 위축된다는 점에 대해서는 다음과 같이 말했다. 오히려 사정 활동을 통해 그동안 경제 활성화의 저해요소가 되어온 고질적인 '꺾기' 등 구속성 예금이나 커미션 등 기업의 음성적 금융 비용 부담을 줄여 경제 활성화를 이룩하는 데 도움이 되었다는 점을 강조했다. 또한 사정한파로 금융거래가 위축된다는 것은 금융 업무 담당자가 사정을 피하고자 무사 안일한 행동을 취하기 때문에 생기는 일이므로 이를 바로잡아야지, 오히려 사정 자체를 비난하는 것은 문제의 핵심을 호도하는 것이라고 정면으로 반박했다. 또한 사정 조율에 대해서는 평소 소신대로 획일적 기획 사정, 조율 사정은 감사원의 독립성을

이회창
회고록

해칠 우려가 있다는 점을 강조했다. 기자회견 후 김영수 청와대 민정수석은 감사원장의 지적에 동감한다는 견해를 밝혀 이 문제는 더 이상 확산되지 않고 마무리되었다.

피감사기관은 감사를 의식해 재량적 판단을 할 수 있는 것도 이를 회피하는 소극적 태도를 보이는 일이 적지 않았다. 예컨대, 소송하지 않아도 될 일도 책임 추궁을 면하기 위해 무조건 제소해놓고 보는 것이다. 그래서 나는 감사의 실적에는 비리·비위 적발만이 아니라 정당한 재량 행위를 확인하는 것도 포함된다고 역설하고 권장했지만 감사의 역기능을 막기에는 미흡했다. 이 문제는 앞으로도 고민해야 할 어려운 숙제 같다.

홍보, 대언론 관계 개선

처음 감사원장에 부임한 후 사무처에 취임 기자회견 준비를 지시했더니 지금 그런 것을 할 필요가 있겠냐는 의외의 반응이 나왔다. 그동안 감사원에서는 따로 출입기자단이나 출입기자실이 없고 청와대 춘추관 출입기자들이 취재를 해왔는데 감사원에 관심이 적어 기자회견이나 간담회를 해도 두세 명 정도가 올 뿐이니 따로 할 필요가 있겠느냐는 의견이었다.

기가 막혔다. 나는 법관으로 있을 때는 언론노출을 극력 피했다. 대법관 시절 두 곳의 언론사로부터 동시에 올해의 인물로 선정됐다는 통보를 받고도 이를 모두 사양하고 인터뷰도 거절했었다. 법관은 오직 판결로 말할 뿐, 자신이나 일을 드러내어 과시하는 일을 결코 해서는 안 된다는 것이 소신이었다.

그러나 감사원은 다르다. 감사원이 하는 사정 활동은 국민이 알아야 하고 또 국민의 신뢰를 받아야만 힘을 얻는다. 따라서 감사원은 추상(秋霜) 같은 기상(氣像)으로 부정과 비리를 척결해 나가되, 언론을 통해 감사활동의 내용을 국민에게 알리고 민원처리와 같은 대민 접촉을 활성화해 국민이 신뢰하고 의지하는 기관이 돼야 한다.

이것은 국민의 여론에 영합하고 인기를 얻기 위해 언론플레이를 하는 것과는 다르다. 때로 감사원은 정의를 위해 여론에 거스르는 행동을 해야 할 경우도 생기겠지만 이때도 그 상황과 이유가 국민에게 알려질 수 있도록 충분히 언론을 통해 홍보되어야 한다. 요컨대, 감사원은 장막에 가린 어두컴컴한 권위의 상징이 아니라 밝은 태양 아래 국민이 보는 앞에서 당당하게 행동하는 기관이 돼야 한다고 생각했다. 막상 취임 기자회견을 열자 언론의 관심이 높아 직원들의 걱정과는 달리 많은 기자들이 몰려와서 성황(?)을 이루었다. 나는 감사의 독립성과 정확성 확보라는 기본 원칙 외에 감사원 운영 방향을 구체적으로 열거해 제시했다.

감사원에 기자실도 마련했다. 기자실을 두는 일에 대해서는 감사원 내부에서 찬반양론이 있었다. 반론의 요지는 불가근불가원인 기자들에게 원내에 거처를 마련해주면 사무실마다 헤집고 들쑤시고 다녀 감당하기 어려울 것이라는 걱정이었다. 나는 그래도 기자들이 가까이 있어야 진실을 알릴 수 있고 또 감사원도 이제는 기자들을 기피할 것이 아니라 그들과 함께 가는 방법을 터득할 때가 되었다는 취지로 설득했다. 20명에서 30명의 기자가 상주하거나 출입하면서 활발한 취재활동을 했는데, 기자단의 존재는 내가 예측한 대로 감사원의 독립성과 위상을 높이는 데 크게 기여했다.

감사활동 중에는 그 내용이 미리 공개되면 지나친 여론의 반응이나 관련자들의 대응 행위로 감사 진행에 차질이 생기거나 때로는 피감사기관이나 피조사자의 명예나 인권을 지나치게 훼손하는 경우가 생긴다. 이런 우려가 있을 때는 미리 출입 기자단과 협의해 언론이 비공개 감사를 존중하는 대신, 감사원은 진행 상황을 정확히 언론에 알려주기로 하는 신사협정을 약속하는 경우가 있었는데 기자단은 대체로 그 약속을 잘 지켜주었다. 이것도 나는 기자실을 두어 덕을 본 일 중 하나라고 믿고 있다.

부정방지위원회 설치

대통령 소속으로 사정을 조율, 기획하는 부정방지위원회의 설치에는 반대했지만 감사원에 자문기구로 부정방지위원회를 설치하는 것은 필요하다고 생각했다.

감사원이 부정부패 방지와 비리척결, 기타 국가기강 확립을 위한 사실조사나 방향 설정을 하는 데 있어 국가기관이나 공직사회 내부의 사고 수준과 시각으로는 한계가 있는 것이다. 마르크스 아우렐리우스가 말한 "녹색의 안경을 쓰면 세상은 온통 녹색이다"라는 말처럼 제한된 사고와 시각으로는 왜곡되거나 자기변명에 가까운 결론이 나올 수밖에 없다. 이러한 한계를 뛰어넘기 위해 주로 외부 민간인으로 구성된 부정방지위원회를 설치해 그들의 현실적이고 참신한 민간의 사고와 시각으로 부정부패와 비리의 실태파악, 요인분석 그리고 유발요인이 되는 법령이나 제도의 개선 방향, 감사 방향 등에 관해 검토하고 논의하도록 했다. 그리고 논의 결과에 대해서도 감사원이 바로 도입하거나 해결할 수 있는 것은 즉시 시행하고 다른 국가기관이 관련되거나 국가정책에 반영될 사항이 있을 때는 대통령에게 건의해 반영될 수 있도록 하고자 했다.

부정방지위원회 위원은 어떤 인물로 구성하느냐가 중요했다. 나는 부정방지위원회가 단순한 감사원의 자문기구를 넘어 국가의 기강확립에 기여하는 기구가 되기를 희망하고 중량감 있는 인사들로 구성했다. 위원장에 사회적 명망이 높은 대한변호사협회(이하 변협) 회장인 이세중 변호사를 영입했다. 변협 회장이 감사원의 자문기구의 장을 맡는다는 것은 격에 맞지 않는다는 변협 내부의 반대가 있었던 모양이지만, 이세중 변호사는 국가 기강확립을 위한 일이라는 말에 흔쾌히 응해줬다. 지금도 고맙게 생각하고 있다.

그밖의 위원으로는 감사원이 정치기구가 아닌 만큼 정치적 이념이나 색채, 경향을 고려하지 않고 사회 각층의 대표적 인물을 망라했다. 김선호 대한의학협회 부회장, 김영일 한국신문편집인협회 부회장, 김주언 한국기자협회 회장, 김창국 서울지방변호사회 회장, 박상규 중소기업협동조합중앙회 회장, 박종근 한국노총 위원장, 성병욱 한국신문편집인협회 부회장, 손봉호 서울대 교수, 오웅석 대한건축사협회 회장, 이각범 서울대 부교수, 인명진 경실련 상임집행위원, 조규하 전

경련 부회장, 한명숙 한국여성단체연합 상임공동대표, 허범 성균관대 교수, 황우여 감사위원, 황영하 감사원 사무총장 등이다. 이런 각계각층의 인물들을 한자리에 모으기는 참으로 어려운 일이었다. 그만큼 감사원에 대한 기대가 컸다.

내가 감사원에 있는 동안 부정방지위원회는 금융 부조리, 세무 부조리, 경찰 부조리, 건설 부조리 등 18개 분야에 대한 실태와 방지 대책을 18집의 보고서로 작성해 제출했다. 나는 부정방지위원회가 매우 알찬 결실을 거두었다고 자부하고 있다.

청와대 비서실과 경호실 감사

청와대에 대한 감사 실시 여부는 안기부에 대한 감사와 함께 감사원이 표방한 성역 없는 감사에 대한 시금석처럼 인식되어 있었다. 과거 청와대에 예속되다시피 한 감사원이 문민정부가 되었다고 과연 청와대에 칼을 들이댈 수 있겠는가 하는 문제가 관심의 초점이었다. 청와대에 대한 감사는 사실 그 내용보다도 최고 권부도 감사 대상으로 삼음으로써 감사의 성역을 없앤다는 상징성에 더 큰 의미가 있었다.

김 대통령이 취임사에서도 성역 없는 부정 척결을 강조한 바 있어 청와대에서도 환영은 안 할망정 거부감을 드러내지는 않을 것으로 짐작했는데 그렇지 않았다. 막상 감사 계획을 세워 감사 실시를 통고하자 대통령 비서실에서는 달가워 하지 않는 반응을 보이고 내부 사정을 들어 연기를 요청했다. 일단 요청을 받아들여 연기했다가 93년 3월 29일 감사반원이 바로 현장에 임해 감사 실시를 통고하고 감사에 착수해 일주일 간 감사를 실시했다.

이 정권은 문민정부를 표방했지만 청와대 등 최고 권부의 의식과 행동양식이 과거의 군인 출신 대통령의 정부와 어떻게 달라야 하는가 하는 점에 대해 명확한 개념 정립이 안 된 채 청와대에 입성한 것 같았다. 그래서 그런지 과거 정부에서의 의전이나 사무 절차에 관한 관행의 상당 부분이 그대로 전승되어 청와대 내부에는 최고 권부로서의 삼엄한 최고 권위를 유지해야 한다는 의식도 여전히 남아있는 것처럼 보였다.

입으로는 감사원의 성역 없는 감사에 반대하지 않는다면서도 대통령 소속기관인 감사원이 청와대를 감사한다는 것은 청와대의 권위를 손상하는 것이라는 생각이 의식 저변에 깔려있어 불쾌한 반응을 감추지 않았다. 감사 시기를 늦춤으로써 감사원이 스스로 후퇴하기를 기대했던 것이 아닌가 싶었다.

감사 결과로 92년의 예산집행, 물품관리 및 국유재산 관리 등에서 부당한 집행 사례가 지적되었고, 특히 경호실에서 청와대 주변의 일정 지역을 경비 지역으로 지정해 필요 이상으로 과도한 행정 규제를 과함으로써 국민의 불편을 가중시키고 있는 점이 지적되어 시정 요구를 했던 것이 기억된다. 이 같은 청와대에 대한 감사 결과는 지난 정권에 관한 것이고 크게 부각될 만한 내용은 없었지만 그 효과와 영향은 참으로 컸다고 생각한다.

앞으로 현 정권의 청와대도 일반 행정기관과 마찬가지 감사를 받아야 한다는 것과 청와대가 이미 감사를 받은 마당에 다른 기관이 과거의 예나 관행을 들어 감사를 거부하거나 기피할 수 없다는 분위기를 조성했다. 이러한 분위기 때문에 그 후 감사원이 국방부 등에 대한 율곡사업 감사를 시행할 때도 눈에 띄는 감사 거부나 기피는 없었다.

청와대 감사에 대해 김영삼 정권이 출범한 후 성역 없는 부정 척결을 내세워 분위기가 바뀐 마당에 감사원이 청와대를 감사하는 것이 뭐 그리 대단한 일이냐고 평가 절하하는 소리도 없지 않았지만 이런 말을 들을 때마다 나는 '콜럼버스의 달걀'을 떠올리곤 했다.

아무리 감사원이 독립성을 내세워도 설마 대통령의 지시 없이 청와대에 칼을 들이댔겠느냐는 선입관이 아직도 남아있어 일부 언론에서는 청와대의 감사는 대통령이 지시해 한 것이라는 참으로 어처구니없는 보도를 하기도 했다.

4

율곡사업과 평화의 댐 감사

감사원의 감사는 결산 확인이 필요한 중앙관서와 정부 투자기관을 대상으로 한 회계검사, 공직기관 및 공직자를 대상으로 한 직무감찰인데 구체적인 대상 분야도 다양하고 또 투입되는 감사 인력도 만만치 않다.

예를 들면 내가 재직했던 1993년도의 통계에 의하면 회계검사를 위한 일반감사는 모두 137개 기관에 연 9290명의 인력을 투입했다. 또 부정부패 척결과 국민 불편 제거 등 직무감찰을 위한 특별감사는 기관종합감사에 24개 기관에 감사인원 연 5113명, 계통(系統)감사에 52개 사항 선정, 감사인원 연 2만 4459명을 투입했다. 이러한 방대한 감사 활동 중 특히 의미가 크고 큰 영향을 미친 대표적인 감사 사례로 '율곡사업' 감사와 '평화의 댐' 감사를 들 수 있다.

율곡사업 감사

율곡사업은 1960년대 말 미국의 탈아시아정책인 '닉슨 독트린'과 북한의 빈번한 도발 등에 자극되어 박정희 대통령이 자주국방 확립이라는 목표하에 착수해 추진되어온 전력증강 사업이다. 1차로 1974년부터 1981년까지 2조 8864억 원, 2차로 1982년부터 1986년까지 5조 5757억 원, 3차로 1987년부터 내가 감사원장으로 취임하기 전인 1992년까지 14조 152억 원을 투입해 방위산업 기반조성과 방위 전력을 확보한다는 방대한 사업이었다. 전력증강 사업의 성격상 국가안보 및 군사기밀이 강조되어 감사원의 감사도 들어가지 못하고 철저히 성역시되어 왔다.

내가 감사원장으로 취임하기 전 감사원 관계자들로부터 내부 사정에 관해 여러 의견을 청취했는데 모두 한결같이 그동안 감사원이 해야 할 일을 하지 못한 것 중 첫째로 율곡사업 감사를 꼽았다.

나는 취임 후 바로 율곡사업 감사에 착수하려고 했으나 당시 국방부에 대한 일반감사가 진행 중이어서 1993년 하반기에 실시할 수밖에 없다고 생각하고 있었다.

그런데 1993년 4월 25일 저녁에 뉴스를 들으니 권영해 국방부 장관이 다음날 군사지휘관 회의를 개최한 후 대통령에게 북한군 동향과 당시 비리 의혹이 제기되었던 군전력 증강사업에 관해 보고할 예정이라는 보도가 나왔다. 이 보도를 듣는 순간 나는 국방부가 율곡사업의 의혹을 자체 조사로 처리할 의도라고 직감했다. 그리 되면 그 후 후반기에 실시하는 감사원 감사는 국방부 자체 조사로 끝난 일을 다시 헤집는 것 같은 인상을 줄 수 있고 무엇보다도 자체 조사가 부실할 경우 이를 지적하는 것은 갈등과 반발을 키우는 일이라고 생각했다.

나는 다음날 출근하자마자 하반기 실시 예정인 율곡사업 감사를 앞당겨 즉시 실시하기로 결정하고 준비를 지시했다. 그리고 그날 오후에 있을 국방부 장관의 대통령 보고 전에 감사원의 감사 계획이 알려지는 것이 좋을 것 같아 율곡사업 감사 계획을 언론에 공표하도록 했다. 그러자 그날 오후 청와대의 정종욱 외교안보수석이 나에게 전화를 걸어와 군 자체에서 조사 처리해도 될 일을 감사원이 감사함으로써 초래될 파장을 걱정하는 투의 말을 했다.

청와대에는 노태우 정권 당시 외교안보수석 비서관실에서 율곡사업을 담당했던 인사가 계속 근무 중이었고 율곡사업은 필연적으로 전 정권이나 군 상층부와 연관되어 있기 때문에 청와대와 국방부는 군자체에서 조사하기로 방침을 정했는데 감사원이 감사 계획을 발표하고 나서자 매우 당혹스러워 했다.

그동안 율곡사업은 불가침의 성역처럼 여겨져 왔던 만큼 국방부의 자체조사로 끝낸다면 아무리 제대로 한다고 하더라도 제집 식구 감싸기로 오해받을 수 있었다. 또 새 정부가 내세운 개혁의 취지와도 맞지 않는다고 생각되어 자체조사는 부적당하고 반드시 감사원 감사를 시행해야 한다는 것이 내 소신이었다. 율곡사업 감사에서 신경이 쓰이는 점은 두 가지였다.

첫째로 군은 힘과 명예를 상징으로 하는 집단인데 감사로 군 명예가 실추되는 결과가 나오지 않을까 하는 점이었다. 하지만 나는 감사원의 감사는 오히려 군의 명예를 훼손하는 부정이나 비리의 요소들을 적발, 배제함으로써 진정한 군의 명예와 군에 대한 국민의 신뢰를 회복해주는 계기가 될 것이라는 확신을 가지고 있었고 군도 이런 감사원의 진의를 이해할 것으로 믿었다. 나는 1993년 7월 9일 율곡사업 감사 결과를 발표하는 기자회견에서 뒤에 언급하는 바와 같이 감사원의 감사가 깨끗한 군, 국민의 신뢰를 받는 군으로 거듭나기 위한 개혁을 위한 것임을 특히 강조한 바 있다.

둘째로 율곡사업과 관련된 전직 대통령, 즉 노태우 전 대통령을 조사하는 문제였다. 이점은 평화의 댐 감사와 관련해 전두환 전 대통령의 경우도 같았다. 전임 대통령의 임기 중 행위에 대해 감사원이 조사할 수 있는가에 대해 언론에서 연일 크게 보도하면서 큰 이슈가 되었다. 나는 율곡사업과 관련해 전직 대통령의 지시나 결정이 문제가 될 경우에는 소명의 기회를 주기 위해서라도 조사할 필요가 있다고 생각했다.

그러나 청와대 측은 전직 대통령 조사에 대해 매우 강한 거부 반응을 보였다. 청와대 관계자 말이라면서 언론에 보도된 내용은, 첫째로 항공기나 무기의 기종(機種) 선택 같은 결정은 통치권자의 통치 행위여서 조사 대상이 아니라는 것이고, 둘째로 전직 대통령이 검은 돈을 받거나 헌법위반 행위를 했다면 모르되 그저 세간의 의혹이 있다고 하여 조사하는 것은 정치보복으로 비춰질 수 있다는 것이었다.

하지만 국가의 기본정책인 방위 전략에 따라 그 정책의 집행으로 항공기나 무기의 기종을 선택, 구매하는 행위는 대통령 고도의 정치 행위라고 볼 수 없으므로 기종 선택이 통치 행위에 속한다는 견해는 근거가 없는 논리다. 또한 전직 대통령의 재임 중 행위에 대해 의혹이

제기되고 있다면 전직 대통령 스스로 국민 앞에 자신의 견해를 떳떳하게 밝혀 의혹을 불식시킬 필요가 있었다. 이러한 소명 기회를 제공하려는 감사원 조사를 정치보복으로 본다는 것은 어불성설이다.

더구나 감사원의 전직 대통령에 대한 조사는 직무감찰의 대상자로서가 아니라 참고인에 대한 조사와 유사한 것이어서 정치보복 운운의 말은 당치도 않았다.

그런데 김영삼 전 대통령까지도 나와의 격주 면담 때 자신은 전직 대통령들에 대해 정치보복을 하지 않겠고 역사의 심판에 맡긴다고 국민 앞에 말한 바 있으니 감사원 조사를 안 했으면 좋겠다는 식으로 말했다.

나는 전직 대통령 조사는 전직 대통령을 직접 감사 대상으로 한 조사가 아니라 감사 대상인 국방부의 율곡사업 관련자에 대한 참고인 조사의 성격을 띤 것이므로 정치보복이 될 수 없다는 점과 조사의 불가피성을 역설했고 김 대통령은 더 이상 언급이 없었다.

그 후 율곡사업의 차세대 전투기사업(KFP)의 기종 변경과 관련해 노태우 전 대통령에게, 또 후술하는 평화의 댐 사업과 관련해 전두환 전 대통령에게 질문서를 보내어 답변을 받는 서면 조사의 방식으로 조사를 했다. 전직 대통령들은 감사원 조사를 받는다는 것에 극도의 거부감을 나타내었고 청와대에 여러 차례 항의 겸 협의를 했으며 감사원에도 이의를 표명해왔다.

그 후 전두환, 노태우 전직 대통령들은 문제된 사건들에 대한 자신들의 입장을 소명하는 대국민 해명서를 발표하고 전두환 전 대통령 측에서는 해명서를 감사원에 송부하는 형식으로 답변에 갈음했다. 전

이회창
회고록

대통령들의 항변은 요컨대, 전 대통령은 감사원의 감사 대상이 아니라는 것이었다. 그러나 앞에서 언급한 바와 같이 전 대통령들에 대한 조사는 감사의 대상이어서가 아니라 감사 대상인 율곡사업 또는 평화의 댐 사업에 관한 참고인으로서의 조사이므로 그들의 항변은 이유가 없는 것이다. 여기에는 후일담이 있다.

나는 국무총리가 된 후 전직 대통령들을 예방한 일이 있다. 전두환 전 대통령을 예방하고 일어나면서 내가 "감사원장으로 있을 때 직책상 고통을 드린 일이 있습니다"라고 인사를 하자 전 대통령은 "아, 괜찮아요. 감사원장으로 하실 일을 하신 건데 신경 쓰지 마세요"라고 흔쾌하게 대답했다. 이어 노태우 전 대통령을 예방하고 떠날 때도 똑같은 인사를 했는데 노 대통령은 사실 그때는 많이 힘들었다고 대답했다. 각각의 대답에 그분들의 성격이 잘 나타나 있다. 전 대통령은 호방한 성격을 보인 반면 노 대통령은 당시의 유쾌하지 못한 기억을 솔직하게 나타낸 것이라고 본다.

이런저런 과정을 통해 청와대가 나에 대해 섭섭한 감정을 갖게 되어 청와대 내에 나와 감사원에 대한 비판적이고 부정적인 말이 돌아다닌 것 같다. 심지어 대통령과의 불화로 감사원장이 사표를 낼 것이라는 추측이 일부 언론에 보도되기도 했다.

감사원은 전차, 항공기, 군함 등 23개 사업을 감사 대상으로 선정해 1993년 4월 27일부터 6월 23일까지 그야말로 전력투구의 감사를 실시했다. 그리해 감사원은 제1차로 차세대전투기 사업(KFP)을 제외한 나머지 22개 사업 분야에 대한 감사 결과를 그해 7월 9일에 발표했고, 제2차로 차세대전투기 사업에 관해 그해 9월 7일에 감사 결과를 발표했다.

감사 결과를 요약하면 무기체계 및 기종결정 분야, 조달계약 및 이행 분야, 무기획득 운용 및 방산업체 관리 분야, 국산화 추진 분야, 사업방침 및 절차 분야로 나누어 총 133건의 위법, 부당사항을 적발했고 고발 6건에 6명, 징계요구 17건에 27명, 시정(국고환수)요구 25건, 주의 38건에 인사조치 39명, 개선통보 47건이다.

처분 대상자는 현역군인인 대장, 중장 및 소장, 준장 등 장성을 포함해 대령, 중령급 등 수십 명에 이르고 전 국방부 장관과 전 청와대 외교안보수석 및 전 해·공군참모총장 등이 포함되어 참으로 큰 결과였다.

감사원이 그동안 성역시되어 왔던 군에 사정의 칼을 대어 위법, 비리를 적발하고 현역군인과 전직 장관 등을 비롯한 다수의 군 지도부 인사들에 대해 고발, 징계 요구 등 처분을 내린 것은 감사원이 생긴 이래 처음 있는 일이었다.

이러한 감사는 적발과 고발, 징계요구 등 그 자체에 목적이 있는 것이 아니라 앞에서도 언급한 바와 같이 군이 율곡사업과 관련해 받아온 의혹과 불신의 씨를 밝혀 이를 씻어내고 마음으로부터 국민의 신뢰와 사랑을 받는 군이 되게끔 하는 데 있었다.

나는 감사 결과를 발표하면서 "지난 날 군에서 훌륭한 업적을 쌓았고, 사회에도 적지 않는 기여를 한 여러 사람이 고발, 문책된 것은 개인적으로 가슴 아픈 일이지만, 이번 일을 계기로 군의 전력증강 사업이 바로 청렴한 군의 표상이 되고 깨끗한 손을 가진 사람만이 맡을 수 있다는 전통이 서기를 바라 마지않는다"라고 간절한 소망을 밝혔다. 이 소망이 제대로 이루어졌는지는 잘 모르겠다.

평화의 댐 감사

전두환 대통령 집권 중인 1986년 12월 정부는 강원도 화천군 화천읍 수하리 속칭 애마골계곡에 이른바 '평화의 댐'을 착공했다.

당시 이 댐은 북한이 북한강 상류인 DMZ 북방 8킬로미터 지점에 쌓고 있던 금강산댐의 수공 위협에 대비한다는 명목으로 축조된 것이다. 관계 장관들이 TV 등 언론 앞에 나와 금강산댐의 저수용량이 2백억 톤 규모로 추정되므로 북한이 이를 일시에 방류할 경우 수도권 지역과 강원 지역 대부분이 수몰되어 서울의 국회의사당과 서울시청도 물에 잠기는 엄청난 결과를 초래하고 이는 88올림픽 개최에 큰 위협이 되므로 이에 대한 대응 댐의 축조가 불가피하다고 역설했다.

그야말로 충격적인 정부 발표에 많은 국민과 사회단체, 기업 등이 공사비 조달을 위한 성금 모금에 나섰고 어린이가 돼지저금통을 깨어 성금을 내는 미담도 적지 않게 보도되었다. 그러나 그 후 공사 진행 상황은 별로 알려지지 않다가 정권이 바뀐 후인 1988년 5월 27일 평화의 댐 1단계공사를 마친 후 더 진척되지 않은 채 방치되어 국민의 관심 밖으로 벗어났다.

그동안 평화의 댐 공사에 대해서는 야당이나 재야 세력으로부터 야당의 개헌요구 등으로 시끄러운 정국을 안정시키기 위한 분위기 조성용으로 추진한 것이고 국가안보가 아니라 정권 안보를 위한 것이라는 비판이 있었다. 김영삼 대통령도 야당 총재 시절에는 평화의 댐 건설을 비판했다.

국가안보는 무엇보다 중요하다. 더구나 남북 대치 상황에서 북한의 침공 위협은 결코 과소평가할 수 없으며 그 대비에 한 치도 소홀함이 있어서는 안 된다는 점은 더 말할 나위도 없다. 하지만 이러한 국가안보를 집권자나 정부가 정치적 국면 전환이나 정권 유지의 수단으로 악용하면 국민은 국가안보에 관한 정부의 말을 믿을 수 없게 되어 결과적으로 국가안보를 약화시키게 될 터이다. 이런 점에서 나는 의혹의 대상이 된 평화의 댐 건설에 문제가 없었는지 규명할 필요가 있다고 생각했다.

그런데 수공 위협의 현실성을 판단하기 위해서는 국가안전기획부가 주관한 금강산댐 정보 분석 및 대응책 수립의 적정성과 타당성을 가려보아야 하고 그러기 위해서는 안기부에 대한 감사가 필요했다. 하지만 당시만 해도 안기부는 청와대 및 군과 더불어 3대 성역 중 하나였다. 감사원이 청와대와 군의 성역은 허물었지만 안기부는 참으로 어려운 상대였다.

우선 당시의 국가안전기획부법 제11조 제1항에 의하면 감사원의 감사에 대해 안기부장은 국가기밀에 속하는 사항의 자료 제출이나 답변을 거부할 수 있고, 제12조에 의하면 안기부장은 소관업무에 대한 회계검사와 직무감찰을 행해 그 결과를 대통령에게 보고하도록 되어 있으며, 또 제10조에 의하면 안기부의 세출예산의 산출내역과 그 첨부서류는 제출하지 않고 예산 항목의 관(款), 항(項)은 '국가안전기획부비, 정보비'로만 표시하도록 되어 있었다. 그래서 안기부장이

기밀사항이라고 주장하면 감사가 불가능할 뿐 아니라 정보비 단일 항목인 예산 지출 내역은 안기부에서 자료를 임의제출하지 않는 한 밝히기가 불가능한 실정이었다.

그럼에도 나는 안기부에 대해 평화의 댐 특별감사를 실시하기로 결심하고 감사에 착수했다. 먼저 1993년 6월 21일부터 6일 간 자료 접근이 쉬운 건설부, 한국수자원공사, 통일원 등 관련부처로부터 자료를 수집한 후 이를 기초로 감사 접근방법을 정하고 6월 28일부터 안기부와 국방부에 감사요원을 투입했다.

그런데 안기부로 간 감사팀으로부터 전화로 안기부가 정문에서 감사팀의 출입을 막고 청와대와 협의가 끝날 때까지 들여보낼 수 없다고 말한다는 긴급보고가 왔다. 뒤이어 청와대에서 박관용 비서실장이 직접 나에게 전화를 걸어와 감사원이 안기부를 감사하게 되면 둑이 무너지듯 앞으로 국회에서도 감사하려고 덤빌 것이니 감사원이 감사를 자제해 주었으면 좋겠다, 꼭 필요하다면 안기부 요원이 자료를 가지고 감사원에 와서 감사를 받도록 해도 되지 않겠는가 하는 취지로 말했다.

나는 박 실장에게 이제 안기부도 국가기밀 사항이 아닌 한 감사원의 감사에 응해야 하고 감사 현장에서 수시로 자료를 관련 직원에게 제시하고 문의할 필요가 있기 때문에 감사원에 자료를 가져와서 하기는 어렵다, 또한 감사원이 안기부에 들어가지 못하고 안기부 측이 내놓은 자료만으로 감사했다고 하면 국민은 그런 감사 결과를 신뢰하지 않을 뿐 아니라 오히려 안기부에 대한 불신만 키울 뿐이니 감사팀은 안기부에 들어가 감사해야 한다고 말해주었다. 박 실장의 전화

외에도 황영하 사무총장에게는 여러 군데서 항의하고 감사 중단을 요구하는 전화가 걸려 왔다고 한다. 결국 감사원의 확고한 태도에 어쩔 수 없다고 생각했던지 얼마 후 안기부 정문이 열려 안기부 내 감사장을 설치했다는 보고를 받았다.

평화의 댐에 관한 안기부 감사는 국방부의 율곡사업 감사와 더불어 그 시대적 의미가 자못 컸다. 문민정부를 전환기로 국가운용의 틀이 폐쇄에서 개방으로, 수직적 권위 체제에서 평등적 협의 체제로 변환되어 가는 것이 시대의 흐름이라고 볼 수 있었다.

물론 국가기관 중에서도 안기부와 같은 정보기관은 고도의 기밀과 관련된 그 직무의 성격상 다른 국가기관과는 달리 비공개와 비밀보호가 필요하다. 하지만 이제는 국가안보에 직접 관련된 기밀이나 국가안보에 영향을 미칠 사항이 아닌 한 과거와 같은 과도한 비밀주의는 지양해야 한다는 것이 나의 생각이었다.

그동안 군사 정권 시절을 통해 정부 권력이 움켜쥐고 철옹성 같이 외부의 개입을 차단해왔던 국가권력 기관들이 하나, 둘씩 그 권력 장벽의 문을 여는 결정적 계기가 된 것이 바로 율곡사업 감사와 평화의 댐 감사였다고 생각한다.

나는 감사원장 취임 후 얼마 안 있어 대통령과의 격주 회동 때 평화의 댐 감사를 염두에 두고 대통령에게 이제는 안기부도 정말 중요한 기밀사항이 아닌 한 감사원의 감사에 응해야 함을 역설한 일이 있다. 그러자 대통령은 안기부를 초도순시한 직후여서 안기부 활동에 감명을 받은 듯 나에게 안기부 활동의 중요성을 강조하면서 안기부 업무는 감사하지 않는 것이 좋겠다는 식으로 말했다. 나는 대통령의 말이 안기부의 기밀업무를 가리키는 것으로 이해하고 대통령에게 평화의 댐과 같은 기밀사항이 아닌 사업에 관한 감사는 필요하다고 다시 역설했다.

감사원 감사에 대해서는 안기부 내에서 반발이 극심했고 그래서 정문에서 감사팀이 탄 차를 막는 사태까지 벌어진 것이라고 들었다. 그러니 당시의 김덕 안기부장인들 얼마나 마음이 불편했겠는가? 그러나 그는 나에게 한 번도 불만스러운 말을 한일이 없고 다만 간접적으로 감사 기간이 너무 장기화되지 않았으면 좋겠다는 희망만 전달해왔을 뿐이다. 그의 합리적이고 넉넉한 인품은 참으로 인상적이었다.

평화의 댐 감사에서 북한의 금강산댐 정보분석 및 대응대책 수립, 국민성금 모금관리, 댐 건설 사업집행 등과 관련해 많은 문제점을 적출했다. 요컨대, 안기부의 정보분석은 대체로 정확했는데도 정부의 발표와 홍보 단계에서 금강산댐의 규모와 붕괴 시 한강하류에 미치는 영향이 실제보다 과대평가되어 북한의 수공 위협이 크게 부풀려졌고 그 대응책에서도 필요 이상의 조급한 과잉 대책이 발표된 것이었다.

결국 감사원은 정부는 금강산댐에 대한 진지한 대책보다도 국민단합과 시국 안정을 위한 분위기 조성에 역점을 두고 정보분석 결과를 과장 발표함으로써 국민의 불안한 심리를 자극하는 결과를 초래했다고 결론지었다.

5

188신고센터

나는 감사원장으로서 꿈이 있었다. 비록 스스로 원해서가 아니라 김영삼 대통령 당선자의 요청에 의해 감사원장이 되었지만 일단 된 이상 감사원을 정말로 국민이 믿고 존경하는 국가기관으로 만들고 싶었다. 이 대한민국에 단 한 곳이라도 국민이 마음으로부터 믿고 의지하는 국가기관이 있어야 한다고 생각했다. 미국에서는 가장 국민의 신뢰와 존경을 받는 기관으로 대법원과 군, 그리고 중앙은행인 연방 준비위원회를 꼽는다고 한다. 우리나라에서 감사원이 그런 기관이 되는 것이 나의 꿈이었다.

대한민국은 자유 민주주의 국가이고 인권이 존중되는 나라이지만 힘이 없고 돈도 없어 자기 힘으로 어려움을 헤쳐 나가기 어려운 사람들, 억울한 일을 당하고도 어떻게 대처할지 모르는 약자들이 많다. 이러한 사람들의 호소를 들어주고 해결해주는 길은 사실 모든 국가 기관이 명심해야 할 일인 것이다.

이회창
회고록

감사원은 정치 권력이나 경제 권력 등 어느 누구의 눈치를 보지 않고 성역 없는 엄정한 감사를 해나간다면 일단 그 직분을 다하는 것이 될 것이다. 그러나 이것은 감사원의 필요조건일 뿐 충분조건은 아니다.

감사원이 신뢰받는 기관이 되기 위해서는 첫째로 국민이 손쉽게 접근하고 어려움을 하소연할 수 있는 기관이 되어야 한다. 구름 위에 떠있는 권위의 상징인 이미지로는 국민이 접근하기 어렵다. 둘째로 국민의 민원을 접수하면 즉시 이에 응답하고 감사원이 취할 수 있는 필요 조치를 직접 취해야 한다. 그동안 청와대나 각 행정부처는 민원이 접수되면 일단 담당부서에 넘겨 처리하도록 한 후 이런 취지의 회답을 민원인에게 하고 담당부서는 한참 시일이 지난 뒤에야 이런저런 이유를 붙여 민원을 기각하는 처리를 해온 것이 통상적인 사례였다. 이것은 전형적인 관료주의적인 행태로 민원을 해보아야 소용없다는 불신감만 줄 뿐이다.

그래서 나는 먼저 서울 시내 북변 끝자락에 위치한 감사원 내의 민원실의 분실을 사람들이 오가기 쉬운 광화문에 위치한 전기통신연구소 건물 일부에 설치하여 시민의 접근이 용이하게 했다. 또한 국번 없이 188번호를 누르면 바로 연결되어 신고사항을 접수할 수 있는 188신고센터를 설치했다. 접수한 민원에 대해서는 즉각 사실 내용을 파악한 후 해당부처와 협의해 즉시 처리하도록 하고, 즉시 처리가 어려운 것은 그 사유의 정당성 유무를 따져보고 처리 계획을 구체적으로 명시해 민원인에게 통지하도록 했다.

188신고센터는 위법, 비리에 대한 신고 외에도 다목적 용도를 갖고 있었다. 감사원이 새 정부 출범 후 깨끗한 정부라는 목표를 위해 의욕적으로 사정 활동을 펴자 공직사회 일각에서는 우선 칼을 피하고 보자는 식의 무사안일, 복지부동, 보신주의와 같은 병폐가 나오기 시작했고, 또한 개혁에 대한 피로감 같은 것도 나타나기 시작했다. 이것은 큰일이었다. 그래서 나는 이에 대한 대응책으로 188신고센터를 설치해 그늘에서 묵묵히 일하는 헌신적인 공직자들을 발굴해 포상, 승진기회를 갖도록 함으로써 밝은 사회 분위기를 조성하는 데 도움이 되고자 했다. 또한 무사안일, 위법 부당한 행위가 행해지는 현장을 신고받아 즉각 이에 대한 대응조치를 취하게 함으로써 중대한 위법 상태로 발전하거나 피해 결과가 확산되는 것을 차단하는 것도 주요한 설치 목적이었다.

예컨대 우리가 시민센터나 동사무실에 갔다가 매우 친절하고 성실한 공무원을 만나 감명을 받은 때에는 이런 공무원은 포상받도록 천거해주고 싶은 생각이 들 때가 있다. 그러나 이것은 생각뿐이지 어떻게 해야 할지 망설이게 된다. 이런 때 손쉽게 188신고전화로 신고할수 있도록 한 것이 188신고센터의 설치 목적 중 하나였다. 나는 감사원은 직무감찰권이 있고 직무감찰의 결과 확인된 청렴, 정직한 우수 공무원에 대해서는 포상을 추천하는 것도 감사원의 책무 중 하나라고 생각했다.

또한 188신고센터 설치에는 1993년 10월 10일에 일어난 '서해페리호' 침몰사고도 중요한 계기가 되었다. 이 사건은 전북 부안군 위도 앞 해상에서 여객선 서해페리호가 침몰해 292명이 사망한 대형사고로 원인은 승선 정원인 221명을 무려 141명이나 초과해 승선시킨 데 있었다. 당시 일간신문에서는 정원 초과 인원을 승선시키는 현장을 보고 걱정했다는 목격자의 진술도 보도되었다.

사실 우리는 이런 위법한 현장을 목격하면서도 손쓸 방도가 없어 수수방관하는 경우가 흔히 있다. 이런 때 감사원에 즉각 전화신고를 하면 감사원이 촌각을 다투어 현지 경찰이나 행정관서에 연락해 승선을 중단시키고 승선 인원을 정리하기 전에는 출항하지 못하도록 조치할 수 있다면, 이런 사고를 방지할 수 있었을 것이다.

6

감사원장과 대통령과의 관계

감사원장으로서 대통령과의 관계에서 어떻게 처신해야 할지도 매우 중요한 문제였다. 나는 김영삼 대통령으로부터 감사원장직 요청을 받아들이고 취임할 때 나름의 원칙을 정했었다.

감사원장은 대통령에 의해 임명되지만 일단 임명된 후에는 직무상 대통령과 독립된 위치에서 감사원을 이끌어가야 하며, 직무에 관해 어떠한 지시, 감독도 받지 않도록 되어 있다. 즉 직무에 관한 한 대통령의 지시, 감독을 받는 부하가 아니다. 이것을 충실하게 지켜나가야 한다는 것이었다.

그러나 막상 일을 하다 보면 그렇게 쉬운 일이 아니라는 것을 깨닫게 된다. 우선 한국의 대통령들은 대통령 중심제의 뜻을 잘못 이해하고 있다. 대통령이 모든 권한을 가지고 지시, 명령할 수 있으며 행정부와 여당은 대통령의 지시, 명령에 복종하는 것이 당연한 것으로 착각하고 있다. 법상 지위의 독립이나 임기제가 보장되어 있다고 해도 그저 규정일 뿐 대통령의 심기를 건드리면 결국 그 자리에 붙어있기 어렵게 된다.

민주화 이후에 민주화 투사였던 이들과 그 후계자들이 대통령이 되어 입으로는 민주화니 법치주의니 화려한 말잔치를 벌였지만 대통령으로 취임한 후 법정 임기를 가진 국가기관의 장의 임기를 제대로 보장해준 대통령이 과연 몇이나 있었는가?

김영삼 대통령 때는 심지어 대법원장까지도 대통령이 직접 사퇴시킨 것은 아니지만 재산신고 소동에 휘말려 스스로 사퇴하지 않을 수 없었다. 특히 감사원장은, 나도 전임자가 사퇴해 감사원장이 되었지만, 엄연히 임기가 법정되어 있는데도 정권이 바뀌면 사퇴하고 정권이 원하는 사람을 임명하는 것이 관례가 되다시피 됐고 정치권도 이를 당연한 것으로 받아들이고 있다. 그러나 대통령이 직무상 독립성을 가지고 법정 임기까지 보장되어 있는 감사원장을 마음대로 바꿀 수 있다는 생각은 그야말로 법치주의 근간을 흔드는 비민주적 사고라고 하지 않을 수 없는 것이다.

나는 김영삼 정부는 앞선 군인 정권 시절과 차별화된 문민정부라는 이름표를 달고 출범한 만큼 과거와의 단절보다도 민주적이고 개혁적인 새로운 국정운영의 틀을 국민 앞에 제시하는 것이 급선무라고 생각했다.

그런 의미에서 감사원이 대통령 눈치를 보지 않고 독립성을 지키면서 엄정하게 업무를 집행하는 모습을 보인다면 이는 법치주의에 충실한 새 정부의 이미지로 부각될 것이고 이것이 일시 대통령의 심기를 불편하게 하더라도 결과적으로 대통령에게도 플러스가 된다고 믿었다.

김영삼 대통령은 초기에는 나를 감사원장으로 선택한 만큼 나에게 호의적이었고 자신에게 불편한 말도 들어주었다. 여기서 다 밝힐 수는 없지만 새 정부 측의 일부 인사들에 대해서도 사정의 칼을 대자 여권에서 감사원은 집토끼만 잡는다는 불만이 터져 나왔지만 대통령은 수시보고에서 내 설명을 듣고 이해해 주었다.

하지만 감사원의 감사가 청와대를 비롯해 국정의 여러 분야에 확산되고 율곡사업과 평화의 댐 같은 감사 및 전직 대통령과의 조사를 통해 청와대의 의도와 다르게 확산되자, 호의적인 기류가 사라지고 비판과 견제의 기류가 감지되기 시작했다. 대통령과 코드를 맞추고 심기를 건드리지 않음으로써 대통령과 가까워지면 대통령 권력의 주변도 친근하게 다가올 것이고, 그렇게 되면 몸과 마음이 모두 편할 것이다. 그러나 이와 반대로 대통령과 사이가 틀어지고 불편한 관계가 되면 권력의 주변부터 민감하게 이에 반응해 감사원을 비판하고 견제하려고 대들 것이고 몸과 마음이 고달파진다.

대통령의 심기를 편하게 하고 사이좋게 지내면서 감사원장의 직분도 완벽하게 다할 수 있는 능력이 있다면 더 말할 나위도 없이 좋았겠지만, 불행히도 나에게는 그런 재주가 없었다. 나는 내가 정한 원칙대로 밀고 나가기로 했다. 이 정도의 어려움에 타협해 굽힌다면 추상과 같아야 할 감사원장 자격이 없는 것이고, 만일 개혁 주체의 총수인 대통령이 이러한 나의 신념을 받아들이지 못하면 이 정부를 떠날 수밖에 없다고 생각했다.

하지만 지금 감사원장 당시를 돌이켜 보면 김 대통령은 감사원장의 직권을 비교적 존중해주는 편이었다. 전 대통령들의 조사라든가, 안기부 조사 등 몇 가지 사례에서는 나와 견해가 달랐지만 내가 차근히 설명하면 더 이상 고집을 세우지 않았다. 내가 취임하면서 유독 대통령으로부터의 직무상 독립을 강조하고 청와대 감사를 실시하는 등 김 대통령으로서는 마음속이 불편했을 테지만 내게는 내색하지 않았고, 주변에서 시끄러운 소리가 들렸을 뿐이다.

김 대통령은 정치에서 동물적 감각을 가진 철저한 현실주의자이면서 동시에 개혁가로 알려지기를 바라는 이상주의자이기도 했다. 모순되는 것 같지만 내가 받은 인상은 그랬다. 그는 개혁을 내세워 데려온 내가 법에 정한 감사원의 독립성을 내세우는 데 심기가 상해도 그대로 두는 것이 상책이라고 현실적인 판단을 했을 수 있다. 그래서 나는 소신껏 일할 수 있었다.

7

감사원을 떠나다

／

　나는 1993년 2월 25일 감사원장으로 취임해 그해 12월 15일 퇴임하기까지 9개월여를 감사원장으로 재직했다. 나는 감사원장 취임 초부터 감사원의 지도부 및 직원들과 혼연일체가 되어 뛰자는 심정으로 직원들이 율곡감사 등으로 주말에도 일할 때는 가끔 감사원에 나와 사무실을 들러보았다. 그저 나는 열심히 일하는 그들과 같이 있는 것이 좋았다. 그들은 원장이 주말에도 사무실에 나오는 것이 불편했을지 모르지만 나는 열심히 일하는 직원들이 그렇게 고마울 수가 없었다.

　율곡사업 감사만 해도 첨단무기 체계에 관한 고도의 전문성을 필요로 하기 때문에 전문성 없는 감사원이 무슨 감사를 할 수 있겠느냐는 시각이 있었고, 또한 무기 도입과 관련한 비리조사도 수사권이 없는 감사원으로서는 매우 힘든 작업이었다. 감사관들은 초기에는 첨단무기에 관한 학습에 몰두했다. 먼저 제조회사의 관련 설명서를 번역,

연구하고 국방과학연구소의 검증을 거쳐 일일이 파악하는 식으로 파고들었으며, 처음에는 전문성이 부족하다고 감사팀을 가볍게 보던 국방부 실무자들도 나중에는 긴장하게 만들었다.

비리 조사에서는 은행감독원 직원과 더불어 예금계좌 추적으로 의혹 자금의 흐름을 파악하고 밤늦게까지 관계자들을 직접 조사하는 등 전력을 다했다.

군사령관인 현역 육군대장을 비롯한 현역 육군장성들과 해군, 공군 참모총장을 비롯한 군간부들 그리고 전직 국방부 장관과 청와대 안보수석 등을 조사할 때는 그들이 현재 또는 과거의 국가와 군의 지도자급에 있는 만큼 조사 과정에서 명예손상이 되지 않도록 신경을 썼다. 황영하 사무총장이 밤늦게까지 남아 장시간의 조사를 마치고 돌아가는 그들을 위로하곤 했다. 형사소송에서 말하는 유죄확정 전의 무죄추정의 원칙은 감사에서도 적용되어야 할 터이다.

우선 언론 보도가 걱정이었다. 국민의 알 권리도 중요하지만 조사 과정에서 확정되지도 않은 의혹사건이 대대적으로 보도될 경우 특히 현역 군 지휘관의 경우에는 지휘권 행사에 영향을 받지 않을 수 없다. 그래서 출입기자단과 일종의 신사협정을 맺었다. 기자단은 감사원에 출석하는 조사대상자들을 직접 사진촬영이나 취재하는 것을 자제해주고 그 대신 감사원은 조사 후에 조사 상황을 기자단에 알려주기로 했다.

그래도 감사팀은 만전을 기하기 위해 조사 대상자를 서울역전 등 특정장소에 나오게 한 뒤 팀장이 직접 가서 택시로 감사원까지 동행해오는 등 세심하게 배려했고 기자단도 비교적 약속을 잘 지켜주었다. 그래서 검찰에서처럼 검찰에 출석한 사람이 검찰 문전에서 플래시 세례를 받고 기자들과 범벅이 되어 밀려다니는 장면은 한 번도 없었다.

감사원 직원들은 율곡사업이나 평화의 댐 사업 감사와 같은 국민의 관심이 집중된 감사 외에도 일반적인 감사에서도 참으로 열심히 일했다.

모두가 한껏 높아진 감사원의 위상을 실감하고 사명감과 정열을 불태웠던 시절이었다. 내가 감사원장으로서 가진 철학과 소신에 대해서는 감사원 내부에서도 다른 의견이 나올 수 있겠지만 박성달, 김문환, 최세관, 류길선, 김종철, 황우여 씨 등 감사위원들은 나를 지지하고 열심히 뒷받침해 주었다. 또 실무를 총괄하는 황영하 사무총장과 신동진 사무차장 그리고 주상석 기획관리실장을 비롯한 각 국과장과 직원들에게는 고마운 마음을 이루다 말로 표현할 수 없다. 특히 직무 감찰을 총괄 지휘한 백승우 국장과 그 휘하의 5국 직원들 그리고 율곡사업 특감에서 애쓴 정민주 심의실장 등 직원들 및 평화의 댐 특감을 맡았던 기술국 남정수 심의관과 그 직원들은 다른 국가기관과 부딪치기 쉬운 감사에서 잘 대처하고 혼연일체가 되어 열심히 뛰어주었다. 특히 신덕현 비서실장은 별로 드러나지 않는 자리에서 원장과 직원 간 소통이 원활하도록 원내의 원장에 대한 비판과 불만을 비롯한 여론을 가감 없이 전달해 주어서 내가 항상 깨어 있도록 도운 매우 소중한 역할을 해주어 지금도 고마움을 잊지 못한다.

사실 그동안 감사원이 이루어놓은 성과는 이렇게 직원들이 열심히 뛰어준 덕이다. 내가 처음 감사원에 와서 느꼈듯이 감사원 직원들은 실력과 성의가 있었다. 거기에 나는 열정을 부었을 뿐이다.

감사원장으로 와서 몇 개월 지난 후 토요일에 모처럼 집사람과 함께 통일로 노변에 있는 식당에서 점심을 먹은 일이 있다. 이른 시간 때문인지 손님이 별로 없었는데 한쪽 구석자리에서 남자 몇 명이 무슨 건축 관계로 서로 얘기를 하다가 "정 안 되면 감사원 민원실에 내야 해. 감사원에서도 안 된다면 이제 안 되는 거야"라고 말하는 소리가 들렸다. 나는 순간 가슴이 뿌듯해왔다. 이렇게 국민이 감사원을 알아준다면 나의 꿈은 결코 허망한 것이 아니었구나 하는 확신이 들었다.

나는 감사원을 정말 사랑했다. 주말인 토요일, 일요일에도 때때로 감사원에 들릴 때면 감사원 정문 현관 앞에 놓인 '감사원'이라고 새겨진 대리석 표지석을 쓰다듬곤 했다. 주말의 늦은 밤에도 남아서 일하는 직원들의 불 켜진 사무실 창문을 쳐다보고 있노라면 그들에 대한 미안함과 고마움에 가슴이 벅차오르곤 했다.

내가 감사원을 떠나던 날 함박눈이 내렸다. 분분설(紛紛雪). 눈송이가 흩날리는 가운데 감사원 마당에서 나를 환송하려고 줄지어 선 직원들과 악수를 나눌 때는 가슴이 찡했다. 나는 이렇게 훌훌 털고 떠나지만 남은 이들은 또 앞으로 얼마나 고생할까 하는 생각도 들어 마음이 가볍지만은 않았다.

8

감사원 개혁론

감사원을 개혁해야 한다는 주장은 일찍부터 있어 왔다. 내가 부임할 때에도 실제와는 상관없이 감사원이 정권의 손발이 되어 독자적 역할을 못한다는 비판이 드높았다. 감사원이 독자적인 활동을 못하면 그런 정부는 소금이 빠진 김치와 같다. 그래서 나는 유독 감사원의 직무상 독립성과 성역 없는 감사를 강조했지만 이것은 감사원장의 호령만으로는 되지 않는다. 감사위원과 사무처 직원 등 감사원 구성원들의 처지는 간단치 않다. 감사원은 대통령으로부터 직무상 독립되어 있으나 인사·행정 기타 사무 관계에서는 대통령 및 행정부와 연계되어 있다. 감사원장은 임기동안 호령하다가 떠나가면 그만이지만 이들은 계속 남아서 청와대 및 정부와의 관계를 유지해 나가야 한다.

이런 관계 속에서 감사에 대해 청와대나 정부로부터 감사원장의 감사 지침과는 다른 부탁, 또는 압력을 받을 때는 이들의 입장은 참으로 난감할 수밖에 없다. 실제로 내가 감사원장으로서 율곡사업 감사

이회창
회고록

및 평화의 댐 감사를 비롯한 대형 감사를 할 때도 청와대나 관계부처로부터 여러 가지 문의와 부탁이 있었지만 이들은 이를 모두 물리치고 나를 굳게 뒷받침해 주었다.

나는 너무나 고마웠다. 당시는 감사원의 위상이 올라가고 감사원 직원들의 사기도 드높아졌지만, 그렇다고 해도 평소의 청와대, 정부와의 연계 관계를 가져야 할 처지에서 이런 행동을 한다는 것은 쉬운 일이 아니다.

그렇지만 한편으로는 나 같은 감사원장을 만난 것을 원망하는 직원들도 아마 있었을 것이다. 기왕이면 청와대나 정부와도 원만한 관계를 유지하면서 해나가면 되는데 까다롭게 처신하는 내가 그들에게는 골치 아픈 상사였을지도 모를 일이다. 감사원의 독립성과 성역 없는 감사가 감사원장의 호기만으로는 되지 않고 감사원 구성원과의 혼연일체 된 결집이 필요하다는 것을 말하려는 것이다.

이렇게 감사원의 독립성은 말처럼 쉽지 않다. 얼마 전에는 이명박 정권의 핵심 사업이었던 4대강 사업에 대한 몇 차례의 감사원 감사를 놓고 이명박 정권 봐주기 감사였다는 등 또는 박근혜 정권 눈치 보기의 보복성 감사였다는 등 엇갈린 비판이 나왔고 마침내는 양건 감사원장이 사퇴하는 일까지 벌어졌다. 감사원의 독립성은 현재에도 진행 중인 문제라고 할 수 있다.

정치권에서는 감사원의 독립성을 확보하기 위해 감사원을 대통령 소속으로부터 국회 소속으로 옮겨야 한다는 주장이 강하게 제기되고 있다. 국회 소속이 되면 감사원의 독립성이 보장되는가?

나는 이런 주장에는 현실적이고 상식적인 이유에서 회의적이다. 국회는 여야 간 대립의 장이다. 물론 여야가 통합과 협치의 아름다운 정치를 하면 좋겠지만 실제로는 국회운영과 국정논의 등 모든 면에서 서로 경쟁하고 대립할 수밖에 없는 경쟁 관계이고 이것이 민주주의의 본질이기도 하다. 감사원장이나 감사위원 등의 인선에서부터 시작해 감사대상 선정, 감사 방향, 감사 결과 등에 대해 여야 간 견해가 대립되어 격론을 벌린다면 감사원이란 배는 산으로 갈 수밖에 없을 것이다.

우리는 어떤 문제가 생기면 제도를 탓하고 제도부터 고치려고 한다. 제도를 운영하는 방식이 잘못되어 생긴 문제도 제도 탓으로 돌리는 나쁜 버릇이 있다. 감사원의 독립성 문제는 감사원이 감사원법 등 법률이 정한 대로 직무상 독립을 지키고 대통령 등 다른 국가기관도 그 독립성을 존중하면 끝나는 일인데 이 제도대로 안하기 때문에 문제가 생기는 것 아닌가? 이런 의식이라면 국회 소속으로 해도 또 같은 문제가 나올 것이다.

현재의 대통령 소속의 제도하에서도 감사원은 원장 이하 구성원이 감사원의 독립성을 지키는 일에 혼연일체가 되고 대통령과 다른 국가기관은 감사원의 독립성을 존중하는 의식과 관행을 정착시킨다면 감사원의 독립성 문제는 더 이상 거론될 여지가 없게 될 것이다.

그러나 현실적으로 감사원이 그 독립성을 지키고 청와대나 대통령이 감사원의 독립성을 최대한 존중하는 일은 그리 쉬운 일이 아니다. 내가 직접 경험한 바에 의하더라도 대통령과 의견이 충돌할 때마다 고민해야 했다. 이런 고민도 없애기 위해 제도를 고쳐야 한다면 나는 차라리 헌법 개정의 기회에 감사원을 대통령과 국회 어느 쪽에도 소속하지 않는 헌법상 독립기관으로 만드는 것이 최선의 방법이라고 생각한다. 헌법상 독립기관 중 중앙선거관리위원회와 헌법재판소 가운데 하나의 형태를 생각해볼 수 있을 것이다.

나의 삶 나의 신념

국무총리가
되다

6

1
느닷없이 대법원장 자리를 제의받다

나는 감사원장으로 있던 중 김영삼 대통령으로부터 1993년 8월경 느닷없이 대법원장직 제의를 받은 일이 있다. 문민정부 출범 후 개정된 공직자 윤리법이 시행되어 공무원의 재산 등록이 그해 8월 11일 마감되고 1개월 후인 9월 11일에 공개 대상자의 등록재산이 공개되도록 되어 있었다. 김 대통령은 격주로 만나는 감사원장과의 주례회동에서 나에게 김덕주 대법원장이 대법원장직을 사퇴하겠다고 말하는데 그 사퇴 의사가 확고하고 달리 대법원장을 맡길 만한 사람도 없으니 이 원장이 대법원장을 맡아 달라고 했다.

대법원장이라니! 깜짝 놀랐다. 대법원장이 되어 대한민국 사법부를 역사에 남을 사법부로 만드는 것이 내 평생의 꿈이었지만 감사원장직을 제의받고 법원을 떠날 때부터 나는 이미 대법원장의 꿈을 포기했기 때문이다. 나는 대법원장을 임기 중에 바꾸는 것은 바람직하지 않으니 좀 더 생각해보는 것이 좋겠다고 말하고 꼭 바꿔야 한다면 열심히 해보겠다고 대답했다. 김 대통령은 여름휴가를 다녀온 뒤 8월 말쯤 대법원장의 사표를 제출받아 9월 초에 후임 발표를 하면서 9월 정기국회에서 임명동의를 받도록 하려고 하니 일체 입 밖에 내지 말아달라고 했다.

그러나 8월 말이 지나도 아무 말이 없다가 9월 초가 되자 주례회동 시에 김 대통령은 아무렇지도 않은 표정으로 자기가 아무리 생각해도 대법원장이 임기 중에 사임하는 것은 헌법상 모양이 좋지 않으니 사퇴 의사를 번복시켰다고 말하는 것이었다. 지난번에는 만류해도 사퇴를 굽히지 않아 사퇴를 받아들일 수밖에 없다고 하더니 이제는 사퇴 의사를 번복시켰다고 하니 종잡을 수 없다는 생각이 들었지만 아무튼 대법원장을 임기 중에 경질하는 좋지 않은 모양을 피하게 되었으므로 잘된 일이라고 대통령에게 말했다.

그 후 재산 공개가 이루어진 후 김덕주 대법원장은 9월 10일 사의를 표명했다. 김 대법원장은 젊지만 매우 유능하고 법원 개혁에 관한 소신도 있는 분인데 사법부로서는 아까운 일이었다. 당시 재산 공개가 되면서 부처마다 재산이 많은 공직자가 구설수에 올랐는데 이것이 새 정권의 물갈이 기회로 활용되는 것이 아닌가 하는 의혹의 눈초리도 없지 않았던 것이다.

그 다음 주초의 주례회동에서 김 대통령은 다시 나에게 김 대법원장이 어쩔 수 없이 사퇴했으니 이제 대법원장을 맡아달라고 하면서 그 주의 토요일(9월 18일)까지는 후임을 발표해 국회에 임명동의 요청을 보내겠다고 말했다. 결국 나는 두 번씩 대법원장 제의를 받은 셈이고 이번에는 대법원장직이 공석이 된 상태이므로 응낙했다.

그리고 청와대에서 나온 즉시 명륜동에 들러 마침 집에 계신 어머니께 대통령과의 면담 내용을 알려드리자 어머니는 너무 기쁜 나머지 내 손을 꼭 쥐신 채 눈물을 흘리셨다.

앞에서 말한 대로 나는 감사원장직을 수락하고 대법원을 떠날 때 이미 법관으로서의 일생의 꿈을 버렸고 감사원장으로서 이 정부의 개혁에 공헌하는 것을 최선의 목표로 설정한 바 있다. 그래서 대법원장의 자리가 주어진다고 선뜻 응하는 것이 어쩐지 자신의 신조를 편리한 대로 바꾸는 것 같아 찜찜한 생각이 없지 않았다. 하지만 감사원이 치러내야 할 과거의 숙제들은 사실상 거의 처리했다는 성취감이 있었기 때문에 이제 역사에 남을 사법부를 이룩한다는 법관으로서의 평생의 소망을 실현시킬 수 있는 기회가 주어진 이상 이를 마다할 이유가 없다고 생각했다. 부모님 평생의 소원도 내가 대법원장이 되어 역사에 남을 사법부를 이룩하는 것이었으니 그 기쁨이야말로 오죽하겠는가?

그런데 그 주 토요일이 지나도록 아무런 발표가 없었으며, 그 다음 주에 들어서도 아무런 발표가 없었다. 언론에서는 나와 윤관 중앙선관 위원장이 물망에 오르고 있다고 하면서 여러 가지 추측 기사를 보도했으나 나는 김 대통령으로부터 직접 통고를 받은 바 있기 때문에 기사 내용에 별 신경을 쓰지 않았다.

다만 전 주 토요일(9월 18일)에 김 대통령이 이일규 전 대법원장과 면담한 내용이 어떤 것인지 궁금했고 주초가 지나도록 아무런 발표가 없어 미심쩍은 생각이 들던 차에 청와대로부터 대통령이 목요일(9월 23일) 조찬을 함께 하고자 한다는 연락이 왔다. 혹시 예정을 변경

한다는 통고일지도 모른다는 생각이 언뜻 머리를 스쳤는데 결과적으로 이 예감이 적중했다.

그날 조찬 자리에 앉자마자 대통령은 나를 건너다보면서 자기가 헌법 조문을 자세히 살펴보니 헌법에 임기가 명시된 것은 대법원장과 감사원장 둘뿐인데 임기 중에 감사원장을 바꾸는 것은 대통령 스스로 헌법을 지키지 않는 것이 되므로 이 원장을 그대로 감사원장으로 두는 것이 좋겠다고 생각되어 윤관 대법관을 후임 대법원장으로 정했다고 말하는 것이었다.

이 무슨 엉뚱한 소리인가? 헌법상 임기제가 대법원장과 감사원장뿐이라는 엉터리 헌법 해석을 법률을 전공한 내 앞에서 태연히 말하는 데 놀랐다. 헌법상 임기제인 대법관이었던 나를 임기 전에 감사원장으로 뽑아온 대통령이 이제는 임기제의 윤관 대법관을 후임 대법원장으로 발탁하면서 감사원장이 헌법상 임기제이기 때문에 움직일 수 없다고 구실을 대는 데 할 말을 잃었다. 그리고 대통령의 신뢰성에 깊은 회의가 들었다.

나는 대통령에게 후임 대법원장은 좋은 분을 선택했다고 말하고 감사원은 어려운 숙제를 어느 정도 처리했으므로 나는 이제 좀 쉬었으면 좋겠다고 사퇴할 뜻을 밝혔다. 정직하게 말해 대법원장을 못하게 된 것이 섭섭한 것은 사실이지만 그보다도 대법원장을 맡을 사람이 나밖에 없다고까지 말하면서 응낙을 받아 놓고 나서 아무런 예고도 없이 이를 번복하는 신의 없는 일에 화가 치밀었던 것이다. 아무리 대통령이라도 이렇게 사람을 우롱할 수 있는가 하는 생각이었다.

김 대통령은 나를 극구 만류하면서 지금 그만두는 것은 이 원장과

이 정부를 위해 좋은 일이 아니라고 설득했다. 나는 아무튼 내 의사가 그러니 검토해 달라고 하고 일어섰다. 지금까지도 나는 왜 김 대통령이 결심을 바꾸었는지 그 이유를 알 수 없다.

다만 김 대통령이 이일규 전 대법원장을 면담했을 때 나에 관한 얘기가 오간 것 같으나 그 내용은 알 수 없고 함부로 추측할 일도 아니다.

그러나 그 후 나는 내가 생각이 부족했었다는 것을 깨달았다. 나는 이미 김영삼 정권에 의해 감사원장으로 발탁된 사람이다. 말하자면 이 정권의 일원이 되었는데 이렇게 정권에 참여한 사람이 사법부의 수장이 된다는 것은 아무리 보아도 객관적으로 적절하지 못한 일이다. 내가 개인적으로 사법권 독립에 대한 강한 신념을 가졌다고 해도 외관상 새 정권이 사법권까지 접수하는 모양새가 되는 것을 피할 수 없을 것이다. 사법부로서도 반갑지 않은 일일 것이다.

내가 왜 진작 이런 생각을 못했던가? 이런 생각을 했더라면 김 대통령의 대법원장 제의를 당초에 수락하지 않았을 것이다. 이런 생각을 하지 못하고 한때 실망과 원망의 감정에 휩싸였던 나 자신이 그렇게 한심하고 부끄럽게 느껴질 수가 없었다. 실수하면서 살아가는 게 인생이라고 자위할 수밖에 없다.

그런 일이 있은 후 약 3개월이 지난 1993년 12월 14일에 김 대통령은 나에게 느닷없이 국무총리를 맡아 달라고 제의했고 나는 이를 받아들여 국무총리가 되었다.

2

갑작스러운 제안

1993년 12월 14일 주례회동 때 김 대통령은 우루과이라운드(UR)협상 타결 문제로 시끄러운 정국을 풀기 위해 개각을 할 수밖에 없다고 하면서 나에게 느닷없이 국무총리를 맡아 달라고 말하는 것이었다.

대통령의 갑작스런 말에 어리둥절했다. 전혀 예상치 못한 제의였다. 순간적으로 나는 대통령이 나에게 총리로서의 능력 발휘를 기대하기보다도 국무총리는 감사원장이나 대법원장과는 달리 대통령의 지휘 명령을 받게 되어 있어 나를 감사원장 자리에서 옮기기 위해 이런 제의를 한 것이라고 직감했다.

그는 연초 나에게 감사원장직을 제의할 때 국무총리는 얼굴마담에 불과한 것이라고 말한 일이 있는데 자신이 이렇게 말한 것을 전혀 기억하지 못하는 것 같았다. 이런 말로 미루어 그의 국무총리관이 어떤 것인지 나는 이미 짐작하고 있었다. 게다가 나는 이미 감사원장직 사의를 표명한 바 있기 때문에 총리 자리를 준다고 덥석 받아들이는 것이 찜찜했다.

그러나 법원을 떠나 행정부에 들어올 때 국가 개혁에 관한 일이라면 어디에서든 최선을 다하겠다고 다짐했던 터이고, 얼굴마담이 아닌 일하는 국무총리로서 국정의 기틀을 바로 잡는 데 일조할 수 있다면 그것도 보람 있는 일이라는 생각이 들었다. 다만 내게 그만한 일을 해낼 능력이 있을지 솔직히 자신이 없었다. 일국의 재상으로서의 경륜 같은 것도 평소 생각해본 일이 없기 때문에 차라리 이런 제의가 없었더라면 하는 생각조차 들었던 것이다.

나는 일단 일을 맡으면 끝장을 보는 성격이라 한번 몸을 던져보기로 결심하고 김 대통령에게 나 스스로는 자격이 미흡하다고 생각되지만 믿고 맡긴다면 최선을 다해보겠다고 대답했다. 대신 총리로서 실질적인 내각통할을 할 수 있도록 힘을 줄 것과 그 방편의 하나로 총리의 국무위원에 대한 해임건의권을 충분히 수용해줄 것을 요청하자 김 대통령은 쾌히 승낙했다.

1993년 12월 16일 총리지명 발표와 동시에 국회에 임명동의안이 제출되어 당일로 찬성 220, 반대 26, 기권 2, 무효 2로 가결되었다. 이어 12월 17일 대통령으로부터 총리임명장을 받고 정부종합청사에서 총리 취임식을 가진 다음 총리로 부임했다. 돌이켜보면 나는 내가 그토록 소망했던 대법원장의 꿈을 이루지 못하고 엉뚱하게 국무총리가 되었으며, 이것을 계기로 정치의 길에 들어서게 되었으니 사람의 운명은 참으로 알 수 없다는 생각이 든다.

내가 국무총리가 된 뒤 언론으로부터 가장 많은 질문을 받은 것 중 하나가 개각에서 새 각료의 임명에 국무총리의 제청권을 실질적으로 행사하겠느냐는 것이었다. 나는 간단하게 "헌법의 규정대로 하겠다" 라고만 답했다.

사실 그동안 대통령은 직접 각료를 선정한 다음 국무총리의 임명 제청 형식을 빌려 임명을 해온 것이 관례였다. 이것이 헌법에 맞지 않은 것으로 보고 국무총리가 직접 새 각료를 선정해 제청하겠는가 하고 묻는 것이었다.

이 부분은 헌법교과서에서도 긴 설명이 붙은 대목이다. 우선 국무총리의 제청 없이 한 각료 임명의 효력에 관하여 헌법학자들 사이에도 유효설과 무효설이 갈려있다. 유효설은 국무총리의 제청권은 대통령의 명시적 또는 묵시적 승인을 전제로 하는 보좌적 기능이란 면에서 명목상의 권한에 지나지 아니하여 유효요건이 아니라 적법요건이라고 보는 것이 통설이다.* 한편 국무총리가 한 임명제청이 법적으로 대통령을 구속하는가에 대해서도 국무총리는 제1차적 보좌기관에 지나지 않는다는 점에서 법적 구속력이 없다는 것이 통설인 것 같다.**

또 실제로 대통령은 새 각료 선정에 있어서 후보자들에 대한 인적 사항을 확인할 수 있는 수단인 정보와 자료를 갖고 있지만 국무총리는 그런 수단을 갖고 있지 않으므로 국무총리가 그런 수단을 갖도록 제도화되지 않는 한 독자적으로 새 각료 후보를 찾아서 임명제청을 한다는 것은 현실적으로 불가능하다.

---

* 《헌법학원론》(권영성 저, 법문사, 2010), 865~866쪽 참조

** 위와 같은 책, 866쪽 참조

그래서 대통령이 각료 후보자를 선정하였다고 해도 사전에 국무총리와 협의하고 국무총리가 이에 합의하여 임명제청을 하게 되면 이는 현행 제도하에서 적법한 임명 제청권을 행사한 것으로 보아야 한다는 것이 내 생각이었고, 언론의 질문에 "헌법의 규정대로 하겠다"고 답한 것은 이런 뜻이었던 것이다.

국무총리로 임명된 후 청와대에서 대통령은 자신이 작성한 새로 임명할 각료 명단을 놓고 나와 협의하였다. 각료 명단에 오른 인물들을 내 나름대로 평가하는 데 감사원장을 거친 일이 큰 도움이 되었다. 대체로 무난한 인선이라는 인상을 받았다. 특히 경제부총리는 총리와 손발이 잘 맞아야 하므로 관심이 컸는데 지명된 정재석 씨는 나보다 서울법대 선배지만 유능하면서도 선명한 성격으로 평이 나있어 다행이라고 여겨졌다.

총무처 장관은 행정부서의 조직과 인사를 관장하는 자리이고 또 앞으로 국무총리의 주요과제로 정부 조직 개편과 공무원 교육을 생각하고 있었기 때문에 총무처 장관만은 국무총리와 손발이 맞는 인사가 필요했다. 그래서 대통령에게 총무처 장관 자리에 감사원 사무총장으로 그 능력과 추진력을 잘 아는 황영하 씨를 적극 천거했다. 김 대통령도 이를 선선히 받아들이고 총무처 장관 후보로 명단에 있던 인사를 다른 부처 장관으로 옮겼으며 이밖에도 일부 조정된 부분이 있지만 구체적인 내용은 밝히지 않겠다.

나는 감사원의 경우도 그랬지만 어느 기관에 가더라도 외부 인사나 내 측근 인물들을 기용하지 않고 그 기관 내부에서 가급적 승진 발령하는 것을 원칙으로 삼았다. 그런 면에서 황 장관의 경우는 매우 예외적이며 그만큼 국무총리 역할을 다하는 데 필요하다고 보았던 것이다.

　국무총리로 부임한 후 총리실 내부인사에서도 신임총리가 차관급인 비서실장을 외부에서 데려오던 관행을 깨고 총리실 내부에서 기용했다. 나는 인사자료와 내부 여론을 물어 능력과 신망이 높은 행정조정실의 1급인 제1행정조정관 이흥주 씨를 승진 발령했고 이에 뒤따라 1, 2급의 승진 인사도 가능하게 되어 꽉 막힌 총리실 인사의 숨통도 트이게 되었다. 비서실장의 내부 기용은 총리실 역사상 처음이었다. 내가 이렇게 총리비서실장 인사 내용을 밝히는 것은 뒷날 내가 김 대통령과의 불화로 총리직을 사퇴한 후 청와대에서 나에게 쏟아낸 비방 중에 "총리가 자기 친척을 비서실장으로 기용했다"는 말이 있었기 때문이다.

3

군군신신부부자자

내가 국무총리로 임명되자 정치권에서는 엇갈린 반응이 나왔다. 일부 언론은 이 총리는 개혁과 사정의 최선봉에 서서 전직 대통령들에게까지 감사의 칼날을 들이댄 사람으로 김 정권의 개혁상품처럼 인식되어온 인물인데 그의 등장으로 정치권에 일고 있는 파장이 의외로 크다고 하고, 민자당만 하더라도 겉으로는 환영일색인 듯하지만 자세히 귀 기울여 보면 그 속에는 볼멘소리들이 섞여 있다고 보도했다.*

어떤 언론은 '사정 총리'의 출현이라는 표현도 쓰기도 했다.

한마디로 '저 사람이 이제 국무총리로서 칼을 어떻게 휘두를까?' 하고 기대 반, 우려 반으로 지켜보는 심정이었던 것 같다. 김영삼 대통령도 12월 17일 연합통신과의 기자회견에서 "이 총리를 임명한 것은 시대의 흐름인 중단 없는 변화와 개혁을 추진하기 위한 것"이라고

* 〈조선일보〉(1993. 12. 18)

이회창
회고록

밝혀 새 내각도 부정부패 척결 등 개혁 작업을 강력히 추진해 나갈 뜻을 분명히 했다고 보도했다. 요컨대, 나의 감사원장 시절의 강성 이미지와 사정 등 개혁 작업이 남긴 기억의 연장선상에서 나의 국무총리 역할을 예상하고 있는 것이었다.

나의 생각은 달랐다. 취임사와 취임 기자회견에서는 일단 "새 정부의 개혁정책을 성공시키기 위해 최선의 노력을 다하겠다"고 원론적인 말을 했지만 감사원장의 역할과 국무총리의 역할은 엄연히 달랐다.

나는 당시 공자의 "군군신신부부자자(君君臣臣父父子子)"란 말을 머리에 새기고 있었다. 이 말이 국가운영의 진수를 간략하게 지적한 절묘한 표현이라고 생각했다. 대통령은 대통령으로서의 할 일이 있고 국무총리는 국무총리로서의 할 일이 있으며 감사원장은 감사원장으로서의 할 일이 있다. 각자가 할 일을 제대로 하는 것, 이것이 올바른 국가운영인 것이다.

감사원장의 할 일은 다른 사람들의 잘잘못을 따져 흑백을 가리는 것이고 부정부패 척결 등 개혁 작업은 그가 할 일이다. 하지만 국무총리가 할 일은 이러한 흑백을 가리는 것이 아니라 대통령을 보좌하는 정부의 제2인자로서 국정 전반을 폭넓게 관찰하고 정부가 지향해야 할 기본목표와 정권의 국정운영이 흔들리지 않고 원활히 되도록 대통령을 보좌하고 내각업무를 조정하는 일인 것이다.

특히 내가 국무총리가 된 시기는 문민정부인 김영삼 정권의 1차 년도가 마감되는 시점인데 군인 정권 시대에 이은 문민정부로서 가장 중요한 기본목표라 할 수 있는 법치와 신뢰가 아직도 정착되지 못한 상태였다. 게다가 벌써 행정 가 부처 사이에 조정·조율이 잘 안 되거나 청와대의 독주에 대한 불만의 소리가 나오는 등 잡음이 새어 나오고 있었다. 당시 김영삼 대통령의 여론 지지율은 여전히 높았지만 2차년도에 정부의 효율과 동력이 떨어진다면 정권은 남은 임기 내내 흔들릴 수 있으므로 지금이 매우 중요한 시점이라고 생각했다.

그런데 국무총리로서 할 일을 다 하려고 하면 먼저 일할 수 있는 위상을 확립할 필요가 있었다. 나는 중앙선관 위원장이나 감사원장이 되었을 때도 제대로 일하기 위해 먼저 존중받는 중앙선관위와 감사원이 되도록 그 위상을 바로 세우는 데 힘을 쏟았다. 국무총리도 마찬가지이다. 국무총리가 제대로 일하려면 먼저 존중받는 자리가 되어야 한다.

그런데 국무총리에 대한 일반의 인식은 썩 좋은 편이 아니었다. 일인지하 만인지상이니 정부의 제2인자니 하고 추켜세우지만 실제로는 대통령의 보좌기관으로 대통령의 명령이나 받고 독자적으로는 뚜렷하게 할 일이 없는 자리라는 인식이 퍼져 있었다. 역대 총리 중에는 의미 있고 훌륭한 업적을 남긴 분도 많다. 하지만 일반적으로 국무총리란 '의전총리'나 '방탄총리'니 하는 별로 명예롭지 못한 별칭을 들어왔던 게 사실이었다.

왜 이렇게 되었을까? 여기에는 우리나라의 대통령 중심제에 대한 오해가 중요한 원인이라고 생각되었다. 내가 국무총리가 되어 바로 느낀 것이 일반인만이 아니라 정부 내에서도 우리나라의 대통령 중심제에 대한 오해 내지 편견이 매우 심각하다는 것이었다.

막연하게 대통령 중심제란 대통령이 국가의 중심이고 행정부의 모든 권한이 대통령에게 집중되며 대통령은 직접 국정을 장악해 국가운영을 하는 통치 형태라고 인식되고 있었다. 이런 체제하에서 대통령의 보좌기관인 총리는 독자적인 역할 없이 대통령의 명을 받아 행정 각부의 이견 조율이나 하고 국회에 나가 야당의 정부 공격에 대한 방패 노릇을 하는 자리로 인식되었으며 그래서 '간판총리'이니, '방탄총리'니 하는 말을 듣게 된 것이다.

그러나 헌법상 권력분립의 구조에서 대통령은 행정부의 수반으로서 다른 국가 권력인 입법부의 국회의장이나 사법부의 대법원장과 동등한 위치에 있고 결코 우위에 있지 않으며 다만 국가를 대표하는 수반으로서의 지위와 명예를 가지고 있을 뿐이다. 또 행정부 수반으로서도 헌법과 법률은 뒤에서 보는 바와 같이 여러 가지 권력 분산과 제약을 규정하고 있고 결코 절대적 권력이나 권력 집중을 부여하고 있지 않다.

그런데도 대통령이 모든 권력이 집중된 무소불위의 자리인 것처럼 인식된 것은 박정희, 전두환 등 군인 출신 대통령들의 정권 시대를 거치면서부터 비롯된 것이 아닌가 여겨진다. 군인 출신 대통령들은 상명하복의 지휘명령 체계에 익숙해져 있어 자연스럽게 대통령의 권한과 권위가 거스르기 어렵게 삼엄해지고 여권 내부에서도 수직적 분위기가 형성되었던 것 같다.

그런데 민주화투쟁을 한 김영삼, 김대중 대통령의 시대에 들어와서도 몇 가지 과거 정권 시절의 통제가 완화되긴 했지만 근본적으로 대통령과 청와대의 권위적인 분위기와 위엄은 크게 변하지 않았고 그대로 전승되었다.

민간인 대통령들은 군인 대통령들과 다른 탈권위적인 모습을 보이고자 노력한 것은 사실이지만 근본적으로 대통령 중심제하에서는 모든 권력이 대통령에게 집중되고 대통령이 모든 권력을 장악한다는 잘못된 인식에서는 벗어나지 못했다. 우리나라에서 처음으로 겪는 민주화 시대에 맞는 대통령 중심제의 모습이 어떠해야 할지에 대해 그들 스스로 명확한 개념 정립이 미쳐 안 되었던 탓이라고 생각된다.

이렇게 대통령 중심제에 대한 잘못된 인식 때문에 국무총리는 대통령의 명령에 충실히 따르는 보좌관일 뿐 국무총리에게 국정수행의 권한을 일정 부분 분담하게 하거나 독자적인 활동영역을 인정하는 것은 대통령 중심제의 취지에 반하는 것으로 오해했다.

4

국무총리는 왜 필요한가

／

그러면 국무총리의 진정한 역할은 무엇이며, 국무총리다운 국무총리, 존중받는 국무총리가 되기 위해 어떻게 해야 하는가?

헌법상 국무총리는 대통령을 보좌하며 행정에 관하여 대통령의 명을 받아 행정 각부를 통할하는 지위를 갖고 있고(헌법 제86조 2항), 이를 위해 국무위원과 행정 각부 장관을 임명제청하고 해임건의할 권한이 있다(헌법 제87조 1, 2항).

나는 이러한 국무총리의 권한과 역할에 대한 법적 규정을 따지기 전에 왜 국무총리 제도가 현실적으로 필요한가를 생각해 보았다.

같은 대통령 중심제를 채택한 미국은 따로 국무총리를 두지 않고 대통령이 직접 보좌관인 장관들을 이끌면서 국정을 수행하고 있는데 우리는 왜 국무총리가 필요한가? 이론적 이유나 정치적 논리를 떠나 상식적으로 생각해 본다면 나는 우리 제도가 미국보다 더 지혜로운 제도처럼 여겨진다.

내각과 정부의 일은 복잡하고 방대하다. 게다가 대통령으로 당선된 사람들은 이런 일을 감당하기에 적합한 공직 경험이 없거나 정치적으로 급부상한 인물이 많다. (역대 대통령들을 보라.) 이런 대통령 당선자가 청와대에 들어와 처음부터 차질 없이 국정 수행을 해나갈 수 있다고 기대하는 것은 무리일 것이다.

여기에서 국무총리가 내각통할 업무를 맡아 대통령을 보좌하면 위와 같은 걱정을 덜고 정부운영의 효율을 높일 수 있을 뿐 아니라 대통령은 국정수행에 대한 일상적인 비판·공격의 표적에서 벗어나 크게 국정의 방향을 통찰할 수 있는 여유를 가질 수 있게 될 것이다. 그래서 나는 소박하게 이런 점에서 우리 제도가 더 낫다고 생각하는 것이다.

대통령의 보좌기관으로서의 역할

국무총리는 대통령의 보좌기관이며 그 성격상 독자적인 정치적 결정권이 없고 대통령의 정책결정과 집행을 보좌할 수 있을 뿐이다. 하지만 여기에서 중요한 것은 국무총리의 보좌기능은 대통령이 정당한 정책 결정과 집행을 하도록 보좌하는 데 있다는 점이다. 이것을 뒤집어 말하면 좋은 대통령이 되게끔 보좌한다는 뜻이다. 대통령이 옳지 않거나 부당한 결정과 집행을 하지 않도록 챙겨보고 견제하는 일도 보좌 기능에 포함된다.

요컨대, 대통령이 잘못된 결정과 집행을 할 때 이를 지적하고 중단하도록 직언하는 게 국무총리가 해야 할 올바른 보좌의 자세이다. 나는 대통령에게 듣기 좋은 말만 하고 듣기 싫은 말을 피하는 것은 본인과 대통령에게는 마음 편할지 모르지만 국가에는 해를 끼치는 일이라고 생각한다.

그런데 대통령의 보좌기관인 국무총리가 대통령의 뜻을 거스르면서까지 직언하는 것은 보좌의 한계를 벗어나는 것으로 올바른 보좌의 자세가 아니며, 소리가 안 나게 보좌하는 것, 이른바 '용각산' 총리가 올바른 보좌의 자세라고 말하는 견해도 있다. 이것은 총리의 역할에 대한 철학적 차이라고도 볼 수 있으므로 나는 나와 다른 견해에 대해서도 경의를 표하며 반박하지 않겠다.

다만 고대 왕조 시대부터 현대에 이르기까지 현명한 군주나 지도자도 직언이 필요함을 알면서도 듣기 싫어한 게 사실이다. 정관의 치(貞觀之治)라는 중국의 태평 시대를 열었다는 당태종(唐太宗)도 중신들에게 직간(直諫)할 것을 스스로 요청하는 명군이었지만 간의대부(諫議大夫)인 위징(魏徵)이 번번이 직설적인 표현으로 간언을 하자 분개해 투옥해 버렸다가 후회하고 풀어준 일이 있었다. 국무총리는 때로 대통령의 뜻에 거슬리더라도 직언을 서슴지 말아야 하는 게 그 본분이라는 것이 나의 생각이다.

내각통할의 역할

국무총리는 정부의 제2인자로서 대통령의 명을 받아 내각을 통할하는 역할을 갖는다. 여기에서 '대통령의 명'이라 함은 개별적이고 구체적인 명령만을 가리키는 것이 아니라 추상적이고 일반적인 명령도 포함된다고 보아야 한다. 그러므로 국무총리는 대통령의 구체적이고 개별적인 명령이 없더라도 대통령의 정치적 노선과 정책기조에 부응하는 범위 내에서 광범위하게 내각의 정책결정과 집행을 지휘감독할 책임과 권한이 있다고 보아야 한다.

그렇지 않고 국무총리의 내각통할권이 대통령의 구체적이고 개별적인 명령이 있어야 가능하다고 본다면 국무총리는 내각통할을 할 때마다 일일이 대통령의 지시를 받아야 하는데 헌법이 이러한 '허깨비' 총리 제도를 규정했다고는 생각되지 않는다.

국무총리의 내각통할권은 참 중요한 의미를 지니고 있다. 행정 각부의 업무가 서로 저촉되거나 중복되는 경우에 이를 조율·조정해 정부의 국정운영의 효율성을 높이는 것은 바로 국무총리가 갖는 내각통할권의 주요한 내용이다.

또한 행정 각부에서 입안·형성되는 정책은 종(縱)적으로는 정부의 기본정책 및 기존정책과 일관성과 계속성을 유지해야 하고 이를 변경할 경우에는 변경의 합리성을 가져야 하며, 횡(橫)적으로는 다른 행정 각부의 정책과 저촉되거나 중복되어서는 안 된다. 이러한 행정 각부의 정책·형성을 조정·조율하는 일도 국무총리의 내각통할권에 속하는 것은 물론이다.

총리의 통할권은 대통령이라고 할지라도 자의적으로 간섭하게 되면 내각운용의 왜곡과 혼선을 야기할 수 있으므로 대통령은 이런 국무총리의 내각통할권을 존중해 주어야 한다.

헌법은 앞에서 본 바와 같이 국무총리에게 국무위원 및 행정 각부의 장관에 대한 임명제청권과 해임건의권을 부여한 일 외에 문서로 행하는 대통령의 국법상 행위에 대해 국무총리의 부서권(副署權, 헌법 제82조)을 부여하고 있다. 이러한 일련의 규정은 국무총리에게 대통령의 재량 행위에 대한 견제 기능을 부여한 것으로써 학계에서는 우리나라 국무총리 제도가 내각제적 요소를 가미한 특이한 제도라는 견해도 있음을 지적해둔다.

대통령과 국무총리의 역할 분담

나는 위와 같은 국무총리의 보좌기관으로서의 역할과 내각통할의 역할 외에 국무총리는 대통령과의 역할 분담이 필요하다고 생각했다.

대통령의 내정(內政), 외정(外政)에 걸친 업무와 권한은 참으로 방대하고 막강하며 대통령이 전체를 장악하는 이른바 만기친람(萬機親覽)은 사실상 불가능하다. 그런데 내가 국무총리로 임명된 뒤에 본 현상은 행정 각부의 일을 청와대가 직접 챙기고 행정 각부는 청와대에 직접 보고하는 게 관행이었다. 예컨대, 탄광에서 작업 중인 광부가 매몰된 사건이 발생하거나 학교의 입시비리 문제가 발생하면 대통령이 직접 관계 장관에게 확인하여 지시를 내리고 관계 장관은 청와대에 보고하는 식이었다.

행정 각부의 정책 형성과 집행이 이런 식으로 이루어지게 되면 행정 각부는 청와대를 의식하고 청와대의 눈치를 살피기에 급급하게 되며 부처 간 자발적이고 유기적인 협조와 조정은 소홀해지기 쉽다. 행정 각부가 자발적이고 독창적인 창의력을 발휘하기보다도 위의 눈치만 살피고 그 뜻대로 움직이려고만 하는 분위기가 되면 정부의 동력이 떨어지고 가장 우려스러운 복지부동의 풍조가 확산된다. 그리고 정부 정책이 잘못된 경우에 그 책임과 비난은 곧바로 대통령에게 떨어질 것이다.

나는 이런 상황을 방지하기 위해 대통령이 진두지휘에 나서기보다 국무총리로 하여금 내각통할권으로 국정수행에 관해 행정 각부를 지휘감독하게 하고, 대통령은 국무총리로부터 보고를 받고 국정의 최고 감독자 내지 후견자적 위치에서 국정을 객관적으로 평가하면서 국무총리의 역할을 지도·보완해가는 역할분담을 하면 가장 효과적인 국정운영이 가능하고 또 여러 가지 대통령이 직접 개입할 때 생기는 문제를 해소할 수 있다고 믿었다. 그리고 이 일은 김영삼 정부 2년차에 시도해 봐야 하며 때를 놓치면 안 된다고 생각했다.

위와 같은 국무총리의 역할분담에 대해 정치권이나 언론에서 '책임총리제'라는 용어를 사용했지만 이것은 정확한 표현이 아니다. 현행 헌법상 국무총리는 대통령의 보과기관으로서 국민이나 국회에 대해 직접 정치적 책임을 지는 자리가 아니기 때문이다.

나는 헌법을 고치지 않더라도 현행 헌법 체제하에서 대통령이 대통령 중심제에 대한 올바른 인식을 가지고 국무총리와의 역할분담의 효용성을 제대로 파악한다면 능히 시행할 수 있다고 생각했다.

5

제2기 내각의 출범

1993년 12월 22일 오전 10시에 광화문의 정부종합청사 19층 국무회의실에서 신임국무위원 14명을 포함해 24명의 전체 국무위원이 참석하는 상견례를 겸한 첫 국무회의를 가졌다. 국무위원 모두가 인사말을 한 뒤 나는 국정현안 중 시급한 것으로 규제 완화와 우루과이라운드(UR) 대책, 그리고 노동 문제 등을 꼽고 앞으로의 내각운영에 대한 의견교환을 제의했다.

주로 신임 국무위원 위주로 각자 소관부처와 내각운영에 대한 의견 개진이 있은 후 내가 마무리 했다. 나는 "제2기 내각이 모래알처럼 흩어져 실세 장관이니 허세 장관이니 하는 소리가 나와서는 안 된다. 우리 모두 실세가 되어야 한다. 앞으로 1, 2년이 매우 중요한 시기인 만큼 승부를 거는 마음으로 단합해 난국을 극복해 나가자"는 취지로 말했다.

그런데 '실세 장관'이란 말이 마치 뼈있는 말로 실세 장관으로 알려진 최형우 내무부 장관을 빗대어 한 말처럼 일부 언론에서 억측을 내놓았다. 그러나 나는 그런 뜻으로 말한 것은 전혀 아니었고 장관들이 각자 정부의 주체라는 자부심으로 일하자는 취지였다. 최형우 장관은 대통령의 직계로 민주계의 맏형과 같은 대접을 받고 있어 언론에서 '실세 장관'이라고 불렸지만 최 장관 자신은 신중하게 처신하고 나에게도 국무총리에 대한 예우를 깍듯이 지켰다.

나는 취임 후 12일째인 28일 총리공관에서 가진 출입기자단과 오찬 간담회에서 "총리가 어느 정도 기능을 할 수 있고 어느 만큼이나 영역을 확대해 나갈 수 있는지 아직은 잘 모르겠다. 그러나 공직에는 어느 자리든지 헌법상 주어진 권리와 의무가 있다. 적극적으로 맡은 업무를 추진하는 것이 평소 소신이었으며 그동안 기대한 만큼은 아니더라도 열심히 하려고 노력해왔다"고 말했다.

앞으로 내각운영의 방법을 묻는 데 대해서도 "경제를 경제부총리가 맡아서 해야 하는 것처럼 모든 각료가 주어진 권한을 충분히 행사하도록 하겠다. 그럴 때만이 활기찬 내각이 될 수 있다"고 답했다.

간략하게 말했지만 나의 평소 소신인 "군군신신부부자자"의 공직관을 피력한 셈이다.

나는 스스로도 대법관, 중앙선관 위원장, 감사원장을 거치면서 얻은 강성 이미지를 벗기 위해 노력했다. 처음으로 열린 당정 협의회에서 김종필 대표가 당 우위론을 꺼내기에 나는 선뜻 이를 수용하고 "당과 실질적인 협력을 해나가겠다"고 약속했다. 그리고 장관들에게도 어떤 정책을 추진할 때는 여당은 물론 야당에도 충분히 사전 설명을 하라고 지시했다.

질풍노도와 같은
날들

7

1
낙동강 수질오염 사건

내가 국무총리로 취임한 후 이듬해 1월 초 낙동강 수질오염 사건이 발생했다. 1991년, 전 국민을 경악하게 한 낙동강 페놀 오염사건*의 아픈 기억이 아직 생생한데 또 대규모의 수질오염 사건이 터진 것이다. 나는 이번 사건은 특정 업체들이 페놀이 섞인 폐기물을 방류한 페놀 오염사건의 경우와 달리, 낙동강과 같은 큰 강의 근본적인 수질관리의 문제가 걸린 대규모 사건일 것 같은 예감이 들었다.

나는 1월 11일 일단 낙동강 하류지역의 수돗물 오염사태와 관련해 공장폐수와 산업폐기물 불법배출 여부를 철저히 조사하고 관계부처와 합동으로 수질오염을 근본적으로 방지하기 위한 특별대책을 세우라고 내무·법무·건설·보사·환경처 장관 등에게 지시했다. 그리고 내

---

* 구미 공업단지에 있던 두산전자가 1991년 3월, 4월 두 차례에 걸쳐 페놀을 낙동강에 유출한 사건

이회창
회고록

가 현지를 직접 시찰해 현재의 상황과 대책 내용 등을 파악할 필요가 있다고 생각되어 다음날인 12일 아침 출근하자마자 총리비서실장에게 군 헬기를 준비하도록 지시했다. 그런 다음 전화로 대통령에게 이러한 시찰 계획을 보고하고 당일 오전에 청와대에서 개최 예정인 부처 연두 업무보고에 배석할 수 없다고 양해를 구했다. 김 대통령은 쾌히 응낙하면서 잘 보고 와달라고 말했다.

나는 먼저 부산과 중부 경남의 상수도 취수장에 가보았는데 낙동 강변에 서니 도도히 흐르는 강에서 인분·거름에서 나오는 것과 같은 악취가 풍기고 강변 일대에 퍼지고 있었다. 낙동강은 썩은 강이었다. 말 그대로 '낙똥강'이 되고 있었다. 가정에 배수된 수돗물에서도 이런 악취가 나와 이번 소동이 벌어진 것이다. 악취의 직접적인 원인은 그 일대의 농장의 인분 비료로 인한 폐수와 축산 시설의 축산분뇨 등 폐기물 때문이었다. 정화시설의 정비가 급선무였다.

나는 현지에서 관계기관 합동회의를 주재하고 최형우 내무부 장관, 박윤흔 환경처 장관, 정문화 부산시장, 김혁규 경남도지사의 보고를 들었다. 실무자가 작성한 합동대책 보고서에는 상시 감시 체제를 강화한다는 내용이 있었는데, 당시 관계 기관 인력으로는 사실상 불가능한 일로 전형적인 관료주의의 나태함과 무책임함을 보여주는 것이었다. 나는 이를 따끔하게 지적한 다음 실무자에게 수질 관리의 문제점을 솔직하게 말해보라고 하자 그는 현재 수자원 관리는 건설부, 단속은 내무부, 음료관리는 보사부, 수질검사는 환경처로 각각 나눠져 있어 비효율적인 것이 문제라고 말했다. 바로 정곡을 찌른 것이다.

관계기관 대책회의를 마친 후 기수를 전남으로 돌려 영산강 몽탄

저수장에도 가보았다.

영산강의 경우에는 낙동강과 같은 수질오염 사건이 터지지는 않았지만 수질오염 상태는 역시 심각한 수준이라는 보고가 있었으므로 총리가 수질오염 현장을 시찰하면서 경상도의 낙동강만 보고 가는 것보다 전라도의 영산강도 살펴보는 것이 형평성 있는 조치라고 생각했다.

우리나라 5대강의 수질오염과 개선 문제에 대해서는 관계부처에서 나름대로 분석과 대책을 준비했지만 근본적인 수질 및 수량관리 체계와 부처 간 업무분담 등이 안 되어 효율적이고 구체적 대책은 내놓지 못했다.

이런 수질오염 사건에 대한 대책은 대책 자체도 중요하지만 일찍 내놓아야지 때늦은 대책은 무대책과 같다. '때늦은 정의는 정의가 아니다(Delayed justice is denied justice)'라고 하지 않는가.

나는 1월 15일에 종합대책을 발표하기로 데드라인을 정하고 관계부처와 의견을 취합한 후 내가 직접 총리공관에서 총리실 실무자와 경제기획원 이석채 예산실장을 불러 밤늦게까지 실무 작업을 통해 대책 초안을 만들었다. 이러한 긴급상황에 대한 대책은 필요한 예산을 적기에 투입해야 즉시 효과가 나타나므로 이미 확정된 정부세출 예산 중에서 가용예산을 만들어내는 것이 무엇보다 중요하다. 그래서 예산실장을 참여시켜 예산 대책까지 갖추도록 했던 것이다. 이렇게 마련된 대책안을 중심으로 총리공관에서 관계 장관들과 머리를 맞대고 밤 늦게까지 토론을 벌이면서 부처 간 이견을 조정하고 타협을 이끌어내어 관련 업무 조정과 소요 예산이 포함된 정부 대책안을 마련했다.

개략적으로 설명하면 기존의 서울, 부산 등 5개 지방환경청을 한강, 금강, 낙동강, 섬진강, 영산강 등 5대강 수계별로 수질관리를 담당하는 환경관리청으로 개편하고, 물 관리 등 수질관리는 환경처, 수량 관리는 건설부가 맡도록 했다. 그리고 지방과 자치단체의 폐기물 배출 업소의 지도, 단속은 환경처로 일원화하되 축산업 등 배출 업소의 분뇨 정화시설을 철저히 개량하고 감독하도록 했다. 이밖에도 주요 하천 구간별로 책임자를 지정해 매일 수질검사를 실시하고 하류의 모든 정수장에 2천여억 원을 투입해 최신 기법의 정수시설을 설치하기로 했다.

시간이 촉박했다. 15일 아침 7시에 재원 대책을 추가 보완하는 관계 장관 회의를 거쳐 8시 20분에 총리와 당대표가 공동 주재하는 당정회의를 통해 대책안을 확정했다. 그리고 9시 30분에 최종 확정된 대책을 청와대에서 대통령에게 보고하고 10시에 TV를 통해 대국민 담화와 함께 '4대강 맑은 물 종합대책'을 직접 발표했다. 그야말로 눈이 핑핑 도는 속도전을 펼친 것이다.

낙동강 오염 사건에 관해 이렇게 자세하게 쓴 것은 국무총리 취임 후 처음 닥친 중요 사건이고 내가 주도하다시피 했기 때문이다. 처음 사건이 터졌을 때 청와대 행정수석실에서 주관하여 대책을 세운다는 말이 들려왔다. 나는 이것은 내각에서 할 일이지 청와대 행정수석이 나설 일이 아니라고 말해 이를 차단했었다.

낙동강 수질오염 사건 처리과정에는 불쾌한 일도 있었다. 1월 15일 발표 전날인 14일 오전에 9시 30분부터 청와대에서 보사부의 연두 업무보고가 있을 예정이었으나 나는 다음날 있을 수질 대책 발표 준비 때문에 도저히 배석할 수 없었다. 그래서 9시경 미리 청와대에 가서 대통령에게 불참석에 대한 양해를 구한 다음 총리실로 돌아왔는데, 청와대 대변인이 대통령이 보사부 업무 보고 배석차 청와대에 올라온 이 총리에게 "모든 업무에 우선해 물 문제를 해결하라고 했지 않았느냐"며 그대로 돌아가도록 조치했다고 발표했다. 이에 따라 어떤 신문에는 대통령의 엄명에 따라 이 총리는 업무 보고에 들어가지도 못하고 총리실로 향했다고 보도하기도 했다.

사소한 일이지만 이것이 청와대가 국무총리를 보는 시각이라면 방치하면 계속 이런 식으로 일할 것이라는 생각이 들었다. 나는 이번 기회에 따끔하게 주의를 줄 필요가 있다고 생각해 청와대 대변인에게 직접 전화를 걸어 사실과 다른 발표 내용을 지적하고, 대통령을 높이려는 것은 좋지만 총리를 깎아내려 대통령의 야단이나 맞는 심부름꾼으로 격하시켜 놓으면 그것은 정부나 대통령에게 결코 도움이 되는 일이 아니라고 꾸짖었다. 그리고 나서 총리실 비서실장을 청와대 대변인에게 보내어 그곳에서 청와대 기자실(춘추관)에 위 발표가 사실과 다르다는 것을 해명하도록 했다. 청와대 대변인은 총리실로 나를 찾아와 사과의 뜻을 표명했고 그 후로는 이런 일이 생기지 않았다.

2

관행을 깨뜨리다

행정 각부는 대통령에게 하는 연두 업무보고 전에 국무총리에게 사전 업무보고를 하는 게 관행이었다. 그것은 내각통할권을 가진 국무총리에게 업무조정을 할 수 있는 기회를 주고 각 부처에는 대통령 보고에 앞서 예행 연습을 한다는 의미가 있었다. 이 보고에는 총리실에서는 비서실장과 행정조정실장 그리고 각 부처 담당조정관이 배석하고 각 부처에서는 장관, 차관, 기획관리실장 등이 참석했다.

보고하는 부처는 대통령에게 업무보고를 하는 26개 부처 가운데 국가안전기획부와 민주평화통일자문회의를 제외한 24개 부처인데 위 2개 부처는 대통령 직속기구로 총리의 내각통할 대상이 아니기 때문에 제외되었다.

나는 국무총리가 내각통할권을 제대로 활용하기 위해서는 각 부처의 업무보고를 형식적으로 받을 것이 아니라 실질적으로 내용을 파악하고 구체적인 업무조정을 하는 기회로 활용할 필요가 있다고 생각했다.

그래서 나는 행정 각부에 청와대 보고 전의 총리 보고를 충실히 하고 보고자료도 미리 제출하도록 요구하고, 각 부의 보고자료를 퇴근 후 총리공관에까지 가지고 가서 정독했다. 대체로 잘 정리되어 있지만 때때로 전후 논리가 모순되거나 근거가 모호하고 과장된 보고는 바로 지적하고 의견을 물어 수정하게 했다.

예컨대, 재무부 사전 업무보고 중 우루과이라운드(UR) 협상 타결에 따라 신설된 농어촌특별세를 그동안 감면 혜택을 받아온 중소기업의 조세감면과 근로자 저축 등에 부과하겠다는 내용이 있었다. 나는 "세금감면 대상은 나름대로 입법 취지가 있는데 이를 후퇴시켜서는 안 된다"라고 말해 부과 대상을 조정할 것을 지시했다. 이에 따라 재무부는 농어촌특별세 부과 대상에서 중소기업의 조세감면과 월급 60만 원 이하인 사람의 비과세 저축 등을 제외하는 대신 종합토지세를 새로 부과 대상에 넣어 중소기업과 저소득층의 부담을 크게 줄인 것이 기억에 남는다.

뒷날의 이야기지만 내가 김 대통령과 다투고 국무총리를 사퇴한 직후에 청와대 측에서 나에게 온갖 험한 비난을 언론에 쏟아낸 것 중에 내가 행정 각부에 직접 보고할 것을 강요하고 심지어 안기부에 대해서도 업무보고를 강요했다는 내용이 있었다.

국무총리에 대한 사전보고는 이미 관행화되어 있던 것을 나는 단지 형식적이고 의례적인 것이 아니라 실질적인 보고가 되게끔 했을 뿐이다. 내각을 통할하는 총리가 이를 위해 내각 각부의 업무를 파악하는 것은 당연한 것이 아닌가? 또한 안기부는 대통령 직속기관이고 총리의 내각통할권에서 제외되어 있기 때문에 안기부에 대한 보고를 요구한 일이 전혀 없다. 안기부에 대해 보고 요구를 했다는 말은 날조된 것이다.

다만 국무총리가 주관하던 남북고위전략회의에는 그 구성원이 통일부총리, 외무부 장관, 국방부 장관, 공보처 장관, 안기부장, 청와대비서실장, 외교안보수석 등으로 되어 있어 그 구성원인 안기부장이 회의석상에서 발언을 한 일은 있으나 이것을 총리에 대한 업무보고라고 말할 수는 없는 것이다.

3

국무총리로서의 회의와 고민

나는 1993년 12월 17일에 국무총리로 취임한 이후 1개월여가 지
나면서부터 국정운영의 현상과 국무총리의 역할에 관해 심각한 회의
와 고민에 빠지기 시작했다.

내가 현실적인 총리의 역할과 기능을 알면서도 총리직을 수락한
것은 그 현실을 깨고 '얼굴마담'이 아니라 법이 정한 권능을 제대로
행사하는 총리다운 총리가 되어 국정개혁에 기여하겠다는 나름대로
의 의욕이 있었기 때문이었다.

그러나 총리로서 1개월여를 지내보고 느낀 것은 지금과 같은 상황,
즉 대통령에 모든 행정 권력이 집중되어 언론에 사건이 보도될 때마
다 대통령이 관계 장관에게 직접 전화를 걸어 묻고 지시를 내리며 장
관들 또한 이러한 언론보도와 대통령의 지시에 온 신경을 곤두세우
고 청와대의 눈치를 살피는 정부 운영 형태하에서는 내각 차원의 자
발적이고 창의적인 행정을 기대하기 어렵다는 것이었다.

이런 상황에서는 정부에 대한 공격과 비난은 대통령에게 집중되고 총리는 적극적으로 할 수 있는 일이 별로 없다는 생각이 들었다.

나는 취임 후 대체로 1년, 특히 선거가 없는 1994년을 정부의 기틀을 바로잡아 우루과이라운드 협정 비준과 세계화(世界化) 등 당면한 난관을 극복해 나가야 할 시기로서 그야말로 이 정권의 승부를 걸어야 할 시기라고 보아 그와 같이 강조해왔기 때문에 1개월여가 지난 이 시점에서 내린 위와 같은 현상 진단은 참으로 곤혹스러운 것이었다.

몇 날을 고민한 끝에 이 문제를 대통령에게 직접 제기해 해답을 얻기로 결심하고 먼저 1994년 1월 25일경 청와대 이원종 정무수석을 불러 내가 진단한 현상의 문제점을 말해주었다. 이 정무수석에게 미리 말한 것은 나의 대통령에 대한 문제제기가 돌출적이고 일회적인 건의로 끝나지 않고 청와대 내부에서 진지한 논의가 이루어져 실제적인 성과를 거둘 수 있기를 바랐기 때문이다.

1월 28일(금) 대통령과의 주례회동에서 나는 위에서 본 바와 같은 문제점을 간추려 말했다. 적어도 외교·국방을 제외한 일반 내정에 관한 한 1차로 총리에게 권한을 일임해 내각 차원에서 총리 주재로 처리하게 하고 총리가 일괄해 대통령에게 보고하며, 대통령도 내각에 대한 지시는 가급적 총리에게 지시로 하고 각 장관에 대한 개별적인 전화 지시 등은 지양했으면 좋겠다고 말했다. 그리고 대통령 비서실도 그 본래의 대통령 보좌 기능에 머물러야 하고 각 수석비서관이 각개로 각 부처에 지시하거나 보고를 요구하는 일은 중지되어야 한다는 뜻을 건의했다.

처음에 대통령은 나의 건의를 경청하는 듯했다. 자신도 각 장관에게 기회가 있을 때마다 총리에게 미리 보고하도록 말하고 있다고 말했으며, 다만 수석비서관들의 업무 처리에 관한 것은 박관용 실장과 상의하겠다는 뜻으로 말했다.

그러나 그 후 박관용 비서실장이 총리공관으로 나를 찾아와 대통령의 뜻을 전했는데, 그 요지는 대통령 중심제하에서 총리가 국정운영을 맡는다는 것은 대통령 중심제의 취지에 반하므로 나의 건의를 받아들이기 어렵다는 것이었다. 또 비서실 운영과 관련해 박관용 실장은 각 수석비서관의 각 관련 부처에 대한 업무 연락이나 지시를 막는다는 것은 사실상 불가능하고 다만 주요한 정책결정에 관한 사항은 가급적 비서실장이 관장해 내각과의 관계를 총리를 통하도록 노력해 보겠다는 뜻으로 말했다.

결국 나의 건의는 거부된 것이다. 그러나 나는 아직은 포기할 때가 아니라고 생각했다. 분명하게 권한의 위임 한계나 행사방법을 정한다는 것은 김 대통령의 성격에 맞지 않는다는 것을 직감했고 개개의 사건이나 사항별로 나의 뜻을 관철해 나가면서 제도상 관행을 세워나가기로 결심했다.

4

내각 통할권의 기틀을 잡다

1994년 2월 19일부터 25일까지 개최된 제166회 임시국회 회기 중 민주당 소속 하근수 의원은 총리에게 이른바 관변단체에 대한 정부 지원을 중단할 용의가 없는지를 질문했다. 관변단체란 '새마을운동중앙협의회', '바르게살기운동중앙협의회', '한국자유총연맹' 등을 지칭하는 것으로서 각각 특별법(새마을운동조직육성법, 바르게살기운동조직육성법, 한국자유총연맹육성법)에 의해 국가 및 지방자치단체로부터 출연금 및 보조금의 교부와 국공유재산의 무상대여 또는 양여 및 조세감면 등의 특별 지원을 받는 단체들이다.

각 단체의 사업 내용이 국민 생활향상과 환경정화 또는 국민의 통일의식 향상 등 매우 긍정적인 것임에도 왜 '관변단체'라는 경멸적인 호칭이 붙었는가? 국가나 지방자치단체의 특별지원을 받아 유지되는 단체들로서 평소에 정부나 여권이 주최하는 행사에 동원되고 선거기간 중에는 여권의 전위 조직으로 활용되지 않는가 하는 의혹이 끊임

없이 제기되어 왔기 때문이었다.

나는 위 각 단체가 맡아온 국민 생활향상 등과 같은 시민운동은 기본적으로 자발적이고 자율적이어야 하며, 다른 시민운동 단체들과 달리 유별나게 정부로부터 특별혜택을 받는다는 것은 자율성을 해칠 우려가 있을 뿐 아니라 자생력을 잃게 해 정부지원 없이는 생존할 수 없는 어용단체로 전락할 수밖에 없다고 생각했다.

그래서 1994년 3월 8일 내무부 장관에게 국민운동단체의 자립성과 자율적 활동을 촉진하기 위해 '새마을운동중앙협의회' 및 '바르게살기운동중앙협의회'의 그동안 활동 현황과 정부의 각종 지원 상황 및 이용 실태를 면밀하게 조사한 후 정부의 특별지원을 조기에 중단하고 순수 민간단체로 전환시킬 수 있는 방안을 강구하도록 지시했다. 며칠 후에는 '한국자유총연맹'에 관해 공보처 장관에게도 같은 취지의 지시를 했다.

원래 '새마을운동중앙협의회'와 '바르게살기운동중앙협의회'에 대해서는 지원금을 연차로 삭감해 5년 내 전면 중단한다는 내무부의 기존 방침이 서 있었다. 이에 따라 94년도 예산에서는 작년 대비 15퍼센트 삭감했던 것이지만, 95년부터 매년 시행될 지방자치 단체장 선거, 국회의원 선거, 대통령 선거 등을 생각하면 이들 단체에 대한 정부지원을 조기에 중단해 정부나 여권과의 유착 의혹 소지를 없앨 필요가 있다고 생각했던 것이다.

나는 위와 같은 지시를 하면서 대통령의 내락을 받지 않았고 사전 통보도 하지 않았다. 그것은 이미 소관 부처에서 정부지원 축소 계획이 서 있고 다만 그 조기 중단 가능성과 그 방안을 강구하도록 명하는 일은 총리의 통상적인 내각통할권에 속하는 일로서 일일이 대통령의 사전 허락을 받아야 할 사안이 아니라고 보았기 때문이다. 뿐만 아니라 이러한 조기중단은 이 단체를 활용하는 여권에서는 틀림없이 반대할 것이고 만일 대통령이 여권의 의견에 귀를 기울인다면 조기중단은 불가능해질 우려도 있었다.

3월 10일 대통령과의 주례면담 때 나는 대통령에게 위와 같이 지시한 사실을 사후 보고했더니 대통령은 흔쾌히 동의하면서 한걸음 더 나아가 당장 중단하는 것이 좋겠다고 말했다. 국무총리의 조기중단 지시가 나간 뒤 언론에서 이를 크게 지지하는 반응이 보도된 데 영향을 받은 듯했다.

금년은 이미 1994년도 예산이 책정되어 시행 중에 있고 각 단체도 이러한 정부의 지원예산을 믿고 금년 살림을 짰을 것이므로 당장 지원을 전면중단하는 것은 정부의 신뢰를 깨뜨릴 우려가 있었다. 나는 그런 취지를 말하면서 내년(1995년)부터 지원을 전면 중단하는 것이 타당하다고 말했고 대통령도 이에 동의했다.

그런데 위 지시가 나간 후 민자당의 김종필 대표가 대통령과의 면담에서 지원중단을 강력히 반대했고 청와대 내부에서도 이들 단체가 청결 운동이나 산불방지 등 정부를 지원하는 활동을 하는 단체들이라는 이유로 반대의 목소리가 높아지자 며칠 후 박관용 비서실장이 총리공관으로 나를 찾아와 대통령의 뜻이라면서 위 단체들에 대한 지원을 95년도에 50퍼센트 삭감하고 96년도에 전면 삭감하는 식으로 완화해줄 것을 요청했다.

나는 이를 존중해 내무부 측에 '새마을운동중앙협의회'는 전통과

업적이 있는 단체이므로 95년에 50퍼센트 삭감하고 96년에 전면 삭감하되 '바르게살기운동협의회'는 당초대로 95년에 전면 삭감하는 방향으로 검토할 것과 공보처 측에는 '한국자유총연맹'에 대해 95년에 60퍼센트 삭감하고 96년에 전면 삭감하는 것으로 검토할 것을 지시한 후 대통령에게 직접 전화를 걸어 위와 같은 내용을 보고했다. 내년(1995년)에 실시될 지방자치 단체장 선거를 생각하면 내년부터는 이들 단체에 대한 특별지원을 전면 중단함으로써 선거와 관련해 정부나 여권이 받을 의혹의 소지를 미리 없애야 한다는 것이 나의 소신이었으나, 대통령의 완화 요구는 뿌리치기 어려웠던 것이다.

그 후 청와대나 여권에서 위와 같은 국무총리 지시를 독단적 행위로 비판하는 소리가 나왔으나 위와 같이 하지 않았더라면 이 정도의 조기 축소도 이루어지지 않았을 것이다.

대통령의 구체적인 사전 지시 없이도 총리가 내각통할권에 기해 행정의 기틀을 잡아나가는 한 가지 선례를 세운 셈이다.

5

첫 국정보고

1994년 2월 16일 제166회 국회(임시회)에서 국무총리의 국정보고를 하게 되었다. 실무진에서 준비해온 국정보고 원고를 보니 정치, 안보, 경제, 보건 사회, 노동, 치안 등 국정 각 분야에 걸쳐 그런대로 잘 정리되어 있었는데 국무총리로서 국정에 관해 갖는 철학이 빠져 있다는 생각이 들었다.

그래서 연설 앞부분에 나의 국정에 관한 철학을 직접 작성했다. 좀 길지만 여기에 인용한다.

의원 여러분. 국정의 기초는 무엇보다도 법과 질서의 유지입니다. 헌법 전문에서 밝히고 있는 바와 같이 '자율과 조화를 바탕으로 자유민주적 기본질서를 더욱 확고히 해 정치, 경제, 사회, 문화의 모든 영역에서 각인의 기회를 균등히 하고, 능력을 최고도로 발휘하게 하며, 자유와 권리에 따른 책임과 의무를 완수하게 함'은 우리의 헌법의 기본정신입니다.

자유 민주주의와 자본주의를 골간으로 하는 공동체의 제1차적 선은 자유롭게 각자의 권익을 추구하고 향유할 수 있는 데 있으며, 이러한 개인의 자율 보장은 자유민주적 기본질서의 근본요소임은 더 말할 나위도 없습니다. 그러나 이러한 개인의 자유와 권리는 공동체 안에서의 삶과 조화를 이루어야 하며 이러한 조화를 위해 책임과 임무를 감수해야 합니다.

개인의 자유와 권리의 보장 및 공동체 안에서의 자유와 권리의 조화를 규율하는 것이 법과 질서이며, 이 법과 질서를 지배하는 원리가 정의이고 이 정의의 본질은 국민 각인에게 평등하고 공평한 기회를 부여하는 공정성입니다.

그러므로 법과 질서의 확립은 민족 공동체인 국가존립의 기초이고 국가발전의 전제요건입니다. 법과 질서가 유지되고 있어야만 정치, 경제, 사회, 문화 등 각 분야에서의 국가발전이 가능하며, 법과 질서가 허물어진 터전 위에서 국가발전은 기대할 수 없는 것입니다.

김영삼 대통령 취임 후 지난 1년 간 새 정부가 추진해온 부정부패 척결과 잘못된 제도 및 관행의 개혁은 법과 질서의 회복을 위한 것이었습니다.

법의 정신인 정의가 바로 서고 공자의 말대로 국정의 각 분야가 법이 정한 각자의 할 일을 제대로 해야 나라가 바로 선다는 평소의 나의 소신을 담은 것이었다. 이러한 기조 위에서만 개혁과 경제 및 경쟁력 향상, 그리고 국가 발전도 가능하다는 것이 나의 소신이었다.

나의 국정보고에 대한 반응은 대체로 호의적이었지만 부정적인 평가도 만만치 않았다. "이 총리가 법조인으로서의 한계를 벗어나지 못한 느낌을 받았다. 마치 판결문을 들은 것 같다. 다양하고 광범위한 국정을 짜인 틀에 지나치게 맞추려는 것 같다"는 등의 반응이 있었다.*

국무총리가 법조인 출신이니까 그런 말을 한다든가, 법조인의 한계를 벗어나지 못했다든가 하는 비난은 나로서는 참으로 의외였다. 법과 정의는 공동체 존립 및 공동체 구성원 모두의 생활과 직결되어 있는 것이고 법을 배운 법조인만의 전유물이 아니다. 그리고 개인의 자유와 권리의 보장, 법과 정의의 문제는 아무리 강조해도 지나침이 없는 자유 민주주의의 기본적 가치 아닌가? 그런데 국무총리가 법조인 출신이기 때문에 그런 말을 한다느니, 법조인의 한계를 벗어나지 못했다느니 하는 비판에 기가 막혔다.

지금 생각해보면 그때만 해도 옛날이라는 생각이 든다. 오늘날에는 국무총리가 법과 질서를 강조하는 국정보고를 한다고 해서 특이하게 보거나 법조인 출신이라서 그런다고 비판할 사람은 아마도 없을 것이다. 그만큼 우리 사회에 민주화가 진전되면서 법과 정의에 관한 관념과 법 상식이 바뀌고 발전되어온 것이라고 생각한다.

국정보고 후에는 국회의원의 대정부 질문이 시작되는데, 당시에는 오전과 오후로 나누어 국회의원들이 일괄해 질문하고 이에 대해 국무총리와 장관들이 일괄해 답변하며 답변 도중에 보충질의 하는 식으로 진행되었다. 처음으로 본회의장의 국무총리석에 앉아 의원들의 질문을 받는데 야당 의원들이 거세게 정부와 여권을 몰아붙이면서 공격해대니까 국무총리로서 이를 처음 경험하는 내 귀에는 그들의 주장이 꽤 그럴싸하고 정부가 매우 잘못 해왔구나 하는 생각이 들 정

●　〈동아일보〉(1994. 2. 17)

도였다. 답변할 일이 걱정되기도 했다.

오전 질의가 끝나자 여당인 민자당 김종필 대표가 찾아와 국회 식당에서 국무위원들과 함께 점심을 하고 담소를 나누었다. 그러면서 마음이 안정되고 별로 큰 문제가 아닌 것들을 가지고 요란스럽게 공격했구나 하는 생각이 들기 시작했다. 점심 식사 후 준비해온 답변 자료를 훑어보면서 나는 완전히 자신감을 되찾았고 오후의 총리 답변에서는 나의 페이스대로 질의답변을 이끌어갔다.

점심시간에 찾아와 신참자인 국무총리에게 마음의 안정을 되찾게 해준 김종필 대표의 배려는 지금도 잊지 못하고 고마운 기억으로 남아있다.

내가 국회의 대정부 질문에서 얻은 요령이 있다면, 첫째로 질문과 사안의 핵심을 정확하게 파악할 것, 둘째로 답변은 그 핵심에서 벗어나지 않게 명확하고 짧게 하고 상대방을 설득하려 하지 말 것, 셋째로 국무총리의 소신과 문제의 핵심에 관해서는 아무리 세찬 공격이 들어와도 절대로 양보하거나 타협하지 말 것, 넷째로 국회의원에게는 언어 행동에서 예의를 지키되 절대로 아부성 발언을 하지 말고 자존심과 품위를 유지할 것 등이 있다.

6

상문고 비리조사 지시

/

 1994년 3월 16일 서울시 교육청의 상문고등학교에 대한 감사에서 내신성적 조작 및 찬조금 비리 등이 드러나 언론에 크게 보도되었다. 나는 그날 오전에 바로 김숙희 교육부 장관에게 전화를 연결해 사실 내용을 확인하고 공문으로 현재 진행 중인 조사를 철저히 하여 비리가 밝혀지면 엄중 조치할 것과 다른 학교에서도 유사한 비리가 없는 지를 전반적으로 조사할 것을 아울러 지시했다.

 또 김두희 법무부 장관에게 수사착수 여부에 관해 물어보았더니 교육부 자체조사가 어느 정도 진행되어 혐의점이 포착될 때 수사에 착수하는 것이 좋겠다고 하므로 법무부 장관에게는 수사 착수 지시를 하지 않았다. 위와 같은 총리 지시는 이날 정오방송과 석간신문에 보도되었다.

 그런데 이날 오후에 대통령은 상문고 비리에 대해 교육부 장관과 법무부 장관에게 엄중한 조사와 수사를 명하는 지시를 했고 이러한 지시 내용이 이날 저녁 방송과 조간신문 가판부터 크게 보도되기 시작했다.

총리가 행정부처에 지시한 동일한 사안에 대해 뒤미처 대통령이 다시 같은 취지의 지시를 되풀이한다는 것은 예가 없는 일이다. 3월 17일자 〈국민일보〉 가십란에는 한 여권 관계자의 말을 인용해 "대통령이 여론의 반향을 불러일으킨 사건에 대해 너무 민감한 반응을 보이고 있다", "상문고 사건의 경우 이회창 총리가 이미 철저한 조사를 지시했는데 뒤늦게 또 지시함으로써 중복되는 느낌을 준다", "대통령은 국정운용의 큰 흐름을 잡아가고 개별 사건에 대해서는 내각에 맡겨야 한다", "내각의 위상을 올려주어야 한다"라고 보도했다.

그 후 알아보니 법무부 장관의 경우는 사전에 대통령으로부터 아무런 수사착수 지시를 받은 바 없고 저녁 8시 SBS 뉴스를 보고 비로소 지시 사실을 알았다고 했다. 즉 실제 지시를 내리기도 전에 지시한 것으로 보도부터 낸 것이다.

나는 3월 18일 대통령과의 주례면담에서 이 문제를 거론했다. 대통령에게 "총리가 일단 지시한 사안에 대해 대통령이 중복 지시를 하는 것은 총리의 지시를 일부러 경시하거나 무시하는 것으로 보이기 쉽다. 대통령이 총리를 신임하고 힘을 주어야 총리가 일을 할 수 있는데 이와 같이 총리의 지시를 대통령이 경시하면 총리가 일을 하기 어렵다. 또 상문고 사건이 사회 문제화되긴 했으나 일개 사학 비리 사건인데 이런 사건이 터질 때마다 일일이 대통령이 지시를 한다는 것은 적절하지 않을 뿐 아니라 사건 처리 결과에 따른 위험 부담이 대통령에게 돌아가는 것이다. 또 법무부 장관에 대한 수사 지시로 언론에서는 검찰이 대통령의 지시를 받아야만 움직인다고 비난하기 때문에 검찰의 사기가 말이 아니다. 앞으로는 이런 일이 없었으면 좋겠다"는 취지로 작심하고 직언했다.

순간 대통령의 표정이 굳어지고 심기가 불편한 듯이 보였으나 정면으로 내 말에 반박하지 않았다. 다만 그는 그날(16일) 저녁 라디오 방송의 뉴스 프로에서 상문고 비리 사건에 관한 관계 당국의 지지부진한 처사를 비난하는 보도를 듣고 지시하게 된 것이라고 말했다.

총리가 대통령에게 정면으로 위와 같은 문제를 거론하는 것이 총리의 직분이나 대통령에 대한 예의상 온당치 못하다고 생각할 수도 있을 것이다. 그러나 나는 대통령과 총리와의 관계에 있어서, 문제가 있다면 대통령에게 직설적으로 거론함으로써 문제의식을 갖게 하고 그렇게 함으로써 관계 정립의 관행을 세워나가야 한다고 생각했다.

7

대통령의 해외 출국과 국무총리의 역할

김영삼 대통령은 1994년 3월 24일 6박 7일 간 일본과 중국을 방문하기 위해 출국했다. 대통령이 없는 동안 국정이 차질 없이 운영되도록 챙기는 것은 국무총리의 몫이다. 국무총리 취임 후 대통령의 부재는 처음이어서 나는 바짝 긴장이 되었다.

사실 청와대 비서실장이나 국가안전기획부장, 국방부 장관 등 주요 국정부서의 장들이 모두 국내에 있어 평소대로 국정이 운영되겠지만 대통령이 부재한다는 사실이 나에게 이렇게 허전하고 불안한 느낌을 주는지 미처 몰랐다.

서울 공항에서 출국하는 대통령을 환송하고 돌아오는 차 안에서 주변 풍경을 보고 있노라니 평소와는 달리 대통령 부재중에 무슨 일이라도 생기면 국무총리 책임이라는 중압감이 나를 짓눌렀다.

정부는 비상근무 체제에 들어갔지만 긴장이 해이해지는 것을 경계하기 위해 이날 오후 치안관계 장관 회의를 소집, 개최했다.

또 당시는 북한이 "전쟁불사"니 "서울을 불바다로 만든다"느니 위협을 일삼고 있는 때여서 대통령의 외국 방문 기간 중 국민이 안보에 불안을 느끼지 않도록 하기 위해 국무총리공관에서 안보관계 장관회의도 소집했다. 이 회의에는 이영덕 통일부총리, 이병태 국방부 장관, 오인환 공보처 장관, 김덕 안기부장, 천용택 비상기획위원장, 박관용 대통령 비서실장, 홍순영 외무부차관 등이 참석했다.

나는 "대통령의 일·중 방문기간 동안은 물론 북한 핵문제가 유엔 안보리 제재 등으로 악화될 가능성에 대비해 강도 높은 대북경계와 완벽한 대비 태세를 유지할 것"을 강조했다.

그리고 25일 오후에는 국방부를 방문해 합동참모본부 군사지휘 통제실에서 최근 북한군의 동향과 우리 군의 대비 태세에 관한 보고를 듣고 대통령 부재중 군의 각별한 긴장과 경계를 당부했다.

또 작년 말 총리 취임과 관련 바쁜 일정 때문에 군부대 위문행사를 못했던 사실을 들어 이 국방부 장관이 차제에 전방부대 방문을 강력히 건의해 헬기편으로 중동부 전방부대 방문을 계획했으나 기상악화로 가지 못하고 그 다음날 서부 전방부대 방문을 마쳤다.

그런데 언론에서는 나의 국방부 방문에 대해 국무총리가 대통령의 국방부 업무보고에 배석할 때 등을 제외하고 독자적 방문은 이번이 처음이라면서 이례적인 일로 보도했다. 그러나 나는 대통령 부재중에는 정부의 제2인자인 국무총리가 대통령을 대신해 정부 일을 챙기는 것은 당연한 것이고, 총리의 내각통할권에는 국방부도 포함되므로 국방부 방문을 이례적인 일처럼 볼 필요가 없다고 생각했다.

또 내가 특히 국방부를 방문하려고 한 데는 또 다른 이유도 있었다. 나는 감사원장으로 있을 때 강도 높은 율곡사업 감사로 국방부의 전력증강 사업에 메스를 가하고 육군대장, 공군대장을 비롯한 수십 명의 장성을 조사 조치한 일이 있었고, 김영삼 대통령은 육군 내 하나회조직을 척결해 수많은 장성들을 예편시키는 등 군 개혁을 단행했었다.

김영삼 정권하에서 시행된 이런 군 개혁의 의미를 군 장성들이 모인 국방부에서 내가 직접 설명하고 싶었던 것이다. 국방부 합참본부의 군사지휘 통제실에서 휴전선에서의 남북대치상황과 북한군의 동태 및 우리 군의 대비 태세 등에 관해 브리핑을 받은 다음, 나는 상황판을 향해 있는 나의 좌석을 돌려 뒤에 배석한 100명이 넘는 장성 및 장병과 얼굴을 맞대고 마주 앉았다. 군사지휘 통제실에서 이런 일은 흔치 않을 것이다. 브리핑을 받는 자리에 마이크가 놓여 있으므로 마이크를 통해 발언하는 것이 상례였을 텐데 나는 돌아앉아 마이크를 잡은 것이다.

마주 앉은 장성들의 수많은 별들을 보자 이들이 바로 우리 군의 중추이고 국방의 힘인 것이다, 그들에게 마음을 열고 '국민의 군대'에 대한 소망을 말하고 싶다는 생각이 솟구치는 것을 느꼈다. 나는 자신감을 가지고 말했다. 감사원의 고강도 감사를 비롯해 이 정부의 군 개혁은 군을 깨끗한 군, '국민의 군대'로 만들기 위한 것이다. 군은 국민의 속에 있어야 하고 국민의 사랑을 받는 군대가 되어야 한다. 나는 우리 군이 이런 국민의 사랑을 받는 군대가 될 수 있다는 확신을 가지고 있다는 취지로 말했다. 이것은 나의 진심이었다.

그러나 뒷날 내가 국무총리직을 떠나면서 나의 국방부 방문은 트

집거리가 되었다. 국방부 방문이 마치 정치적 의도를 가지고 한 행동
처럼 어이없는 비난을 받게 되었다.

8

사전 선거운동 시비

최기선 인천직할 시장이 1994년 2월 중순부터 일주일에 두세 차례에 걸쳐 관내의 통장 및 '새마을운동협의회', '바르게살기협의회', '자유총연맹' 등 각 단체 대표를 시정보고회 명목으로 초청해 손목시계, 우산 등을 지급한 사안과, 박태권 충남도지사가 3월 23일 충남 출신 인사 친목단체인 '충우회'와 공동으로 서울 하림각에서 충남 출신 공직자들이 참석한 '고향의 밤' 행사를 개최해 음식과 토산품 등을 선물로 제공한 사안 등이 내년에 실시될 지방자치 단체장 선거에 대비한 선거운동으로 크게 문제화되었다. 본인들은 시·도지사 등이 종전부터 해오던 관례에 따른 행위라고 변명했지만 중앙선관위는 최기선 시장에 대해 경고 조치를 하고, 박태권 지사에 대해서는 사실조사 보강을 이유로 조치유보를 했다.

종전에 위와 같은 관변단체나 통장 등에게 격려품을 선사하고 또 향우회 등 친목모임에서 격려품을 제공하는 것이 관례였다고 해도 선거를 앞둔 시점에서는 본인들이 모두 정치인 출신으로 출마가 예상되는 인사들인 만큼 사전 선거운동으로 인식될 소지가 다분히 있으므로 마땅히 조심했어야 했다. 두 사람이 모두 민자당 내의 이른바 민주계로서 대통령의 직계로 분류되는 사람들이어서 언론이나 야당의 공격은 더욱 세찼다.

나는 두 사람 모두와 특별한 친분은 없고 지면이 있는 정도지만 성실하고 친근한 인상을 받고 있어서 개인적으로는 안타까웠다. 하지만 민주계로서 대통령의 측근이라면 더욱 더 자성의 모습을 보여야 할 것이다. 또 내년 선거의 공명성 확보는 흔히 말하는 정권 안보와도 직결되는 참으로 중요한 과제인데 이를 위해서도 위 두 사람의 경우는 본보기로 엄하게 경고할 필요가 있다고 생각했다.

강하게 사전 선거운동을 계고하는 방법으로 여러 가지를 검토한 끝에 내무부 장관으로 하여금 시·도지사 회의를 소집하게 하고, 그 회의에 총리가 참석해 훈시를 하는 방식으로 강한 경고를 하기로 했다. 1994년 3월 31일 아침 최형우 장관을 총리실로 불러 위와 같은 취지를 설명한 후 다음날인 4월 1일 10시에 시·도지사를 소집해 회의를 개최할 것을 지시했다.

이때만 해도 다음날 대통령이 전 국무위원을 초대한 조찬에서 사전 선거운동에 관한 대통령의 질책이나 경고가 있을 것을 예상치 못했었다. 다음날인 4월 1일 오전 7시 30분 대통령은 청와대에서 전 국무위원과 조찬을 함께 한 자리에서 사전 선거운동 물의와 우루과이 라운드 이행계획서 수정 시비에 대해 강한 불만을 표시하고, 특히 사전 선거운동에 관해서는 내각이 부정선거를 뿌리 뽑는다는 새로운 결심을 해야 한다고 강조했다.

나는 위 조찬이 끝난 후 당일 10시 내무부회의에 소집된 시·도지사 회의에 참석해 정치 개혁입법의 취지, 공명선거의 역사적 당위성, 정부의 확고부동한 공명선거 실천의지, 시·도지사의 역할과 실천의지 등을 강조하는 요지의 훈시를 했다. 특히 "인천시, 충남도 등 일부 시·도에서, 사전 선거운동의 시비로 사회적 물의를 빚고 있는" 사실을 지적하고 이는 선거혁명을 이룩하려는 대통령과 정부의 개혁의지를 손상시키는 유감스런 일로서 "깊이 자성하는 처신이 있어야 할 것"이라고 경고했다.

여기서 자성하는 처신이란 자진사퇴까지도 뜻하는 것이었다. 또 미리 준비한 원고에 없는 말도 첨가했는데 그 요지는 "이 자리에는 과거 야당에 있던 사람들도 있다. 그분들은 과거의 선거 때마다 관권개입 시비가 얼마나 빈번하게 일어나고 이것이 선거의 공정성에 대한 정부의 신뢰를 얼마나 떨어뜨렸는지 잘 알 것이다. 내가 중앙선관 위원장을 맡고 있을 당시(89년)에 나의 가장 큰 고민과 관심사도 이 문제였다. 과거에 야당을 하면서 이러한 경험을 한 사람일수록 더욱 자신에게 가혹한 직무수행의 기준을 세워 의혹의 소지를 없애야 한다"는 내용이었다.

과거 야당이었던 사람으로 시·도지사를 하는 사람은 민주계밖에 없으므로 결과적으로 오직 민주계를 겨냥한 훈시처럼 되었으나 나의 본뜻은 야당 때 그토록 소리 높여 비난하던 관권 개입에 대해 정권을 잡은 지금은 행정상의 관행 내지 관례라든가 행정의 능률성 따위 말로 정당화하려는 태도를 꼬집은 것이었다.

위 회의가 있은 직후에는 대통령의 조찬 담화도 있어서 총리가 대통령의 지시를 받아 한 것으로 알았던지 잠잠했으나, 며칠 지나면서부터 시·도지사 회의와 훈시가 대통령의 지시를 받아 한 것이 아닌 사실이 드러났던지 총리가 민주계만을 대상으로 그렇게 말할 수 있느냐는 비난이 들려오기 시작했다.

9

우루과이라운드 이행계획서 수정

/

우루과이라운드 이행계획서 수정과 관련해 내가 국무총리로서 대국민 사과 담화를 발표한 일이 있다. 1993년 12월 15일 17개국이 참가한 우루과이라운드 협상이 타결되어 협정문에 합의했으며, 각국은 1994년 2월 15일까지 최종 이행계획서를 GATT사무국에 제출하도록 되어 있었다.

우루과이라운드 협상 결과에 대해서는 과도한 농축산물 개방으로 농축업과 농어촌을 피폐화시키는 것이라 해 농민·농민단체나 재야 및 야당 등으로부터 격렬한 반대가 일어나 연일 대·소의 성토 집회나 반대성명 발표 등이 줄을 이었다. 야당 측에서는 94년 2월 15일 최종 이행계획서 제출과 4월 12일 마라케쉬(Marrakech)에서의 최종 의정서 채택을 위한 각료회의 전까지 재협상을 통해 우루과이라운드 협정 내용을 수정할 수 있음을 전제로 정부 측에 재협상을 요구했다.

그러나 당시 경제기획원 및 농림수산부나 외무부 등 관계부처의

견해는 우루과이라운드 협상은 1993년 12월 15일로 완전 종결되었고, 그 이후는 추가개방 등 자국에 불리한 양허 확대는 가능하나 양허 축소를 위한 재협상의 여지는 전혀 없다는 것이었다. 나는 정부에서 최종 이행계획서를 작성, 제출하기 전에 관계 장관(경제부총리, 재무부 장관, 농림수산부 장관, 상공부 차관, 외무부 차관보 등)을 총리실에 소집해 최종 이행계획서를 제출하기 전에 재협상을 통해 우루과이라운드 협정 내용을 수정할 여지가 없는 것인지 마지막으로 난상토론을 벌여 논의해 보았다.

그러나 우루과이라운드 협상에 관해 관계부처와 실무자들의 의견은 추가 양허가 아닌 한 재협상이나 수정의 여지가 없다는 것이었고, 나 또한 다자 간 협상의 성질상 협정 타결 후 재협상이란 이론상 불가능하다고 생각했다. 그래서 최종 이행계획서를 94년 2월 14일 대외협력위원회(위원장 경제부총리)의 의결을 거쳐 GATT사무국이 있는 제네바 현지공관에게 보낸 다음, 미국·일본 등 타국의 제출상황을 보아 GATT사무국에 제출하기로 했다.

그 후 대외협력위원회에서는 재무부와 농림수산부가 작성 제출한 공산품 및 농산물 분야 우루과이라운드 최종 이행계획서를 심의의결한 후 현지 공관에 보냈고, 현지 공관에서는 94년 3월 11일 GATT사무국에 제출했는데, 이행계획서에 대한 다자검증 과정에서 한국의 이행계획서는 당초의 협상타결 내용과 다르게 작성된 부분이 지적되어 당사국 간 이견 조정을 거쳐 3월 25일에야 검증이 완료되었다.

나는 한승주 외무부 장관으로부터 위와 같이 검증 과정에서 협상결과와 다르게 이행계획서가 작싱 제출되어 문세가 된 것을 그즈음 직접 듣고 깜짝 놀라 김양배 농림수산부 장관에게 전화를 걸어 물어 보았더니, 김 장관도 처음에는 잘 모르는 일이라고 했다. 얼마 후에 김 장관이 다시 전화를 해왔는데 그때는 그 내용을 알고 있다면서 사소한 일인 것처럼 설명하는 것이었다.

당시 당초 협상 결과와 다르게 이행계획서가 작성된 부분은 ①국영무역 및 수입부과금(mark-up) 대상 품목을 112개 품목 추가(이중 97개 품목 수용됨), ②종량세 품목을 84개 품목 추가(이중 63개 품목 수용), ③한도양허 품목 102개 품목 추가(이중 71개 품목 수용), ④관세율 조정에서 평균 감축률 26.7퍼센트를 24퍼센트로 조정(수용되지 않음)한 것 등이다.

나는 위와 같이 최종 이행계획서가 당초의 협상 결과와 다르게 작성 제출된 것을 모르고 있었기에 화가 났다.

최종 이행계획서를 제네바 현지공관에 송부하기 전에 관계 장관들과 재협상의 가부 등을 논의하는 자리에서 농림수산부 측에서는 위와 같은 수정 사실을 한마디도 비치지 않았다. 심지어 2월 19일부터 시작된 제166회 임시국회 본회의의 대정부 질문에 대비해 관계 장관이 미리 회동해 재협상이나 수정 가부에 관한 의견조정을 하는 자리에서조차 농림수산부 장관은 위와 같이 당초 협상과 다르게 이행계획서를 작성 제출한 사실을 전혀 언급하지 않았었다.

그래서 나는 국회에서 야당의 대정부 질문에 대해 우루과이라운드 협상이 타결된 현재 상황에서는 재협상은 불가능하므로 최종 이행계획서를 공란으로 제출하고 재협상을 하라는 민주당 요구에 응할 수 없다는 정부 입장을 분명히 말했던 것인데, 당시 이미 당초 협정과 다르게 수정된 이행계획서를 보내 놓은 상태였다.

농림수산부 측에 추궁해본 결과, 실무자들은 당초 협정의 부수적 내용을 유리하게 확장해석해 이행계획서를 작성한 것에 불과하고 그와 같이 확장해석할 근거도 있다는 것이며, 결코 당초의 협정 내용을 변경한 것은 아니라고 답변했다. (특히 수정 내용 중 관세 감축률 부분은 청와대 농림해양수산수석의 지시에 따른 것이라고 했다.) 즉 실무적 차원에서의 조정, 보완이지 새로운 내용으로의 수정은 아니라는 취지였다.

내가 생각하기에는 1993년 12월 15일 협상 타결 때 위 수정 부분을 미리 완전하게 해놓았더라면 별일이 없었을 텐데 쌀의 개방 폭에 매달린 나머지 소홀히 했다가 뒤늦게 이를 발견하고 첨가한 것이 분명했다.

결국 기본적인 잘못은 1993년 12월 15일의 협상타결이 미흡한 데 있는 것이지, 그 후에 조금이라도 더 건져보려고 확장해석의 방법으로 이행계획서를 작성한 소행을 나무랄 것은 아니라고 보았다.

물론 이행계획서 작성 제출을 논의하는 과정에서 위 수정 내용을 정확히 밝히지 않음으로써 총리로 하여금 그런 수정 사실조차 모른 채 국회에서 답변하게 한 처사에는 몹시 화가 나 김양배 장관을 꾸짖기도 했으나, 실무 차원에서의 조정, 보완일 뿐 재협상에 의한 수정과 다르다고 말하면 논리가 통하지 못할 것도 없는 것이었다.

그러나 이러한 이행계획서 수정 사실이 언론에 보도되면서 정부에 대한 비난이 거세지자 김 대통령은 중국 방문에서 돌아온 후 3월 31일 오전 나를 청와대로 불러 그동안 재협상이나 수정은 일체 안 된다고 해놓고 이행계획서를 수정 제출한 것은 거짓말을 한 것이 되지 않느냐면서 정치적 국면전환을 위해 김양배 장관을 해임하고 총리가 대국민 사과담화를 발표하는 것이 좋겠다고 했다.

나는 이번의 이행계획서 수정이 협정의 내용을 변경하는 수정과 다르게 볼 수 있다는 점과 UR 비준을 앞두고 장관을 또 경질하는 것이 바람직하지 않으며, 협정의 변경을 위한 수정이 아니라고 볼 수 있는데도 총리가 사과하는 것은 오히려 수정이라고 주장하는 야당 측의 입장을 도와주는 결과가 될 수 있다고 반대했다. 하지만 김 대통령은 완강하게 고집을 꺾지 않았다.

결국 나는 종합청사에 돌아와 오후 총리실에서 개최된 국무회의에 들어가기 전에 김 장관을 불러 대통령의 해임 방침을 귀띔해 주었다.

그런데 4월 4일에 청와대 대변인은 김양배 농림수산부 장관의 해임과 신임 최인기 장관의 임명을 발표하면서 "김 전 장관은 우루과이라운드 협상과 관련, 이행계획서는 한 자도 고칠 수 없다고 공언했고 대통령도 그렇게 공언한 사실에 비추어 이의 수정은 결과적으로 국민과 대통령을 속인 것"이라고 말하고 "따라서 이는 문민정부의 도덕성을 훼손시킨 것으로 그 책임을 묻지 않을 수 없다"고 인책의 배경을 설명함으로써 대통령이 구사하던 강한 표현을 그대로 인용했다.

나는 4월 5일에 총리담화를 발표하기로 하고 그 전날 밤을 꼬박 새다시피 하면서 담화 문안을 작성했다. 우선 담화의 골자를 청와대 대변인의 발표와 같이 대통령과 국민을 속인 것으로 전제해 사과할 것이냐, 아니면 단순한 조정, 보완이지만 사전보고가 미흡해 오해를 불러일으킨 점에 대해 사과할 것이냐에 관해 고민을 거듭하던 끝에 후자를 택하기로 단안을 내렸다.

위 이행계획서 수정으로 야기된 문제는 요컨대 1993년 12월 15일의 협상 타결 때 수정 내용 등을 미리 명백하게 포함시키지 않았던 데서 발생된 것이지, 그 후 뒤늦게나마 미비점을 발견하고 조금이라도 건져보고자 한 행위를 '대통령과 국민을 속였다'고 탓할 일은 아니라고 보았다.

그러나 막상 작성해놓고 보니 이러한 내용이면 군이 사과할 필요가 있느냐는 의문이 제기되어 차라리 담화 발표를 취소하는 것까지 생각해 보았으나 이흥주 비서실장 등 총리실 간부들이 극력 만류할 뿐 아니라 이미 담화 발표 예정을 각 언론사에 알린 뒤여서 예정대로 4월 5일 발표했다.

담화를 발표하고 나니 청와대에서는 대통령의 의중과 다르다며 불평한다는 말이 들려왔으나 실무 부서 특히 농림수산부나 경제기획원에서는 적절한 표현을 써서 실무 부서의 고충을 잘 살펴주었다며 고마워 한다고 했다.

10

상무대 비리의혹 수사 특별 지시

불교 조계종 서의현 총무원장이 3선 연임을 위해 종회를 소집하자 3선 연임 저지와 종단개혁을 내세우는 범종추(범 승가종단 개혁추진위원회)와 총무원 측 사이에 1994년 3월 29일 충돌 사태가 발생했다.

3월 29일에는 폭력배들이 총무원 건물 내로 밀고 들어가려는 범종추 측 승려들을 습격해 폭행을 가한 후 도주한 사태까지 발생했다. 3월 30일 종회가 개최되어 서의현 총무원장 3선 연임이 의결되었으나, 그 후 4월 5일 개최된 조계종 원로회의에서 서 원장 퇴진과 전국 승려대회 개최 후 종단 수습 방안이 결의되었다. 이어 4월 10일 범종추 주관하에 전국 승려대회가 개최되어 여기에서 송서암 종정의 불신임과 서 원장 공직박탈 및 조계종개혁회의 결성을 결의했으며, 이것을 집행하려는 범종추 측이 총무원 건물의 점거를 시도함으로써 쌍방에 충돌이 발생했다. 그 후 서의현 총무원장이 극적으로 사퇴의사를 표명하고 건물을 범종추 측에 넘겨줌으로써 사태는 범종추 측의 일방적 승리로 끝이 나고 만 것이다.

위와 같은 일련의 사건 경위를 보면 범종추 측이 총무원 건물을 밀고 들어가려고 하다가 일어난 폭력 사태와 총무원 측과 연계된 것으로 보이는 폭력배들이 범종추 측 승려들에게 폭력을 휘두른 폭력 사태로 크게 나누어 볼 수 있는데, 언론이나 일반 여론은 경찰이 앞의 폭력 사태 조사에만 치중하고 뒤의 폭력 사태 즉, 폭력배들의 폭력 사태에 대해서는 조사를 지연시키고 있다고 비난했다.

또 위와 같은 대립상황에서 범종추 측이 내세운 개혁 요구사항 중에는 상무대 공사금 의혹 규명 요구가 있었는데, 그 의혹이란 광주시내 군시설 및 상무대를 교외로 이전하는 사업을 도급받은 청우건설 주식회사의 회장인 조기현이 공사 선급금으로 수령한 658억 원 중 227억 원을 횡령해 그 일부를 1992년 대통령 선거 당시 정치자금으로 제공했다는 내용의 의혹이었다. 검찰의 수사 결과 위 횡령액 중 80억 원을 동화사 보시금으로 제공한 것으로 일단 조사가 되었으나 범종추 측에서는 위 80억 원이 실제로 동화사에 입금되지 않고 서의현 총무원장이 횡령해 대선 관계 자금으로 사용한 혐의가 있으므로 이를 철저히 규명해 달라는 것이었다. 이 부분은 검찰에서 조기현의 횡령 후 사후처분행위(事后處分行爲)에 해당한다는 이유로 조사를 하지 않고 있어 정부가 일부러 조사를 회피하는 것이며, 그 돈의 일부가 청와대 관련인에게 들어갔다는 등 갖가지 풍문과 의혹이 난무하고 있는 상황이었다.

당시 불교계 내의 폭력 사태는 고질적이고 다발적이긴 하나 이번에는 종단개혁이라는 명분이 걸려 있어 처음부터 심상치 않은 느낌을 받았다. 3월 29일 사태가 발생하자마자 경찰이 신속하게 출동해

양측을 차단하는 등 대책을 세우고 있었으므로 나는 좀 더 사태의 추이를 지켜보기로 했다.

김 대통령은 공권력에 대한 항거란 정통성 없는 과거 정부하에서나 있을 수 있지 정통성을 갖춘 문민정부에서는 있을 수 없다는 생각을 가지고 있고 평소에도 공권력에 대한 폭력적 항거나 시위에 대해서는 엄중 대처를 강조해왔다. 김 대통령은 4월 6일 아침 6시 40분경 총리공관으로 전화를 걸어 나에게 이번의 조계종 폭력 사태는 국가 기강 확립과 개혁 차원에서 발본색원해 한 점의 의혹도 없이 밝혀내 국민 앞에 공개하도록 처리하라고 지시했다.

나는 출근 즉시 내무부 장관과 법무부 장관에게 폭력 사태의 진상과 폭력연계 관계를 철저히 조사 파악할 것을 명하는 특별지시문을 기안하게 했다. 김 대통령은 비록 폭력 사태에 대해서만 말했지만 이러한 사태가 종단 내 개혁 요구에서 비롯된 것이고 이 개혁 요구에는 상무대 공사금 의혹 규명도 포함되어 있으므로 함께 밝혀져야만 개혁 차원에서의 사건 규명이 될 수 있을 것이다. 그래서 나는 상무대 공사금의 용도와 관련해 의혹이 제기되고 있는 부분도 정부의 도덕성 및 신뢰성과 관련되는 내용이므로 그 진위 여부를 철저히 조사해 국민에게 명백히 밝히라고 강조했다.

그런데 막상 총리의 특별지시가 언론에 보도되자 검찰총장은 몰려온 기자들의 질문에 상무대 공사 횡령금 용도에 관해서는 수사할 계획이 없다는 취지로 답변했고, 일부 언론에서는 상무대 공사금 비리 조사를 지시한 총리가 무엇을 모르고 한 것 같다는 것이 검찰의 분위기라고 보도했다.

이회창
회고록

그러나 그날 7시경 김두희 법무부 장관이 총리공관으로 달려와 위와 같은 검찰총장의 언론보도 내용은 와전된 것으로 사실과 다르고 신중하게 대응하지 못한 총장을 질책했다고 하며 조간신문에 보도되지 않도록 적극 해명하겠다고 말했다. 뒤이어 김도언 검찰총장도 전화를 걸어와 기자들에게 지검에서 조사 중이므로 대검에서 별도로 조사할 계획이 없다고 말한 것이 잘못 전해졌다며 해명했다.

그런데 다음날 조간신문에 보니 어제 검찰총장의 조사를 하지 않을 것이라는 발언 내용이 그대로 보도되고 있어 법무부 장관에게 전화를 걸어 검찰총장의 조치를 명확히 보도하도록 강력히 요구했더니, 그제서야 검찰에서 수사에 착수할 것이라는 검찰의 발표가 보도되기 시작했다.

며칠 후(4월 8일로 기억)에 있었던 대통령 주례면담 때 위와 같은 특별 지시 내용을 보고했더니 대통령은 상무대 공사금 중 80억 원 시주금이 청와대와 관계가 있는 것처럼 야당이 제멋대로 떠들고 있다고 불쾌한 표정을 감추지 않았다. 나는 공사금 용도 건은 야당의 공격도 있어 대통령이 매우 민감하게 생각하고 있는 부분이라는 것을 알았으나 대통령에게 "이 부분은 여론에서 의혹을 사고 있는 부분이므로 가능한 범위 내에서 조사를 해 밝혀진 내용을 밝혀진 대로, 조사가 불가능해 밝힐 수 없는 것은 그 불가능한 사유를 그대로 공표함으로써 정부의 신뢰성을 세우는 것이 중요하다"고 말했다.

지금 와서 생각하면 대통령은 내가 조계종 폭력 사태 외에 상무대 공사금 비리 조사를 지시한 것에 대해 매우 못마땅하게 생각했던 것 같다.

11

통일안보정책 조정회의 설치

청와대는 1994년 4월 8일 김 대통령이 당일 아침에 소집한 안보관계 장관 조찬회의에서 북핵대책 및 안보정책을 효율적이고 일관성 있게 추진하기 위해 통일부총리, 외무부 장관, 국방부 장관, 안기부장, 대통령 비서실장 및 외교안보수석으로 '통일안보정책 조정회의'를 구성하라고 지시했다고 발표했다. 이 회의는 통일부총리가 중심이 되어 최소 주1회 이상 소집하되 구성원 중 누구라도 회의 소집을 요청하면 회의를 여는 기민성을 갖도록 강조했는데 이러한 대통령의 회의체 구성 지시는 안보의 중요성에 비추어 안보관계 장관 등이 보다 유기적으로 협의하고 적절히 대처하도록 하기 위한 것이라고 했다.

이 조정회의의 구성은 국무총리인 나에게 아무런 사전통지도 없었다. 나는 이 소식을 듣는 순간 국무총리인 나를 통일안보 논의에서 제외하려는 것이구나 하고 직감했다.

청와대 발표에 의하더라도 위 조정회의 구성 이유는 '북핵대책 및 안보정책을 효율적이고 일관성 있게 추진하기 위한다'는 것과 '안보관계 장관 등이 보다 유기적으로 협의하고 적절히 대처토록 하기 위한다'는 것이었다. 그러나 그동안 대북관계 통일정책이 일관성 없이 이랬다저랬다 한다는 비판이 높았던 것은 사실이지만, 그 원인은 주로 대북정책에 관한 청와대의 일관성 없는 언행에서 비롯된 것이었다.

가장 두드러진 것은 그해 1월 6일 대통령이 연두 기자회견에서 "정상회담을 위한 정상회담은 하지 않겠다, 김일성 주석과의 회담은 우리가 얘기하는 몇 가지 문제들이 해결되어야 한다"고 말했다가 그 후 아무런 정부의 정책변화가 없는데도 2월 25일 취임 1주년 기자회견에서 느닷없이 "북한의 핵개발을 저지하는 데 도움이 된다면 북한의 핵 투명성이 보장되기 전이라도 김일성 주석과의 남북정상회담을 추진하겠다"고 말한 것이 있다. 또 94년 4월 1일 북한 벌목공 대책과 관련해 북한을 자극할 우려가 있다는 이유로 벌목공을 받아들일 의사가 없다고 말했다가 위 조정회의 구성 이후의 일이긴 하나 10여 일만인 4월 13일 벌목공을 받아들이겠다고 번복한 일 등이 있었다.

대북 안보정책을 '효율적이고 일관성 있게 추진한다'거나 '관계 장관 사이에 보다 유기적으로 협의하고 적절하게 대처할 수 있게 한다'는 것은 내가 보기에는 구실에 지나지 않았다. 지금까지 총리가 주재하던 남북고위전략회의(이 회의에도 청와대 비서실장과 외교안보수석이 참석한다) 외에 별도로 통일부총리가 주재하는 조정회의를 둔다는 것은 결국 총리가 주재하는 회의를 사실상 고사(枯死)시키려는 의도로밖에 볼 수 없었다. 그간의 경위를 좀 더 자세히 설명하면 이렇다.

김 대통령의 일본, 중국 순방(3. 24~3. 30)기간 중에 대통령을 수행 중이던 한승주 외무부 장관이 미국 정부의 긴급요청에 따라 제3차 미·북 고위급 회담과 관련해 남북특사 교환을 위한 남·북간 실무회담 문제 등을 협의하기 위해 워싱턴을 방문하겠다고 나에게 보고해왔다.

나는 우선 이 업무의 주무부처인 통일부총리에게 확인해보니 그는 전혀 모르고 있었다. 이 문제는 관계부처 간 협의가 필요하다고 판단해 다음날 아침에 총리공관에서 남북고위 전략회의를 소집했다. 이 회의에는 통일부총리, 국방부 장관, 공보처 장관, 안기부장, 대통령비서실장, 외무부차관, 총리비서실장 등이 참석했다.

지난 2월 25일 유엔본부에서 진행된 미·북 실무접촉에서 미북 쌍방은 ①3월 1일부터 IAEA의 북핵시설 사찰 시작 ②94년 팀스피리트 훈련 중단 ③3월 21일부터 제네바 제3차 미·북고위급 회담 개최 ④93년 11월에 중단된 남북특사 교환을 위한 제4차 남·북간 실무 접촉 재개 등을 합의한 바 있었다. 이에 따라 남북간에는 3월 3일부터 제4차 남북실무회담이 재개되었고 5차에서 7차 회담이 연속해 열렸으나 북한의 불성실한 태도로 진전이 없었으며 3월 19일 열린 제8차 남·북 실무회담에서는 북측 대표가 "서울 불바다" 운운의 협박까지 함으로써 회담이 결렬되었던 것이다.

이런 상황에서 미국 정부는 3월 21일부터 재개할 제3차 미·북 고위급회담의 원활한 진행을 위해 미·북 간에 합의된 남북특사 교환을 위한 남·북간 실무회담의 재개를 촉구하고자 한승주 외무부 장관의 방미를 요청한 것으로 보였다.

나는 이런 과정을 보면서 한심스럽다는 생각이 들었다. 미국은 대북 협상에서 성과를 올리기 위해 제3차 미·북 간 고위급 회담을 서두르고 있고 북한은 미국만 상대하면서 한국을 도외시하려고 하며 한국은 미·북협상에서 완전 배제되지 않기 위해 중단된 남북특사 교환을 위한 실무회담의 재개를 바라고 있으나 북한의 불성실한 태도로 지지부진한 형국이었다. 보기에 따라서는 한국이 미국과 북한에 매달려 있는 모양새였던 것이다.

나는 이날 열린 남북고위 전략회의에서 "외교란 밀고 당기면서 때론 배짱도 부려야 하는 것 아닌가? 남북특사 교환을 위한 실무회담이 북측의 불성실한 태도로 지지부진하다면 차라리 남북 간 특사 교환 조건을 철회하고 한국의 동의 없는 미·북 간 합의에는 일체 불응하겠다는 배짱을 부려보는 것도 한 가지 방편일 것이다. 사실상 한국의 협조 없이는 미·북 간 협상이 실현되기는 어려운 것 아닌가?"라는 의견을 말했다.

당시 회의 참석자들은 모두 나의 이 말에 수긍했고 이 문제를 김 대통령이 귀국 후 결론을 내기로 했다.

김 대통령은 일본·중국 방문을 마치고 귀국한 후 4월 5일 오후에 나는 총리공관에서 남북고위 전략회의를 다시 소집하고 김 대통령 귀국 후 논의하기로 한 남북특사 교환 조건의 철폐 문제를 논의하고자 했다. 당일 회의에 청와대 비서실장은 불출석했고 정종욱 외교안보수석이 참석했는데, 당시 일간신문에 청와대에서 안보회의 설치를 구상 중이라는 보도가 있어서 정종욱 수석에게 이에 관해 묻자 그는 좀 당황한 기색으로 전혀 그런 일이 없다고 부인했다.

그런데 청와대에서는 3일 후인 4월 8일 국무총리를 제외한 안보

관계 장관 조찬회의를 소집했다. 종전에는 대통령이 소집하는 안보관계 장관 회의에 총리가 참석했는데 이번에는 나에게는 아무런 통지도 없었다. 나는 그 다음날 10시에 대통령 주례면담이 잡혀 있어 청와대에 갔더니 박관용 비서실장이 내게 와서 그날 아침에 대통령의 말씀이 있어 급작스럽게 조정회의를 구상해 구성했으며 종전의 총리 주재하의 남북고위 전략회의는 그대로 유지된다는 것과 미리 알려드리지 못해 미안하다는 말을 했다.

그날 아침에야 조정회의를 구상했다는 것은 구차스러운 말이고 결국 국무총리를 제외한 새로운 대북·통일관계 회의체를 만들겠다는 것이며 좀 더 직설적으로 말하면 대통령은 국무총리인 내가 통일안보 관계의 심의와 정책결정 과정에 관여하는 것이 못마땅해 배제하려는 것으로 볼 수밖에 없었다.

흔히 외교·국방·안보는 대통령의 고유권한으로서 국무총리가 관여할 수 없는 영역인 것처럼 말하는 견해가 있고, 김 대통령도 나에게 이와 비슷한 말을 한 적이 있다. 그러나 나는 동의하지 않는다. 외교·국방·안보도 다른 내정 분야와 마찬가지로 총리가 통할하는 내각의 국정 일부분에 불과하다. 다만 사법권과 행정권의 상호관계에서 사법의 심사대상에서 제외되는 대통령의 행위로써 '통치행위'라는 개념이 있고, 통치행위에는 조약 체결 같은 외교행위, 선전포고와 같은 군사행위 등 고도의 정치적 행위가 포함된다는 것이 정설이다. 이러한 통치행위 개념으로부터 외교·국방은 대통령의 고유 권한이라는 근거 없는 속설이 나온 듯하다. 그러나 우선 모든 외교·국방행위가 통치행위에 들어가는 것도 아니고 사법권과의 관계에서 대통령의 통치행위라는 개념이 인정된다고 해서 행정부의 권한 중 유독 외교·국방·안보는 대통령의 고유권한이고 총리는 관여할 수 없다는 논리는 도대체 나올 수 없는 것이다.

다만 대통령과 국무총리 사이에 외정(外政)은 대통령이 전담하고 내정(內政)은 국무총리가 분담하기로 합의하는 경우는 있을 수 있다. (나는 이런 역할분담을 제안한 바 있다.) 그러나 이때도 외교·국방 등이 다른 행정부서의 업무와 관련 될 때가 있고 이 경우에는 국무총리가 내각통할권으로 이를 조정·조율해야 한다. 또한 국회에서는 국무총리가 정부를 대표해 국정을 보고하고 대정부질문에 답해야 하므로 외교 국방 등의 정책결정과 집행에 직접 관여하지 않는다고 해도 최소한 그 진행 상황은 파악하고 있어야 하는 것이다.

그런데도 새삼스럽게 통일안보정책 조정회의를 구성하면서 국무총리를 배제한 것은 대통령이 국무총리를 불신하는 것으로 볼 수밖에 없었다. 무엇보다 사전에 나에게 아무런 귀띔도 없이 갑작스럽게 구성해 발표한 데 대해 모멸감을 느꼈다. '이렇게 국무총리를 함부로 취급하다니' 하는 생각이 들었던 것이다.

나는 일단 분노를 참고 대통령에게 총리는 국정전반에 대해 국회에서 국정을 설명해야 할 위치에 있으므로 내가 위 조정회의에 참석하지 않더라도 총리비서실장이라도 참석시켜 회의 진행 과정을 파악할 필요가 있다고 강력하게 요구했다. 대통령도 이 점에 대해서는 할 말이 없었는지 총리비서실장을 배석자, 즉 옵서버로 참석시키기로 했다.

12

주사위를 던지다

위와 같은 일련의 사태를 겪으면서 며칠간 뜬눈으로 밤을 새다시 피 고민했다. 나는 단순히 국무총리로서 대접을 받고 이를 즐기기 위해 총리직을 받아들인 것이 아니라 국무총리다운 국무총리로서 문민 정부의 개혁을 성취시키기 위해 취임했다. 그러기 위해 대통령 중심 제에 관한 잘못된 인식을 바로잡고 국무총리와의 역할 분담이 이루 어져야만 질적 개혁이 가능하다고 판단했고, 이에 따라 이미 말한 바 와 같이 그 취지를 김 대통령에게 직접 건의했던 것이다. 당시는 건의 가 그대로 받아들여지지 않았으나 나는 점진적으로 관행을 세워나가 는 방법으로 질적인 개혁을 시도하고자 했었다.

앞에서 열거한 것과 같은 몇 가지 일을 해보았지만 청와대와 여권 의 반발이 만만치 않을 뿐 아니라 무엇보다도 김 대통령 자신이 나의 국무총리 역할론에 대해 반감을 가지고 있어 국무총리로서 할 수 있 는 일의 한계에 부딪친 느낌이 들었다. 그러나 나는 여기에서 슬며시

꼬리를 내리고 물러나고 싶지 않았다. 나는 국무총리직에 대한 신념이 있었는데 이것을 이룰 수 없어 물러서야 한다면 당당히 밝히고 떠나는 것이 옳다고 판단했다.

그렇지만 국무총리가 대통령과의 의견 차이를 국민 앞에 미주알고주알 하는 것은 총리다운 처신이 아니라고 생각되어 나는 단지 대통령 지시로 구성된 통일안보 대책회의의 문제점을 공개적으로 지적함으로써 나의 소신을 밝히기로 했다. 그로 인한 모든 파장은 내가 스스로 맞기로 작심했다.

나는 대통령과의 주례면담이 예정된 1994년 4월 22일 바로 전날인 21일 아침에 총리실 간부회의에서 통일안보정책 조정회의에 관한 총리지시를 시달했다. 지시 내용의 요지는 다음과 같다. 즉, 모든 정부정책은 내각의 논의과정을 거쳐 입안 결정되어야 하므로 '통일안보정책 조정회의'는 청와대, 내각 및 안기부 등 관계부처의 협의조정을 목적으로 하는 것이지 정부정책의 입안결정을 목적으로 설치된 것이 아니라는 점을 지적한 다음 "①조정회의에 회부·조정된 안건은 관계장관이 사전에 총리의 승인을 받아 시행하도록 하라, ②북한 벌목공의 수용대책에 관해서도 내각 차원의 구체적인 시책 결정이 확정되기도 전에 '정부 고위 당국자'라는 이름으로 그 대책 내용이 언론에 공표되는 것은 있을 수 없는 일이므로 관계부처에 주의를 환기하도록 하라"는 것이었다. (이밖에 수사기관이 보유한 안가의 현황 파악과 우이령 관통 도로에 관한 지시사항도 포함되어 있으나 이 부분은 원래 지시하려고 예정하고 있었던 사항이다.)

위 지시의 취지는 통일안보에 관한 정책도 통일원·외부부·국방부 등 관계부처에서 맡고 있는 국정 분야의 일부분이므로 정상적인 국정운영방식에 따라 처리해야 하고, 또 법률에 근거가 없는 조정회의는 이러한 법에 정해진 내각의 국정운영을 대신하는 기구가 아니라 단지 관계부처 사이의 협의조정 기구에 불과하므로 정책의 입안 결정과 같은 권한은 없다는 점을 명백히 하려는 데 있었다.

또 북한 벌목공 수용 대책에 관한 부분은 당시 청와대 비서실에서 언론에 '정부 고위 당국자'라는 이름으로 국무총리나 내각이 미처 모르는 일을 수시로 흘리고 있어 외부에서 문의를 받을 때마다 국무총리로서 곤혹스러운 적이 한 두 번이 아니었다. 그래서 정부의 정책으로 논의되기도 전에 청와대 비서실에서 정부의 방침인 양 공표하는 행위를 견제하고자 한 것이었다.

나는 위와 같은 지시 내용을 공표하는 것이 대통령의 명에 의해 구성된 조정회의의 권한 한계를 언급하는 것이어서 얼마나 폭발적인 위험성을 지닌 것인지 또 청와대 비서실의 언론공표 행위를 직접 문제 삼는 것이어서 청와대 비서실과의 관계가 얼마나 악화될 것인지 충분히 알고 있었다.

위와 같은 내용을 총리의 지시로 시달해 공표하는 방법에 의하지 않고 대통령 주례면담 때 직접 대통령에게 문제점을 지적해 건의하는 방식도 생각해보지 않은 것은 아니다. 그러나 대통령이 이미 명백히 국무총리를 불신하고 있는 상황에서는 이런 방법은 소용이 없다고 생각되었다.

그리하여 살신(殺身)의 기분으로 위 조정회의 문제점 등을 공표해버려 나 스스로 퇴로를 차단하고 대통령으로 하여금 나를 받아들이

든가 아니면 내치는 결단을 하도록 하는 것이 좋겠다고 생각했던 것이다.

간부회의에서 조정회의에 관한 나의 지시를 들은 순간 간부들은 모두 놀라서 입을 다물지 못했다. 그들도 이러한 지시의 폭발성을 충분히 감지했기 때문이다. 이흥주 비서실장과 윤홍선 정무비서관 그리고 강형석 공보비서관 등은 나에게 재고해줄 것을 간곡히 요청했으나 나는 내가 구술한 지시 내용에 한 자도 보태거나 빼지 말고 그대로 시행하라고 엄명했다. 이 실장은 회의가 끝난 후에도 다시 와서 지시 내용 중 일부 표현이라도 좀 완화하는 방향으로 수정할 것을 건의해 왔지만 나는 이도 거절했다.

당일(4월 21일) 12시 라디오 방송에서 위 지시 내용이 보도가 되고 4월 22일 조간·석간 각 신문에서 크게 보도가 되었다. "총리는 얼굴 마담이 아니다, '대쪽'의 위상 재정립 선언(중앙일보)", "내 목소리도 있다, 신총리 선언(국민일보)" 등 제목으로, 조간신문에는 "소신대로 일하겠다 선언(조선일보)", "내각 장악, 권한 지키기(동아일보)", "정책 결정 소외에 불편, 총리위상 재정립 선언(한국일보)", "이 총리 정말 화났다(경향신문 서울신문)", "이 총리 내각 장악 결연 의지", "정책 혼선·월권불용, 청와대 참모 발호 경고", "대통령·총리 위상 역할 재정립, 헌정사 큰 의미(한겨레)" 등 제목으로 해설 기사도 담았으며 방송에서도 대동소이한 제목으로 보도되었다.

이제 주사위는 던져졌다. 당일(4월 21일) 저녁에는 청와대에서 캐나다 총독 초청 만찬이 있어 참석했으며 만찬 시작 전에 대기실에서 박관용 비서실장을 만났으나 위 지시에 관해서는 일절 언급하지 않았고, 다만 1993년 12월의 정당법 개정으로 청와대 비서실장, 비서관 그리고 차관(차관급)들은 정당가입을 할 수 없게 되어 있는데 이를 알고 있는지, 현재 당적을 보유하고 있는지를 물어본 일이 있다. (후일 일부 신문에서는 이때 내가 위 지시에 관해 박 실장에게 설명한 것처럼 추측 기사를 썼다.)

그날 밤 김 대통령은 나에게 매우 냉랭한 태도를 보였다. 위 지시의 의미를 부정적으로 받아들였음이 분명했고, 다음날에 예정되어 있는 주례면담이 순탄치 않을 것으로 예상되었다.

이회창
회고록

13

대통령과의 결판

/

4월 22일 아침 나는 이날 오후 네 시에 있을 대통령 면담에 대비해 정신을 집중해 준비했다. 면담에서는 먼저 조정회의에 관한 총리지시를 보고하고 이 문제에 관해 대통령을 끝까지 설득하기로 하며, 설득이 되면 그 다음 문제로 앞서 설명한 나의 정부개혁 프로그램을 제시해 이를 받아들여 줄 것을 요구할 생각이었다.

그 어느 경우에도 실패한다면, 즉 조정회의 문제에서 설득이 되지 않거나 정부개혁 프로그램이 받아들여지지 않는다면 나는 사의를 표명하기로 결심했다. 그 어느 경우이든 더 이상 나는 김 대통령의 정부에서 역할을 발휘할 수 없는 불필요한 존재가 될 것이므로 차라리 김 대통령을 떠나 그의 방식대로 국정운영을 할 수 있게 터주는 것이 도움이 될 것이기 때문이다.

그러나 처음부터 사표를 준비해 가지고 들어가지는 않기로 했다. 내가 중앙선거관리 위원장을 사퇴한 전력 때문인지, 감사원장 때부터 나는 청와대와의 불화설이 나올 때마다 사표를 내던질지도 모른다는 추측이 돌았고 심지어 일부에서는 내가 자기 인기관리를 위해 필요한 때는 무책임하게 언제든지 사표를 내던질 사람이라는 악의적인 비방도 했던 것이다.

나는 사표를 품고 들어가 대통령과 담판하다가 안 되니까 사표를 내던졌다는 소리는 듣기 싫었다. 끝까지 대통령을 설득하다가 여의치 못하면 사의를 표명하고 나와서 총무처 장관을 통해 사표를 제출하기로 처음부터 마음먹었다. 사퇴는 요식행위가 아니므로 사의표명과 그 수리 의사표시로써 성립되고 사표라는 서면 제출은 단지 사후적인 사무 절차에 불과한 것이다.

나는 조정회의에 관한 지시나 정부개혁 프로그램에 관한 어떤 보고자료도 따로 마련하지 않고 모든 내용을 정확히 기억해 구두로 말하기로 했다. 서류봉투를 들지 않은 채 맨손으로 청와대에 들어갔다. 이렇게 한 데는 이날의 면담은 평소의 주례면담과 같은 통상적인 보고를 위한 면담이 아니라 대통령의 의사확인을 위한 어쩌면 마지막이 될지도 모르는 특별한 면담이라는 생각이 들었기 때문이다. (일부 신문에서는 내가 총리실에서 준비한 일상 업무에 관한 보고자료를 지참한 것으로 보도했으나 사실이 아니다.)

대통령은 앉자마자 나에게 "조정회의에 관한 총리지시는 무엇이요?"하면서 먼저 거론하기 시작했다. 나를 똑바로 쳐다보면서 노기 띤 목소리로 위압하듯이 말했으며, 그의 요지는 조정회의는 대통령의 지시에 의해 설치된 것인데 총리가 여기에 이의를 달고 총리 승인을 받으라고 하면 총리가 대통령보다 위에 있는 것이냐는 것이었다.

나는 순간적으로 대통령이 나의 기를 꺾어 사과를 받아내어 복종시키려고 한다고 느꼈다. 즉 내가 사과를 하고 굽히면 엄하게 질책하는 것으로 끝내고 그렇지 않으면 물러나게 하려는 의도로 보였다.

그러나 이번 일은 내가 굽혀서 될 일이 아니었다. 대통령에게 나의 뜻을 진솔하게 설득하고 만일 설득할 수 없다면 깨끗이 물러나야 할 자리였다.

나도 똑바로 대통령을 응시하면서 "대통령께서 제 말씀을 잘 이해하셔야 합니다"라고 전제하고 조정회의의 주된 설치 취지는 청와대 발표문 자체에 의하더라도 관계부처 사이의 협의 조정에 있지 구체적 정책결정에 있지 않다는 것, 정부의 모든 정책은 내각에서 정상적인 형성 과정을 거쳐 입안 결정되어야 한다는 것 및 조정협의 논의사항을 관계부처로 하여금 총리 승인을 받도록 해도 최종적으로 대통령의 재가를 받아야 시행이 될 것이므로 총리 승인을 받으라는 것이 대통령의 권위를 무시하는 것은 아니라는 것을 논리정연하게 설명했다. 그러나 대통령은 나의 말을 듣고는 있으나 전혀 이해하려고 하지 않는 것 같았다. 내 말이 끝나자 또다시 나의 지시가 대통령의 권위에 도전하는 것이라면서 이 총리는 어느 나라 총리냐고 말했다. 순간 나는 그가 밖에서 들리도록 일부러 큰소리를 내는 것 같이 느껴져 나도 덩달아 큰소리로 대통령에게 말했다. 내가 김 대통령의 개혁의지에 공감해 감사원장으로서 이 정부에 동참한 이래로 대통령과 정부를 위하는 일은 법과 제도대로 국가기관이 움직이도록 함으로써 국민의 신뢰를 얻는 데 있다고 믿고 이러한 나의 소신에 따라 행동해 왔다는 것, 이것이 당장은 대통령의 뜻에 들지 않더라도 결과적으로 법과 제도를 중시하는 대통령으로서 국민의 신망을 얻는 길이라는 것, 그리고 이는 "양약은 입에 쓰나 몸에 좋다"는 이치와 같다고 조목조목 말했다.

그러나 여전히 대통령은 내가 말하는 동안은 가만히 듣고 있지만 내 말이 끝나기 기다렸다가 또다시 이 총리의 지시는 조정회의 설치를 명한 대통령의 권위에 도전하는 것이라는 말만 되풀이했다. 이렇게 논쟁하는 동안에도 그는 나에게 그만두라는 말은 한마디도 꺼내지 않았다. 그래서 나는 여전히 그가 나의 기를 꺾어 사과를 받아내려는 것으로 알았다. 내가 끝내 사과하지 않자 그는 마침내 나에게 이러한 물의를 일으킨 데 대해 책임이 없단 말이냐고 말했다.

그 말을 듣자 나는 나와 대통령과의 관계는 돌이킬 수 없는 길목에 이르렀다고 생각되어 대통령에게 그렇다면 내가 그만두겠다고 말하고 사표는 나중에 총무처 장관을 시켜 올리겠다고 말하자, 그는 기다렸다는 듯이 그렇게 하라고 했다.

결국 나는 내가 당초에 계획한 대로 대통령을 설득하고자 노력했고 그 노력이 소용없다고 느껴져 사의를 표명했으며 대통령은 이를 받아들인 것이다.

분명히 말하지만 대통령은 큰소리로 나와 언쟁을 하다시피 하면서도 먼저 나에게 그만두라는 말을 꺼내지 않았다. 그는 어떻게든 내가 굴복해 사과하든지 아니면 사퇴 의사를 스스로 말하도록 하려고 했던 것 같다. 하지만 과거에도 청와대 대변인실은 의도적으로 사실과 다르게 발표한 적이 한두 번이 아니었기 때문에 나는 대통령에게 사의를 표명한 뒤 내가 스스로 사퇴한 사실을 분명히 해줄 것을 요구했다.

그리고 일어서기 전에 대통령에게 마지막으로 내가 이미 제안한 정부 조직 개편 등을 진지하게 검토해줄 것을 당부했다. 또 내가 비록 정부를 떠나지만 이 정부의 개혁운동에 동참한 사람으로서 개혁이 반드시 성공할 것을 바란다고 말했다.

대통령과 마지막 악수를 나누고 집무실을 나서자 김기수 수행비서관과 김석우 의전비서관이 고성이 오가는 것을 들었는지 놀라고 긴장된 표정으로 서 있다가 현관까지 배웅해 따라왔다. 그러나 나는 지극히 담담한 심정이어서 평소의 주례면담 때와 다름없는 태도로 그들과 작별인사를 하고 청와대를 떠났다. 종합청사로 돌아오는 차 안에서 전화로 총무처 장관을 총리실에 오도록 지시했으며, 총리실로 돌아오자마자 올라온 총무처 장관에게 내가 직접 쓴 사표를 주어 즉시 청와대에 전달하도록 했다. 충격을 받은 황영하 총무처 장관의 표정이 지금도 눈에 선하다 .

그리고 총리실 간부들을 소집해 사표를 냈음을 알리고 동요 없이 열심히 일해달라고 한 후, 강 공보비서관에게는 오늘 사표를 제출한 사실을 기자실에 공표하도록 했다. 놀라서 어찌할지 모르는 간부들을 달래고 이야기를 나누던 중 강 공보비서관이 들어와 청와대에서 후임 총리로 이영덕 통일원 부총리를 임명했음을 발표했다고 말했다. 나는 간부들에게 이영덕 부총리는 내가 겪어보니 인품이 참으로 좋은 분이다, 아무쪼록 성의를 다해 모셔달라고 당부했다. 그런 다음 총리공관에 전화를 걸어 아내를 찾았다. 전화를 받은 아내에게 나는 짧게 "내가 오늘 사표를 냈소"라고 말했다. 아내는 순간 멈칫하더니 잠시 후 "잘하셨어요"라고 역시 짧게 대답했다.

그리고 책상을 정리한 후 집무실을 나와 사진기자들의 플래시를 받으면서 청사를 떠나 공관으로 돌아왔다.

마침 그날 저녁 플라자호텔에서 친구인 이한춘 전 우크라이나 대사의 회갑 기념 저녁모임이 있어 배도, 안창식, 오태환, 오성환, 김지원 등 가까운 친구들과 만나기로 되어 있었기에 아내와 같이 호텔로 갔다. 저녁식사 동안 친구들은 그날 일에 대해 묻지 않았고 나도 말하지 않았다. 나와 아내는 좀 일찍 자리에서 일어나 명륜동에 들러 아버님, 어머님을 뵙고 퇴임인사 겸 위안의 말씀을 드리고 공관으로 돌아왔다.

그 다음날인 4월 23일, 토요일 오전에 종합청사로 나와 총리실 직원들과 마지막 작별인사를 했는데 이는 나의 요구에 따른 것이다. 관행대로라면 전임 총리와 신임총리의 이·취임식에 참석하면 그만이나 그리 되면 총리실 식구들을 따로 만날 기회가 없을 것 같았기 때문이다. 나는 회의실에 모인 직원들에게 재임 중 편안함을 주지 못하고 다그치고 힘든 일만 시켰는데도 아무런 불평 없이 열심히 따라준 데 감사하다고 말하고 신임총리를 잘 받들어 잘해줄 것을 당부한 후 한사람씩 악수를 나누었으며, 뒤이어 집무실에서 간부들과 별도로 작별인사를 하고 기념촬영도 했다. 일부 눈물을 흘리는 직원들도 있어 이때는 나도 매우 마음이 언짢았다.

격동의 며칠 동안 일체 기자들을 접촉하지 않았을 뿐 아니라 앞으로는 기자들을 만날 기회도 없을 것이라 아무 말 없이 떠나는 것은 예의가 아닌 것 같아 기자실에 들러 마지막 떠나는 인사를 했다. 몇 가지 질문이 있었으나 떠나는 사람에 대한 예우를 갖추려는 것인지 까다롭거나 괴롭히는 질문은 없었다.

나는 질문에 따라 자의로 사의를 표명해 수리되었다는 것, 재임 중 수질오염 문제와 같은 돌발적인 일들에 시간과 노력을 뺏겨 기본적인 정부정책을 차분하고 본격적으로 시행하지 못한 점이 아쉽다는 것, 나는 김 대통령의 권유로 감사원장에 취임했을 때부터 정부의 개혁정책에 적극적으로 가담, 추진해 왔으며 이번에 물러나지만 정부의 개혁정책은 올바른 방향으로 반드시 성공해야 하고 그렇지 않을 경우 국가적으로도 큰 불행이 될 것이라는 것, 앞으로는 좀 쉬고 싶으며 다시는 공직과 인연을 맺을 생각이 없다는 것 등을 말했다.

돌이켜 보면 국무총리를 재임한 4개월이란 시간은 말 그대로 질풍노도와 같이 달려온 짧은 시간이었다. 재임기간이 짧을 것을 예견한 것처럼 짧은 시간에 여러 일을 다 하려고 서둘렀던 것 같다. 국무총리의 일은 대통령 및 청와대의 관계, 행정 각 부처와의 관계, 국회와의 관계 그리고 정당과의 관계로 크게 나누어 볼 수 있는데, 어느 관계에서도 국무총리의 역할과 책임은 참으로 막중한 것이었다. 국무총리는 결코 먹고 놀 수 있는 그런 자리가 아니다.

이런 일을 제대로 하려면 총리인 나 자신이 분명한 행동원칙을 가지고 업무의 권한과 책임 한계를 숙지해야 하지만 국무총리의 손발인 총리실 직원들도 총리의 철학과 신념을 이해하고 업무내용을 철저하게 숙지해 열정을 가지고 힘을 합쳐 주어야 한다. 그래서 나는 우선 직원들에게 각자 직무에 대해 철저하게 숙지할 것을 요구했는데 이런 나는 까다롭고 재미없는 상관이었을 것이다.

게다가 총리실과 청와대와의 관계가 너무 예속(隸屬)된 관계처럼

느껴졌기 때문에 앞에서 말한 대로 이를 바로 잡고자 했다. 결국 청와
대와 긴장관계가 조성되기도 했는데, 이것은 직업 공무원인 총리실
직원들에게는 심적으로 큰 부담이 되었을 것이다. 그럼에도 그들은
내가 바란 것 이상으로 사기도 높았고, 또 열정적으로 나를 따라 주었
다. 국회의 일정이 밤늦게 끝나 돌아올 때도 한결같이 한마음으로 곁
에서 보좌하는 그들이 함께 있었기에 힘든 줄 몰랐다.

　당시 국무총리실은 비서실과 행정조정실의 2실 체제였는데 김시형
행정조정실장과 이홍주 비서실장을 비롯해 김병호 제1조정관, 이기
호 제2조정관, 최규학 제3조정관, 표세진 제4조정관, 윤홍선 정무비
서관, 강형석 공보비서관, 임병효 의전비서관 등 모든 직원이 그야말
로 똘똘 뭉쳐 열심히 뛰어주었다. 지금 이들의 이름을 적고 있으려니
이들의 얼굴이 주마등같이 빠르게 스쳐간다. 그즈음의 정경과 함께
그들에 대한 그리움도 함께 묻어나는 것 같다.

14

비열한 공격 그리고 대통령의 회고록

비교적 담담하던 심경은 이날(4월 23일) 저녁에 다음날(4월 24일) 조간신문 가판을 보면서부터 완전히 깨지고 말았다.

청와대 및 민자당 측에서는 총리 경질에 대한 언론의 비난과 비판이 물 끓듯이 일어나자 이를 끄기 위함인지 총리에 대한 문책이 불가피했음을 강조하면서 나에 대해 '평소 자신의 인기 관리에만 관심이 있었다'느니 '김 대통령과 면담 시에 출입기자들이 보고 있을 때면 일부러 다리를 꼬고 앉았다'느니 별의별 유치한 인신 공격성 발언을 일제히 쏟아내기 시작했는데, 특히 일부 일간지가 보도한 내용을 보니 기가 막혔다.

솔직히 나는 분을 참기 어려웠으나 언론을 통해 맞대응을 하면 이전투구가 되어버릴 것이라 생각했다.

그래서 오인환 공보처 장관에게 전화를 걸어 정무수석에게 "무슨 짓들을 이렇게 하는가? 나는 입이 없고 할 말이 없어서 가만히 있는 줄 아는가? 이런 저질스런 일을 계속한다면 나도 이임식에서 언론에 나의 입장을 밝힐 필요가 생길지도 모른다. 그만 두도록 하라"고 전하도록 말했다. 오 장관은 나에게 분을 참도록 만류하면서 정무수석에게 그대로 전하겠다고 약속했다.

나는 또 박관용 비서실장에게도 전화를 걸었다. 강하게 유감의 뜻을 말했더니 그도 왜들 이러는지 모르겠다며 앞으로는 그런 말이 안 나가도록 노력하겠다고 말했다.

이 일에 대해서는 뒷날의 이야기지만 김 대통령이 유감의 뜻을 표했고 나도 지난 일로 덮었으므로 더 이상 여기에서 상세한 내용은 언급하지 않겠지만 그때의 비방, 비난은 전혀 근거가 없는 쓰레기 같은 모략중상이었다.

불쾌한 일은 또 있었다. 김영삼 대통령이 퇴임한 후 회고록을 냈는데, 그 회고록에서 나의 국무총리 사퇴에 관한 부분을 보니 어이가 없고 기가 막혔다. 요지는 면담 때에 나에게 책임을 추궁하자 내가 "잘못했으니 한번만 기회를 주십시오"라면서 시종일관 변명을 했고, 또 나에게 지금 당장 사표를 내지 않으면 대통령으로서 헌법에 따라 해임조치하겠다고 호통을 쳤다는 것이다. 그밖에도 면담 후 내가 박관용 비서실장을 찾아가 여러 가지 변명을 늘어놓으면서 사태를 수습하려 했다고도 써놓았다. 어떻게든 나를 깎아내리려는 이런 사실과 다른 회고록에 대해 이러쿵저러쿵 대꾸하는 것 자체가 불쾌하지만 이것은 나의 명예에 관한 것이므로 분명히 해두려 한다.

나는 김 대통령에 의해 감사원장, 국무총리로 임명되었고 그 후 정치에 들어와 여당인 신한국당 대표, 총재를 지냈으며 대통령 후보까지 되었다. 그런데도 나는 때때로 그와 충돌했고 총리직을 사퇴하기까지 했으며, 여당 대표로 있을 때는 당 총재인 김 대통령에게 탈당을 요구하기도 했다.

그래서 그는 내가 배신했다고 생각하고 공개적으로 나를 배신자라고 비난했지만 대꾸하지 않았다. 소신 때문에 대립한 것을 배신이라고 매도하는 것은 대꾸할 가치도 없는 일이라고 생각했기 때문이다.

김영삼 전 대통령의 회고록이 나온 시점은 김대중 대통령 시절이다. 뒤의 2권 '정치인으로 걸어온 길'에서 설명하는 것처럼 김대중 대통령과의 관계가 악화되어 그에게 독설을 퍼붓고, 또 한나라당 총재인 나에 대해서도 신의가 없다느니 야당을 제대로 이끌지 못하느니 하는 막말 수준의 비난을 하던 시기였다.

처음 회고록을 보고 기가 차고 불쾌해 바로 받아칠까 하는 생각도 들었지만 참았다. 당시는 내가 야당 총재로서 김대중 대통령의 의원 빼가기와 사정 등 야당 압박에 맞서고 있을 때인데, 이런 때 내가 과거의 일로 전직 대통령과 이러쿵저러쿵 시시비비를 가리는 것은 좋은 모습이 아니라고 생각했기 때문이다.

하지만 대통령의 회고록은 역사의 기록물로 취급된다. 올바른 역사의 기록을 위해서도 내가 기억하는 진실을 밝히는 것이 도리라고 생각되어 총리 사퇴 후 작성한 메모를 기초로 사퇴 당시의 상황을 사실대로 '대통령과의 결판'에 썼다. 거기에서도 말했지만 나는 김 대통령에게 통일안보정책 조정회의에 관한 총리의 조치가 정당한 것이었음을 적극 설명했다. 그러나 그는 전혀 이해하려고 하지 않았으므로 당초 생각해둔 대로 사의를 표명했던 것이다. 내가 사과했다는 것은 있을 수도 없는 일이고, 그가 먼저 나에게 사퇴하라거나 해임하겠다는 말을 꺼내지도 않았다. 더구나 면담 후 박관용 비서실장을 만난 일이 전혀 없는데 왜 이런 있지도 않은 가공(架空)의 사실까지 썼는지 도무지 이해할 수 없다.

대통령의 회고록 내용은 사실과 다르다.

국무총리직을 물러난 뒤 며칠 지나서 아내와 같이 용평에 갔다. 감사원장, 총리를 지내면서 마음속에 품었던 소박한 꿈, 즉 공직을 물러나면 아내와 함께 한가롭게 우선 용평 콘도에 가서 며칠 푹 쉬고 온다는 계획을 모처럼 실행에 옮긴 셈이었다. 2박 정도 예정하고 갔으나 막상 콘도에 도착하고 보니 별로 할 일이 없었다.

노는 것도 놀아본 사람이 놀 줄 안다는 말이 정녕 틀린 말이 아니다. 근처 일대를 다녀보기로 하고 차를 타고 나와 경포대에 가서 해변을 거닐고 '부산처녀횟집'이라는 간판이 걸린 음식점에 들어갔다. 내가 대법관 시절 강릉지원 재판감사를 왔을 때 그 집에서 점심을 먹은 일을 기억하고 있어 그 집에 들어간 것이다.

들어가자마자 주인 내외가 나를 알아보고 반갑게 인사를 하면서 2층으로 안내해 참으로 극진한 대접을 해주었다. 저녁을 다 먹고 나올 때는 몇 가지 젓갈까지 선물로 싸주면서 아쉬워했다.

다음날은 속초까지 해변도로로 올라갔는데 그곳 주차장에서의 일이 잊혀지지 않는다. 주차장에서 손수레를 놓고 칡차를 팔던 청년 두명(학생인 듯했다)이 쫓아오더니 인사를 하면서 내가 총리직을 그만둔것이 너무나 아쉽다면서 위로의 말을 하고 칡차를 대접하겠다는 것이었다. 두 잔을 받아먹은 다음 한사코 받지 않으려는 찻값을 치르고 떠나오는데 젊은이들의 순수한 감정이 가슴에 와닿아 뭉클했다.

또 아내가 미역을 사겠다고 해 근처의 건어물 점포에 들어갔는데여기서도 주인 내외가 알아보고 굳이 점포 사무실에 앉히더니 마른오징어를 구워 대접을 하면서 총리로서 수고를 많이 하셨다고 위로를 하는 것이었다.

감사원장이나 총리로 있는 동안 언론매체를 통해 얼굴이 알려졌으므로 사람들이 알아보리라는 것은 예상했기에 사람이 많은 곳을 피하고 될수록 얼굴을 보이지 않으려고 했지만, 이렇게 곳곳에서 나를진정으로 위로하고 아쉬워하리라고는 미처 생각하지 못했었다.

나는 이러한 사람들을 만나면서 마음 깊이 자괴감이 드는 것을 어찌할 수 없었다. 내가 과연 이 사람들이 아쉬워할 만큼 훌륭한 일을했던가? 나는 최선을 다했다고 말해왔지만 과연 최선을 다한 것인가? 이러한 여러 가지 생각이 교차하면서 내가 사임한 뒤 나를 그토록 비난하고 헐뜯던 사람들에 대해 품고 있던 미움이 사치스러운 감정이라는 느낌이 들고 자연스럽게 관대해짐을 느꼈다.

숙소로 돌아오는 차 속에서 저녁노을이 지는 들녘에 듬성듬성 서 있는 집들을 보자 갑자기 외롭다는 생각이 가슴에 저려오며 눈물이 핑 돌았다. 다행히 아내는 옆자리에서 잠시 잠이 들어 나의 이런 심약한 모습을 보지 못했다. 정의를 말하고, 법의 원칙을 말하고, 그리고 내가 공동의 선이라고 믿는 바를 고집스럽게 주장해 왔지만 막상 이렇게 일을 떠나고 보니 내 곁에는 오직 가족밖에 없다는 생각이 들면서 외로운 느낌에 휩싸였던 것이다.

숙소에 돌아와 전등을 켜지 않는 어스름한 방안에 들어서자 그동안 아무런 내색을 하지 않던 아내가 머리를 내 어깨에 기대면서 흐느끼기 시작했다. 아마도 나와 비슷한 심경이었으리라.

그 후 서울로 돌아오자 곧 서울대 부속병원에 입원해 코뼈 수술을 받았다. 감사원장 시절에 알레르기 비염이 심해 이비인후과에서 진찰을 받았더니 코뼈가 많이 휘어서 콧구멍이 막혀 있으므로 수술을 받아 교정하지 않으면, 만일의 경우에 콧구멍에 인공호흡기 삽입이 곤란하다는 것이었다. 당시는 시간이 없어 미루어 놓았던 것을 이번에 시간이 많아져 결행하기로 한 것이다.

입원 중에 청와대 김석우 의전비서관이 입원실로 전화를 걸어와 김 대통령이 러시아 방문 전에 나와 함께 오찬을 하고 싶어 한다는 말을 전해왔고 퇴원 후에도 두 번 전화가 왔다. 그러나 나는 퇴원 후에도 통원치료를 받아야 하고 코의 상태가 외부사람을 만날 만한 상황이 아니라는 이유로 러시아 방문 전에 만나기는 어렵다고 사양의 뜻을 전했다.

물론 코의 상태가 좋지 않기도 했거니와 책임을 물어 경질했다고 해놓고 얼마 되지도 않아 식사 자리를 마련한다고 선뜻 응할 기분이 아니었다.

김 대통령이 러시아 방문기간 중인 94년 6월 3일 박관용 비서실장이 집으로 찾아왔다. 자신이 대통령과 총리 두 어른을 제대로 모시지 못해 총리께서 그만 두시는 사태까지 일어났으니 모두 자기 잘못이라면서 대신해 사과를 드린다는 것이었다.

나는 내가 대통령과 헤어지게 된 것은 정부의 정책과 개혁 수행에 관해 생각하는 원칙과 방법이 서로 달랐기 때문이지 대통령과 개인적인 갈등이나 감정은 없다고 말했다. 다만 내가 그만둔 뒤에 청와대 관계자나 당직자들이 쏟아놓은 비난과 험담은 나와의 관계를 단절하겠다는 것과 같으므로 이러한 사태에 대해 해명 및 사과 등의 정리를 하기 전에는 내가 그 사람들과 전과 같이 만나기는 어렵지 않겠느냐고 말했다.

박 실장은 자기도 그러한 사태에 대해서는 지극히 유감스럽다고 하고 김 대통령도 그러한 처사를 크게 나무랐다고 하면서 그중 일부 사람들에게는 사과를 올리도록 하겠다고 까지 말하고 돌아갔다. 김 대통령이 러시아 방문에서 돌아온 후 다시 청와대로부터 연락이 와서 94년 6월 14일 청와대에서 대통령과 오찬을 같이 했다.

대통령은 러시아 방문 내용과 카터 전 대통령의 방북(그 다음날 카터

이회창
회고록

는 판문점을 통해 입북하게 되어 있었다)에 관해 이야기했다.

식사가 다 끝날 무렵에 김 대통령은 나와 서운하게 헤어지게 되어 마음이 안 좋았다면서 완곡하게 유감의 뜻을 표하고 앞으로도 정부의 일을 도와달라고 말했다.

나는 이 정부와 대통령의 개혁정책에 동조해 참여한 바 있어 성공을 바라고 있지만 다만 내가 국무총리를 그만둔 뒤에 내 등 뒤에서 청와대 및 당 관계자들이 갖가지 비난·험담을 쏟아 부은 사태는 정리가 되었으면 한다고 말하자, 그도 당시 관계자들을 불러 야단을 쳤다면서 내 뜻에 동의했다.

1. 학문의 자유와 반공법의 관계

학문의 연구는 기존의 사상 및 가치에 대하여 의문을 제기하고 비판을 가함으로써 이를 개선하거나 새로운 것을 창출하려는 노력이므로 연구의 자료가 그 사회에서 현재 받아들여지고 있는 기존의 사상 및 가치체계와 상반되거나 저촉되는 것이라고 하여도 용인되어야 한다.

_대법원 1982. 5. 25. 선고 82도 716 판결에서

2. 과외금지규정에 관한 해석

원래 지식 등을 교습하는 행위는 그 교습 내용이 반사회적이거나 반국가적인 불법한 내용이 아닌 한 함부로 제한할 성질의 것이 아니다.

_대법원 1984. 9. 11. 선고 84도 1451 판결에서

3. 교회의 분열과 사법의 개입

교리 및 예배에 관한 분쟁으로 교회가 두 쪽으로 분열된 경우에 신앙 단체의 기초인 교리 및 예배에 관한 정통성 유무는 사법권이 개입하여 심사할 수 없는 종교적 신앙의 문제이다. 즉 법은 제단(祭壇)에 들어가지 못한다.

_대법원 1993. 1. 19. 선고 91다 1226 판결에서

4. 국가보안법 제7조의 구성요건

국가보안법 제7조가 규정하는 반국가활동성, 즉 불법성의 판단 기준은 자유 민주주의 방어를 위한 표현의 자유의 한계에 그 근거를 두어야 할 것이며, 이런 관점에서 국가보안법의 규제 대상인 불법한 표현행위란 국가의 안전 등을 위협하는 표현행위, 즉 대한민국의 존립안전과 자유 민주주의적 기본 질서를 파괴할 '구체적이고 가능한 위험'이 있는 표현행위를 말한다.

_대법원 1992. 3. 31. 선고 90도 2033 전원 합의체 판결 중 소수의견에서

5. 국가와 국민 기본권의 관계

국가가 없으면 물론 기본권도 있을 수 없다. 그러나 또한 기본권이 없는 국가는 국가라고 부를 수 없다. 국가가 없으면 기본권이 없다는 말과 기본권이 없으면 국가가 아니라는 말 사이에 비중의 차이가 없는 것이다.

_'사법의 적극주의', 서울대 법학연구소, 《법학》 28권 2호, 1987. 7. 7, 147쪽

6. 사법 적극주의

사법 적극주의란 법관이 법을 해석, 적용함에 있어 적극적인 정의실현의 자세로 임해야 한다는 것과 법관은 형식적이고 개념적인 자구해석에 얽매이지 말고 법이 담보하는 정의가 무엇인지를 헤아려 그 정의실현의 방향으로 성문규정의 의미를 확대 해석하거나 축소·제한해석을 함으로써 법 창조적 기능을 발휘해야 한다는 것을 의미한다.

_앞의 논문에서

7. 사법 소극주의

사법의 자기억제는 필요한 사법운용의 원리이긴 하나 지나친 자기억제나 일관된 소극주의 풍조는 헌법이 부여한 사법 심사 권능 자체를 유명무실한 것으로 만들고 현상유지를 위한 합리화의 기능으로 타락시킬 우려가 있다. 이러한 태도를 가리켜 어찌 권력분립의 이상적 운용을 기하고 사법권의 독립과 중립성을 지키는 길이라고 말할 수 있을 것인가?

_대법원 1985. 5. 28. 선고 81도 1045 전원 합의체 판결 중 소수의견에서

8. 적법절차

헌법 제12조제1항 후단은 "(…) 누구든지 법률과 적법한 절차에 의하지 아니하고는 처벌, 보안처분 또는 강제노역을 당하지 아니한다"고 규정함으로써 형벌권 행사의 근거규범으로 법률과 함께 적법절차를 명시한 것은 법률에 따른 형벌권의 행사라고 할지라도 피의자 또는 피고인의 인권의 본질을 침해하지 않는 한도 내에서만 그 적정성이 인정될 수 있음을 강조한 것이다.

_'형사소송에 있어서의 적법절차' 재판자료 49집, 법원행정처 1990년, 5~25쪽

9. 법관의 가치판단

모름지기 법관은 헌법이 보장한 개인의 자유와 권리의 본질을 정확히 이해하고 정치적 영향이나 사회적·도덕적 편견에 사로잡히지 않으면서 양심과 정의의 관념에 따라 공정한 가치판단을 내려야 한다.

_앞의 논문에서

이회창
회고록

10. 적법 절차주의와 조세 법률주의의 기본 정신

진실의 열매가 저 너머에 보이더라도 개인의 기본권 보장이라는 담
장을 짓밟고 넘어가야만 따올 수 있는 것이라면 차라리 그 열매를 포
기하려는 것이 적법 절차주의 기본 정신이고 이것은 조세 법률주의
의 기본 정신과도 상통한다.

_'조세 법률주의' 재판자료 60집, 법원행정처 1993년, 5~22쪽

11. 인간의 존엄과 가치의 수호체계로서의 법치주의

인류는 오랜 역사적인 경험에 의하여 실체법의 영역에 있어서도 더
이상 포기할 수 없는 하나의 보편적인 실천적 진리를 터득하게 되었
는데 그것은 국가라 할지라도 인간의 존엄과 가치는 침해할 수 없다
는 원칙이다.

따라서 인간의 존엄과 가치를 유지하고 인간을 인간답게 하는 최
소한의 기본적 권리들은 선거에 의한 다수의 의사결정에 의해서도
함부로 침해할 수 없는 입법의 한계로 받아들여져야 하며, 이 한계 내
에서 법은 인간의 존엄과 가치를 수호하는 기능을 떠맡고 있다.

_'법과 정치' 1995. 5. 31. 고려대학교 언론대학원 최고위언론과정의 초청강연에서

12. 정의의 교육

정의의 문제는 법과대학의 상급과정에서 법철학의 문제로 다루기에
앞서 초등교육 과정에서부터 우리의 삶과 생활의 기초로 다루어지고
가르쳐져야 한다.

_'깨끗한 정부, 가능한가?' 1995. 10. 10.
서울대 법과대학 '법대인의 열린마당' 초청강연에서

13. 선거의 공정성

선거의 공정성은 사법권의 독립, 언론자유와 더불어 민주주의의 기본적 존재요소이며, 선거의 공정성이 확보되지 않는 한 진정한 민주주의는 존재할 수 없다.

_1988. 7. 27. 중앙선거관리 위원장 취임사 중에서

14. 선거법 위반에 대하여

법은 지키라고 있는 것이지 짓밟으라고 있는 것이 아니다. 또 법관을 선거관리위원회 위원장으로 선임하는 뜻은 법을 엄격히 지켜 선거를 관리하라는 데에 있지 현실에 순응하여 위법에도 눈감으라는 데 있는 것은 아니다.

_1989. 4. 10. 각 정당 총재에게 보낸 경고서한 중에서

15. 감사원의 독립성에 대하여

감사원은 대통령뿐만 아니라 다른 어느 국가권력 기관으로부터도 독립한 지위에 있다. 이러한 독립의 지위를 명실상부한 자리로 만드냐, 아니면 형해화(形骸化)한 자리로 만드느냐는 오로지 우리들 자신에 달려있다.

_1993. 2. 25. 감사원장 취임사에서

16. 국무총리 소신에 대하여

나의 풍선이 언제 터질지 모르지만 바람이 들어있는 한 열심히 해보려고 한다.

_국무총리 취임 후 중앙언론사 편집간부 초청 오찬 인사말에서

17. 정치에 입문하면서

소나무나 대나무는 토양이 맞지 않으면 그 자리에서 죽을지언정 전나무나 갈대가 되는 것은 아니다.

_1996. 1. 30. 고려대 노동대학원 초청강연에서 나의 신한국당 입당을 비판하는 야당 국회의원들이 나의 별명인 '대쪽'에 빗대어 "소나무나 대나무도 온실에 갖다 놓으면 분재에 지나지 않는다"고 말한 데에 대한 반박으로

18. 다수결의 한계

다수결은 여러 의견 중 어떤 의견이 가장 많은 지지를 받는지 가려내는 실용적 수단일 뿐이지 어떤 의견이 옳은지를 판단하는 것은 아니다. 다수결은 선과 정의를 가리는 것과는 상관없는 몰가치적인 해결 수단이라고 할 수 있다.

_《이회창 회고록 2》(이회창 저, 김영사, 2017), 66쪽

19. 다수결 문제의 해법

다수결이 선과 정의에 반하는 결과를 가져올 수 있는 문제의 근본적인 해법은 선과 정의를 지향하는 성숙한 민주시민의 자각심밖에 없다.

_《이회창 회고록 2》(이회창 저, 김영사, 2017), 69쪽

20. 정치적 이념은 필요한가

정치의 주체, 즉 정치 행위자인 정당과 정치인은 정치적 이념과 정책을 가지고 정치적 객체, 즉 정치행위 상대방인 국민 또는 유권자에게 설득하고 지지를 호소하는데 이러한 정치적 이념과 정책은 그들의 정치적 가치관과 정체성을 보여주고 앞으로의 행동 방향을 가늠케

하는 것이므로 국민 또는 유권자가 지지 여부를 결정하는 데에 주요
한 기준이 된다.

정당이나 정치의 탈이념이 세계적 추세라는 말은 현실과 다르다.

_《이회창 회고록 2》(이회창 저, 김영사, 2017), 86쪽

21. 보수주의

보수주의란 '우리가 지녀야 할 가치를 보존하면서 스스로 끊임없이 혁
신해 나가는 것'이다. '지녀야 할 가치'란 자유 민주주의와 시장경제
질서의 가치이며 그 가치의 기초는 바로 인간의 존엄성과 자유이다.

_《이회창 회고록 2》(이회창 저, 김영사, 2017), 94쪽

22. 보수주의와 정의

보수주의는 항상 정의의 편에 서 있어야 한다. 정의의 기준은 1차적
으로는 '공정'이고 2차적으로는 '배려'이다.

'공정'은 공동체 구성원인 개개인의 존엄과 가치를 차별하지 않고
공평하게 존중하고 대우해주는 것이며 또한 공동체 구성원에게 형
식적이거나 명목상이 아닌 실질적으로 평등한 경쟁과 성취의 기회를
보장해주는 것이다.

'배려'는 공정한 기회보장에도 불구하고 심각한 사회격차로 공동
체 존립이 위태롭게 될 수 있으므로 사회적 약자를 위해 특별한 배려
가 필요하다.

이렇게 '공정'과 '배려'의 정의를 추구하는 보수주의를 '공정한 보
수주의', '따뜻한 보수주의'라고 부를 수 있다.

_《이회창 회고록 2》(이회창 저, 김영사, 2017), 98~99쪽

23. 자유 민주주의의 바탕

인간의 존엄성과 가치를 존중하는 자유 민주주의의 바탕은 사람에 대한 '사랑'이며 그것은 바로 역사의 보편적 가치이기 때문에 역사의 큰 흐름이 된 것이다.

가난하고 힘없고 소외된 약자에 대해 좌파가 주장하는 평등의 논리보다도 인간존중의 바탕인 사랑으로 그 권리를 찾고 지켜주는 것이 바로 자유 민주주의라는 점을 우리 마음에 새겨야 한다.

_2006. 4. 13. 제9차 극동포럼 세미나에서

24. 대북정책의 기조

우리의 대북정책은 북에 대해 인권과 자유를 존중하게 하고 체제를 개방토록 유도함으로써 진정한 평화의 동반자로 만드는 데 그 목적을 두어야 한다. 이것은 바로 자유 민주주의의 확산이라는 큰 역사적 흐름과 맞물리는 것이다.

남에서 방폐장 문제나 미군기지 이전 문제 등이 제기될 때마다 주민의 안전을 앞세워 시위에 앞장서는 성직자들이 있다. 그들이 시위할 곳은 남보다 북의 요덕수용소와 같은 인권말살의 현장이다.

_앞의 포럼에서

25. 개헌론의 문제점

개헌론자들은 현 헌법하에서는 여소야대, 즉 분점정부(分占政府)의 출현 가능성이 크며 정부의 통치성, 효율성을 떨어트린다고 주장한다.

그러나 이는 권력 분립의 본질인 견제와 균형의 논리 및 그동안 제왕적 대통령의 권력 집중을 비판해왔던 기억을 망각한 것이다. 여소

야대, 즉 분점정부의 출연 자체를 문제삼을 것이 아니라 대통령은 야당 의원 빼가기와 같은 저질스런 방법이 아닌 정당한 방법으로 정부의 효율성을 높일 방안을 강구해야 한다.

그것은 대통령의 민주적 국정운용 능력과 적극적인 설득에 의한 리더십밖에 없다. 다수당인 야당을 국정운영의 한축을 이루는 파트너로 인식하고 수시로 협의하고 협조를 구하는 국정운영 스타일을 보여야 한다.

_2006. 7. 13. 헌법포럼 제1회 특별초청 강연, '헌법, 함부로 건드리지 말아야 한다'에서

26. 개헌론의 '치명적 자만'

개헌으로 이상적인 헌법을 만들겠다는 '치명적 자만'을 경계해야 한다. 21세기에 맞는 헌법이란 말도 같은 범주에 속한다.

헌법은 다양하고 변화하는 생활 속에서 정치적, 사회적, 경제적 상황에 적용되고 해석되는 과정을 통해 스스로 다듬어지고 구체화되어 온 것이다. 이러한 헌법을 몇 사람이 책상머리에 앉아 이상적인 헌법, 21세기에 맞는 헌법, 즉 완벽한 헌법을 만들겠다고 하는데 과연 이것이 가능한 일인가?

_앞의 초청강연에서

27. 헌법 개정은 이상이 아니라 현실인 개혁이다.

이상과 현실 가운데 개혁은 현실의 영역에 속한다.

이상은 미래에 대한 희망과 기대로 반드시 현실적으로 가능한 것일 필요가 없으나 개혁은 보다 좋은 사회를 이루기 위한 인간의 현실적인 개선 노력이다.

헌법은 유토피아 사회를 그려놓은 꿈의 경전이 아니다. 우리의 현실 생활의 바탕이 되는 규범이며 그래서 헌법의 개정은 현실에 맞는 보다 좋은 헌법을 갖기 위한 점진적인 개선 노력이 되어야 한다.

제도 운용을 통해 드러나는 개선점에 대하여 헌법재판소의 헌법 해석으로 가능한 부분은 헌법 해석으로, 그렇지 않은 부분은 국민의 공감 위에서 점진적으로 개정해가는 것, 이것이 옳은 길이다.

_앞의 초청강연에서

28. 강대국을 향한 집념

우리가 떨치고 일어나서 강대국들과 동렬에서도 맞설 수 있는 강대 국가를 만들 수 있고 만들어야 한다는 국민의지와 집념을 결집하고 결속한다면 우리의 운명을 바꿀 수 있다.

다음 5년의 국가 지도자는 5년 안에 이루어지지 않더라도 강대국 가를 만든다는 강렬한 리더십을 가져야 한다.

_2012. 1. 19. '이 시대 국가 지도자의 리더십', 국제신문 부·울·경 정치아카데미 특강에서

29. 강대국의 요건

현대의 강대국은 옛날처럼 영토가 넓어야 되고 인구가 많아야 되는 것은 아니다. 지적능력, 소프트웨어 등 과학기술력과 군사력, 문화력 등이 강대국의 요소인데, 제일 중요한 것은 강대국이 되겠다는 국민의 의지다. 이러한 국민의 의지를 결집시키는 지도자가 등장하는 것이 우리의 시대적 요구이다.

_앞의 특강에서